CAZADORES DE SOMBRAS

CIUDAD DE CENIZA

CAZADORES DE SOMBRAS

CIUDAD DE CENIZA

Cassandra Clare

Traducción de Gemma Gallart

Obra editada en colaboración con Editorial Planeta – España

Título original: *The Mortal Instruments. City of Ashes*

© 2008, Cassandra Clare LLC
© 2009, Gemma Gallart, por la traducción
Derechos de traducción cedidos a través de Barry Goldblatt Literary LLC y
Agencia Sandra Bruna
© 2009, Editorial Planeta, S.A. – Barcelona, España

Derechos reservados
© 2009, Editorial Planeta Mexicana, S.A. de C.V.
Bajo el sello editorial DESTINO_{M.R.}
Avenida Presidente Masarik núm. 111, 2o. piso
Colonia Chapultepec Morales
C.P. 11570, México, D.F.
www.editorialplaneta.com.mx

Primera edición impresa en España: septiembre de 2009

Primera edición impresa en México: noviembre de 2009
ISBN: 978-607-07-0292-1

Impreso en los talleres de Litográfica Ingramex, S.A. de C.V.
Centeno núm. 162, colonia Granjas Esmeralda, México, D.F.
Impreso y hecho en México   Printed and made in Mexico

*Para mi padre,
que no es maléfico.
Bueno, quizá un poquitín.*

AGRADECIMIENTOS

Este libro no se habría podido escribir sin el apoyo y el ánimo de mi grupo de escritura: Holly Black, Kelly Link, Ellen Kushner, Delia Sherman, Gavin Grant y Sarah Smith. Tampoco podría prescindir del NB Team: Justine Larbalestier, Maureen Johnson, Margaret Croker, Libba Bray, Cecil Castellucci, Jaida Jones, Diana Peterfreund y Marissa Edelman. Mi agradecimiento también para Eve Sinaiko y Emily Lauer por su ayuda (y comentarios sarcásticos), y a Sarah Rees Brennan, por querer a Simon más que nadie en el mundo. Mi gratitud se extiende a todos los de Simon & Schuster y Walker Books por creer en estos libros. Un agradecimiento especial a mi editora, Karen Wojtyla, por todas las notas en lápiz violeta, a Sarah Payne por hacer cambios mucho después de la fecha límite, a Bara MacNeill por llevar el control del alijo de armas de Jace, y a mi agente, Barry Goldblatt, por decirme que me comporto como una idiota cuando me comporto como una idiota. También a mi familia: mi madre, mi padre, Kate Conner, Jim Hill, mi tía Naomi y mi prima Joyce por su aliento. Y para Josh, que tiene menos de tres años.

Esta amarga lengua

Conozco tus calles, ciudad bienamada,
conozco los demonios y los ángeles que se congregan
y se posan en tus ramas igual que pájaros.
Te conozco, río, como si fluyeras por mi corazón.
Soy tu hija guerrera.
Hay letras hechas de tu cuerpo
igual que una fuente está hecha de agua.
Hay lenguas
de las que tú eres el anteproyecto
y a medida que las hablamos
la ciudad se alza.

ELKA CLOKE

Prólogo

HUMO Y DIAMANTES

La formidable construcción de cristal y acero se alzaba como una aguja reluciente que enhebrase el cielo en su ubicación de Front Street. Había cincuenta y siete pisos en el Metropole, la nueva torre de departamentos más cara del centro de Manhattan. El piso más alto, el cincuenta y siete, contenía el departamento más lujoso de todos: el ático, una obra de arte de elegante diseño en blanco y negro. Demasiado nuevos para haber acumulado polvo aún, los desnudos suelos de mármol devolvían el reflejo de las estrellas visibles a través de los enormes ventanales que iban del suelo al techo. El cristal era perfectamente transparente, proporcionando una ilusión tan real de que no existía nada entre el espectador y la vista que habría producido vértigo incluso a aquellos que no temían a las alturas.

Muy por debajo discurría la plateada cinta del East River, orlada por puentes brillantes, salpicada de embarcaciones tan pequeñas como cagaditas de mosca, dividiendo las brillantes orillas de luz que eran Manhattan y Brooklyn a uno y otro lado. En una noche despejada, la Estatua de la Libertad resultaba apenas visible al sur; pero esa noche había niebla, y Liberty Island quedaba oculta tras una masa blanca de bruma.

A pesar de lo espectacular de la vista, el hombre de pie frente a la ventana no parecía especialmente impresionado por ella. El rostro, estrecho y ascético, tenía el entrecejo fruncido. El hombre dio la espalda al cristal y cruzó majestuosamente la estancia, con los tacones de las botas resonando sobre el mármol.

—¿Aún no estás listo? —exigió, pasándose una mano por los cabellos blancos—. Llevamos aquí casi una hora.

El muchacho arrodillado en el suelo alzó los ojos hacia él, nervioso y con una expresión irascible.

—Es el mármol. Es más sólido de lo que pensaba. Hace que sea difícil dibujar el pentagrama.

—Pues sáltate el pentagrama.

De cerca era fácil ver que, no obstante el cabello blanco, el hombre no era viejo. El rostro duro y severo pero sin arrugas, y los ojos, claros y firmes.

El muchacho tragó saliva con fuerza, y las membranosas alas negras que le salían de los estrechos omóplatos (había cortado unas aberturas en la espalda de la chamarra vaquera para permitirles la salida) aletearon nerviosamente.

—El pentagrama es una parte imprescindible en cualquier ritual para invocar a un demonio. Usted lo sabe, señor. Sin él...

—No estamos protegidos. Lo sé, joven Elias. Pero sigue con ello. He conocido a brujos que podían invocar a un demonio, charlar con él y enviarlo de vuelta al infierno en el tiempo que has tardado en dibujar media estrella de cinco puntas.

El muchacho no dijo nada, se limitó a atacar de nuevo el mármol con renovada premura. Le goteaba el sudor de la frente, y se apartó los cabellos hacia atrás con una mano cuyos dedos estaban conectados por delicadas membranas.

—Hecho —dijo por fin, sentándose hacia atrás sobre los talones con un suspiro—. Está hecho.

—Bien —respondió el hombre complacido—. Empecemos.

—Mi dinero...

—Ya te lo dije. Tendrás tu dinero después de que hable con Agramon, no antes.

Elias se puso de pie y se quitó la chamarra. A pesar de los agujeros que le había hecho, todavía le comprimía las alas de un modo incómodo; liberadas, éstas se estiraron y extendieron, creando una brisa en la estancia sin ventilación. Las alas eran del color de una marea negra: negro salpicado de un arcoíris de colores que mareaban. El hombre apartó la mirada de él, como si las alas le desagradaran, pero Elias no pareció advertirlo. Empezó a caminar alrededor del pentagrama que había dibujado, dando vueltas en dirección contraria a las agujas del reloj y salmodiando en un lenguaje demoníaco que sonaba igual que el crepitar de llamas.

De improviso, con un sonido parecido al del aire que pierde una llanta, el contorno del pentagrama empezó a llamear. La docena de enormes ventanales proyectaron el reflejo de una docena de estrellas de cinco puntas ardiendo.

Algo se movía en el interior del pentagrama, algo informe y negro. Elias salmodió más de prisa, alzando las manos con membranas para trazar delicados bosquejos en el aire con los dedos. Allí por donde pasaban, chisporroteaba fuego azul. El hombre no sabía hablar con fluidez el chthonian, el idioma del brujo, pero reconoció suficientes palabras como para comprender el cántico que repetía Elias: «Agramon, yo te invoco. Fuera de los espacios entre los mundos, yo te invoco».

El hombre se metió la mano en el bolsillo. Tocó algo duro, frío y metálico. Sonrió.

Elias dejó de caminar. Ahora estaba de pie ante el pentagrama; su voz se elevaba y descendía en un cántico regular, y el fuego azul chisporroteaba a su alrededor igual que relámpagos. De repente, una columna de humo negro se alzó en el interior del pentagrama; se elevó en espiral, extendiéndose a la vez que se solidificaba. Dos ojos flotaron en la sombra igual que gemas atrapadas en la tela de una araña.

—¿Quién me llamó hasta aquí a través de los mundos? —inquirió la voz de Agramon, que era como cristales haciéndose añicos—. ¿Quién me invoca?

Elias había dejado de salmodiar. Permanecía totalmente inmóvil frente al pentagrama; inmóvil excepto por las alas, que se movían lentamente. El aire apestaba a corrosión y a quemado.

—Agramon —dijo el ser alado—, soy el brujo Elias. Soy yo quien te ha invocado.

Por un momento se hizo el silencio. Luego el demonio rió, si pudiera decirse que el humo ríe. La risa misma era cáustica como el ácido.

—Brujo estúpido —resolló Agramon—. Chico estúpido.

—Tú eres el estúpido, si piensas que puedes amenazarme —replicó Elias, pero su voz tembló igual que sus alas—. Serás un prisionero del pentagrama, Agramon, hasta que te libere.

—¿Lo seré?

El humo ondeó ante Elias, formándose y reformándose a sí mismo. Un aro que pendía tomó la forma de una mano humana y acarició la orilla del ardiente pentagrama que lo contenía. Entonces, el humo hirvió sobrepasando el borde de la estrella y se derramó por encima como una ola abriendo una brecha en un dique. Las llamas ardieron con luz parpadeante y se extinguieron mientras Elias, chillando, retrocedía dando traspiés. Empezó a salmodiar, en veloz chthonian, conjuros de contención y destierro. No sucedió nada; la masa de humo negro avanzó inexorable mientras empezaba a tomar algo parecido a una forma, una forma deforme, horrenda y enorme, y los ojos refulgentes cambiaban, redondeándose hasta tener el tamaño de platos que vertían una luz terrible.

El hombre observaba con impasible interés mientras Elias chillaba de nuevo y se volteaba para huir. No llegó a la puerta. Agramon se lanzó hacia adelante, y su oscura masa se estrelló sobre el brujo como una oleada de negro alquitrán hirviente. Elias forcejeó débilmente por un instante bajo el ataque… y luego se quedó inmóvil.

La forma negra retrocedió, dejando al brujo yaciendo en una extraña postura sobre el suelo de mármol.

—Realmente espero —dijo el hombre, que había sacado el objeto de frío metal del bolsillo y jugueteaba con él despreocupadamente— que no le hayas hecho nada que lo haya dejado inservible para mí. Necesito su sangre, ¿sabes?

Agramon se volteó, un pilar negro con mortíferos ojos diamantinos. Estudió al hombre del traje caro, su rostro estrecho e indiferente, las marcas negras que le cubrían la piel y el objeto refulgente que tenía en la mano.

—¿Tú le pagaste a este niño brujo para que me invocara? ¿Y no le dijiste lo que yo soy capaz de hacer?

—Bingo —contestó el hombre.

—Eso fue muy inteligente —repuso Agramon con reticente admiración.

El hombre dio un paso hacia el demonio.

—Muy inteligente. Y ahora también soy tu amo. Sostengo la Copa Mortal. Debes obedecerme o enfrentarte a las consecuencias.

El demonio permaneció callado un momento. Luego se deslizó al suelo en una pantomima de homenaje; lo más parecido a una postura arrodillada que podía adoptar una criatura sin un cuerpo real.

—Estoy a tu servicio, ¿mi señor…?

La frase finalizó, educadamente, en una pregunta.

El hombre sonrió.

—Puedes llamarme Valentine.

Primera parte

Una temporada en el infierno

Creo que estoy en el infierno, por lo tanto lo estoy.

ARTHUR RIMBAUD

1

LA FLECHA DE VALENTINE

—¿Sigues estando furioso?

Alec, recargado en la pared del ascensor, lanzó una mirada iracunda a Jace.

—No estoy furioso.

—Oh, sí lo estás.

Jace le hizo un gesto acusador a su hermanastro, luego dio un grito de dolor al sentir una fuerte punzada en el brazo.

Tenía todo el cuerpo adolorido por los violentos golpes que había recibido aquella tarde al caer tres pisos a través de unos suelos de madera podrida y aterrizar sobre un montón de chatarra. Hasta tenía los dedos magullados. Alec, que hacía muy poco que había dejado las muletas que tuvo que usar tras la pelea con Abbadon, tenía un aspecto comparable a lo mal que se sentía Jace. Su ropa estaba cubierta de lodo y los cabellos le colgaban en mechones lacios y sudorosos. Una larga cortada le descendía por el borde de la mejilla.

—No lo estoy —insistió Alec, apretando los dientes—. Sólo porque tú dijeras que los demonios dragones estaban extintos...

—Dije que estaban extintos en su mayoría.

Alec le señaló con el dedo.

—Extintos en su mayoría —respondió con la voz temblándole de ira— es NO LO BASTANTE EXTINTOS.

—Entiendo —repuso Jace—, pues haré que cambien lo que aparece en el libro de texto de demonología, de «casi extintos» a «no lo bastante extintos para Alec. Él prefiere a sus monstruos realmente, realmente extintos». ¿Contento?

—Chicos, chicos —intervino Isabelle, que había estado examinándose el rostro en la pared de espejo del ascensor—. No se peleen. —Se apartó del espejo con una sonrisa radiante—. Muy bien, hubo un poco más de acción de la que nos esperábamos, pero a mí me pareció divertido.

Alec la miró y movió la cabeza.

—¿Cómo te las arreglas para no mancharte nunca de lodo?

Isabelle se encogió de hombros con un gesto filosófico.

—Soy pura de corazón. Repelo la mugre.

Jace lanzó tal carcajada que ella lo miró con cara de pocos amigos. Él agitó los dedos cubiertos de lodo en su dirección. Las uñas eran medias lunas negras.

—Mugrienta por dentro y por fuera.

Isabelle estaba a punto de replicar cuando el elevador se detuvo con un chirrido de frenos.

—Ya es hora de hacer que arreglen esto —comentó mientras abría violentamente la puerta.

Jace salió tras ella al vestíbulo, con ganas ya de desprenderse de la armadura y las armas y darse una ducha caliente. Había convencido a sus hermanastros para que salieran de caza con él, a pesar de que ninguno de ellos se sentía totalmente a gusto saliendo solo ahora que Hodge ya no estaba allí para darles instrucciones. Pero Jace había deseado la inconsciencia de la lucha, la dura diversión de matar y la distracción de las heridas. Ellos lo habían acompañado, arrastrándose por mugrientos túneles de metro abandonados hasta que encontraron al demonio dragonidae y lo mataron. Los tres trabajando juntos en perfecta sincronía, como siempre lo habían hecho.

Jace se bajó el cierre de la chamarra, se la quitó y la colgó de uno de los ganchos de la pared. Alec se había sentado en un banco pequeño de madera junto a él, y estaba quitándose las botas cubiertas de lodo mientras tarareaba desafinando por lo bajo para hacer saber a Jace que en realidad no estaba tan molesto. Isabelle se quitaba los pasadores de la larga melena oscura, dejándola caer.

—Estoy hambrienta —dijo—. Ojalá mamá estuviera aquí para cocinarnos algo.

—Es mejor que no esté —repuso Jace mientras se desabrochaba el cinturón de las armas—. Ya nos estaría chillando por cómo dejamos de sucias las alfombras.

—En eso tienes razón —dijo una voz fría. Jace volteó, con las manos aún en el cinturón, y vio a Maryse Lightwood en la entrada con los brazos cruzados.

Maryse llevaba un adusto traje negro de viaje, y los cabellos, negros como los de Isabelle, estaban recogidos en una gruesa cola que le colgaba hasta la mitad de la espalda. Sus ojos, de un azul glacial, pasaron raudos sobre los tres jóvenes como un reflector de rastreo.

—¡Mamá!

Isabelle, recuperando la compostura, corrió hacia su madre para abrazarla. Alec se puso de pie y se unió a ellas, intentado ocultar su cojera.

Jace permaneció donde estaba. Algo en los ojos de Maryse lo había dejado paralizado cuando su mirada había pasado sobre él. Lo que había dicho no era tan malo, ¿no? Siempre bromeaban sobre su obsesión por las alfombras antiguas…

—¿Dónde está papá? —preguntó Isabelle, apartándose de su madre—. ¿Y Max?

Se produjo una pausa casi imperceptible.

—Max está en su habitación —contestó finalmente Maryse—. Y su padre, por desgracia, sigue en Alacante. Había cierto asunto allí que requería su atención.

Alec, por lo general más sensible a los estados de ánimo que su hermana, pareció vacilar.

—¿Todo bien?

—Yo sí podría preguntarte eso. —El tono de su madre era seco—. ¿Cojeas?

—Bueno...

Alec mentía muy mal, así que Isabelle acudió en su rescate, sin alterarse.

—Tuvimos un pequeño roce con un demonio dragonidae en los túneles del metro. Pero no fue nada.

—¿Y supongo que el Demonio Mayor con el que se enfrentaron la semana pasada tampoco fue nada?

Incluso Isabelle calló ante aquello. Miró a Jace, quien deseó que no lo hubiese hecho.

—Eso no estaba planeado —contestó éste.

Jace estaba teniendo problemas para concentrarse. Maryse no lo había saludado aún, no le había dicho ni hola siquiera, pero seguía mirándolo con ojos que eran como dagas azules. Empezó a notar una sensación de vacío en la boca del estómago, que se iba intensificando. Ella jamás lo había mirado de ese modo antes, hubiese hecho lo que hubiese hecho.

—Fue un error...

—¡Jace!

Max, el más joven de los Lightwood, se coló por el lado de Maryse y entró como una exhalación en la sala, esquivando la mano de su madre, que intentaba agarrarle.

—¡Has vuelto! Todos han vuelto. —Giró sobre sí mismo, sonriendo triunfal a Alec y a Isabelle—. Me pareció oír el elevador.

—Y a mí me parece que te dije que te quedaras en tu habitación —replicó Maryse.

—No lo recuerdo —respondió Max, con una seriedad que hizo sonreír incluso a Alec.

Max era pequeño para su edad —parecía tener unos siete años—, pero poseía una reservada circunspección que, combinada con sus lentes descomunales, le proporcionaban el aire de alguien mayor. Alec le alborotó los cabellos, pero Max seguía mirando a Jace con ojos brillantes. Jace sintió que el frío puño que le estrujaba el estómago se relajaba un poco. Max siempre lo había idolatrado como no lo hacía con Alec, probablemente porque Jace era muchísimo más tolerante con la presencia del pequeño.

—Oí que peleaste con un Demonio Mayor —dijo Max—. ¿Fue formidable?

—Fue… diferente —respondió Jace evasivo—. ¿Qué tal Alacante?

—Eso sí que fue formidable. Vimos las cosas más fabulosas. Tienen un arsenal enorme, y me llevaron a algunos de los lugares donde fabrican las armas. También me enseñaron un modo nuevo de fabricar cuchillos serafín, para que duren más, y voy a intentar conseguir que Hodge me enseñe…

Jace no pudo evitarlo; los ojos se le fueron al instante hacia Maryse, con una expresión incrédula. ¿Así que Max no sabía lo de Hodge? ¿No se lo habían contado?

Maryse vio su expresión, y los labios se le afinaron en una línea delgada como un cuchillo.

—Ya es suficiente, Max —ordenó, y agarró a su hijo menor del brazo.

Éste echó la cabeza hacia atrás para mirarla sorprendido.

—Pero estoy hablando con Jace…

—Ya veo. —Lo empujó con suavidad hacia Isabelle—. Isabelle, Alec, lleven a su hermano a su habitación. Jace —había tensión en la voz de Maryse cuando pronunció su nombre, como si un ácido invisible secara las sílabas en su garganta—, límpiate y reúnete conmigo en la biblioteca tan pronto como puedas.

—No entiendo —intervino Alec, pasando la mirada entre su madre y Jace—. ¿Qué es lo que sucede?

Jace podía notar que un sudor frío empezaba a correrle por la columna vertebral.

—¿Tiene esto que ver con mi padre? —preguntó.

Maryse se estremeció dos veces, como si las palabras «mi padre» hubiesen sido dos bofetones separados.

—La biblioteca —dijo con los dientes apretados—. Discutiremos el asunto allí.

—Lo que pasó mientras no estaban no fue culpa de Jace —intervino Alec—. Todos estuvimos metidos en ello. Y Hodge dijo...

—También hablaremos sobre Hodge más tarde.

Los ojos de Maryse estaban puestos en Max, y el tono de su voz era de advertencia.

—Pero, madre —protestó Isabelle—, si vas a castigar a Jace, deberías castigarnos a nosotros también. Sería lo justo. Todos hicimos exactamente lo mismo.

—No —repuso Maryse tras una pausa tan larga que Jace pensó que tal vez no iba a decir nada en absoluto—. No lo hicieron.

—Regla número uno del anime —dijo Simon. Estaba sentado, recostado sobre un montón de almohadones al pie de la cama, con una bolsa de papas fritas en una mano y el control remoto del televisor en la otra. Llevaba una camiseta negra en la que se leía I BLOGGED YOUR MOM y unos jeans con un agujero en una rodilla—. Nunca fastidies a un monje ciego.

—Lo sé —respondió Clary tomando una papa frita y remojándola en el bol de salsa que se mantenía en equilibrio sobre la mesita situada entre ambos—. Por algún motivo siempre son luchadores mucho mejores que los monjes que pueden ver. —Miró detenidamente la pantalla—. ¿Están bailando esos tipos?

—Eso no es bailar. Están intentando matarse el uno al otro. Éste es el tipo que es el enemigo mortal del otro tipo, ¿recuerdas? Él mató a su padre. ¿Por qué tendrían que estar bailando?

Clary masticó la papa y contempló meditabunda la pantalla, en la que unos remolinos de nubes rosas y amarillas ondulaban entre las figuras de dos hombres alados, que flotaban el uno alrededor del otro, aferrando cada uno a una lanza refulgente. De vez en cuando, uno de ellos hablaba, pero como estaba todo en japonés con subtítulos en chino, no quedaba demasiado claro.

—El tipo del sombrero —inquirió ella—. ¿Era el malo?

—No, el del sombrero era el padre. Era el emperador mágico, y aquél era su sombrero de poder. El malo era el de la mano mecánica que habla.

Sonó el teléfono. Simon dejó la bolsa de papas e intentó levantarse para contestar. Clary le puso una mano en la muñeca.

—No. Deja que suene.

—Pero podría ser Luke. Podría estar llamando desde el hospital.

—No es Luke —afirmó Clary, con mayor seguridad de la que sentía—. Él llamaría a mi celular, no a tu casa.

Simon la miró durante un largo rato antes de volver a dejarse caer en la alfombra junto a ella.

—Si tú lo dices.

Ella percibió la duda en su voz, pero también el compromiso no pronunciado: «Sólo quiero que seas feliz». No estaba segura de que «feliz» fuese precisamente como podría sentirse en esos momentos, con su madre en el hospital conectada a tubos y máquinas que hacían ruido, y con Luke como un zombi, desplomado en la silla de plástico rígido junto a su cama. Tampoco preocupándose como se preocupaba todo el tiempo por Jace, ni tomando el teléfono una docena de veces para llamar al Instituto antes de volver a colgar el auricular, sin marcar el número. Si Jace quería hablar con ella, podía llamarla él.

Quizá había sido un error llevarlo a ver a Jocelyn. Estaba tan segura de que si su madre podía oír la voz de su hijo, de su primogénito, se despertaría. Pero no lo había hecho. Jace había permanecido rígido e incómodo junto a la cama, con el rostro como el de un ángel pintado, y los ojos vacíos e indiferentes. Finalmente, Clary había perdido la paciencia y le había gritado, y él le había respondido también con gritos antes de irse hecho una furia. Luke lo había contemplado marcharse con una especie de interés clínico en su exhausto rostro.

—Es la primera vez que los veo actuar como hermano y hermana —comentó.

Clary no contestó. De nada hubiera servido decirle lo mucho que deseaba que Jace no fuese su hermano. No podía arrancarse su propio ADN por mucho que deseara hacerlo. Por mucho que eso fuera a hacerla feliz.

Pero incluso si no podía controlar lo de ser feliz, se dijo, al menos allí, en casa de Simon, en su cuarto, se sentía cómoda y a gusto. Lo conocía el tiempo suficiente como para recordar que tuvo una cama en forma de camión de bomberos y LEGO amontonados en un rincón de la habitación. En la actualidad, la cama era un futón con un edredón acolchado de brillantes líneas de colores, que le había regalado su hermana, y las paredes estaban empapeladas con pósters de grupos como Rock Solid Panda y Stepping Razor. Había una batería metida en el rincón donde habían estado los LEGO y una computadora en la otra esquina, la pantalla congelada aún con una imagen de *World of Craft*. Le resultaba casi tan familiar como estar en su propio cuarto en su casa... que ya no existía, así que al menos esto era lo mejor que le quedaba.

—Más chibis —indicó Simon con pesimismo.

Todos los personajes de la pantalla se habían convertido en versiones infantiles de dos centímetros y medio de sí mismos, y se perseguían unos a otros agitando cacerolas y sartenes.

—Voy a cambiar de canal —anunció Simon, tomando el control remoto—. Estoy harto de este anime. No tengo ni idea de cuál es el argumento y nunca se acuesta nadie con nadie.

—Por supuesto que no lo hacen —dijo Clary mientras agarraba otra papa—. El anime es una diversión familiar sana.

26

—Si estás de humor para una diversión menos sana, podríamos probar los canales porno —comentó Simon—. ¿Prefieres ver *Las brujas del pecho ardiente* o *Acostándome con Dianne*?

—¡Dame eso!

Clary intentó agarrar el control, pero Simon, riendo entre dientes, ya le había cambiado a otro canal.

Las risas se interrumpieron bruscamente. Clary alzó los ojos sorprendida y lo vio contemplando el televisor con mirada vaga. Era una vieja película en blanco y negro: *Drácula*. Ella ya la había visto, con su madre. Bela Lugosi, delgado y pálido, aparecía en la pantalla envuelto en la familiar capa de cuello alzado, los labios abiertos en una mueca que dejaba ver sus afilados colmillos.

—Nunca bebo… vino —masculló con su fuerte acento búlgaro.

—Me encanta que las telarañas estén hechas de goma —comentó Clary, intentando quitarle importancia—. Se ve claramente.

Pero Simon ya se había puesto de pie, dejando caer el control sobre la cama.

—Vuelvo en seguida —musitó.

Tenía el rostro del color del cielo invernal justo antes de llover. Clary lo contempló irse, mordiéndose el labio con fuerza; era la primera vez desde que su madre estaba en el hospital que reparaba en que quizá Simon tampoco se sentía demasiado feliz.

Mientras se secaba el cabello con una toalla, Jace contempló su reflejo en el espejo con una mueca burlona. Una runa curativa se había ocupado de las peores magulladuras, pero no había servido de nada para las sombras que tenía bajo los ojos ni para las tensas líneas de las comisuras de los labios. Le dolía la cabeza y se sentía ligeramente mareado. Sabía que debió comer algo esa mañana, pero se había despertado con náuseas y jadeando por culpa de las pesadillas, sin querer detenerse para comer, deseando tan sólo la liberación de la actividad física, quemar sus sueños con cardenales y sudor.

Arrojó la toalla a un lado y pensó con nostalgia en el dulce té negro que Hodge solía preparar con las flores que se abrían de noche en el invernadero. Ese té le eliminaba las punzadas del hambre y le proporcionaba una rápida oleada de energía. Desde la muerte de Hodge, Jace había intentado hervir las hojas de las plantas en agua, para ver si podía obtener el mismo efecto, pero el único resultado fue un líquido amargo con regusto a ceniza que le provocó náuseas.

Descalzo, entró silenciosamente en el cuarto y se puso unos jeans y una camiseta limpia. Se echó hacia atrás los húmedos cabellos rubios, frunciendo el ceño. Los tenía demasiado largos y le caían sobre los ojos; algo sobre lo que seguro Maryse lo regañaría. Siempre lo hacía. Tal vez no fuera hijo biológico de los Lightwood, pero lo trataban como uno desde que lo habían adoptado a los diez años, tras la muerte de su propio padre. La «supuesta» muerte, recordó Jace, mientras aquella sensación de vacío en las tripas resurgía otra vez. Durante los últimos días, se había sentido como una calabaza ahuecada de Halloween, como si le hubiesen arrancado las tripas con un tenedor y las hubieran arrojado a la basura mientras seguía con una amplia sonrisa fija en su rostro. A menudo se preguntaba si algo de lo que había creído sobre su vida, o sobre sí mismo, habría sido alguna vez verdad. Había pensado que era huérfano: no lo era. Había pensado que era hijo único: tenía una hermana.

Clary. El dolor regresó, más fuerte. Lo reprimió. Sus ojos se posaron en el pedazo de espejo roto que descansaba sobre el tocador, reflejando aún ramas verdes y un diamante de cielo azul. Ahora era casi el crepúsculo en Idris: el cielo estaba oscuro como el cobalto. Atragantándose con la sensación de vacío, se puso violentamente las botas y se marchó escalera abajo hacia la biblioteca.

Mientras descendía con un repiqueteo de tacones por los peldaños de piedra, se preguntó qué era exactamente lo que Maryse querría decirle a solas. Lo había mirado como si quisiera armarse de valor y abofetearlo. No recordaba la última vez que ella le había puesto la mano encima. Los Lightwood no eran partidarios del castigo corporal; todo un cambio de ser educado por Valentine, que había ideado toda clase de castigos dolorosos para fomentar la obediencia. La piel de cazador de sombras de Jace siempre se había curado, cubriéndolo todo excepto las peores señales. En los días y semanas que siguieron a la muerte de su padre, Jace recordaba haberse registrado el cuerpo en busca de cicatrices, de alguna marca que fuera un recuerdo, una recordatorio que lo atara físicamente a la memoria de su padre.

Llegó a la biblioteca y tocó una vez antes de empujar la puerta para abrirla. Maryse estaba allí, sentada en el viejo sillón de Hodge junto al fuego. La luz penetraba a raudales a través de las ventanas altas, y Jace pudo verle algunas canas en el pelo. Sostenía un vaso de vino tinto, y había una licorera de cristal tallado sobre la mesa, a su lado.

—Maryse —dijo Jace.

Ella se sobresaltó un poco, derramando algo de vino.

—Jace. No te oí entrar.

Él no se movió.

—¿Recuerdas aquella canción que les cantabas a Isabelle y a Alec… cuando eran pequeños y tenían miedo de la oscuridad, para que se durmieran?

Maryse pareció desconcertada.

—¿De qué estás hablando?

—Solía escucharte a través de las paredes —contestó él—. El cuarto de Alec estaba junto al mío.

Ella no dijo nada.

—Era en francés —siguió Jace—. La canción.

—No sé por qué recuerdas algo así. —Lo miró como si le acusara de algo.

—A mí nunca me la cantaste.

Hubo una pausa apenas perceptible.

—Ah, tú —dijo Maryse luego—. Tú nunca tuviste miedo a la oscuridad.

—¿Qué clase de niño de diez años no le tiene nunca miedo a la oscuridad?

La mujer arqueó las cejas.

—Siéntate, Jonathan —le ordenó—. Ahora.

Justo lo bastante despacio como para irritarla, Jace cruzó la habitación y se dejó caer en uno de los sillones de orejas que estaban junto al escritorio.

—Preferiría que no me llamaras Jonathan.

—¿Por qué no? Es tu nombre. —Maryse lo contempló pensativa—. ¿Cuánto hace que lo sabes?

—¿Saber qué?

—No seas estúpido. Sabes exactamente lo que te estoy preguntando. —Hizo girar el vaso en los dedos—. ¿Cuánto tiene que sabes que Valentine es tu padre?

Jace consideró y desechó varias respuestas. Por lo general, con Maryse podía salirse con la suya haciéndola reír. Él era una de las pocas personas en el mundo que podían hacerla reír.

—Más o menos el mismo que tú.

Maryse negó lentamente con la cabeza.

—No lo creo.

Jace se irguió muy tieso en su asiento. Tenía los puños apretados allí donde descansaban sobre los brazos del sillón. Pudo verse un leve temblor en los dedos y se preguntó si lo había tenido alguna vez antes. No lo creía. Sus manos siempre habían sido tan firmes como el latido de su corazón.

—¿No me crees?

Oyó la incredulidad de su propia voz y se estremeció por dentro. Desde luego que ella no le creía. Eso había sido evidente desde el momento en que había llegado a casa.

—No tiene sentido, Jace. ¿Cómo podías no saber quién era tu padre?

—Me dijo que era Michael Wayland. Vivíamos en la casa de campo de los Wayland…

—Un buen detalle ése —dijo Maryse—. ¿Y tu nombre? ¿Cuál es tu auténtico nombre?

—Tú sabes mi verdadero nombre.

—Jonathan Christopher. Sabía que ése era el nombre del hijo de Valentine. Sabía que Michael tenía un hijo que también se llamaba Jonathan. Es un nombre muy común entre los cazadores de sombras… y jamás me extrañó que lo compartieran, y en cuanto al segundo nombre del hijo de Michael, nunca se lo pregunté. Pero ahora no puedo evitar preguntármelo. ¿Cuál era el auténtico segundo nombre del hijo de Michael Wayland? ¿Cuánto tiempo había estado planeando Valentine lo que iba a hacer? ¿Desde cuándo sabía que iba a asesinar a Jonathan Wayland…? —Se interrumpió con los ojos clavados en Jace—. Jamás te pareciste a Michael, ¿sabes? —siguió—. Pero a veces los hijos no se parecen a sus padres. Nunca lo pensé antes. Pero ahora puedo ver a Valentine en ti. El modo en que me miras. Ese desafío. No te importa lo que diga, ¿verdad?

Pero sí le importaba. Lo que sí hacía muy bien era asegurarse de que ella no se diera cuenta.

—¿Y habría alguna diferencia si me importara?

Maryse dejó el vaso sobre la mesa. Estaba vacío.

—Y respondes a las preguntas con más preguntas para confundirme, como siempre hacía Valentine. Quizá debería haberlo sabido.

—Quizá nada. Soy exactamente la misma persona que he sido durante los últimos siete años. Nada ha cambiado en mí. Si no te recordé a Valentine entonces, no veo por qué debería recordártelo ahora.

Maryse apartó la mirada de él como si no soportara mirarlo directamente.

—Pero sin duda, cuando hablábamos sobre Michael, tenías que haber sabido que no podíamos estar refiriéndonos a tu padre. Las cosas que decíamos sobre él jamás podrían haberse dicho de Valentine.

—Decían que era un buen hombre. —La cólera se retorció en su interior—. Un cazador de sombras valiente. Un padre amante. Me parecía bastante exacto.

31

—¿Qué hay de las fotografías? Debes de haber visto fotografías de Michael Wayland y comprendido que no era el hombre al que llamabas padre. —Se mordió el labio—. Ayúdame con esto, Jace.

—Todas las fotografías se destruyeron en el Levantamiento. Eso es lo que ustedes me dijeron. Ahora me pregunto si no sería porque Valentine las mandó quemar para que nadie supiera quién estaba en el Círculo. Jamás he tenido una fotografía de mi padre —respondió Jace, y se preguntó si sonaría tan resentido como se sentía.

Maryse se llevó una mano a la sien y se la masajeó como si le doliera la cabeza.

—No puedo creer esto —dijo como para sí—. Es de locos.

—Entonces no lo creas. Créeme a mí —replicó Jace, y sintió que el temblor de las manos le aumentaba.

Ella dejó caer la mano.

—¿No piensas que quiero hacerlo? —inquirió, y por un momento él oyó en su voz el eco de la Maryse que había entrado en su habitación una noche cuando él tenía diez años y tenía la vista fija en el techo sin una lágrima, pensando en su padre…, y que se había sentado junto a su cama hasta que él se había dormido, justo antes del amanecer.

—Yo no lo sabía —repitió Jace—. Y cuando me pidió que regresara con él a Idris, dije que no. ¿Es que no cuenta eso?

Ella volvió la cabeza para mirar otra vez la licorera, como si pensara en tomar otra copa; luego pareció desechar la idea.

—Ojalá lo hiciera —dijo—. Pero existen tantas razones por las que tu padre podría querer que permanecieras en el Instituto... En lo que respecta a Valentine, no puedo permitirme confiar en nadie que haya estado bajo su influencia.

—También tú estuviste bajo su influencia —replicó Jace, y lo lamentó al instante al ver la expresión que apareció por un momento en el rostro de Maryse.

—Yo lo repudié —dijo ella—. ¿Lo has hecho tú? ¿Podrías hacerlo? —Sus ojos azules eran del mismo color que los de Alec, pero Alec jamás lo había mirado así—. Dime que lo odias, Jace. Dime que odias a ese hombre y a todo lo que representa.

Transcurrió un instante, y otro, y Jace, bajando la vista, vio que tenía los puños tan apretados que los nudillos se le marcaban, blancos y duros como las espinas en la columna vertebral de un pez.

—No puedo.

Maryse aspiró profundamente.

—¿Por qué no?

—¿Por qué no puedes decir tú que confías en mí? He vivido contigo casi la mitad de mi vida. Deberías conocerme bien.

—Suenas tan sincero, Jonathan. Siempre lo has hecho, incluso cuando eras una criatura que intentaba echarle la culpa a Isabelle o a Alec por algo que había hecho mal. Sólo he conocido a una persona en mi vida que pudiera resultar tan persuasiva como tú.

Jace sintió un sabor a cobre en la boca.

—Te refieres a mi padre.

—Para tu padre únicamente existían dos clases de personas en el mundo —continuó ella—: las que estaban a favor del Círculo y las que estaban en su contra. Las segundas eran enemigas, y las primeras, armas de su arsenal. Lo vi intentar convertir a cada uno de sus amigos, incluso a su propia esposa, en un arma para la Causa, ¿y quieres hacerme creer que no habría hecho lo mismo con su propio hijo? —Negó con la cabeza—. Lo conocí muy bien. —Por primera vez, Maryse lo miró con más tristeza que ira—. Eres una flecha disparada directamente al corazón de la Clave, Jace. Eres la flecha de Valentine. Tanto si lo sabes como si no.

Clary cerró la puerta del cuarto en el que atronaba la televisión y fue a buscar a Simon. Lo encontró en la cocina, inclinado sobre el fregadero y con el agua corriendo. Tenía las manos apoyadas en el escurridero.

—¿Simon?

La cocina era de un amarillo brillante y alegre, con las paredes decoradas con dibujos enmarcados en gis y lápiz que Simon y Rebecca habían hecho en la escuela primaria. Rebecca tenía cierto talento para el dibujo, se podía ver, pero en los dibujos de Simon las personas parecían parquímetros con mechones de pelo.

Él no alzó la vista, aunque ella se dio cuenta, por el modo en que se le tensaban los músculos de los hombros, de que la había oído. Se acercó al fregadero y le puso una mano suavemente sobre la espalda. A través de la camiseta de fino algodón notó los marcados nudos de la columna vertebral y se preguntó si habría adelgazado. No podía saberlo mirándolo, pues mirar a Simon era como mirar un espejo; cuando se veía a alguien todos los días, no siempre se podían notar los pequeños cambios en el aspecto exterior.

—¿Estás bien?

Él cerró la llave con un violento movimiento de muñeca.

—Claro. Estoy perfectamente.

Clary le puso un dedo del lado de la barbilla y lo hizo volver el rostro hacia ella. Sudaba, y los oscuros cabellos que le descansaban sobre la frente se le pegaban a la piel, a pesar de que el aire que entraba por la ventana medio abierta de la cocina era fresco.

—No tienes buen aspecto. ¿Fue la película?

Él no contestó.

—Lo siento. No debí haberme reído, es sólo…

—¿No recuerdas? —La voz de Simon sonó ronca.

—Yo… —Clary dejó que su voz se apagara.

Al rememorarla, aquella noche parecía como una larga nebulosa de carreras, de sangre y sudor, de sombras atisbadas en entradas, de caer por el espacio. Recordó los rostros blancos de los vampiros, como figuras recortables de papel contrastando con la oscuridad, y recordó a Jace sujetándola, gritándole con voz ronca al oído.

—No mucho. Es algo borroso.

La mirada de Simon se apartó velozmente de ella y luego regresó.

—¿Te parezco distinto? —preguntó.

34

Clary alzó los ojos hacia él. Los de Simon eran del color del café puro: no realmente negros, sino de un marrón cálido e intenso sin una traza de gris o avellana. ¿Parecía distinto? Quizá hubiera un toque extra de seguridad en su porte desde el día en que había matado a Abbadon, el Demonio Mayor; pero también tenía cierto aire de cautela, como si esperara o estuviera pendiente de algo. Había notado lo mismo en Jace. Quizá sólo fuera la conciencia de la mortalidad.

—Sigues siendo Simon.

Él entrecerró los ojos como si se sintiera aliviado, y cuando las pestañas descendieron, ella vio lo angulosos que se le veían los pómulos. Sí que había bajado de peso, se dijo, y estaba a punto de mencionarlo cuando él se inclinó y la besó.

Le sorprendió tanto el contacto de la boca de Simon en la suya que se quedó rígida, agarrándose del borde de la escurridera para sostenerse. Lo que no hizo, de todos modos, fue apartarlo, y Simon, tomando aquello como una muestra de ánimo, le deslizó la mano tras la cabeza e intensificó el beso, separándole los labios con los suyos. La boca del muchacho era suave, más suave de lo que había sido la de Jace, y la mano que le sujetaba el cuello era cálida y tierna. Sabía a sal.

Clary dejó que los ojos se le cerraran y, por un momento, flotó aturdidamente en la oscuridad y el calor, sintiendo cómo los dedos de Simon se movían por sus cabellos. Cuando el estridente timbre del teléfono se abrió paso a través de la neblina que la envolvía, Clary dio un salto hacia atrás como si él la hubiese alejado de un empujón. Se miraron fijamente el uno al otro durante un instante, en turbulenta confusión, como dos personas que de improviso se encuentran transportadas a un paisaje desconocido en el que nada resulta familiar.

Simon fue el primero en apartarse y alargar la mano hacia el teléfono, que colgaba de la pared junto al especiero.

—Diga.

Su voz sonaba normal, pero el pecho le ascendía y descendía velozmente. Le tendió el auricular a Clary.

—Es para ti.

Clary tomó el teléfono. Todavía notaba el martilleo del corazón en la garganta, como las alas en movimiento de un insecto atrapado bajo la piel.

«Es Luke, que llama del hospital. Algo le sucedió a mi madre.»

Tragó saliva.

—¿Luke? ¿Eres tú?

—No. Soy Isabelle.

—¿Isabelle?

Clary alzó los ojos y vio que Simon la observaba, apoyado en el fregadero. El rubor de sus mejillas había desaparecido.

—Por qué estás… quiero decir, ¿qué sucede?

Había un hipido en la voz de la otra muchacha, como si hubiese estado llorando.

—¿Está Jace ahí?

Clary incluso apartó el auricular para poder contemplarlo fijamente antes de volvérselo a colocar en la oreja.

—¿Jace? No. ¿Por qué tendría que estar aquí?

El susurro de Isabelle resonó por la línea telefónica igual que un jadeo.

—Se fue.

2

LA LUNA DEL CAZADOR

Maia nunca había confiado en los chicos guapos, motivo por el que odió a Jace Wayland la primera vez que puso los ojos en él.

Su hermano gemelo, Daniel, había nacido con la piel color miel y los enormes ojos oscuros de su madre, y había resultado ser la clase de persona que prende fuego a las alas de las mariposas para contemplar cómo arden y mueren mientras vuelan. También la había atormentado a ella, de modos pequeños y nimios al principio, pellizcándola allí donde los moretones no se verían, cambiando el champú de su botella por cloro. Ella había acudido a sus padres, pero no le habían creído. Nadie lo habría hecho, mirando a Daniel; habían confundido la belleza con la inocencia y la bondad. Cuando le rompió el brazo en tercero de secundaria, ella huyó de la casa, pero sus padres la llevaron de vuelta. En el primer año de la preparatoria, a Daniel lo atropelló un conductor que lo mató en el acto y se dio a la fuga. Al lado de sus padres junto a la tumba, Maia se sintió avergonzada por el abrumador alivio que sentía. Dios, se dijo, sin duda la castigaría por alegrarse de que su hermano hubiese muerto.

Al año siguiente, Él lo hizo. Maia conoció a Jordan. Cabello largo y oscuro, delgadas caderas en unos pantalones desgastados, camisetas de rockero indie y pestañas como las de una chica. Jamás se le ocurrió que fuera a interesarse en ella; los de su tipo, por lo general, preferían a las chicas pálidas y flacuchas con lentes a la última moda, pero a él pareció gustarle su figura rellenita. Entre un beso y otro le dijo que era hermosa. Los primeros meses fueron como un sueño; los últimos como una pesadilla. Se volvió posesivo, dominante. Cuando se enojaba con ella, gruñía y le soltaba un golpe en la mejilla con el dorso de la mano, dejándole una marca como si tuviera demasiado rubor. Cuando intentó romper con él, la empujó y la tiró al suelo en su propio patio delantero, antes de que ella corriera adentro y cerrara la puerta de un golpe.

Más tarde, hizo que la viera besando a otro chico, sólo para que quedara claro que todo había terminado entre ellos. Ya ni siquiera recordaba el nombre de aquel muchacho. Lo que sí recordaba era ir caminando a casa aquella noche, con la lluvia cubriéndole los cabellos de delicadas gotitas, y el lodo salpicándole las piernas de los pantalones, mientras tomaba un atajo por el parque cercano a su casa. Recordaba la figura oscura que había salido como una exhalación de atrás del carrusel de metal, el enorme y húmedo cuerpo del lobo derribándola sobre el lodo, el salvaje dolor mientras aquellas mandíbulas se le cerraban sobre la garganta. Había chillado y forcejeado, con el sabor de su propia sangre en la boca, y el cerebro aullando: «Esto es imposible. Imposible». No había lobos en Nueva Jersey, no en su barrio, no en el siglo XXI.

Los gritos hicieron que aparecieran luces en las casas cercanas, encendiéndose una tras otra igual que cerillos. El lobo la soltó, y de las fauces le colgaban hilos de sangre y carne desgarrada.

Veinticuatro puntos de sutura más tarde, Maia estaba de vuelta en su habitación rosa, con su madre revoloteando a su alrededor ansiosamente. El doctor de urgencias había dicho que el mordisco parecía el de un perro grande, pero Maia sabía bien lo que era. Antes de que el lobo se volviera para huir, había oído una ardiente y familiar voz que le susurraba al oído.

—Ahora eres mía. Siempre serás mía.

Nunca volvió a ver a Jordan; él y sus padres habían desocupado su departamento y se habían mudado. Ninguno de sus amigos sabía o quiso admitir que sabía adónde se habían ido. Sólo se sorprendió a medias la siguiente luna llena, cuando empezaron los dolores: dolores desgarradores que le recorrieron las piernas de arriba abajo, obligándola a caer al suelo, y le doblaron la columna vertebral como un mago doblaría una cuchara. Cuando los dientes se le cayeron de golpe de las encías y tintinearon contra el suelo como canicas derramadas, se desmayó. O creyó que lo había hecho. Despertó a kilómetros de distancia de su casa, desnuda y cubierta de sangre, con la cicatriz del brazo palpitando como un corazón. Aquella noche saltó al tren que iba a Manhattan. No fue una decisión difícil. Si ya era bastante malo ser birracial en un barrio conservador, a saber qué le harían a una mujer lobo.

No le resultó complicado encontrar una manada a la cual unirse. Había varias de ellas sólo en Manhattan. Acabó con la manada del centro, los que dormían en la vieja comisaría de Chinatown.

Los líderes de las manadas podían cambiar. Primero había sido Kito, luego Véronique, luego Gabriel y ahora Luke. Le había gustado mucho Gabriel, pero Luke era mejor. Tenía un aspecto que inspiraba confianza y unos afectuosos ojos azules; tampoco era demasiado apuesto, así que no le disgustó de entrada. Maia se sentía muy a gusto allí con la manada, durmiendo en la vieja comisaría y jugando a las cartas, comiendo comida china las noches que la luna no estaba llena y cazando por el parque cuando sí lo estaba, y luego bebiendo, para eliminar la resaca del Cambio, en La Luna del Cazador, uno de los mejores bares clandestinos para hombres lobo. Había cerveza a manos llenas, y nadie te pedía nunca la credencial para ver si tenías menos de dieciocho años. Ser un licántropo te hacía crecer de prisa, y mientras te salieran pelos y colmillos una vez al mes, no había inconveniente para que bebieras en La Luna, tuvieras la edad que tuvieras en años mundanos.

Últimamente, ya apenas pensaba en su familia, pero cuando el joven rubio del abrigo largo negro entró todo digno en el bar, Maia se quedó rígida. No se parecía a Daniel, no exactamente; Daniel había tenido cabellos oscuros que se le rizaban cerca del cuello, y la piel color miel; en cambio este chico era todo blanco y dorado. Pero tenían la misma clase de cuerpo, delgado; el mismo modo de caminar, como una pantera en busca de presa, y la misma total seguridad en la propia atracción. Apretó la mano convulsivamente alrededor de la copa y tuvo que recordarse: «Está muerto. Daniel está muerto».

Tras la llegada del muchacho, un torrente de murmullos recorrió rápidamente el bar, como la espuma de una ola salpicando desde la popa de un barco. El muchacho hizo como si no notara nada, arrastró hacia sí un banco de la barra con un pie calzado con una bota y se acomodó en él con los codos sobre la barra. En el silencio que siguió a los murmullos, Maia le oyó pedir malta sin mezclar y lo vio engullir la mitad de la copa con un diestro movimiento de muñeca. El licor tenía el mismo color dorado oscuro de su pelo. Cuando alzó la mano para dejar el vaso sobre la barra, Maia vio las gruesas Marcas negras enroscadas de las muñecas y el dorso de las manos.

Bat, el tipo sentado junto a ella y con quien había salido en una ocasión, aunque ahora sólo eran amigos, masculló algo en voz baja que sonó como «nefilim».

«Así que es eso», pensó Maia.

El muchacho no era un hombre lobo. Era un cazador de sombras, un miembro de la policía secreta del mundo arcano. Mantenían la ley, respaldados por la Clave, y no podías llegar a ser uno de ellos. Había que nacer. La sangre los convertía en lo que eran. Había un montón de rumores sobre ellos, la mayoría nada halagadores: eran soberbios, orgullosos y crueles; menospreciaban a los subterráneos. Había pocas cosas que a un licántropo le gustaran menos que un cazador de sombras…, tal vez sólo un vampiro.

La gente también decía que los cazadores de sombras mataban demonios. Maia recordaba la primera vez que había oído que los demonios existían y que le contaron lo que hacían. Le había producido dolor de cabeza. Los vampiros y los hombres lobo sólo eran personas con una enfermedad, eso lo comprendía, pero ¿esperar que creyera en todas aquellas estupideces sobre el cielo y el infierno, los demonios y los ángeles, y aun así que nadie fuera capaz de decirle con seguridad si había un Dios o no, o adónde iba uno cuando se moría? No era justo. Ahora creía en los demonios, había visto suficiente de lo que hacían para ser incapaz de negarlo, pero deseaba no haber tenido que hacerlo.

—Supongo —dijo el muchacho, apoyando los codos sobre la barra— que no sirven Bala de Plata aquí. ¿Demasiadas asociaciones dolorosas? —Los ojos le brillaban, entrecerrados y relucientes como la luna en cuarto creciente.

El barman, Freaky Pete, se limitó a echar una mirada al chico y movió la cabeza con desagrado. Si el chico no hubiese sido un cazador de sombras, imaginó Maia, Pete lo habría arrojado fuera de La Luna, pero se limitó a irse al otro extremo de la barra y dedicarse a sacarle brillo a los vasos.

—En realidad —dijo Bat, que era incapaz de mantenerse al margen de nada—, no la servimos porque lo cierto es que es una porquería de cerveza.

El muchacho volvió su reluciente mirada hacia Bat, y sonrió encantado. La mayoría de las personas no sonreían encantadas cuando Bat las miraba con aquella mirada especial suya: Bat medía un metro noventa y ocho y tenía una gruesa cicatriz que le desfiguraba la mitad del rostro, allí donde el polvo de plata le había quemado la carne. Bat no era uno de los que se quedaban a pasar la noche con la manada que vivía en la comisaría y dormía en las viejas celdas. Tenía su propio departamento, incluso un empleo. Había sido un novio bastante bueno, hasta el momento en que había dejado a Maia por una bruja pelirroja llamada Eve, que vivía en Yonkers y tenía una tienda de quiromancia en su propio garaje.

—¿Y tú qué estás bebiendo? —inquirió el muchacho, acercando

41

tanto el rostro a Bat que fue como un insulto—. ¿Un coctel Luna Llena... bueno, lo que les gusta a todos?

—Te crees que eres muy gracioso. —El resto de la manada se inclinaba para escucharlos, listos para respaldar a Bat si éste decidía partirle la cara al odioso chico de un puñetazo—, ¿no es cierto?

—Bat —dijo Maia. Se preguntó si ella era el único miembro de la manada que dudaba de la capacidad de Bat para partirle la cara al mocoso de un puñetazo. No es que dudara de Bat, pero había algo en los ojos del muchacho que la inquietaba—. Déjalo.

Bat no le hizo el menor caso.

—Contesta.

—¿Quién soy yo para negar lo evidente? —Los ojos del muchacho resbalaron sobre Maia como si fuera invisible y regresaron a Bat—. ¿Supongo que no te gustaría contarme qué le pasó a tu cara? Parece...

Entonces le dijo algo a Bat en una voz tan baja que Maia no lo oyó. Lo siguiente que ésta vio fue que Bat le lanzaba al muchacho un puñetazo que le habría hecho pedazos la mandíbula, sólo que el chico ya no estaba allí. Estaba de pie a un buen metro y medio de distancia, riendo, mientras el puño de Bat alcanzaba su abandonado vaso y lo enviaba volando por la barra hasta chocar contra la pared del fondo, donde cayó una lluvia de pedazos de cristal.

Antes de que Maia pudiera pestañear siquiera, Freaky Pete ya había salido de la barra y tenía el enorme puño cerrado sobre la camisa de Bat.

—Ya es suficiente —dijo Pete—. Bat, ¿por qué no das un paseo para tranquilizarte?

Bat se retorció para soltarse de Pete.

—¿Dar un paseo? Oíste...

—Sí. —La voz de Pete era queda—. Es un cazador de sombras. Sal a tranquilizarte, cachorro.

Bat dijo una palabrota y se apartó bruscamente del barman. Se fue con grandes zancadas hacia la salida, con los hombros engarrotados por la ira. La puerta se cerró ruidosamente a su espalda.

El muchacho había dejado de sonreír y observaba a Freaky Pete con una especie de oscuro resentimiento, como si el barman se hubiese llevado el juguete con el que él tenía intención de jugar.

—Eso no era necesario —dijo—, puedo cuidarme solo.

Pete contempló al cazador de sombras.

—Es mi bar lo que me preocupa —repuso por fin—. Tal vez sería conveniente que te fueras con tus asuntos a otro lugar, cazador de sombras, si no quieres tener problemas.

—No dije que no quisiera tener problemas. —El muchacho volvió a sentarse en el banco—. Además, no me he acabado mi copa.

Maia echó una ojeada detrás de ella, donde la pared del bar estaba empapada de alcohol.

—A mí me parece que sí —dijo ella.

Por un segundo, el muchacho se quedó simplemente inexpresivo; luego una curiosa chispa de diversión iluminó sus ojos dorados. En ese momento, se parecía tanto a Daniel que Maia quiso echarse hacia atrás.

Pete le puso otro vaso de líquido ambarino sobre la barra antes de que el muchacho pudiera responder.

—Aquí tienes —dijo. Sus ojos se clavaron en Maia, censurándola.

—Pete… —empezó a decir.

No llegó a terminar. La puerta del bar se abrió de golpe, y Bat apareció en la entrada. Maia necesitó un momento para darse cuenta de que la pechera de su camisa y las mangas estaban empapadas de sangre.

Se bajó del banco y corrió hacia él.

—¡Bat! ¿Estás herido?

El rostro del hombre estaba gris, y la plateada cicatriz le resaltaba en la mejilla igual que un pedazo de alambre retorcido.

—Un ataque —respondió Bat—. Hay un cuerpo en el callejón. Un chico muerto. Hay sangre… por todas partes. —Sacudió la cabeza y bajó los ojos para mirarse—. No es mi sangre. Estoy bien.

—¿Un cuerpo? Pero quién…

La respuesta de Bat quedó ahogada en la conmoción. Los asientos quedaron vacíos mientras la manada marchaba en tropel hacia la puerta. Pete salió de atrás de la barra y se abrió paso a través del gentío. Únicamente el muchacho cazador de sombras permaneció donde estaba, con la cabeza inclinada sobre su bebida.

A través de la gente amontonada alrededor de la puerta, Maia pudo ver fugazmente el pavimento gris del callejón, salpicado de sangre. Estaba todavía húmeda y se había escurrido entre las grietas del pavimento como las extremidades de una planta roja.

—¿La garganta cortada? —decía Pete a Bat, que había recuperado el color—. Cómo…

—Había alguien en el callejón. Alguien arrodillado sobre él —explicó Bat con voz tensa—. No como una persona… como una sombra. Salieron huyendo al verme. Él estaba todavía vivo. Moribundo. Me incliné sobre él, pero… —Se encogió de hombros; fue un movimiento espontáneo, pero las venas del cuello le sobresalían como gruesas raíces envolviendo el tronco de un árbol—. Murió sin decir nada.

—Vampiros —exclamó una hembra robusta de licántropo llamada Amabel que estaba junto a la puerta—. Los Hijos de la Noche. No puede haber sido otra cosa.

Bat la miró, luego se volteó y cruzó majestuoso la estancia en dirección a la barra. Agarró al cazador de sombras por la espalda de la chamarra… o alargó la mano como si ésa fuese su intención, pero el muchacho estaba ya de pie, volviéndose hacia él.

—¿Qué problema tienes, hombre lobo?

La mano de Bat seguía extendida.

—¿Estás sordo, nefilim? —gruñó—. Hay un chico muerto en el callejón. Uno de los nuestros.

—¿Te refieres a un licántropo o a alguna otra clase de subterráneo? —El muchacho alzó las cejas rubias—. Todos me parecen iguales.

Se oyó un rugido sordo... procedente de Freaky Pete, advirtió Maia con cierta sorpresa. Éste había vuelto a entrar en el bar y estaba rodeado por el resto de la manada; todos los ojos estaban fijos en el cazador de sombras.

—Sólo era un cachorro —dijo Pete—. Se llamaba Joseph.

El nombre no le sonó a Maia, pero vio lo apretadas que tenía Pete las mandíbulas y sintió un aleteo en el estómago. La manada estaba en pie de guerra ahora, y si el cazador de sombras tenía algo de sentido común, empezaría a dar marcha atrás como loco. Pero no. Se limitaba a permanecer allí de pie, mirándolos con aquellos ojos dorados y aquella sonrisa curiosa en el rostro.

—¿Un muchacho licántropo? —preguntó.

—Era un miembro de la manada —respondió Pete—. Sólo tenía quince años.

—Y exactamente ¿qué esperas que haga yo? —inquirió el muchacho.

Pete le miró fijamente, incrédulo.

—Eres nefilim —respondió—. La Clave nos debe protección en estas circunstancias.

El muchacho paseó la mirada por el bar, lentamente y con tal insolencia que el rostro de Pete empezó a enrojecer.

—No veo nada de lo que necesiten que los proteja —replicó el muchacho—. Excepto de una decoración más bien fea y un posible problema de moho. Pero, por lo general, eso se puede eliminar con cloro.

—Hay un cuerpo sin vida ante la puerta de este bar —insistió Bat, pronunciando cuidadosamente—. No crees que...

—Creo que es demasiado tarde para que él necesite protección —replicó el muchacho—, si ya está muerto.

Pete seguía mirándolo de hito en hito. Las orejas se le habían vuelto puntiagudas, y cuando habló, la voz quedó ahogada por unos caninos cada vez más grandes.

—No te pases, nefilim —dijo—. No te pases.

El muchacho lo miró con ojos opacos.

—¿Me estoy pasando?

—¿No vas a hacer nada? —preguntó Bat—. ¿De verdad?

—Me voy a terminar la copa —contestó él, mirando el vaso medio vacío que seguía sobre el mostrador—, si me dejan.

—¿Así que ésta es la actitud de la Clave, una semana después de los Acuerdos? —preguntó Pete con repugnancia—. ¿La muerte de los subterráneos no significa nada para ustedes?

El muchacho sonrió, y Maia sintió un cosquilleo en la espalda. Tenía exactamente la misma expresión que Daniel justo antes de que le arrancara las alas a una catarina.

—Qué típico de los subterráneos —siguió el muchacho— esperar que la Clave limpie su porquería por ustedes. Como si fuera de nuestra incumbencia el que algún chico estúpido decidiera esparcirse a sí mismo en forma de pinta por todo su callejón...

Antes de que nadie más pudiera moverse, Bat se abalanzó sobre el cazador de sombras; pero el muchacho ya no estaba allí. Bat dio un traspié y se volteó, con los ojos desorbitados. La manada lanzó una exclamación ahogada.

Maia se quedó boquiabierta. El cazador de sombras estaba sobre la barra, con los pies bien separados. Realmente parecía un ángel vengador disponiéndose a impartir justicia divina desde lo alto, como se suponía que debían hacer los cazadores de sombras. Entonces alargó una mano y cerró los dedos, rápidamente, en un gesto que ella conocía desde el patio de la escuela como «Ven y agárrame», y la manada se abalanzó sobre él.

Bat y Amabel treparon a la barra; el muchacho se volvió hacia ellos tan de prisa que su reflejo en el espejo de atrás de la barra fue borroso. Maia lo vio lanzar una patada, y a continuación los dos licántropos estaban gimiendo en el suelo bajo una cascada de cristales rotos. Oyó que el muchacho se reía mientras otra persona alzaba la mano y lo jalaba hacia abajo; el cazador de sombras se sumergió en la multitud con una facilidad que indicaba buena disposición. Luego ya no pudo verlo, perdido en medio de un maremágnum de brazos

46

y piernas en movimiento. Con todo, le pareció que podía oírlo reír, incluso a la vez que destellaba el metal, el filo de un cuchillo, y se oía a sí misma inspirar violentamente.

—Ya es suficiente.

Era la voz de Luke, sosegada, firme como un latido. Era extraño cómo siempre se reconocía la voz del líder de la manada. Maia volteó la cabeza y lo vio justo en la entrada del bar, con una mano apoyada en la pared. No parecía simplemente cansado, sino deshecho, como si algo lo estuviese demoliendo desde dentro; con todo, la voz era serena cuando volvió a hablar.

—Ya es suficiente. Dejen en paz al chico.

Inmediatamente la manada se separó del cazador de sombras, dejando sólo a Bat de pie allí, desafiante, con una mano sujetando aún la parte posterior de la camiseta del cazador de sombras y la otra empuñando un cuchillo de hoja corta. El muchacho tenía el rostro ensangrentado, pero no parecía precisamente alguien que necesitara que lo salvaran; sonreía con una mueca tan peligrosa como el cristal roto que cubría el suelo.

—No es un chico —replicó Bat—. Es un cazador de sombras.

—Son bienvenidos aquí —repuso Luke con tono neutral—. Son nuestros aliados.

—Dijo que no le importaba —insistió Bat enfurecido—. Lo de Joseph...

—Lo sé —indicó Luke en voz baja, y sus ojos se desviaron hacia el muchacho rubio—. ¿Veniste aquí sólo para buscar pelea, Jace Wayland?

El muchacho, Jace, sonrió, tensando el labio partido de modo que un hilito de sangre le corrió por la barbilla.

—Luke.

Bat, sobresaltado al oír el nombre de pila de su líder de la boca del cazador de sombras, soltó la parte posterior de la camiseta de Jace.

—No sabía...

—No hay nada que saber —repuso Luke, mientras el cansancio de sus ojos le iba penetrando en la voz.

Freaky Pete habló entonces con voz grave.

—Dijo que a la Clave no le importaría la muerte de un licántropo, aunque fuera un niño. Y no tienen ni una semana los Acuerdos, Luke.

—Jace no habla por la Clave —respondió Luke—, y no hay nada que pudiera haber hecho, incluso aunque quisiera. ¿No es cierto?

Miró a Jace, que estaba muy pálido.

—¿Cómo...?

—Sé lo que pasó —explicó Luke—. Con Maryse.

Jace se quedó rígido, y por un momento Maia vio, a través de la expresión de burla salvaje al estilo de Daniel, lo que había debajo, y era algo sombrío y cargado de angustia; le recordó más a sus propios ojos en el espejo que a los de su hermano.

—¿Quién te lo contó, Clary?

—Clary no.

Maia jamás había oído a Luke pronunciar aquel nombre antes, pero lo dijo en un tono que daba a entender que se trataba de alguien especial para él, y también para el cazador de sombras.

—Soy el líder de la manada, Jace. Oigo cosas. Vamos, vayamos a la oficina de Pete y charlemos.

Jace vaciló un instante antes de encogerse de hombros.

—Muy bien —repuso—, pero me deben ese whisky que no me he tomado.

—Ésa era mi última idea —dijo Clary con un suspiro de derrota, dejándose caer sobre los peldaños del exterior del Museo Metropolitano de Arte y clavando una desconsolada mirada en la Quinta Avenida.

—Fue buena. —Simon se sentó en el suelo a su lado, las largas piernas extendidas ante él—. Quiero decir, es un tipo al que le gustan las armas y matar, así que ¿por qué no la mayor colección de armas de toda la ciudad? Y yo siempre estoy dispuesto a hacer una visita a Armas y Armaduras, de todos modos. Me da ideas para mi campaña.

Ella lo miró sorprendida.

—¿Todavía estás jugando con Eric, Kirk y Matt?

—Claro. ¿Por qué no iba a hacerlo?

—Pensé que jugar ya no te parecería tan atractivo desde que...

«Desde que nuestras vidas empezaron a parecerse a una de sus campañas» incluidos chicos buenos, chicos malos, magia realmente repugnante y objetos hechizados importantes que uno tenía que encontrar si quería ganar el juego.

Excepto que en un juego, los buenos siempre ganaban; derrotaban a los chicos malos y se iban a casa con el tesoro. En cambio en la vida real, ellos habían perdido el tesoro, y a veces Clary todavía no tenía claro quiénes eran los buenos y quiénes los malos.

Miró a Simon y sintió una oleada de tristeza. Si él renunciaba a jugar sería culpa suya, igual que todo lo que le había sucedido a su amigo en las últimas semanas había sido culpa suya. Recordó su rostro blanco ante el fregadero esa mañana, justo antes de que lo besara.

—Simon... —empezó a decir.

—En estos momentos soy un clérigo medio troll que quiere vengarse de los orcos que mataron a su familia —explicó él alegremente—. Es imponente.

Clary lanzó una carcajada justo cuando sonaba su celular. Lo sacó de su bolsillo y abrió la tapa; era Luke.

—No lo hemos encontrado —dijo, antes de que él pudiera decir hola.

—No. Pero yo sí.

Clary se incorporó muy tiesa.

—Estás bromeando. ¿Está ahí? ¿Puedo hablar con él? —Se dió cuenta de que Simon la miraba incisivamente y bajó la voz—. ¿Está bien?

—Más o menos.

—¿Qué quieres decir con «más o menos»?

—Se metió en una pelea con una manada de hombres lobo. Tiene unas cuantas cortadas y moretones.

Clary entrecerró los ojos. ¿Por qué, ah, por qué se había metido Jace en una pelea con una manada de lobos? ¿Qué lo había llevado a hacer eso? Aunque claro, era Jace. Se metería en una pelea con un camión de gran tonelaje si se le pegaba la gana.

—Creo que deberías venir —continuó Luke—. Alguien tiene que razonar con él, y yo no estoy teniendo mucha suerte.

—¿Dónde estás? —preguntó Clary.

Él se lo dijo. Un bar llamado La Luna del Cazador en la calle Hester. Ella se preguntó si le habrían puesto un halo de glamour mágico para camuflajearlo. Cerró la tapa del teléfono con un golpecito y se volvió hacia Simon, que la miraba fijamente con las cejas contraídas.

—¿El hijo pródigo regresa?

—Algo así.

Clary se puso de pie rápidamente y se sacudió las piernas, calculando mentalmente cuánto tardarían en llegar a Chinatown en el metro, o si valía la pena apoquinar el dinero que Luke le había dado para un taxi. Probablemente no, decidió; si se quedaban atrapados en el tráfico, tardarían más que en el metro.

—¿… ir contigo? —oyó terminar de decir a Simon, que estaba poniéndose de pie. El muchacho estaba un peldaño abajo de ella, lo que hacía que tuvieran casi la misma estatura—. ¿Qué te parece?

Clary abrió la boca, luego la volvió a cerrar rápidamente.

—Esto…

—No has oído ni una palabra de lo que he dicho durante los últimos dos minutos, ¿verdad? —Simon sonaba resignado.

—No —admitió ella—, estaba pensando en Jace. Parecía como si estuviera mal. Lo siento.

Los ojos castaños de Simon se oscurecieron.

—¿Debo entender que vas a ir corriendo a vendarle las heridas?

—Luke me pidió que vaya —contestó ella—. Esperaba que vinieras conmigo.

Simon dio una patada al peldaño situado encima del suyo.

—Lo haré, pero… ¿por qué? ¿No puede regresar Luke a Jace al Instituto sin tu ayuda?

—Probablemente. Pero cree que Jace puede estar dispuesto a hablar conmigo sobre lo que está sucediendo.

—Pensaba que a lo mejor podríamos hacer algo esta noche —protestó Simon—. Algo divertido. Ver una película. Cenar en el centro.

Ella lo miró. A lo lejos, podía oír el chapoteo del agua en una fuente del museo. Pensó en la cocina de la casa de Simon, en las manos húmedas de éste sobre su cabello, pero todo parecía muy lejano, incluso a pesar de que podía verlo mentalmente del modo en que se podía recordar la fotografía de un incidente sin realmente recordar ya el incidente mismo.

—Es mi hermano —dijo—, tengo que ir.

Simon pareció demasiado cansado incluso para suspirar.

—Entonces voy contigo.

La oficina de la trastienda de La Luna del Cazador estaba al final de un pasillo estrecho sobre el que habían esparcido serrín. Aquí y allí el serrín estaba revuelto por las pisadas y manchado con un líquido oscuro que no parecía cerveza. Todo el lugar olía a humo y apestaba, un poco como a… perro mojado, Clary tuvo que admitir, aunque nunca se lo habría dicho a Luke.

—No está de muy buen humor —informó Luke, deteniéndose frente a una puerta cerrada—. Lo encerré en la oficina de Freaky Pete después de que casi matara a la mitad de mi manada sólo con las manos. No ha querido hablar conmigo, así que —se encogió de hombros— pensé en ti. —Pasó la mirada del rostro desconcertado de Clary al de Simon—. ¿Qué?

51

—No puedo creer que haya venido aquí —repuso Clary.

—Y yo no puedo creer que conozcas a alguien llamado Freaky Pete —bromeó Simon.

—Conozco a muchas personas —respondió Luke—. No es que Freaky Pete sea estrictamente una persona, pero yo no soy quién para hablar.

Empujó la puerta de la oficina y la abrió de par en par. Dentro se veía una habitación sencilla, sin ventanas, con banderines deportivos colgados en las paredes. Había un escritorio repleto de papeles sobre el que había un televisor pequeño, y detrás de él, en un sillón cuya piel estaba tan cuarteada que parecía mármol veteado, estaba Jace.

En cuanto la puerta se abrió, Jace agarró un lápiz amarillo que estaba sobre el escritorio y lo lanzó. Voló por los aires y golpeó la pared justo al lado de la cabeza de Luke, donde quedó clavado, vibrando. Los ojos de Luke se abrieron de par en par.

Jace sonrió débilmente.

—Lo siento, no me di cuenta de que eras tú.

Clary sintió que se le encogía el corazón. Hacía días que no había visto a Jace, y de algún modo parecía distinto; no era sólo la cara ensangrentada y los moretones, que eran nuevos, sino que la piel de su rostro parecía más tensa, los huesos más prominentes.

Luke señaló a Simon y a Clary con un movimiento de su mano.

—Te traje a alguien.

Los ojos de Jace fueron hacia ellos. Eran tan inexpresivos como si se los hubieran pintado en el rostro.

—Por desgracia —dijo—, sólo tenía ese lápiz.

—Jace… —empezó a decir Luke.

—No quiero que él esté aquí. —Jace movió violentamente la barbilla en dirección a Simon.

—Eso no es justo. —Clary estaba indignada.

¿Es que se le había olvidado que Simon le había salvado la vida a Alec, y que posiblemente les había salvado la vida a todos?

—Fuera, mundano —exclamó Jace, indicando la puerta.

Simon movió la mano.

—No pasa nada. Esperaré en el pasillo.

Salió sin dar un portazo, aunque Clary notó que deseaba hacerlo.

La muchacha volvió la cabeza hacia Jace.

—¿Tienes que ser tan…? —empezó, pero calló al ver su rostro, que parecía atormentado y curiosamente vulnerable.

—¿Desagradable? —finalizó él por ella—. Únicamente los días en los que mi madre adoptiva me echa de la casa con instrucciones de no volver a ensombrecer su puerta otra vez. Por lo general, soy extraordinariamente bonachón. Ponme a prueba cualquier día que no esté entre el lunes y el domingo.

Luke frunció el ceño.

—Maryse y Robert Lightwood no son mis seres favoritos, pero no puedo creer que Maryse haya hecho eso.

Jace pareció sorprendido.

—¿Los conoces? ¿A los Lightwood?

—Estaban en el Círculo conmigo —respondió Luke—. Me sorprendió cuando me enteré que dirigían el Instituto aquí. Al parecer hicieron un trato con la Clave, tras el Levantamiento, para asegurarse algún tipo de indulgencia, mientras que Hodge…, bueno, ya sabemos lo que le sucedió a Hodge. —Permaneció en silencio un momento—. ¿Dijo Maryse por qué te «exiliaba», por así decirlo?

—No cree que yo pensara que era el hijo de Michael Wayland. Me acusó de haber estado de parte de Valentine todo el tiempo… diciendo que le ayudé a escapar con la Copa Mortal.

—Entonces, ¿por qué ibas a seguir aquí? —preguntó Clary—. ¿Por qué no haber huido con él?

—No quiso decirlo, pero sospecho que piensa que me quedé para ser un espía. Una víbora en su seno. No es que ella usara la palabra «seno», pero la idea estaba ahí.

—¿Un espía de Valentine? —Luke parecía consternado.

—Cree que Valentine supuso que, debido al afecto que me tenían, ella y Robert creerían cualquiera cosa que yo les dijera. Así que Maryse ha decidido que la solución es no sentir ningún afecto por mí.

—El afecto no funciona de ese modo. —Luke movió la cabeza—. No puedes cerrarlo como una llave. Especialmente si eres padre.

—No son realmente mis padres.

—La paternidad es más que un lazo de sangre. Han sido tus padres durante siete años en todos los aspectos que importan. Maryse simplemente se siente dolida.

—¿Dolida? —Jace sonó incrédulo—. ¿Ella, dolida?

—Quería a Valentine, recuérdalo —explicó Luke—. Como lo quisimos todos. Él le hizo mucho daño. No quiere que su hijo se lo haga también. Le preocupa que les hayas mentido. Que la persona que creyó que eras todos estos años fuese una mentira, un truco. Tienes que tranquilizarla.

La expresión de Jace era una perfecta mezcla de obstinación y asombro.

—¡Maryse es una adulta! No debería necesitar que yo la tranquilizara.

—Ah, vamos, Jace —exclamó Clary—. No puedes esperar que todo el mundo se comporte perfectamente. Los adultos también meten la pata. Regresa al Instituto y habla con ella. Sé un hombre.

—No quiero ser un hombre —replicó Jace—, quiero ser un adolescente dominado por la angustia que no puede enfrentarse a sus demonios interiores y por eso ataca verbalmente a otras personas.

—Bueno —se burló Luke—, pues lo estás haciendo de maravilla.

—Jace —se apresuró a decir Clary, antes de que pudieran empezar a pelearse en serio—, tienes que volver al Instituto. Piensa en Alec y en Izzy, piensa en cómo les afectará esto.

—Maryse inventará algo para calmarlos. Quizá les diga que huí.

—No funcionará —respondió ella—. Isabelle estaba hecha un manojo de nervios cuando me llamó por teléfono.

—Isabelle siempre está hecha un manojo de nervios —replicó Jace, pero pareció complacido.

Se recostó en el sillón. Los moretones de la mandíbula y el pómulo destacaban igual que oscuras Marcas informes sobre la piel.

—No regresaré a un lugar en donde no confían en mí. Ya no tengo diez años. Puedo cuidar de mí mismo.

La expresión de Luke pareció indicar que no estaba muy seguro de eso.

—¿Adónde irás? ¿Cómo vivirás?

Los ojos de Jace relucieron.

—Tengo diecisiete años. Soy prácticamente un adulto. Cualquier cazador de sombras adulto tiene derecho a…

—Cualquier adulto. Pero tú no lo eres. No puedes obtener una remuneración de la Clave porque aún eres demasiado joven, y de hecho, los Lightwood están obligados por la Ley a cuidar de ti. Si ellos no quieren, se deberá nombrar a alguna otra persona o…

—¿O qué? —Jace saltó del asiento—. ¿Iré a un orfanato en Idris? ¿Me mandarán con una familia a la que nunca he visto? Puedo conseguir un trabajo en el mundo de los mundanos durante un año, vivir como uno de ellos…

—No, no puedes —replicó Clary—. Yo debería saberlo, yo era una de ellos. Eres demasiado joven para cualquier empleo, y además, con las habilidades que posees…, bueno, la mayoría de los asesinos profesionales son mayores que tú. Y son criminales.

—No soy un asesino.

—Si vivieras en el mundo de los mundanos —repuso Luke—, eso es todo lo que serías.

Jace se quedó rígido, apretando la boca, y Clary supo que las palabras de Luke le habían dado donde le dolía.

—No lo comprenden —insistió él con una repentina desesperación en la voz—. No puedo regresar. Maryse quiere que diga que odio a Valentine. Y no puedo hacerlo.

Jace alzó la barbilla, la mandíbula apretada con obstinación, los ojos puestos en Luke como si medio esperara que el adulto respondiera con desdén o incluso con horror. Al fin y al cabo, Luke tenía más motivos para odiar a Valentine que casi ninguna otra persona en el mundo.

—Lo sé —dijo Luke—; hubo un tiempo en que yo también lo quise.

Jace soltó aire, fue casi un sonido de alivio, y Clary pensó de repente: «Es por eso que vino aquí, a este lugar. No sólo para empezar una pelea, sino para llegar hasta Luke. Porque Luke lo comprendería». No todo lo que Jace hacía era descabellado o suicida, se recordó a sí misma. Simplemente lo parecía.

—No deberías tener que afirmar que odias a tu padre —repuso Luke—. Ni siquiera para tranquilizar a Maryse. Ella debería comprenderlo.

Clary miró a Jace con atención, intentando leerle el rostro. Era como un libro escrito en un idioma extranjero que hubiese estudiado durante muy poco tiempo.

—¿De verdad dijo que no quería que regresaras nunca? —preguntó Clary—. ¿O simplemente supusiste que era eso lo que quería decir, y te largaste?

—Me dijo que probablemente sería mejor si encontraba algún otro lugar durante un tiempo —respondió Jace—. No dijo dónde.

—¿Le diste la oportunidad de hacerlo? —inquirió Luke—. Oye, Jace, no hay ningún problema en que te quedes conmigo todo el tiempo que necesites. Quiero que lo sepas.

A Clary le dio un vuelco el estómago. La idea de tener a Jace en la misma casa en la que vivía, siempre cerca, la llenaba de una mezcla de júbilo y horror.

—Gracias —dijo el muchacho.

La voz era ecuánime, pero los ojos se habían dirigido al instante, impotentes, hacia Clary, y ésta pudo ver en ellos la misma terrible mezcla de emociones que sentía ella. «Luke —pensó ella—, en ocasiones desearía que no fueras tan generoso. O tan ciego.»

—Pero —siguió Luke—, creo que al menos deberías regresar al Instituto el tiempo suficiente para hablar con Maryse y descubrir qué está sucediendo en realidad. Suena como si hubiera más en todo esto de lo que te está contando. Más, quizá, de lo que estuviste dispuesto a escuchar.

Jace apartó violentamente su mirada de la de Clary.

—De acuerdo. —Tenía la voz ronca—. Pero con una condición. No quiero ir solo.

—Iré contigo —dijo rápidamente Clary.

—Lo sé. —La voz de Jace era queda—. Y quiero que lo hagas. Pero quiero que Luke venga también.

El hombre pareció sorprendido.

—Jace…, he vivido aquí quince años y jamás he ido al Instituto. Ni una sola vez. Dudo que Maryse sienta más cariño por mí que…

—Por favor —insistió el muchacho, y aunque la voz carecía de inflexión y habló en tono bajo, Clary casi pudo sentir, como algo palpable, el orgullo que había tenido que reprimir para pronunciar aquellas dos palabras.

—De acuerdo —Luke asintió con la cabeza, con el gesto de un líder de manada acostumbrado a hacer lo que tenía que hacer, así quisiera o no—, iré contigo.

Simon se apoyó en la pared del pasillo afuera de la oficina de Pete e intentó no sentir lástima de sí mismo.

El día había empezado bien. Bastante bien, por lo menos. Primero fue aquel incidente desagradable con la película de Drácula de la televisión, que le había producido náuseas y mareo y le había sacado al exterior todas las emociones y los anhelos que había estado intentando reprimir y olvidar. Luego, de algún modo, la náusea había eliminado la tensión de sus nervios y se había encontrado besando a Clary del modo en que había deseado hacerlo durante tantos años.

La gente siempre decía que las cosas nunca resultaban como uno se imaginaba que serían. La gente se equivocaba.

Y ella le había devuelto el beso...

Pero en esos momentos ella estaba allí dentro con Jace, y Simon sentía un nudo y unos retortijones en el estómago, igual que si se hubiera tragado un tazón lleno de gusanos. Una sensación de angustia a la que se había acostumbrado últimamente. No siempre fue así, incluso después de haber comprendido lo que sentía por Clary. Nunca la había presionado, jamás la había abrumado con sus sentimientos. Siempre había estado seguro de que un día ella despertaría de su sueño de príncipes de dibujos animados y héroes de kung fu, y se daría cuenta de lo que era evidente para ambos: se pertenecían el uno al otro. Y si bien ella nunca había parecido interesada en Simon, al menos tampoco había parecido interesada en nadie más.

Hasta Jace. Simon recordó estar sentado en los escalones del porche de la casa de Luke, observando a Clary mientras ella le explicaba quién era Jace y lo que hacía, mientras Jace se examinaba las uñas y mostraba un aire de superioridad. Simon apenas la había oído. Había estado demasiado ocupado fijándose en cómo miraba ella al chico rubio de los tatuajes extraños y el hermoso rostro anguloso. «Demasiado guapo», se había dicho Simon, pero era evidente que Clary no pensaba lo mismo: lo miraba como si fuese uno de sus héroes de cómic que hubiera cobrado vida. Nunca antes la había visto mirar a nadie de aquel modo, y siempre había pensado que si alguna vez lo hacía, sería a él. Pero no había sido así, y eso le había dolido más de lo que jamás había imaginado que algo podía dolerle.

Descubrir que Jace era el hermano de Clary había sido como ser llevado ante un pelotón de fusilamiento y luego recibir un indulto en el último momento. De repente el mundo volvía a parecer lleno de posibilidades.

Sin embargo, en esos momentos, ya no estaba tan seguro.

—Eh, tú. —Alguien se acercaba por el pasillo, un alguien no demasiado alto que se abría paso con cuidado por entre las salpicaduras de sangre—. ¿Esperas para ver a Luke? ¿Está ahí adentro?

—No exactamente. —Simon se apartó de la puerta—. Quiero decir, más o menos. Está ahí dentro con una amiga mía.

La persona, que acababa de llegar junto a él, se detuvo y lo miró fijamente. Simon pudo ver que se trataba de una chica de unos dieciséis años, con una piel tersa de un moreno claro. Los cabellos de color castaño dorado estaban recogidos en docenas de trenzas pequeñas y el rostro tenía casi la forma exacta de un corazón. El cuerpo era compacto y curvilíneo, con amplias caderas que se abrían desde una estrecha cintura.

—¿Ese tipo del bar? ¿El cazador de sombras?

Simon se encogió de hombros.

—Bueno, pues odio tener que decírtelo —dijo ella—, pero tu amigo es un imbécil.

—No es mi amigo —replicó Simon—. Y no podría estar más de acuerdo contigo, la verdad.

—Pero creía que habías dicho...

—Dije amiga. Estoy esperando a su hermana —repuso Simon—. Es mi mejor amiga.

—¿Y está ahí dentro con él ahora? —La chica indicó la puerta con el pulgar.

Llevaba anillos en todos los dedos, aros de aspecto primitivo de bronce y oro. Los pantalones de mezclilla estaban desgastados pero limpios, y cuando volteó la cabeza, le vio la cicatriz que le cruzaba el cuello, justo por encima de la camiseta.

—Bueno —repuso ella de mala gana—, tengo experiencia con hermanos imbéciles. Supongo que ella no tiene la culpa.

—No la tiene —replicó Simon—. Pero puede que sea la única persona a la que él escuche.

—No me pareció de los que escuchan —indicó la muchacha, y atrapó su mirada de reojo; una expresión divertida le pasó rauda por el rostro—. Me estás mirando la cicatriz. Es donde me mordieron.

—¿Mordieron? Quieres decir que eres…

—Una mujer lobo —concluyó ella—. Como todos los demás aquí. Excepto tú, y el imbécil. Y la hermana del imbécil.

—Pero tú no has sido siempre una mujer lobo… Quiero decir, no naciste así, ¿no?

—La mayoría de nosotros no nacimos así —respondió la muchacha—. Eso es lo que nos hace diferentes de tus compinches cazadores de sombras.

—¿El qué?

—Antes fuimos humanos —respondió, y sonrió fugazmente.

Simon no dijo nada a eso. Al cabo de un momento, la muchacha le tendió la mano.

—Maia.

—Simon.

Le estrechó la mano. Era seca y suave. Ella alzó los ojos hacia él, mirándolo por entre unas pestañas de un castaño dorado, el color de un pan con mantequilla.

—¿Cómo sabes que Jace es un imbécil? —preguntó—. O quizá debería decir, ¿cómo lo averiguaste?

Ella retiró la mano.

—Destrozó el bar. Le dio una paliza a mi amigo Bat. Incluso dejó inconscientes a un par de los de la manada.

—¿Están todos bien? —Simon se sintió alarmado. Jace no le había parecido alterado, pero conociéndole, Simon no tenía ninguna duda de que podía matar a varias personas en una sola mañana y luego ir a tomarse unos tragos—. ¿Los vio un médico?

—Un brujo —respondió la muchacha—. Los nuestros no tienen mucha relación con los médicos mundanos.

—¿Los subterráneos?

La joven arqueó las cejas.

—Alguien te ha enseñado la jerga, ¿eh?

Simon se sintió irritado.

—¿Cómo sabes que no soy uno de ellos? ¿O de los tuyos? Un cazador de sombras o un subterráneo, o...

Maia negó con la cabeza hasta que las trenzas le saltaron.

—Simplemente brilla en ti —dijo, un tanto amargamente— tu humanidad.

La intensidad de su voz casi le produjo a Simon un escalofrío.

—Podría tocar la puerta —sugirió éste, sintiéndose repentinamente tonto—. Si quieres hablar con Luke.

Ella se encogió de hombros.

—Sólo dile que Magnus está aquí, averiguando qué pasó en el callejón. —Sin duda Simon debió de parecer sobresaltado, porque ella dijo—: Magnus Bane. Es un brujo.

«Lo sé», quiso decir Simon, pero no lo hizo. Toda la conversación ya había sido suficientemente fantástica.

—Ok.

Maia comenzó a marcharse, pero se detuvo a mitad del pasillo, con una mano en la puerta.

—¿Crees que su hermana será capaz de hacerlo entrar en razón? —preguntó.

—Si le hace caso a alguien, será a ella.

—Eso es bonito —repuso Maia—. Que quiera a su hermana de ese modo.

—Sí —repuso Simon—. Es una maravilla.

3

LA INQUISIDORA

La primera vez que Clary había visto el Instituto, éste tenía el aspecto de una iglesia ruinosa, con el tejado derrumbado y una sucia cinta policial amarilla manteniendo la puerta cerrada. Ahora no tuvo que concentrarse para disipar la ilusión. Incluso desde el otro lado de la calle podía ver exactamente lo que era, una imponente catedral gótica cuyas agujas parecían agujerear el cielo azul oscuro igual que cuchillos.

Luke se quedó en silencio. Estaba claro por la expresión de su rostro, que alguna especie de lucha tenía lugar en su interior. Mientras subían los escalones, Jace metió la mano dentro de su camiseta como de costumbre, pero cuando la sacó, estaba vacía. Lanzó una amarga carcajada.

—Se me había olvidado. Maryse me quitó las llaves antes de que me fuera.

—Claro.

Luke estaba justo frente a las puertas del Instituto. Tocó con suavidad los símbolos tallados en la madera, justo debajo del arquitrabe.

—Estas puertas son exactamente iguales a las de la Sala del Consejo en Idris. Nunca pensé que vería algo igual otra vez.

Clary casi se sintió culpable al interrumpir la ensoñación de Luke, pero existían cuestiones prácticas de las que había que ocuparse.

—Si no tenemos la llave…

—No debería ser necesaria. Un Instituto debería estar abierto a cualquiera de los nefilim que no quiera hacer daño a los que lo habitan.

—¿Y si son ellos los que quieren hacernos daño a nosotros? —masculló Jace.

Luke esbozó una sonrisa a medias.

—No creo que eso influya.

—Bien, la Clave siempre se asegura de que las circunstancias estén de su parte. —La voz de Jace sonó ahogada; el labio inferior se le estaba hinchando y el párpado izquierdo empezaba a ponérsele morado.

«¿Por qué no se ha curado?», se preguntó Clary.

—¿También te quitó la estela? —inquirió.

—No tomé nada cuando me fui —respondió Jace—. No quise llevarme nada que los Lightwood me hubieran dado.

Luke le miró con cierta inquietud.

—Todo cazador de sombras debe tener una estela.

—En ese caso ya conseguiré otra —replicó Jace, y posó la mano sobre la puerta del Instituto—. En el nombre de la Clave —dijo—, solicito la entrada a este lugar sagrado. Y en el nombre del ángel Raziel, solicito tu bendición en mi misión contra…

Las puertas se abrieron de golpe. Clary pudo ver el interior de la catedral a través de ellas; la lóbrega oscuridad iluminada aquí y allá por velas metidas en altos candelabros de hierro.

—Bueno, esto es muy cómodo —ironizó Jace—. Imagino que las bendiciones son más fáciles de conseguir de lo que pensaba.

—El Ángel sabe cuál es tu misión —replicó Luke—. No tienes que decir las palabras en voz alta, Jonathan.

Por un momento, a Clary le pareció ver algo en el rostro de Jace, ¿incertidumbre, sorpresa?, tal vez incluso ¿alivio? Pero todo lo que éste dijo fue:

—Nunca vuelvas a llamarme de esa manera. Jonathan no es mi nombre.

Atravesaron la planta baja de la catedral pasando ante las bancas vacías y la luz que ardía permanentemente en el altar. Luke miró alrededor con curiosidad, e incluso pareció sorprendido cuando el elevador, como una dorada jaula, llegó para llevarlos arriba.

—Esto tiene que haber sido idea de Maryse —dijo mientras entraban en él—. Es exactamente lo que le gusta.

—Lleva aquí tanto como yo —respondió Jace, mientras la puerta se cerraba detrás de ellos con un sonido metálico.

El viaje fue breve, y ninguno de ellos habló. Clary jugueteó nerviosamente con los flecos del pañuelo que llevaba en el cuello. Se sentía un poco culpable por haberle dicho a Simon que se fuera a casa y esperara a que ella le llamara más tarde. Se había dado cuenta, por la enojada posición de los hombros mientras caminaba con paso digno por Canal Street, de que el chico se había sentido despedido sumariamente. Con todo, no podía imaginar tenerle allí —un mundano— mientras Luke suplicaba a Maryse Lightwood en nombre de Jace; simplemente haría que todo resultara más tenso.

El ascensor se detuvo con un chasquido metálico. Salieron de él y se encontraron con *Iglesia*, que llevaba un listón rojo ligeramente desgastado alrededor del cuello, aguardándoles en la entrada. Jace se inclinó para pasar el dorso de la mano sobre la cabeza del gato.

—¿Dónde está Maryse?

Iglesia profirió un sonido gutural, a medio camino entre un ronroneo y un gruñido, y se alejó por el pasillo. Lo siguieron, Jace callado, Luke echando vistazos alrededor con evidente curiosidad.

—Jamás pensé que vería el interior de este lugar.

—¿Se parece a como pensabas que sería? —preguntó Clary.

—He estado en los Institutos de Londres y París; éste no es distinto de ésos, no. Aunque en cierto modo…

—En cierto modo ¿qué? —Jace iba varios pasos adelante.

—Es más frío —contestó Luke.

Jace no dijo nada. Habían llegado a la biblioteca. *Iglesia* se sentó como para indicar que no pensaba ir más allá. Unas voces eran vagamente audibles a través de la gruesa madera de la puerta, pero Jace la abrió de un empujón, sin tocar, y entró.

Clary oyó que una voz lanzaba una exclamación de sorpresa, y se le contrajo el corazón al pensar en Hugo, que prácticamente había vivido en aquella habitación. Hodge, con su voz áspera, y *Hugin*, el cuervo que era casi su constante compañero... y que, por orden de Hodge, había estado a punto de arrancarle los ojos.

No era Hodge, desde luego. Tras el enorme escritorio, una gran tabla de caoba apoyada sobre las espaldas de dos ángeles de piedra arrodillados, estaba sentada una mujer de mediana edad con el cabello negro como la tinta de Isabelle y la constitución fina y enjuta de Alec. Llevaba un pulcro traje con saco negro, muy sencillo, que contrastaba con los múltiples anillos de colores resplandecientes que le brillaban en los dedos.

Junto a ella estaba de pie otra persona: un esbelto adolescente de complexión menuda con ensortijados cabellos oscuros y piel color miel. Cuando volvió la cabeza para mirarlos, Clary no pudo contener una exclamación de sorpresa.

—¿Raphael?

Por un momento, el muchacho pareció desconcertado. Luego sonrió, mostrando unos dientes muy blancos y afilados, lo que no era de extrañarse teniendo en cuenta que se trataba de un vampiro.

—*Dios* —exclamó, dirigiéndose a Jace—. ¿Qué te ha sucedido, hermano? Parece como si una manada de lobos hubiese intentado hacerte pedazos.

—O tu suposición es increíblemente acertada —contestó Jace—, o oíste lo que pasó.

La sonrisa de Raphael se convirtió en una mueca burlona.

—Oigo cosas.

La mujer sentada tras el escritorio se puso de pie.

—Jace —dijo, con la voz llena de ansiedad—. ¿Sucedió algo? ¿Por qué has regresado tan pronto? Pensé que ibas a quedarte con... —La mirada pasó de él a Luke y a Clary—. ¿Y quién eres tú?

—La hermana de Jace —respondió Clary.

Los ojos de Maryse se detuvieron en ella.

—Sí, ya lo veo. Te pareces a Valentine. —Volvió de nuevo la cabeza hacia Jace—. ¿La trajiste contigo? ¿Y a un mundano, también? Este lugar no es seguro para ninguno de ustedes ahora. Y en especial para un mundano...

—Sin embargo yo no soy un mundano —dijo Luke, sonriendo levemente.

La expresión de Maryse cambió lentamente de perplejidad a atónita sorpresa mientras miraba a Luke, lo miraba realmente, por primera vez.

—¿Lucian?

—Hola, Maryse —saludó él—. Ha pasado mucho tiempo.

El rostro de Maryse se quedó inmóvil, y en aquel momento pareció mucho más vieja, más incluso que Luke. Se sentó con cuidado.

—Lucian —repitió, apoyando las palmas de las manos sobre el escritorio—. Lucian Graymark.

Raphael, que había estado observando lo que sucedía con la mirada curiosa de una ave, se volteó hacia Luke.

—Tú mataste a Gabriel.

«¿Quién era Gabriel?» Clary miró fijamente a Luke, perpleja. Éste se encogió levemente de hombros.

—Lo hice, sí, igual que él mató al líder anterior de la manada. Así es como funciona con los licántropos.

Maryse alzó los ojos al oír aquello.

—¿El líder de la manada?

—Si tú lideras la manada, es hora de que conversemos —dijo

Raphael, inclinando gentilmente la cabeza en dirección a Luke, con mirada cautelosa—. Aunque no en este momento, quizá.

—Enviaré a alguien a verte para organizarlo —indicó Luke—. Ha habido mucho movimiento últimamente. Puede que no esté del todo al día respecto a los detalles.

—Puede —fue todo lo que respondió el otro, y se volteó de nuevo hacia Maryse—. ¿Ha concluido nuestro asunto?

Maryse habló con un esfuerzo.

—Si dices que los Hijos de la Noche no están involucrados en estos asesinatos, entonces aceptaré tu palabra. Estoy obligada a hacerlo, a menos que otras pruebas salgan a la luz.

Raphael frunció el entrecejo.

—¿A la luz? —dijo—. Ésa no es una frase que me guste.

Se volvió, y Clary notó con un sobresalto que podía ver a través de sus bordes, como si fuese una fotografía borrosa en los márgenes. La mano izquierda era transparente, y a través de ella pudo ver el enorme globo terráqueo de metal que Hodge siempre tenía sobre el escritorio. Se oyó emitir un ruidito sorprendido a medida que la transparencia se extendía por los brazos desde las manos, y descendía al pecho desde los hombros, y al cabo de un instante él había desaparecido, como una figura borrada de un esbozo. Maryse suspiró aliviada.

Clary se quedó boquiabierta.

—¿Está muerto?

—¿Cómo, Raphael? —preguntó Jace—. No creo. Eso era simplemente una proyección suya. No puede venir al Instituto en su forma corpórea.

—¿Por qué no?

—Porque esto es terreno sagrado —repuso Maryse—. Y él está condenado. —Los glaciales ojos no perdieron ni un ápice de su frialdad cuando volvió la mirada hacia Luke—. ¿Tú eres el jefe de la manada de aquí? —preguntó—. Supongo que no debería sorprenderme. Parece ser tu método, ¿verdad?

Luke hizo caso omiso de la amargura en su voz.

—¿Estaba Raphael aquí por lo del cachorro que mataron hoy?

—Por eso, y por un brujo muerto —contestó Maryse— que encontraron asesinado en el centro, con dos días de diferencia.

—Pero ¿por qué estaba Raphael aquí?

—Al brujo le habían quitado toda la sangre —respondió ella—. Parece que quienquiera que asesinó al chico lobo fue interrumpido antes de que le pudiera sacar la sangre, pero las sospechas recayeron, naturalmente, sobre los Hijos de la Noche. El vampiro ha venido aquí a asegurarme que su gente no tiene nada que ver con esto.

—¿Le crees? —preguntó Jace.

—No tengo ningún interés en hablar sobre asuntos de la Clave contigo ahora, Jace; sobre todo ante Lucian Graymark.

—Ahora me llaman Luke —dijo éste tranquilamente—. Luke Garroway.

Maryse sacudió la cabeza.

—Casi ni te reconocí. Pareces un mundano.

—Ésa es la idea, sí.

—Todos pensábamos que estabas muerto.

—Esperaban —dijo Luke, todavía con placidez—. Esperaban que estuviera muerto.

Pareció como si Maryse se hubiera tragado algo afilado.

—Será mejor que se sienten —dijo por fin, indicando las sillas situadas frente al escritorio—. Ahora —siguió, una vez que se hubieron sentado—, quizá puedan contarme por qué están aquí.

—Jace —respondió Luke, sin preámbulos— quiere un juicio ante la Clave. Estoy dispuesto a responder por él. Yo estaba allí aquella noche en Renwick, cuando Valentine se dio a conocer. Peleé con él y casi nos matamos mutuamente. Puedo confirmar que todo lo que Jace dice que sucedió es la verdad.

—No estoy segura —replicó Maryse— de lo que vale tu palabra.

—Puede que sea un licántropo —repuso Luke—, pero también soy un cazador de sombras. Estoy dispuesto a ser juzgado por la Espada, si eso ayuda.

«¿Por la Espada?» Eso sonaba mal. Clary dirigió una mirada a Jace. Éste parecía calmado, con los dedos entrelazados sobre el regazo, pero había una tensión expectante en todo él, como si estuviera a punto de estallar. Él captó su mirada.

—La Espada-Alma —explicó—. El segundo de los Instrumentos Mortales. Se usa en los juicios para determinar si un cazador de sombras miente.

—Tú no eres un cazador de sombras —indicó Maryse a Luke, como si Jace no hubiese hablado—. No has vivido según la Ley de la Clave desde hace mucho, mucho tiempo.

—Hubo un tiempo en que tú tampoco viviste bajo ella —repuso Luke, y un rubor intenso cubrió las mejillas de la mujer—. Pensaba —prosiguió él— que a estas alturas ya habrías superado lo de no ser capaz de confiar en nadie, Maryse.

—Algunas cosas nunca se olvidan —replicó ella; su voz tenía una dulzura peligrosa—. ¿Crees que fingir su propia muerte fue la mayor mentira que Valentine nos contó jamás? ¿Crees que «encanto» es lo mismo que «honestidad»? Yo solía pensarlo. Estaba equivocada. —Se puso de pie y se apoyó sobre la mesa con las delgadas manos—. Nos dijo que daría su vida por el Círculo y que esperaba que nosotros hiciéramos lo mismo. Y lo habríamos hecho… todos nosotros… lo sé. Yo casi lo hice. —Su mirada pasó rauda sobre Jace y Clary, y clavó los ojos en los de Luke—. ¿Recuerdas —prosiguió— cómo nos dijo que el Levantamiento no sería nada, apenas una batalla, unos pocos embajadores desarmados contra todo el poder del Círculo? Yo estaba tan segura de nuestra rápida victoria que cuando cabalgué a Alacante dejé a Alec en casa en su cuna. Pedí a Jocelyn que cuidara de mis hijos mientras yo estaba fuera. Ella se negó. Ahora sé el motivo. Ella lo sabía… y también tú. Y no nos advirtieron.

—Intenté advertirlos sobre Valentine —repuso Luke—. No me escucharon.

—No me refiero a Valentine. ¡Me refiero al Levantamiento! Cuando llegamos, había cincuenta de nosotros contra quinientos subterráneos...

—Estuvieron dispuestos a masacrarlos desarmados cuando pensaban que sólo serían cinco —indicó Luke en voz baja.

Las manos de Maryse se cerraron con fuerza sobre el escritorio.

—Fuimos nosotros los masacrados —exclamó—. En medio de la carnicería, volvimos la mirada hacia Valentine para que nos dirigiera. Pero él no estaba allí. Para entonces, la Clave había rodeado el Salón de los Acuerdos. Pensamos que habían matado a Valentine, estábamos listos para entregar nuestras vidas en una desesperada lucha final. Entonces recordé a Alec; si yo moría, ¿qué le sucedería a mi pequeño? —La voz le tembló—. Así que depuse las armas y me entregué a la Clave.

—Hiciste lo correcto, Maryse —dijo Luke.

Ella se revolvió contra él, con ojos llameantes.

—¡No me trates con aire condescendiente, hombre lobo! De no haber sido por ti...

—¡No le chilles! —intervino Clary, casi poniéndose de pie—. Fue culpa suya por creer en Valentine, para empezar...

—¿Crees que no lo sé? —Había un tono áspero en la voz de Maryse—. Vaya, la Clave se preocupó de dejarlo bien claro cuando nos interrogaron..., tenían la Espada-Alma y sabían cuándo mentíamos, pero no pudieron hacernos hablar..., nada pudo hacernos hablar, hasta que...

—Hasta ¿qué? —Fue Luke quien habló—. Jamás lo supe. Siempre me he preguntado qué les contaron para hacer que se volvieran contra él.

—Simplemente la verdad —contestó Maryse, en un tono repentinamente cansado—. Que Valentine no había muerto en el Salón. Había huido..., nos había dejado allí para que muriéramos sin él.

Murió más tarde, se nos dijo, quemado en su casa. La Inquisidora nos mostró sus huesos y el amuleto que acostumbraba llevar, carbonizado. Por supuesto, eso era otra mentira... —La voz se le apagó, luego volvió a reponerse, con palabras tajantes—. Todo se estaba desmoronando para entonces, de todos modos. Finalmente hablábamos unos con otros, aquellos de nosotros que estábamos en el Círculo. Antes de la batalla, Valentine me había llevado aparte, me había contado que de todo el Círculo, yo era en quien más confiaba, su lugarteniente más allegado. Cuando la Clave nos interrogó, descubrí que le había dicho lo mismo a todos.

—No hay furia en el infierno —masculló Jace, en voz tan baja que únicamente Clary le oyó.

—No sólo le mintió a la Clave sino a todos nosotros. Usó nuestra lealtad y nuestro afecto. Del mismo modo en que lo hizo cuando te envió con nosotros —dijo Maryse, mirando directamente a Jace ahora—. Y ahora ha regresado y tiene la Copa Mortal. Ha estado planeando todo esto durante años, desde el principio, todo. No puedo permitirme confiar en ti, Jace. Lo siento.

Jace no dijo nada. Tenía el rostro inexpresivo, pero había ido palideciendo a medida que Maryse hablaba, y las nuevas heridas le destacaban amoratadas en la mandíbula y la mejilla.

—Entonces, ¿qué? —quiso saber Luke—. ¿Qué es lo que esperas que haga? ¿Adónde se supone que debe ir?

Los ojos de la mujer descansaron por un momento sobre Clary.

—¿Por qué no con su hermana? —contestó—. La familia...

—Isabelle es la hermana de Jace —interrumpió Clary—. Alec y Max son sus hermanos. ¿Qué les vas a decir? Te odiarán eternamente si echas a Jace de tu casa.

Los ojos de Maryse se detuvieron en ella.

—¿Qué sabes tú de eso?

—Conozco a Alec y a Isabelle —respondió Clary, y la noción de la existencia de Valentine se le apareció, inoportunamente; la apartó con fuerza—. La familia es más que la sangre. Valentine no es mi

71

padre. Luke sí lo es. Exactamente igual que Alec, Max e Isabelle son la familia de Jace. Si intentas arrancarlo de tu familia, dejarás una herida que no cicatrizará nunca.

Luke la miraba con una especie de sorprendido respeto. Algo se cruzó en los ojos de Maryse… ¿duda?

—Clary —dijo Jace en voz baja—, es suficiente.

Sonaba vencido. Clary volvió contra Maryse.

—¿Qué hay de la Espada? —exigió.

Maryse la contempló por un instante con genuina perplejidad.

—¿La Espada?

—La Espada-Alma —insistió Clary—. La que pueden usar para saber si un cazador de sombras miente o no. Pueden usarla con Jace.

—Ésa es una buena idea. —Había una chispa de animación en la voz de Jace.

—Clary, tus intenciones son buenas, pero no sabes lo que conlleva la Espada —observó Luke—. La única persona que puede usarla es la Inquisidora.

Jace se sentó en el borde de la silla.

—Entonces llámenla. Hagan venir a la Inquisidora. Quiero poner fin a esto.

—No —dijo Luke, pero Maryse miraba a Jace.

—La Inquisidora —repuso ésta de mala gana— viene ya en camino…

—Maryse —la voz de Luke se quebró—, ¡dime que no la involucraste en esto!

—¡No lo hice! ¿Crees que la Clave no se implicaría en esta disparatada historia sobre guerreros repudiados y Portales y muertes fingidas? ¿Después de lo que hizo Hodge? Nos están investigando a todos, gracias a Valentine —finalizó, viendo la expresión lívida y atónita de Jace—. La Inquisidora podría encarcelar a Jace. Podría despojarlo de sus Marcas. Pensé que sería mejor…

—Que Jace no estuviera cuando ella llegara —concluyó Luke—. No me extraña que estuvieses tan ansiosa por mandarlo lejos.

—¿Quién es la Inquisidora? —quiso saber Clary. La palabra evocaba en ella recuerdos de la Inquisición Española, de tortura, del látigo y el potro—. ¿Qué es lo que hace?

—Investiga a los cazadores de sombras para la Clave —explicó Luke—. Se asegura de que los nefilim no hayan quebrantado la Ley. Investigó a todos lo miembros del Círculo después del Levantamiento.

—¿Maldijo a Hodge? —preguntó Jace—. ¿Los envió aquí?

—Ella eligió nuestro exilio y el castigo de Hodge. No siente ningún cariño por nosotros, y odia a tu padre.

—No voy a irme —afirmó Jace, todavía muy pálido—. ¿Qué te hará a ti si llega aquí y yo no estoy? Pensará que conspiraste para ocultarme. Te castigará… a ti, a Alec, a Isabelle y a Max.

Maryse no dijo nada.

—Maryse, no seas estúpida —apoyó Luke—. Te culpará más si dejas marchar a Jace. Mantenerlo aquí y permitir el juicio por la Espada sería una señal de buena fe.

—Mantener aquí a Jace… ¡no puedes decirlo en serio, Luke! —exclamó Clary. La muchacha sabía que usar la Espada había sido idea suya, pero empezaba a lamentar haberlo mencionado—. Esa mujer suena horrible.

—Pero si Jace se va —continuó Luke—, no podrá regresar jamás. Nunca volverá a ser un cazador de sombras. Nos guste o no, la Inquisidora es la mano derecha de la Ley. Si Jace quiere seguir siendo parte de la Clave tiene que cooperar con ella. Él sí tiene algo de su parte, algo que los miembros del Círculo no tenían después del Levantamiento.

—¿Y qué es eso? —preguntó Maryse.

Luke sonrió levemente.

—A diferencia de ustedes —contestó—, Jace dice la verdad.

Maryse aspiró con fuerza, luego volvió la cabeza hacia el chico.

—En última instancia, es tu decisión —dijo—. Si quieres el juicio, puedes permanecer aquí hasta que llegue la Inquisidora.

73

—Me quedaré —contestó él.

Había una firmeza en su tono, desprovista de ira, que sorprendió a Clary. Parecía mirar más allá de Maryse, con una luz titilando en sus ojos, como si fuese el reflejo de un fuego. En aquel momento, Clary no pudo evitar pensar que se parecía mucho a su padre.

4

EL CUCLILLO EN EL NIDO

—Jugo de naranja, gelatina, huevos… Pero todo caducado hace semanas… y algo que parece una especie de lechuga.

—¿Lechuga? —Clary miró por encima del hombro de Simon al interior del refrigerador—. Ah. Eso es un poco de mozzarella.

Simon se estremeció y cerró de una patada el refrigerador de Luke.

—¿Pedimos una pizza?

—Ya lo hice —indicó Luke, entrando en la cocina con el teléfono inalámbrico en la mano—. Una grande vegetariana y tres refrescos. Y llamé al hospital —añadió, colgando el teléfono—. No ha habido cambios en Jocelyn.

—Ah —suspiró Clary.

Se sentó ante la mesa de madera de la cocina de Luke. Por lo general, Luke era muy pulcro, pero en esos momentos la mesa estaba cubierta con correo sin abrir y montones de platos sucios. La bolsa de lona verde de Luke estaba colgada del respaldo de una silla. La muchacha sabía que debería estar ayudando en la limpieza, pero últimamente no había tenido la energía para hacerlo. La cocina de Luke era pequeña y un poco lúgubre, en el mejor de los casos; él no era muy buen cocinero, como evidenciaba el hecho de que el especiero que colgaba sobre la anticuada cocina de gas estuviera vacío de especias. En su lugar, lo usaba para sostener paquetes de café y té.

Simon se sentó junto a ella mientras Luke retiraba los platos sucios de la mesa y los dejaba en el fregadero.

—¿Estás bien? —preguntó Simon en voz baja.

—Estoy perfectamente. —Clary forzó una sonrisa—. No esperaba que mi madre se despertara hoy, Simon. Tengo la sensación de que está… esperando algo.

—¿Sabes qué?

—No, simplemente falta algo. —Alzó los ojos hacia Luke, pero éste estaba absorto en fregar enérgicamente los platos—. O alguien.

Simon la miró con curiosidad, luego se encogió de hombros.

—Así que parece que la escena en el Instituto fue muy dura.

Clary se estremeció.

—La madre de Alec e Isabelle da miedo.

—¿Me repites su nombre?

—May-ris —dijo Clary, copiando la pronunciación de Luke.

—Es un antiguo nombre de cazador de sombras. —Luke se secó las manos en un trapo de cocina.

—¿Y Jace decidió quedarse allí y enfrentarse a esta Inquisidora? ¿No quiso irse? —preguntó Simon.

—Es lo que tiene que hacer si quiere tener una vida como cazador de sombras —respondió Luke—. Y ser eso, uno de los nefilim, significa todo para él. Conocí a otros cazadores de sombras como él, allá en Idris. Si le quitara eso…

Se oyó el familiar zumbido del timbre de la puerta. Luke arrojó el trapo sobre el mueble.

—Regresaré en seguida.

—Es realmente increíble pensar en Luke como en alguien que en una ocasión fue un cazador de sombras —dijo Simon en cuanto Luke salió de la cocina—. Más increíble de lo que es pensar en él como un hombre lobo.

—¿De verdad? ¿Por qué?

Simon se encogió de hombros.

—He oído hablar de hombres lobo antes. Son una especie de elemento conocido. Así que se convierte en lobo una vez al mes, ¿y qué? Pero eso de ser cazador de sombras…, son como una secta.

—No son como una secta.

—Claro que lo son. Es toda su vida. Y menosprecian a los demás. Nos llaman mundanos. Como si ellos no fueran seres humanos. No hacen amistad con la gente corriente, no van a los mismos sitios, no cuentan los mismos chistes, creen que están por encima de nosotros. —Simon alzó una pierna larguirucha y retorció el deshilachado borde del agujero en la rodilla de sus jeans—. Hoy conocí a otro ser lobo.

—No me digas que anduviste con Freaky Pete en La Luna del Cazador.

Clary sintió una sensación de inquietud en la boca del estómago, pero no podría haber dicho exactamente qué la provocaba. Probablemente la tensión.

—No, una chica —dijo Simon—. De nuestra edad. Se llama Maia.

—¿Maia?

Luke entró en la cocina con una caja blanca de pizza. La dejó caer sobre la mesa, y Clary alargó la mano para alzar la tapa. El aroma de la masa caliente, salsa de tomate y queso le recordó lo hambrienta que estaba. Arrancó un pedazo, sin esperar a que Luke le pasara un plato. Él se sentó con una sonrisa burlona, sacudiendo la cabeza.

—Maia es un miembro de la manada, ¿cierto? —preguntó Simon, tomando también un pedazo.

Luke asintió.

—Claro. Es una buena chica. La he tenido aquí unas cuantas veces ocupándose de la librería mientras estuve en el hospital. Deja que le pague con libros.

Simon miró a Luke por encima de su pizza.

—¿Andas mal de dinero?

Luke se encogió de hombros.

—El dinero nunca ha sido importante para mí, y la manada cuida de los suyos.

—Mi madre siempre decía —dijo Clary— que cuando nos hiciera falta dinero, vendería una de las acciones de mi padre. Pero puesto que el tipo que yo pensaba que era mi padre no era mi padre, y dudo que Valentine tuviera acciones…

—Tu madre iba vendiendo sus joyas poco a poco —explicó Luke—. Valentine le había dado algunas de las alhajas de la familia, joyas que habían estado con los Morgenstern durante generaciones. Incluso una joya pequeña conseguiría un precio elevado en una subasta. —Suspiró—. Ahora han desaparecido; aunque Valentine podría haberlas recuperado de los escombros de su departamento.

—Bueno, espero que a ella le produjera alguna satisfacción, de todos modos —dijo Simon—. Vender sus cosas así.

Tomó un tercer pedazo de pizza. Era realmente asombroso, se dijo Clary, lo mucho que los chicos adolescentes eran capaces de comer sin engordar ni enfermarse.

—Debe de haber sido extraño para ti —comentó a Luke—. Ver a Maryse Lightwood de ese modo, después de tanto tiempo.

—No precisamente extraño. Maryse no es tan distinta ahora de como era entonces; de hecho, es más como ella misma que nunca, si eso tiene sentido.

Clary pensó que lo tenía. El aspecto que había mostrado Maryse Lightwood le había recordado a la delgada muchacha morena de la fotografía que Hodge le había dado, la que tenía la barbilla ladeada en un gesto altanero.

—¿Qué crees que siente por ti? —preguntó—. ¿Realmente crees que esperaban que estuvieras muerto?

Luke sonrió.

—Tal vez no por odio, no, pero habría sido más conveniente y menos complicado para ellos si yo hubiera muerto, por supuesto. No creo que esperaran que, además de estar vivo, liderara a la manada del centro. Al fin y al cabo, su trabajo es mantener la paz entre los subterráneos… y aquí aparezco yo, con un historial con ellos y muchísimas razones para desear venganza. Les preocupará que yo pueda ser impredecible.

—¿Lo eres? —preguntó Simon. Se habían quedado sin pizza, así que alargó la mano sin mirar y tomó una de las orillas mordisqueadas de Clary. Sabía que ella odiaba las orillas—. Impredecible, quiero decir.

—No hay nada de impredecible en mí. Soy imperturbable. Soy de mediana edad.

—Excepto que una vez al mes te conviertes en un lobo, y te vas a desgarrar y matar cosas —indicó Clary.

—Podría ser peor —repuso él—. Se sabe de hombres de mi edad que compran coches caros y se acuestan con supermodelos.

—Sólo tienes treinta y ocho años —señaló Simon—. Eso no es ser de mediana edad.

—Gracias, Simon, te lo agradezco. —Luke abrió la caja de la pizza y, al verla vacía, la cerró con un suspiro—. Aunque te comiste toda la pizza.

—Sólo tomé cinco rebanadas —protestó Simon, inclinando la silla hacia atrás y balanceándose precariamente sobre las dos patas traseras.

—¿Cuántas rebanadas creías que había en una pizza, tonto? —quiso saber Clary.

—Menos de cinco porciones no es una comida. Es un tentempié. —Simon miró con aprensión a Luke—. ¿Significa eso que te vas a convertir en lobo y devorarme?

—Desde luego que no. —Luke se puso de pie y arrojó la caja de pizza a la basura—. Estarías lleno de nervios y resultarías difícil de digerir.

—Pero sería kosher —señaló Simon alegremente.

—Me aseguraré de enviarte al primer licántropo judío que encuentre. —Luke se apoyó con la espalda en el fregadero—. Pero para responder a tu anterior pregunta, Clary, sí que fue extraño ver a Maryse Lightwood, pero no por ella. Fue el entorno. El Instituto me recordó demasiado el Salón de los Acuerdos de Idris; sentí toda la fuerza de las runas del Libro Gris a mi alrededor, por todas partes, tras quince años de intentar olvidarlas.

—¿Y pudiste? —preguntó Clary—. ¿Conseguiste olvidarlas?

—Hay algunas cosas que no se olvidan. Las runas del Libro son más que ilustraciones. Se convierten en parte de ti. En parte de tu piel. Ser un cazador de sombras jamás te abandona. Es un don que se lleva en la sangre, y te resulta tan imposible cambiarlo como cambiar tu grupo sanguíneo.

—Me preguntaba —dijo Clary—, si quizá debería ponerme algunas Marcas.

Simon dejó caer la orilla de pizza que mordisqueaba.

—Estás bromeando.

—No, claro que no. ¿Por qué iba a bromear sobre algo así? ¿Y por qué no debería tener Marcas? Soy una chamarra de sombras. Quizá valdría la pena que buscara toda la protección que pueda obtener.

—¿Protección contra qué? —inquirió Simon, inclinándose hacia adelante de modo que las patas delanteras de la silla golpearon el suelo con un fuerte estrépito—. Pensaba que todo eso sobre cazar sombras había terminado. Pensé que intentabas llevar una vida normal.

—No estoy seguro de que exista eso de una vida normal —repuso Luke en tono afable.

Clary se miró el brazo, donde Jace le había dibujado la única Marca que había recibido jamás. Todavía podía ver los blancos trazos que había dejado atrás; eran más un recuerdo que una cicatriz.

—Desde luego, quiero apartarme de las cosas raras. Pero ¿y si las cosas raras vienen por mí? ¿Y si no tengo elección?

—O a lo mejor no tienes tantas ganas de alejarte de las cosas raras —masculló Simon—. No mientras Jace siga metido en ellas, al menos.

Luke carraspeó.

—La mayoría de nefilim pasan por varios niveles de adiestramiento antes de recibir sus Marcas. Yo no te recomendaría tener ninguna hasta que hayas recibido cierta instrucción. Ya si quieres hacerlo es cosa tuya, desde luego. No obstante, hay algo que deberías tener. Algo que todo cazador de sombras debe tener.

—¿Una detestable actitud arrogante? —se burló Simon.

—Una estela —respondió Luke—. Todo cazador de sombras debe tener una.

—¿Tú tienes una? —preguntó Clary, sorprendida.

Sin contestar, Luke salió de la cocina. Regresó a los pocos instantes sosteniendo un objeto envuelto en tela negra. Lo puso sobre la mesa, desenrolló la tela y dejó al descubierto un reluciente instrumento con aspecto de varita mágica, fabricado en pálido cristal opaco. Una estela.

—Bonita —murmuró Clary.

—Me alegro de que te guste —repuso Luke—, porque quiero que la tengas.

—¿Tenerla? —Le miró atónita—. Pero es tuya, ¿no es cierto?

Él negó con la cabeza.

—Ésta era de tu madre. No quería tenerla en el departamento por si la encontrabas casualmente, así que me pidió que se la guardara.

Clary levantó la estela. Estaba fría, aunque sabía que podía calentarse hasta resplandecer cuando se usaba. Era un objeto extraño, ni lo bastante largo como para ser una arma, ni lo bastante corto para ser manipulado con la facilidad de un lápiz. Supuso que el curioso tamaño era sencillamente algo a lo que uno se acostumbraba con el tiempo.

—¿Me la puedo quedar?

—Claro. Es un modelo antiguo, desde luego, desfasado casi veinte años. Puede que hayan perfeccionado los diseños desde entonces. Con todo, es muy fiable.

Simon la observó sostener la estela como la batuta de un director, trazando suavemente dibujos invisibles en el aire entre ellos.

—Esto me recuerda la vez en que mi abuelo me dio sus viejos palos de golf.

Clary rió y bajó la mano.

—Sí, sólo que tú nunca los has usado.

—Y yo espero que tú nunca tengas que usar eso —repuso Simon, y desvió rápidamente la mirada antes de que ella pudiera replicar.

Se alzaba humo de las Marcas en negras espirales, y él olió el asfixiante aroma de su propia piel al quemarse. Su padre lo vigilaba sosteniendo la estela; la punta refulgía roja como la de un atizador que había estado demasiado tiempo en el fuego.

—*Cierra los ojos, Jonathan* —dijo—. *El dolor es sólo lo que tú le permites que sea.*

Pero la mano de Jace se cerró sobre sí misma, de mala gana, como si su piel se contrajera, se retorciera para alejarse de la estela. Oyó el chasquido de un hueso de su mano al romperse, y luego otro...

Jace abrió los ojos y pestañeó en la oscuridad, mientras la voz de su padre se desvanecía como humo en un viento cada vez más fuerte. Notó un dolor, con sabor metálico, en la lengua. Se había mordido la parte interior del labio. Se incorporó haciendo una mueca de dolor.

El chasquido volvió a sonar e, involuntariamente, bajó los ojos hacia la mano. No tenía marcas. Reparó en que el sonido provenía de afuera de la habitación. Alguien llamaba, si bien con cierta vacilación, a la puerta.

Rodó fuera de la cama, tiritando cuando los pies descalzos tocaron el suelo helado. Se había quedado dormido vestido, y contempló la camiseta arrugada con desagrado. Probablemente todavía olía a lobo. Y le dolía todo el cuerpo.

La llamada volvió a oírse. Jace cruzó la habitación con grandes zancadas y abrió la puerta de golpe. Pestañeó sorprendido.

—¿Alec?

Éste, con las manos en los bolsillos de los pantalones, se encogió de hombros, cohibido.

—Siento que sea tan temprano. Mamá me envió a buscarte. Quiere verte en la biblioteca.

—¿Qué hora es?

—Las cinco de la mañana.

—¿Qué diablos haces levantado?

—No me he acostado.

Parecía decir la verdad. Tenía los ojos azules rodeados de sombras oscuras.

Jace se pasó una mano por los cabellos despeinados.

—De acuerdo. Espera un momento mientras me cambio la camiseta.

Fue al armario y rebuscó entre cuadradas pilas pulcramente dobladas hasta que encontró una camiseta azul oscuro de manga larga. Con cuidado se quitó la camiseta que llevaba puesta, ya que en algunas partes estaba pegada a la carne con sangre seca.

Alec desvió la mirada.

—¿Qué te pasó? —Su voz sonaba extrañamente tímida.

—Tuve una bronca con una manada de hombres lobo. —Jace se pasó la camiseta azul por la cabeza; una vez vestido, salió sin hacer ruido al pasillo tras Alec—. Tienes algo en el cuello —comentó.

La mano de Alec salió disparada hacia la garganta.

—¿Qué?

—Parece la marca de un mordisco —comentó Jace—. ¿Qué has estado haciendo fuera toda la noche?

—Nada. —Rojo como un tomate y con la mano aún pegada al cuello, Alec empezó a recorrer el pasillo, seguido por Jace—. Fui a pasear al parque. Intentaba despejarme la cabeza.

—¿Y tropezaste con un vampiro?

—¿Qué? ¡No! Me caí.

—¿Sobre el cuello? —Alec profirió un sonido, y Jace decidió que

83

era mucho mejor dejar de lado el tema—. Bien, como sea. ¿Y de qué querías despejarte la cabeza?

—Tú. Mis padres —respondió Alec—. Vinieron y nos explicaron por qué estaban tan furiosos después de que te fuiste. Y nos explicaron lo de Hodge. Gracias por no contármelo, por cierto.

—Lo siento. —Ahora le tocó el turno de enrojecer a Jace—. No me creía capaz de hacerlo.

—Bueno, la cosa no pinta muy bien. —Alec retiró finalmente la mano de su cuello y dedicó una mirada acusadora a Jace—. Da la impresión de que estás ocultando cosas. Cosas sobre Valentine.

Jace se detuvo en seco.

—¿Crees que mentí? ¿Sobre no saber que Valentine era mi padre?

—¡No! —Alec pareció sobresaltado, bien por la pregunta o por la vehemencia de Jace al hacerla—. Y tampoco me importa quién sea tu padre. Me da igual. Sigues siendo la misma persona.

—Quienquiera que ésa sea.

Las palabras le surgieron llenas de frialdad, antes de que él pudiera reprimirlas.

—Lo que estoy diciendo —el tono de Alec era apaciguador—, es que puedes ser un poco… áspero a veces. Simplemente piensa antes de hablar, eso es todo lo que te pido. Aquí nadie es tu enemigo, Jace.

—Bien, gracias por el consejo —respondió él—. Puedo recorrer yo solo el resto del camino hasta la biblioteca.

—Jace…

Pero éste ya se había ido, dejando atrás la angustia de Alec. Jace no soportaba que otras personas se preocuparan por él. Le hacía pensar que tal vez hubiera algo de que preocuparse.

La puerta de la biblioteca estaba entreabierta. Sin molestarse en llamar, Jace entró. Siempre había sido una de sus estancias favoritas del Instituto; había algo reconfortante en su anticuada mezcla de accesorios de madera y de latón, y en los libros encuadernados en cuero y terciopelo, alineados a lo largo de las paredes como viejos amigos aguardando su regreso. Una ráfaga de aire frío lo azotó en cuanto la puerta se abrió. El fuego, que por lo general llameaba en la chimenea durante todo el otoño y el invierno, era un montón de cenizas. Las lámparas estaban apagadas. La única luz entraba a través de las estrechas ventanas con persianas tejidas y por la claraboya de la torre, en lo alto.

Sin quererlo, Jace pensó en Hodge. De vivir él aún allí, la chimenea estaría encendida, y las lámparas de gas también, proyectando tamizados charcos de luz dorada sobre el suelo de madera. El mismo Hodge estaría repantigado en un sillón junto al fuego, con *Hugo* en un hombro, un libro apoyado a su lado…

Pero sí había alguien en el viejo sillón de Hodge. Un alguien delgado y gris que se alzó del asiento, desenroscándose con la misma gracilidad que la cobra de un encantador de serpientes, y se volvió hacia él con una sonrisa fría.

Era una mujer. Vestía una larga y anticuada capa gris oscuro que descendía hasta la parte superior de sus botas. Debajo llevaba un traje entallado color negro pizarra con un cuello mandarín, cuyas almidonadas puntas le presionaban el cuello. El cabello era de una especie de rubio pálido incoloro, firmemente recogido hacia atrás con pinzas, y los ojos eran inflexibles líneas grises. Jace pudo sentirlos, como el contacto con agua helada, cuando la mirada de la mujer pasó de los jeans mugrientos y salpicados de lodo al rostro magullado, a los ojos, y se quedó fija allí.

Por un segundo, algo ardiente titiló en la mirada, como el resplandor de una llama atrapada bajo el hielo. Luego desapareció.

—¿Eres el chico?

Antes de que Jace pudiera responder, otra voz contestó: era Maryse, que había entrado en la biblioteca detrás de él. Jace se preguntó cómo era que no la había oído acercarse, y se fijó que Maryse había cambiado los tacones altos por unos tenis. Vestía una larga bata de seda estampada, y sus labios formaban una fina línea.

—Sí, Inquisidora —respondió—. Éste es Jonathan Morgenstern.

La Inquisidora avanzó hacia Jace como un humo gris flotando en el aire. Se detuvo frente a él y extendió una mano; los dedos largos y blancos recordaron al chico a una araña albina.

—Mírame, muchacho —ordenó, y de improviso aquellos dedos largos estaban bajo su barbilla, obligándolo a alzar la cabeza; la mujer era increíblemente fuerte—. Me llamarás Inquisidora. No me llamarás de ningún otro modo. —La piel alrededor de los ojos era un laberinto de finas líneas igual que grietas en pintura. Dos surcos estrechos discurrían desde los bordes de la boca hasta la barbilla—. ¿Entendido?

Durante la mayor parte de su vida, la Inquisidora había sido una figura distante y medio mística para Jace. Su identidad e incluso muchos de sus deberes quedaban envueltos en el secretismo de la Clave. Jace siempre había imaginado que sería como los Hermanos Silenciosos, con su poder independiente y sus misterios ocultos. No había imaginado a alguien tan directo… o tan hostil. Los ojos parecían rebanarle, cortar en pedazos su coraza de seguridad y burla, desnudándole por completo.

—Mi nombre es Jace —dijo él—. No chico. Jace Wayland.

—No tienes derecho al nombre de Wayland —replicó ella—. Eres Jonathan Morgenstern. Reivindicar el nombre Wayland te convierte en un mentiroso. Igual que tu padre.

—A decir verdad —repuso Jace—, prefiero pensar que soy un mentiroso en un modo que me es propio.

—Ya veo. —Una sonrisita curvó la pálida boca, y no fue una sonrisa agradable—. No toleras la autoridad, igual que hacía tu padre. Como el ángel cuyo nombre llevan los dos. —Le sujetó la barbilla con una repentina ferocidad, clavándole dolorosamente las uñas—. Lucifer recibió su recompensa por haberse rebelado cuando Dios lo arrojó a los infiernos. —Su aliento era agrio como el vinagre—. Si desafías mi autoridad, puedo prometerte que envidiarás su destino.

Soltó a Jace y retrocedió. Éste pudo sentir el lento hilito de sangre que le brotaba del lugar donde las uñas le habían herido el rostro. Las manos le temblaban de cólera, pero se negó a alzar una para limpiarse la sangre.

—Imogen… —empezó Maryse, luego se corrigió—. Inquisidora Herondale. Ha aceptado un juicio por la Espada. Puedes averiguar si está diciendo la verdad.

—¿Sobre su padre? Sí, sé que puedo. —El almidonado cuello del vestido de la Inquisidora Herondale se le clavó en la garganta cuando volvió la cabeza para mirar a Maryse—. Sabes, Maryse, la Clave no está contenta con ustedes. Robert y tú son los guardianes del Instituto. Simplemente tienen la suerte de que su hoja de servicios a lo largo de los años ha estado relativamente limpia. Pocos disturbios demoníacos hasta recientemente, y todo ha estado tranquilo durante los últimos días. No hay informes, ni siquiera desde Idris, así que la Clave se siente benévola. En ocasiones nos hemos preguntado si en realidad rescindieron su lealtad para con Valentine. Por lo que se ve, les puso una trampa y cayeron directamente en ella. Se podría pensar que deberían ser más listos.

—No hubo trampa —terció Jace—. Mi padre sabía que los Lightwood me criarían si pensaban que era el hijo de Michael Wayland. Eso es todo.

La Inquisidora lo contempló como si fuese una cucaracha parlante.

—¿Sabes lo que hace el cuclillo, Jonathan Morgenstern?

Jace se preguntó si ser la Inquisidora, que no podía ser un trabajo agradable, habría trastornado un poco a Imogen Herondale.

—¿El qué?

—El cuclillo —repitió ella—. Ya sabes, los cuclillos son parásitos. Ponen sus huevos en los nidos de otros pájaros. Cuando la cría nace, el bebé cuclillo tira a todas las otras crías fuera del nido. Los pobres padres pájaro se matan trabajando intentando encontrar comida suficiente para alimentar a la enorme cría de cuclillo que asesinó a sus pequeños y ocupa su lugar.

—¿Enorme? —dijo Jace—. ¿Me acaba de llamar gordo?

—Era una analogía.

—No estoy gordo.

—Y yo —intervino Maryse— no quiero tu lástima, Imogen. Me niego a creer que la Clave me castigará a mí o a mi esposo por decidir criar al hijo de un amigo muerto. —Irguió los hombros—. No es como si no les hubiéramos dicho lo que estábamos haciendo.

—Y yo jamás he hecho daño a los Lightwood en ningún modo —dijo Jace—. He trabajado duro, y me he preparado duro; diga lo que quiera sobre mi padre, pero me convirtió en un cazador de sombras. Me he ganado mi lugar aquí.

—No defiendas a tu padre ante mí —replicó la Inquisidora—. Lo conocí. Fue... es... el más vil de los hombres.

—¿Vil? ¿Quién dice «vil»? ¿Qué significa eso siquiera?

Las pestañas incoloras de la Inquisidora le rozaron las mejillas cuando entrecerró los ojos, con expresión especulativa.

—Eres realmente arrogante —dijo por fin—. E intolerante. ¿Te enseñó tu padre a comportarte así?

—No con él —respondió Jace, cortante.

—Lo estás imitando. Valentine era uno de los hombres más arrogantes e irrespetuosos que he conocido jamás. Supongo que te educó para ser igual que él.

—Sí —replicó Jace, incapaz de contenerse—, se me entrenó para ser un genio malvado desde una edad temprana. Arrancando las alas a las moscas, envenenando el suministro de agua de la tierra..., me dedicaba a estas cosas en el jardín de niños. Supongo que tenemos suerte de que mi padre fingiera su propia muerte antes de que llegara a la parte de mi educación dedicada a la violación y el saqueo, o nadie habría estado a salvo.

Maryse profirió un sonido muy parecido a un gemido de horror.

—Jace...

Pero la Inquisidora la calló.

88

—Y exactamente igual que tu padre, no puedes controlar tu genio —dijo—. Los Lightwood te han mimado y permitieron que tus peores cualidades crecieran sin freno. Tal vez tengas el aspecto de un ángel, Jonathan Morgenstern, pero sé exactamente lo que eres.

—No es más que un muchacho —indicó Maryse.

¿Lo estaba defendiendo? Jace le dirigió un fugaz vistazo, pero Maryse tenía los ojos vueltos hacia otro lado.

—Valentine no fue más que un muchacho en una ocasión. Ahora, antes de que empecemos a hurgar en esa cabeza rubia tuya para descubrir la verdad, sugiero que calmes tu mal genio. Y sé exactamente dónde puedes hacerlo mejor.

Jace pestañeó.

—¿Me está enviando a mi habitación?

—Te estoy enviando a las prisiones de la Ciudad Silenciosa. Tras una noche allí, sospecho que te mostrarás muchísimo más cooperativo.

Maryse lanzó una exclamación ahogada.

—¡Imogen… no puedes!

—Claro que puedo. —Sus ojos brillaban como cuchillas—. ¿Tienes algo que decirme, Jonathan?

Jace únicamente podía mirarla sorprendido. Existían niveles y niveles en la Ciudad Silenciosa, y él sólo había visto los dos primeros, donde se guardaban los archivos y donde los Hermanos se reunían en asamblea. Las celdas de la prisión estaban en el nivel más bajo de la ciudad, por debajo del cementerio, donde miles de cadáveres de cazadores de sombras descansaban enterrados en silencio. Las celdas estaban reservadas a los peores criminales: vampiros convertidos en delincuentes, brujos que violaban la Ley de la Alianza, cazadores de sombras que derramaban la sangre de sus propios compañeros. Jace no era ninguna de esas cosas. ¿Cómo podía ella sugerir siquiera enviarle allí?

—Muy sabio, Jonathan. Veo que ya estás aprendiendo la mejor lección que la Ciudad Silenciosa puede enseñarte. —La sonrisa de la

Inquisidora era como la de una calavera sonriente—. Cómo mantener la boca cerrada.

Clary estaba ayudando a Luke a limpiar los restos de la cena cuando el timbre de la puerta volvió a sonar. Se irguió y dirigió rápidamente la mirada a Luke.

—¿Esperas a alguien?

Él arrugó la frente, secándose las manos en el trapo de cocina.

—No. Esperen aquí.

Le vio alargar la mano para tomar algo de uno de los estantes mientras abandonaba la estancia. Algo que centelleó.

—¿Viste ese cuchillo? —silbó Simon, levantándose de la mesa—. ¿Espera problemas?

—Creo que estos días siempre espera problemas —contestó Clary.

Miró al otro lado de la puerta de la cocina y vio a Luke ante la puerta abierta de la calle. Podía oír su voz, pero no lo que estaba diciendo. De todos modos, no parecía alterado.

La mano de Simon, sobre su hombro, tiró de ella hacia atrás.

—Mantente alejada de la puerta. ¿Es que estás loca? ¿Y si hay algún ser demoníaco ahí afuera?

—Entonces, probablemente a Luke le vendría bien nuestra ayuda. —Bajó la mirada hacia la mano de él—. ¿Ahora te has vuelto sobreprotector? Eso es encantador.

—¡Clary! —llamó Luke desde la puerta de la calle—. Ven aquí. Quiero que conozcas a alguien.

Clary palmeó la mano de Simon y la apartó.

—Vuelvo en seguida.

Luke estaba apoyado en el marco de la puerta, con los brazos cruzados. El cuchillo había desaparecido por arte de magia. Había una chica en los peldaños de la entrada, una chica de rizados cabellos castaños peinados en múltiples trenzas y una chamarra de pana color canela.

—Ésta es Maia —dijo Luke—. La chica de la que les hablaba justo ahora.

La muchacha miró a Clary. Los ojos, bajo la brillante luz del porche, eran de un curioso verde ambarino.

—Tú debes ser Clary.

Clary asintió.

—Así que aquel muchacho... el chico de los cabellos rubios que destrozó La Luna del Cazador... ¿es tu hermano?

—Jace —replicó Clary, concisa, disgustándole la impertinente curiosidad de la muchacha.

—¿Maia?

Era Simon, acercándose por detrás de Clary, con las manos metidas en los bolsillos de la chamarra vaquera.

—Sí. Eres Simon, ¿verdad? Soy fatal para los nombres, pero te recuerdo. —La muchacha miró más allá de Clary y le sonrió.

—Estupendo —soltó Clary—. Ahora todos somos amigos.

Luke tosió y se irguió.

—Quería que se conocieran porque Maia va a estar trabajando en la librería durante las próximas semanas —explicó—. Si la ves entrar y salir, no te preocupes. Tiene una llave.

—Y yo estaré al tanto por si hay algo raro —prometió Maia—. Demonios, vampiros, lo que sea.

—Gracias —repuso Clary—, ahora me siento mucho más segura.

Maia pestañeó.

—¿Estás siendo sarcástica?

—Estamos todos un poco tensos —intervino Simon—. Yo me alegro de saber que alguien andará por aquí cuidando de mi novia cuando no haya nadie más en la casa.

Luke enarcó las cejas, pero no dijo nada.

—Simon tiene razón —repuso Clary—. Lamento haberte hablado con brusquedad.

—No hay problema. —Maia se mostró comprensiva—. Oí lo de tu madre. Lo siento.

—También yo —dijo Clary, que se volteó y regresó a la cocina.

Se sentó en la mesa y hundió el rostro en las manos. Al cabo de un momento Luke la siguió.

—Lo siento —dijo—. Imagino que no estabas de humor para conocer a nadie.

Clary lo miró a través de los dedos separados.

—¿Dónde está Simon?

—Hablando con Maia —respondió Luke, y Clary pudo oír sus voces, quedas como murmullos, desde el otro extremo de la casa—. Pensé que te vendría bien tener una amiga.

—Tengo a Simon.

Luke se subió los lentes por el hueso de la nariz.

—¿Le oí llamarte su novia?

Ella casi lanzó una carcajada ante su expresión desconcertada.

—Supongo que sí.

—¿Eso es nuevo, o es algo que ya se suponía que yo sabía, pero que he olvidado?

—Yo misma no lo había oído antes.

Apartó las manos del rostro y se las miró. Pensó en la runa, el ojo abierto, que decoraba el dorso de la mano derecha de todo cazador de sombras.

—La novia de alguien —dijo—. La hermana de alguien, la hija de alguien. Todas estas cosas que nunca antes supe que era, y todavía sigo sin saber realmente qué soy.

—¿No es ésa siempre la cuestión? —repuso Luke. Clary oyó cómo se cerraba la puerta en el otro extremo de la casa, y las pisadas de Simon acercándose a la cocina.

El olor a aire nocturno frío entró con él.

—¿Habría algún inconveniente en que me quedara a dormir aquí esta noche? —preguntó—. Es un poco tarde para irme a casa.

—Ya sabes que siempre eres bienvenido. —Luke echó un vistazo a su reloj—. Voy a dormir un poco. Tengo que levantarme a las cinco para estar en el hospital a las seis.

—¿Por qué a las seis? —preguntó Simon, después de que Luke hubo abandonado la cocina.

—Es cuando empieza el horario de visitas —respondió Clary—. No tienes que dormir en el sofá. No si no quieres hacerlo.

—No me importa quedarme para hacerte compañía mañana —dijo él, apartándose los oscuros cabellos de los ojos con gesto impaciente—. En absoluto.

—Lo sé. Quiero decir que no tienes por qué dormir precisamente en el sofá si no quieres hacerlo.

—Entonces, ¿dónde...? —Su voz se apagó, y los ojos se le abrieron mucho detrás de los lentes—. Ah.

—Es una cama doble —explicó ella—. En la habitación de invitados.

Simon sacó las manos de sus bolsillos. Un intenso rubor le cubría sus mejillas. Jace habría intentado hacerse el interesante; Simon ni siquiera lo probó.

—¿Estás segura?

—Segurísima.

Él cruzó la cocina hacia ella, e inclinándose, la besó leve y torpemente en los labios. Sonriendo, ella se puso de pie.

—Se acabaron las cocinas —dijo—. No más cocinas.

Y agarrándolo con firmeza de las muñecas, lo jaló, fuera de la estancia, en dirección a la habitación de invitados.

5

LOS PECADOS DE LOS PADRES

La oscuridad de las prisiones de la Ciudad Silenciosa era más profunda que cualquier oscuridad que Jace hubiese conocido jamás. No podía ver la forma de su propia mano frente a los ojos; no podía ver el suelo o el techo de su celda. Lo que sabía de la celda, lo sabía por una primera ojeada fugaz que había dado a la luz de la antorcha, al ser conducido allí abajo por un grupo de Hermanos Silenciosos, que le habían abierto la puerta de lodotes de la celda y lo habían hecho entrar como si fuera un vulgar delincuente.

Aunque claro, eso era probablemente lo que pensaban que era.

Sabía que la celda tenía un suelo de losas de piedra, que tres de las paredes estaban talladas en la roca y que la cuarta estaba hecha a base de lodotes espaciados de electro, cada extremo profundamente hundido en la piedra. Sabía que había una puerta en aquellos lodotes. También sabía que una larga barra de metal corría a lo largo de la pared este, porque los Hermanos Silenciosos habían cerrado uno de los extremos de un par de esposas de plata a la barra y la otra a su muñeca. Podía dar de arriba abajo unos pocos pasos en la celda, tintineando como el fantasma de Marley en *Un cuento de Navidad*, pero eso era todo lo lejos que podía llegar. Ya se había despellejado la muñeca derecha tirando imprudentemente de la esposa. Por suerte era

94

zurdo: un pequeño punto brillante en la impenetrable negrura. No era que importara demasiado, pero resultaba tranquilizador tener libre la mano con la que peleaba mejor.

Inició otro lento paseo a lo largo de la celda, arrastrando los dedos por la pared al caminar. Resultaba desalentador no saber qué hora era. En Idris, su padre le había enseñado a saberlo por el ángulo del sol, la longitud de las sombras por la tarde, la posición de las estrellas en el cielo nocturno. Pero aquí no había estrellas. De hecho, había empezado a preguntarse si volvería a ver el cielo alguna vez.

Se detuvo. Vaya, ¿por qué se había preguntado eso? Desde luego que volvería a ver el cielo. La Clave no iba a matarlo. La pena de muerte estaba reservada a los asesinos. Pero el aleteo del miedo permaneció con él, justo bajo la caja torácica, extraño como una inesperada punzada de dolor. Jace no era precisamente propenso a ataques de pánico fortuitos; Alec habría dicho que no le afectaría sentir un poco más de cobardía constructiva. El miedo no era algo que le hubiera afectado mucho nunca.

Pensó en Maryse diciendo: «Tú nunca le has tenido miedo a la oscuridad».

Era cierto. La ansiedad que sentía en esos momentos no era natural, no era en absoluto propia de él. Tenía que haber algo más que simple oscuridad. Volvió a tomar una leve bocanada de aire. Sólo tenía que pasar la noche. Una noche. Eso era todo. Dio otro paso al frente con las esposas tintineando sombríamente.

Un sonido cortó el aire, deteniéndolo en seco. Era un aullido agudo y ululante, un sonido de puro y ciego terror. Pareció seguir y seguir como una única nota arrancada a un violín, volviéndose más sonoro, fino y afilado hasta que se interrumpió bruscamente.

Jace lanzó una grosería. Le zumbaban los oídos y notaba el sabor del terror en la boca como un metal amargo. ¿Quién habría pensado que el miedo tenía sabor? Apoyó la espalda contra la pared de la celda, esforzándose por tranquilizarse.

El sonido regresó, más fuerte esta vez, y luego hubo otro grito, y otro. Algo cayó estrepitosamente de lo alto, y Jace se agachó involuntariamente antes de recordar que estaba varios niveles bajo tierra. Oyó otro estrépito, y una imagen se le formó en la mente: puertas de mausoleos haciéndose añicos al abrirse; los cadáveres de cazadores de sombras muertos hacía siglos saliendo tambaleantes al exterior, simples esqueletos sujetos por tendones resecos, que avanzaban penosamente por los suelos blancos de la Ciudad Silenciosa con dedos de huesos descarnados…

«¡Basta!» Jadeando por el esfuerzo, Jace obligó a la visión a desaparecer. Los muertos no regresaban. Y además, eran los cadáveres de nefilim como él, de sus hermanos y hermanas asesinados. No tenía nada que temer de ellos. Entonces, ¿por qué estaba tan asustado? Apretó los puños, clavándose las uñas en las palmas. Aquel pánico era impropio de él. Lo dominaría. Lo aplastaría. Aspiró una profunda bocanada de aire, llenándose los pulmones, justo cuando sonó otro alarido, muy potente. El aire le salió con un chirrido del pecho cuando algo se estrelló contra el suelo con un fuerte estrépito, muy cerca de él, y vio una repentina fluorescencia luminosa, una ardiente flor de fuego que le acuchillaba los ojos.

El hermano Jeremiah apareció tambaleante ante él; con la mano derecha agarraba una antorcha que todavía ardía, y la capucha color pergamino, caída hacia atrás, mostraba un rostro convulsionado en una grotesca mueca de terror. La boca, que había estado cosida, estaba abierta de par en par en un grito mudo, y los ensangrentados hilos de los desgarrados puntos le colgaban de los labios hechos jirones. Sangre, negra a la luz de la antorcha, le salpicaba la túnica de color claro. Dio unos pocos pasos tambaleantes hacia el frente, con las manos extendidas… y luego, mientras Jace le observaba con total incredulidad, Jeremiah se desplomó de bruces sobre el suelo. Cuando el cuerpo del archivero golpeó el suelo, Jace oyó el sonido de huesos al quebrarse y la antorcha chisporroteó, rodando fuera de la mano de Jeremiah hacia el canalón de piedra excavado en el suelo justo afuera de la puerta de lodotes de la celda.

Jace se arrodilló al instante, estirándose todo lo que le permitió la cadena, y alargó los dedos para tomar la antorcha. La luz se desvanecía con rapidez, pero bajo su menguante resplandor, Jace pudo ver el rostro sin vida de Jeremiah viendo hacia él, con la sangre rezumando aún por la boca abierta. Los dientes eran retorcidas raíces negras.

Jace sintió como si algo pesado le presionara el pecho. Los Hermanos Silenciosos jamás abrían la boca, jamás hablaban o reían o chillaban. Pero aquél había sido el sonido que Jace había oído, ahora estaba seguro: los alaridos de hombres que no habían chillado en medio siglo, el sonido de un terror más profundo y poderoso que la antigua runa del silencio. Pero ¿cómo podía ser? ¿Y dónde estaban los demás Hermanos?

Jace quiso gritar pidiendo ayuda, pero el peso seguía sobre su pecho y le impedía conseguir aire suficiente. Se lanzó otra vez hacia la antorcha y notó cómo uno de los huesitos de la muñeca se le hacía añicos. Un fuerte dolor le recorrió el brazo, pero le proporcionó el centímetro extra que necesitaba. Agarró rápidamente la antorcha y se puso de pie. Al mismo tiempo que la llama volvía a cobrar vida, oyó otro ruido. Un ruido espeso, una especie de arrastre desagradable y penoso. Los pelos de la nuca se le erizaron, afilados como púas. Puso la antorcha al frente; la temblorosa mano lanzó violentos parpadeos luminosos que danzaron por las paredes e iluminaron intensamente las sombras.

Allí no había nada.

No obstante, en lugar de alivio sintió que su terror aumentaba. En aquellos momentos aspiraba con grandes bocanadas, igual que si hubiese estado bajo el agua. El temor era mucho peor, porque le resultaba desconocido. ¿Qué le había sucedido? ¿Se había convertido en un cobarde de repente?

Dio un violento tirón a la esposa, esperando que el dolor le aclarara la cabeza. No lo hizo. Volvió a oír el ruido, el roce de algo que se arrastraba, y ahora estaba cerca. También había otro sonido, detrás del culebreo, un susurro quedo y constante. Jamás había oído ningún sonido tan malévolo. Medio enloquecido de espanto, retrocedió tambaleante hasta la pared y alzó la antorcha con una mano que temblaba violentamente.

Por un momento, brillante como la luz del día, vio toda la sala: la celda, la puerta de lodotes, las losas desnudas más allá y el cuerpo sin vida de Jeremiah, hecho un guiñapo sobre el suelo. Había otra puerta justo detrás de Jeremiah, y se estaba abriendo lentamente. Algo avanzaba con un gran esfuerzo por ella. Algo enorme, oscuro e informe. Ojos que eran como hielo ardiente, hundidos profundamente en oscuros pliegues, contemplaron a Jace con hosca burla. De repente la cosa se abalanzó hacia adelante. Una gran nube de turbulento vapor se alzó ante los ojos de Jace como una ola barriendo la superficie del océano. Lo último que vio fue la llama de la antorcha, que se extinguía con un brillo verde y azul antes de ser engullida por la oscuridad.

Besar a Simon era agradable. Era agradable de un modo apacible, como estar tumbada en una hamaca un día de verano con un libro y un vaso de limonada. Era algo que podía seguir haciendo y no sentirse ni aburrida, ni inquieta, ni desconcertada, ni fastidiada por nada aparte de por la barra de metal del sofá cama que se le clavaba en la espalda.

—¡Ay! —exclamó Clary, intentando apartarse de la barra sin conseguirlo.

—¿Te hice daño?

Simon se puso sobre su costado, con expresión preocupada. O tal vez fuera, que sin los lentes, sus ojos parecían el doble de grandes y oscuros.

—No, no tú… la cama. Es como un instrumento de tortura.

—No me he dado cuenta —repuso él, sombrío, mientras agarraba una almohada del suelo, adonde había caído, y la metía debajo de ellos.

—Claro. —La chica lanzó una carcajada—. ¿En qué estábamos?

—Bueno, mi cara estaba aproximadamente donde está ahora, pero la tuya estaba muchísimo más cerca. Eso es lo que yo recuerdo, al menos.

—¡Qué romántico!

Lo jaló sobre ella, y Simon se equilibró sobre los codos. Ambos cuerpos descansaban perfectamente alineados, y Clary notaba los latidos del corazón del muchacho a través de las dos camisetas. Las pestañas de Simon, por lo general ocultas tras las gafas, le acariciaron la mejilla cuando se inclinó para besarla. Ella soltó una risita incierta.

—¿Te resulta raro esto? —susurró.

—No. Creo que cuando te imaginas algo muy a menudo, la realidad resulta…

—¿Anticlimática?

—No. ¡No! —Simon se echó hacia atrás, mirándola con miope convicción—. Ni lo pienses. Esto es lo contrario de anticlimático. Esto es…

Risitas contenidas borbotearon en el pecho de Clary.

—Bueno, quizá tampoco quieras decir eso.

Él entrecerró los ojos, y la boca se le curvó en una sonrisa.

—De acuerdo, lo que quiero ahora es responderte con algo sabihondo, pero todo lo que se me ocurre es…

Ella le sonrió burlona.

—¿Que quieres sexo?

—Para. —Le agarró las manos, se las inmovilizó sobre la colcha y la contempló con severidad—. Que te amo.

—O sea que no quieres sexo.

Él le soltó las manos.

—No he dicho eso.

Ella rió y le empujó el pecho con ambas manos.

—Deja que me levante.

Él pareció alarmado.

—Quería decir que no sólo quería sexo…

—No es eso. Quiero ponerme la piyama. No puedo retozar en serio mientras aún tengo puestos los calcetines.

Simon la contempló afligido mientras ella sacaba la piyama de la cómoda e iba al cuarto de baño. Mientras cerraba la puerta, Clary le dedicó una mueca.

—Vuelvo en seguida.

Lo que fuera que él dijo como respuesta se perdió cuando ella cerró la puerta. Clary se cepilló los dientes y luego dejó correr el agua en el lavabo durante un buen rato, mirándose fijamente en el espejo. Tenía el cabello alborotado y las mejillas enrojecidas. ¿Contaba eso como estar resplandeciente? Se suponía que las personas enamoradas resplandecían, ¿no era cierto? O tal vez se trataba de las embarazadas, no podía recordarlo exactamente, pero sin duda se suponía que ella tenía que parecer distinta. Al fin y al cabo, era la primera auténtica sesión de besos que había tenido nunca… y era agradable, se dijo, segura, placentera y cómoda.

Desde luego, había besado a Jace, la noche de su cumpleaños, y aquello no había sido seguro ni cómodo ni placentero, en absoluto. Había sido como abrir una vena de algo desconocido dentro de su cuerpo, algo más caliente, dulce y amargo que la sangre. «No pienses en Jace», se dijo con ferocidad, pero al contemplarse en el espejo vio que sus ojos se oscurecían y supo que su cuerpo recordaba aunque la mente no quisiera hacerlo.

Dejó correr el agua hasta que salió fría y se mojó el rostro antes de alargar la mano hacia la piyama. «Fabuloso», se dijo, había tomado los pantalones de la piyama pero no la camiseta. Por mucho que a Simon pudiera gustarle, parecía algo apresurado empezar a dormir en topless. Regresó al cuarto, y se encontró con que Simon se había quedado dormido en el centro de la cama, abrazando la almohada como si fuese un ser humano. Ahogó una carcajada.

—Simon… —susurró; entonces oyó el agudo timbre de dos tonos que indicaba que acababa de llegar un mensaje de texto a su celular.

100

El teléfono estaba cerrado sobre la mesita de noche. Clary lo levantó y vio que el mensaje era de Isabelle.

Alzó la tapa del teléfono e hizo avanzar rápidamente el texto. Lo leyó dos veces, sólo para estar segura de que no se lo estaba imaginando. Luego corrió al armario a tomar el abrigo.

—Jonathan.

La voz surgió de la oscuridad, lenta, sombría, familiar como el dolor. Jace abrió los ojos pestañeando y no vio más que oscuridad. Tiritó. Yacía encogido sobre el helado suelo de losas. Sin duda se había desmayado. Sintió una punzada de ira ante su propia debilidad, su propia fragilidad.

Rodó sobre un costado, y sintió un dolor punzante en la muñeca rota rodeada por la esposa.

—¿Hay alguien ahí?

—Seguramente reconoces a tu propio padre, Jonathan —se oyó la voz otra vez, y Jace sí la reconoció: su sonido de hierro viejo, su suave casi atonalidad. Intentó incorporarse, pero las botas resbalaron en un charco de algo, patinó hacia atrás y se golpeó violentamente contra la dura pared de piedra. Las esposas tintinearon como un silbato de acero.

—¿Estás herido?

Una luz llameó hacia arriba, quemándole los ojos a Jace. Parpadeó lágrimas ardientes y vio a Valentine de pie al otro lado de los lodotes, junto al cuerpo del hermano Jeremiah. Una refulgente luz mágica en una mano proyectaba un potente resplandor sobre la habitación. Jace pudo ver las manchas de sangre antigua en las paredes… y de sangre más fresca, un pequeño charco, que había brotado de la boca abierta de Jeremiah. Sintió que el estómago se le revolvía y se le hacía un nudo, y pensó en la masa negra e informe, con ojos como gemas ardientes que había visto antes.

—Esa cosa —dijo casi sin voz—. ¿Dónde está? ¿Qué era?

—Estás herido. —Valentine se acercó más a los barrotes—. ¿Quién ordenó que te encerraran aquí? ¿Fue la Clave? ¿Los Lightwood?

—Fue la Inquisidora.

Jace se miró. Había más sangre en las piernas de los pantalones y en la camiseta. No podía decir si era suya. La sangre le caía lentamente de abajo de la esposa.

Valentine lo contempló pensativo por entre los barrotes. Era la primera vez en años que Jace veía a su padre vestido con un auténtico traje de batalla: las prendas de cazador de sombras de grueso cuero, que permitían libertad de movimientos a la vez que protegían la piel de la mayoría de venenos demoníacos; las protecciones recubiertas de electro de los brazos y las piernas, cada una marcada con una serie de glifos y runas. Llevaba una correa amplia cruzada sobre el pecho, y la empuñadura de una espada le brillaba por encima del hombro. Valentine se arrodilló, colocando los fríos ojos negros a la altura de los de Jace. Al muchacho le sorprendió no ver ira en ellos.

—La Inquisidora y la Clave son la misma cosa. Y los Lightwood jamás deberían haber permitido que sucediera esto. Yo jamás habría permitido que nadie te hiciera esto.

Jace presionó los hombros contra la pared; era todo lo que la cadena le permitía alejarse de su padre.

—¿Bajaste aquí para matarme?

—¿Matarte? ¿Por qué iba a querer matarte?

—Bueno, ¿por qué mataste a Jeremiah? Y no te molestes en soltarme alguna historia de que pasabas por aquí casualmente justo después de que él muriera espontáneamente. Sé que lo hiciste tú.

Por primera vez, Valentine echó una mirada al cadáver del hermano Jeremiah.

—Sí que lo maté, y al resto de los Hermanos Silenciosos también. Tuve que hacerlo. Tenían algo que necesitaba.

—¿Qué? ¿Un sentido de la decencia?

102

—Esto —contestó Valentine, y sacó la espada de la vaina del hombro con un veloz movimiento—. *Maellartach*.

Jace reprimió la exclamación de sorpresa que le subía por la garganta. La reconocía perfectamente: la enorme espada de gruesa hoja de plata con la empuñadura en forma de alas extendidas era la que colgaba sobre las Estrellas Parlantes en la sala del consejo de los Hermanos Silenciosos.

—¿Tomaste la espada de los Hermanos Silenciosos?

—Jamás fue suya —replicó Valentine—. Pertenece a todos los nefilim. Ésta es la espada con la que el Ángel expulsó a Adán y Eva del jardín. «Y colocó en el este del jardín de Edén querubines, y una espada encendida que se movía en todas direcciones» —citó, bajando la mirada hacia la hoja.

Jace se lamió los labios resecos.

—¿Qué vas a hacer con ella?

—Te lo contaré —repuso Valentine—, cuando crea que puedo confiar en ti y sepa que tú confías en mí.

—¿Confiar en ti? ¿Después de que te escabulliste a través del Portal en Renwick y lo hiciste pedazos para que no pudiera ir tras de ti? ¿Y de que intentaras matar a Clary?

—Nunca habría lastimado a tu hermana —replicó él, con un ramalazo de cólera—. Del mismo modo que no te lastimaría a ti.

—¡Lo único que has hecho ha sido lastimarme! ¡Fueron los Lightwood quienes me protegieron!

—No soy yo quien te encerró aquí. No soy yo quien te amenaza y desconfía de ti. Son los Lightwood y sus amigos de la Clave. —Valentine hizo una pausa—. Viéndote así, viendo cómo te han tratado y que sin embargo sigues mostrándote estoico, me siento orgulloso de ti.

Sorprendido, Jace alzó los ojos, tan de prisa que sintió un vahído. La mano le lanzó una punzada insistente. Reprimió el dolor y lo frenó hasta que su respiración se relajó.

—¿Qué? —soltó.

—Me doy cuenta ahora de que me equivoqué en Renwick —siguió Valentine—. Te veía como el muchachito que dejé en Idris, que obedecía a todos mis deseos. En su lugar encontré a un joven testarudo, independiente y valeroso, y sin embargo te traté como si todavía fuera un niño. No me sorprende que te rebelaras contra mí.

—¿Me rebelara?...

A Jace se le hizo un nudo en la garganta, que impidió el paso a las palabras que deseaba pronunciar. La cabeza le había empezado a martillear siguiendo el ritmo del dolor agudo de la mano.

—Nunca tuve la oportunidad de explicarte mi pasado —continuó diciendo Valentine—, de contarte por qué he hecho las cosas que he hecho.

—No hay nada que explicar. Mataste a mis abuelos. Mantuviste prisionera a mi madre. Mataste a otros cazadores de sombras para favorecer tus propios designios. —Cada palabra le sabía a Jace a veneno.

—Únicamente conoces la mitad de los hechos, Jonathan. Te mentí cuando eras un niño porque eras demasiado joven para comprender. Ahora eres lo bastante grande como para que se te cuente la verdad.

—En ese caso, cuéntame la verdad.

Valentine alargó el brazo por entre los lodotes de la celda y posó la mano sobre la cabeza de Jace. La textura áspera y encallecida de los dedos tenía exactamente el mismo tacto que había tenido cuando Jace tenía diez años.

—Quiero confiar en ti, Jonathan —dijo—. ¿Puedo?

Jace quiso responder, pero las palabras no salieron. Sentía como si le estuvieran cerrando lentamente un aro de hierro alrededor del pecho, dejándole sin respiración.

—Desearía… —musitó.

Sonó un ruido por encima de ellos. Un ruido parecido al golpe de una puerta de metal; a continuación, Jace oyó pisadas, susurros que resonaban en las paredes de piedra de la Ciudad. Valentine se puso de pie, cerrando la mano sobre la luz mágica hasta que ésta sólo fue un tenue resplandor y él mismo una sombra apenas recortada.

—Más rápido de lo que pensé —murmuró, y bajó los ojos para mirar a Jace por entre los lodotes.

Jace miró más allá de él, pero no pudo ver otra cosa que la oscuridad al otro lado de la tenue iluminación de la luz mágica. Pensó en la turbulenta forma oscura que había visto antes, extinguiendo toda luz ante ella.

—¿Qué se acerca? ¿Qué es? —exigió saber, arrastrándose al frente de rodillas.

—Debo irme —repuso Valentine—. Pero no hemos terminado, tú y yo.

Jace colocó la mano en los lodotes.

—Quítame la cadena. Sea lo que sea eso, quiero poder luchar.

—Quitarte las cadenas ahora no sería precisamente un favor.

Valentine cerró la mano por completo alrededor de la piedra de luz mágica. Ésta se extinguió, sumiendo la sala en la oscuridad. Jace se arrojó contra los lodotes de la celda en medio de violentas protestas y el dolor de su muñeca rota.

—¡No! —chilló—. Padre, por favor.

—Cuando quieras encontrarme —dijo Valentine—, me encontrarás.

Y a continuación sólo se oyó el sonido de sus pisadas que retrocedían veloces y la propia respiración irregular de Jace mientras se dejaba caer contra los lodotes.

Durante el viaje en metro hasta la zona residencial, Clary fue incapaz de sentarse. Paseó de arriba abajo en el vagón casi vacío, con los auriculares de su iPod colgándole del cuello. Isabelle no había contestado al teléfono cuando Clary la había llamado, y una sensación irracional de inquietud corroía las tripas de la muchacha.

Pensó en Jace en La Luna del Cazador, cubierto de sangre. Mientras mostraba los dientes gruñendo encolerizado, había parecido más un hombre lobo que un cazador de sombras encargado de proteger a los humanos y mantener a los subterráneos a raya.

Subió como una exhalación las escaleras de la parada de la calle Noventa y seis, y aminoró la marcha al aproximarse a la esquina desde donde el Instituto se veía como una enorme sombra gris. Había hecho calor en los túneles, y el sudor de la nuca le cosquilleaba helado mientras recorría el agrietado camino de cemento hasta la puerta principal del Instituto.

Alargó la mano hacia el descomunal tirador de la campanilla que colgaba del arquitrabe, luego vaciló. Ella era una chamarra de sombras, ¿verdad? Tenía derecho a estar en el Instituto, igual que lo tenían los Lightwood. Con una nueva determinación, asió el picaporte intentó recordar las palabras que Jace había pronunciado.

—En el nombre del Ángel, soli...

La puerta se abrió de par en par a una oscuridad iluminada por las llamas de docenas de velas diminutas. Mientras pasaba presurosa por entre las bancas, las velas parpadearon como si se rieran de ella. Llegó al ascensor, cerró la puerta de metal a su espalda y presionó los botones con un dedo tembloroso. Deseó que su nerviosismo se calmara; ¿estaba preocupada por Jace, o simplemente preocupada por tener que ver a Jace? El rostro de la muchacha, enmarcado por el cuello subido del abrigo, se veía muy blanco y pequeño, los ojos grandes y de un verde oscuro, los labios pálidos y mordidos. «Nada bonita», se dijo consternada, y se obligó a borrar esa idea. ¿Qué importaba el aspecto que tuviera? A Jace no le importaba. A Jace no podía importarle.

El ascensor se detuvo con un chasquido metálico, y Clary abrió la puerta. *Iglesia* la esperaba en el vestíbulo y la saludó con un maullido contrariado.

—¿Qué es lo que sucede, *Iglesia*?

La voz de la muchacha sonó anormalmente fuerte en la silenciosa estancia. Se preguntó si habría alguien en el Instituto. Quizá sólo estaba ella. La idea le dio escalofríos.

—¿Hay alguien en casa?

El gato persa de color azul le dio la espalda y se alejó por el pasillo. Pasaron ante la sala de música y la biblioteca, ambas vacías, antes de que *Iglesia* doblara otra esquina y se sentara frente a una puerta cerrada. «Bien. Pues, aquí estamos», parecía indicar su expresión.

Antes de que pudiera tocar, la puerta se abrió, y apareció Isabelle de pie en el umbral, descalza y vestida con unos jeans y un suave suéter violeta. Se sobresaltó al ver a Clary.

—Me pareció oír a alguien en el pasillo, pero no pensaba que serías tú —dijo—. ¿Qué haces aquí?

Clary la miró fijamente.

—Tú me enviaste un mensaje de texto. Decías que la Inquisidora había metido a Jace en la cárcel.

—¡Clary! —Isabelle echó una rápida mirada a un lado y otro del pasillo, luego se mordió el labio—. No quería decir que debías venir corriendo.

Clary estaba horrorizada.

—¡Isabelle! ¡La cárcel!

—Sí, pero… —Con un suspiro de derrota, Isabelle se hizo a un lado e indicó con una seña a Clary que entrara en la habitación—. Mira, será mejor que entres. Y tú, fuera —dijo, agitando una mano en dirección a *Iglesia*—. Ve a custodiar el ascensor.

Iglesia le dedicó una mirada terrible, se tumbó, y se dispuso a dormir.

—Gatos —rezongó Isabelle, y dio un portazo.

—Hola, Clary. —Alec estaba sentado en la cama deshecha de Isabelle, con las botas colgando por un lado—. ¿Qué haces aquí?

Clary se sentó en el taburete acolchado frente al tocador espléndidamente desordenado de Isabelle.

—Tu hermana me envió un mensaje de texto. Me dijo lo que pasó con Jace.

Isabelle y Alec intercambiaron una mirada expresiva.

—Bueno, Alec —exclamó Isabelle—. Pensé que debía saberlo. ¡No contaba con que iba a venir aquí a toda velocidad!

A Clary el estómago le dio un vuelco.

—¡Pues claro que he venido! ¿Jace está bien? ¿Por qué demonios lo metió la Inquisidora en la prisión?

—No es una prisión exactamente. Está en la Ciudad Silenciosa —explicó Alec; se sentó muy erguido y se colocó uno de los almohadones de Isabelle sobre el regazo para dedicarse a juguetear despreocupadamente con el fleco de cuentas cosido en los bordes.

—¿En la Ciudad Silenciosa? ¿Por qué?

Alec vaciló.

—Hay celdas debajo de la Ciudad Silenciosa. A veces encierran criminales antes de deportarlos a Idris para ser juzgados ante el Consejo. Personas que han hecho cosas realmente malas. Asesinos, renegados, vampiros. Cazadores de sombras que quebrantan los Acuerdos. Ahí es donde está Jace ahora.

—¿Encerrado con un puñado de asesinos? —Clary volvía a estar de pie, escandalizada—. ¿Qué es lo que les pasa a todos ustedes? ¿Por qué no están más enojados?

Alec e Isabelle intercambiaron otra mirada.

—Es sólo por una noche —repuso Isabelle—. Y no hay nadie más allí abajo con él. Lo preguntamos.

—Pero ¿por qué? ¿Qué hizo Jace?

—Fue insolente con la Inquisidora. Eso fue todo, hasta donde yo sé —contestó Alec.

Isabelle se sentó en el borde del tocador.

—Es increíble —exclamó.

—Entonces, la Inquisidora debe de estar loca —declaró Clary.

—No, la verdad es que no lo está —repuso Alec—. Si Jace estuviera en vuestro ejército mundano, ¿crees que se le permitiría insolentarse con sus superiores? Por supuesto que no.

—Bueno, no durante una guerra. Pero Jace no es un soldado.

—Nosotros sí somos soldados. Jace tanto como el resto de nosotros. Existe una jerarquía de mando, y la Inquisidora está cerca de la cúpula. Jace está cerca de la base. Debería haberla tratado con más respeto.

—Si están de acuerdo con que debe estar en la cárcel, ¿por qué me pidieron que viniera aquí? ¿Sólo para convencerme de que les diera la razón? No le veo el sentido. ¿Qué quieren que haga?

—No hemos dicho que debería estar en la cárcel —le espetó Isabelle—. Sólo que no debería haberle replicado a uno de los miembros de más alto rango de la Clave. Además —añadió en algo más parecido a un hilo de voz—. Se me ocurrió que a lo mejor podrías ayudar.

—¿Ayudar? ¿Cómo?

—Ya te lo he dicho antes —dijo Alec—. La mitad del tiempo parece que Jace esté intentando que lo maten. Tiene que aprender a mirar por sí mismo, y eso incluye cooperar con la Inquisidora.

—¿Y crees que puedo ayudar obligándole a hacerlo? —inquirió Clary, con voz incrédula.

—No estoy segura de que nadie pueda obligar a Jace a hacer nada —repuso Isabelle—. Pero creo que puedes recordarle que tiene algo por lo cual vivir.

Alec bajó la mirada a la almohada que tenía en la mano y dio un tirón repentino y salvaje al fleco. Las cuentas tintinearon por la manta de Isabelle como una cortina de lluvia.

—Alec, no hagas eso —lo regañó su hermana, frunciendo el entrecejo.

Clary quiso decirle a Isabelle que ellos eran la familia de Jace, que ella no lo era, que sus voces tenían más peso en él de lo que la suya tendría jamás. Pero no dejaba de oír la voz de Jace en la cabeza, diciendo: «Jamás sentí como si perteneciera a ninguna parte. Pero tú me hiciste sentir como si perteneciera».

—¿Podemos ir a la Ciudad Silenciosa y verlo?

—¿Le dirás que coopere con la Inquisidora? —quiso saber Alec.

Clary lo consideró.

—Primero quiero oír lo que él tiene que decir.

Alec tiró la almohada sobre la cama y se puso de pie. Antes de que pudiera decir nada, llamaron a la puerta. Isabelle se apartó del tocador y fue a abrir.

Era un chico menudo de cabellos oscuros, con los ojos medio ocultos por unos lentes. Llevaba pantalones de mezclilla y una sudadera extra grande, y sostenía un libro en una mano.

—Max —exclamó Isabelle, con cierta sorpresa—, pensaba que estabas dormido.

—Estaba en la habitación de las armas —respondió el chico; que sin duda era el hijo menor de los Lightwood—. Pero se oían ruidos que venían de la biblioteca. Creo que alguien podría estar intentando ponerse en contacto con el Instituto. —Miró detenidamente detrás de Isabelle a Clary—. ¿Quién es ésa?

—Es Clary —contestó Alec—. La hermana de Jace.

Los ojos de Max se abrieron como platos.

—Pensaba que Jace no tenía hermanos.

—Eso era lo que todos pensábamos —afirmó Alec; recogió el suéter que había dejado echado sobre una de las sillas de Isabelle y se lo pasó rápidamente por la cabeza. Los cabellos le rodeaban la cabeza como un suave halo oscuro, chisporroteando con electricidad estática. Tiró de la prenda con impaciencia—. Será mejor que vaya a la biblioteca.

—Iremos los dos —dijo Isabelle; sacó su látigo de oro, que estaba enroscado en forma de reluciente soga, de un cajón y se pasó el mango por el cinturón—. A lo mejor ha sucedido algo.

—¿Dónde están sus padres? —preguntó Clary.

—Los llamaron al exterior hace unas pocas horas. Asesinaron a una hada en Central Park. La Inquisidora se fue con ellos —explicó Alec.

—¿No quisieron ir?

—No se nos invitó. —Isabelle se enrolló las dos oscuras trenzas sobre la cabeza y atravesó el rollo de pelo con una pequeña daga de cristal—. Cuida de Max, ¿quieres? Volveremos en seguida.

—Pero... —protestó Clary.

—Volveremos en seguida.

Isabelle salió al pasillo a toda velocidad, con Alec pegado a sus talones. En cuanto la puerta se cerró tras de ellos, Clary se sentó en la cama y contempló a Max con aprensión. Nunca había pasado mucho tiempo con niños porque su madre nunca le había permitido hacer de niñera, y lo cierto era que no estaba segura de cómo hablarles o qué podría divertirles. La ayudó un poco que ese niño en concreto le recordara a Simon a esa edad, con los brazos y las piernas delgaduchas, y lentes que parecían demasiado grandes para su rostro.

Max le devolvió la mirada con una ojeada evaluativa propia, no tímida, sino pensativa y contenida.

—¿Cuántos años tienes? —preguntó finalmente.

Clary se quedó atónita.

—¿Cuántos parece que tengo?

—Catorce.

—Tengo dieciséis, pero la gente siempre piensa que soy más pequeña de lo que soy porque soy baja.

Max asintió.

—A mí también me pasa —dijo—. Tengo nueve pero la gente siempre piensa que tengo siete.

—Yo te veo con aspecto de nueve —indicó Clary—. ¿Qué es lo que traes? ¿Un libro?

Max sacó la mano de detrás de la espalda. Sujetaba un libro en rústica ancho y plano, aproximadamente del tamaño de una de aquellas revistas pequeñas que se vendían en los mostradores de las tiendas. Éste tenía una cubierta de vivos colores con escritura kanji japonesa debajo de las palabras en inglés. Clary lanzó una carcajada.

—*Naruto* —leyó—. No sabía que te gustaba el manga. ¿Dónde lo has conseguido?

—En el aeropuerto. Me gustan los dibujos pero no tengo ni idea de cómo leerlo.

—A ver, dámelo. —Lo abrió rápidamente, mostrándole las páginas—. Se lee desde atrás, de derecha a izquierda en lugar de hacerlo de izquierda a derecha. Y se leen las páginas en el sentido de las agujas del reloj. ¿Sabes lo que eso significa?

—Desde luego —repuso él.

Por un momento a Clary le inquietó la posibilidad de haberle irritado, pero Max parecía más que complacido cuando recuperó el libro y pasó las hojas hasta la última.

—Éste es el número nueve —indicó—. Creo que debería conseguir los otros ocho antes de leerlo.

—Es una buena idea. Quizá puedas conseguir que alguien te lleve a Midtown Comics o a Planeta Prohibido.

—¿Planeta Prohibido?

Max pareció desconcertado, pero antes de que Clary pudiera explicarse, Isabelle entró por la puerta como una exhalación, jadeante.

—Era alguien intentando contactar con el Instituto —explicó, antes de que Clary pudiera preguntar—. Uno de los Hermanos Silenciosos. Algo pasó en la Ciudad de Hueso.

—¿Qué clase de algo?

—No lo sé. Nunca antes había oído que los Hermanos Silenciosos pidieran ayuda.

Isabelle estaba claramente angustiada. Volvió la cabeza hacia su hermano.

—Max, ve a tu habitación y quédate ahí, ¿de acuerdo?

—¿Van a salir tú y Alec? —inquirió él, con expresión obstinada.

—Sí.

—¿A la Ciudad Silenciosa?

—Max...

—Quiero ir.

Isabelle meneó negativamente la cabeza; la empuñadura de la daga detrás de la cabeza centelleó como un punto llameante.

—Rotundamente no. Eres demasiado joven.

—¡Ustedes tampoco tienen los dieciocho!

Isabelle se volvió hacia Clary con una expresión mitad de ansiedad y mitad de desesperación.

—Clary, ven aquí un segundo, por favor.

Ésta se puso en pie, con curiosidad…, e Isabelle la agarró del brazo y la sacó violentamente de la habitación, dando un portazo. Se oyó un golpe sordo cuando Max se lanzó contra la puerta.

—¡Maldita sea! —exclamó Isabelle, sujetando la perilla—, ¿puedes tomar mi estela por mí, por favor? Está en el bolsillo…

A toda prisa, Clary le tendió la estela que Luke le había dado horas antes aquella noche.

—Usa la mía.

Con unos pocos trazos rápidos, Isabelle grabó en un instante una runa de cierre sobre la puerta. Clary todavía podía oír las protestas de Max desde el otro lado cuando Isabelle se apartó de la puerta, haciendo una mueca, y le devolvió su estela.

—No sabía que tenías una de éstas.

—Era de mi madre —respondió Clary, luego se regañó mentalmente. «Es de mi madre. Es de mi madre.»

—Ok. —Isabelle golpeó la puerta con un puño—. Max, hay algunas barritas energéticas en el cajón de la mesita de noche si tienes hambre. Regresaremos en cuanto podamos.

Del otro lado de la puerta se oyó otro alarido indignado; encogiéndose de hombros, Isabelle se volteó y comenzó a caminar a toda prisa por el pasillo, con Clary junto a ella.

—¿Qué decía el mensaje? —quiso saber la muchacha—. ¿Sólo que había problemas?

—Que era un ataque. Eso.

Alec las esperaba fuera de la biblioteca. Vestía una armadura de cuero negro de cazador de sombras sobre la ropa. Llevaba guantes protegiéndole los brazos y Marcas alrededor de garganta y muñecas. Cuchillos serafín, cada uno con el nombre de un ángel, centelleaban en el cinturón que le rodeaba la cintura.

—¿Estás lista? —dijo a su hermana—. ¿Te ocupaste de Max?

—Está perfectamente. —La muchacha extendió los brazos—. Márcame.

Mientras trazaba los dibujos de runas a lo largo de los dorsos de las manos de Isabelle y la parte interior de las muñecas, Alec echó una ojeada a Clary.

—Probablemente deberías irte a tu casa —dijo—. Es mejor que no estés aquí sola cuando la Inquisidora regrese.

—Quiero ir con ustedes —repuso Clary; las palabras se le habían escapado antes de poder contenerlas.

Isabelle retiró una de las manos que le sostenía Alec y sopló sobre la piel marcada como si enfriara una taza de café demasiado caliente.

—Te pareces a Max.

—Max tiene nueve años. Yo tengo su edad.

—Pero no tienes preparación —arguyó Alec—. Sólo serías un estorbo.

—No, no lo seré. ¿Alguno ha estado dentro de la Ciudad Silenciosa? —inquirió ella—. Yo sí. Sé cómo entrar. Sé cómo moverme por ella.

Alec se irguió, guardando su estela.

—No creo que…

—No va desencaminada —terció Isabelle—. Creo que debería venir si quiere.

Alec pareció desconcertado.

—La última vez que nos enfrentamos a un demonio se limitó a esconderse y a chillar. —Al ver la expresión agria de Clary, le lanzó una rápida mirada de disculpa—. Lo siento, pero es verdad.

—Creo que necesita una oportunidad para aprender —replicó Isabelle—. Ya sabes lo que Jace siempre dice: en ocasiones no tienes que buscar el peligro, en ocasiones el peligro te encuentra a ti.

—No pueden encerrarme como hicieron con Max —añadió Clary, viendo que la determinación de Alec flaqueaba—. No soy una niña.

Y sé dónde está la Ciudad de Hueso, puedo llegar hasta allí sin ustedes.

Alec se apartó de ella, moviendo la cabeza y mascullando algo sobre chicas. Isabelle tendió la mano hacia Clary.

—Dame tu estela —dijo—. Es hora de que recibas algunas Marcas.

6

CIUDAD DE CENIZA

Al final, Isabelle sólo puso dos Marcas en Clary, en el dorso de ambas manos. Una era el ojo abierto que decoraba la mano de todo cazador de sombras. La otra parecían dos hoces cruzadas; Isabelle le dijo que era una runa de protección. Ambas runas la quemaban cuando la estela tocó por primera vez la piel, pero el dolor se fue desvaneciendo mientras Clary, Isabelle y Alec se dirigían al centro en un taxi negro. Para cuando llegaron a la Segunda Avenida y pisaron la calzada, las manos y brazos de Clary le parecían tan ligeros como si llevara flotadores en una piscina.

Los tres permanecieron silenciosos mientras cruzaban el arco de hierro forjado y penetraban en el Cementerio Marble. La última vez que Clary había estado en aquel pequeño patio lo había hecho marchando apresuradamente tras el hermano Jeremiah. Ahora, por primera vez, reparó en los nombres grabados en las paredes: Youngblood, Fairchild, Thrushcross, Nightwine, Ravenscar. Había runas junto a ellos. En la cultura de los cazadores de sombras cada familia tenía su propio símbolo: El de los Wayland era un martillo de herrero, el de los Lightwood una antorcha, y el de Valentine una estrella.

La hierba crecía enmarañada sobre los pies de la estatua del Ángel en el centro del patio. Los ojos del Ángel estaban cerrados, las delgadas manos cerradas sobre el pie de una copa de piedra, una reproducción de la Copa Mortal. El rostro de piedra estaba impasible, cubierto de mugre y polvo.

—La última vez que estuve aquí —indicó Clary—, el hermano Jeremiah usó una runa de la estatua para abrir la puerta que conduce a la Ciudad.

—No me gusta la idea de usar una de las runas de los Hermanos Silenciosos —dijo Alec con el rostro sombrío—. Deberían haber percibido nuestra presencia antes de que llegáramos hasta aquí. Ahora sí estoy empezando a preocuparme.

Sacó una daga del cinturón y se pasó el filo sobre la palma desnuda. Brotó sangre de la superficial herida y, cerrando la mano sobre la Copa de piedra, dejó que la sangre goteara en el interior.

—Sangre de los nefilim —explicó—. Debería funcionar como una llave.

Los párpados del Ángel de piedra se abrieron de golpe. Por un momento, Clary casi esperó ver unos ojos contemplándola furibundos por entre los pliegues de la piedra, pero sólo había más granito. Al cabo de un segundo, la hierba a los pies del Ángel empezó a separarse. Una sinuosa línea negra, ondulando como el lomo de una serpiente, se alejó de la estatua describiendo una curva, y Clary se apresuró a dar un salto cuando un oscuro agujero se abrió a sus pies.

Miró al interior. Unos escalones se perdían en las sombras. La última vez que había estado allí, la oscuridad estaba iluminada a intervalos por antorchas que alumbraban los peldaños. Pero en estos momentos sólo había oscuridad.

—Algo está mal —dijo Clary.

Ni Isabelle ni Alec parecieron inclinados a discutirlo. Clary se sacó del bolsillo la piedra de luz mágica que Jace le había dado y la alzó. La luz surgió intensa a través de sus dedos extendidos.

—Vamos.

Alec se colocó delante de ella.

—Yo iré primero, luego me sigues tú. Isabelle cerrará la marcha.

Descendieron lentamente; las botas húmedas de Clary se resbalaban sobre los peldaños redondeados por los años. Al pie de la escalera había un túnel corto que iba a dar a una sala inmensa, un bosquecillo de piedra de arcos blancos incrustados con piedras semipreciosas. Hileras de mausoleos se acurrucaban en las sombras igual que casas-hongo en un cuento de hadas. Los más distantes desaparecían en las sombras; la luz mágica no era lo bastante potente para iluminar toda la sala.

Alec miró sobriamente hacia los pasillos.

—Jamás pensé que entraría en la Ciudad Silenciosa —dijo—. Ni siquiera muerto.

—Yo no lo diría con tanta pena —repuso Clary—. El hermano Jeremiah me contó lo que hacen con sus muertos. Los incineran y usan la mayor parte de las cenizas para fabricar el mármol de la Ciudad.

«La sangre y los huesos de los cazadores de demonios son en sí mismos una poderosa protección contra el mal. Incluso en la muerte, la Clave sirve a la causa», recordó.

—¡Uh! —asintió Isabelle—. Se considera un honor. Además, no es como si ustedes, mundis, no quemaran a sus muertos.

«Eso no hace que no resulte escalofriante», pensó Clary. El olor a cenizas y a humo flotaba con fuerza en el aire, y lo recordaba de la última vez que estuvo allí; pero había algo más bajo aquellos olores, un hedor más fuerte y denso, como a fruta podrida.

Frunciendo el entrecejo como si él también lo oliera, Alec sacó uno de sus cuchillos ángel del cinturón.

—*Arathiel* —musitó, y el resplandor del cuchillo se unió a la luz mágica de Clary. Localizaron la segunda escalera y descendieron a una penumbra aún más espesa.

La luz mágica parpadeó en la mano de Clary como una estrella moribunda; la muchacha se preguntó si las piedras de luz mágica alguna vez se quedaban sin energía, como las linternas se quedaban sin pilas. Esperó que no. La idea de verse sumida en una oscuridad total en aquel lugar escalofriante la llenaba de un terror visceral.

El olor a fruta podrida aumentó en intensidad cuando llegaron al final de la escalera y se encontraron en otro largo túnel. Éste daba a un pabellón rodeado por agujas de hueso tallado: un pabellón que Clary recordaba muy bien. Incrustaciones de estrellas de plata salpicaban el suelo a modo de valioso confeti. En el centro del pabellón había una mesa negra. Un fluido oscuro se había reunido en su resbaladiza superficie y goteaba en el suelo formando riachuelos.

Cuando Clary se presentó ante el Consejo de Hermanos, había una gruesa espada de plata colgando en la pared situada tras la mesa. La Espada había desaparecido, y en su lugar, un gran abanico escarlata manchaba la pared.

—¿Es eso sangre? —susurró Isabelle; su voz no sonó asustada, sólo atónita.

—Lo parece. —Los ojos de Alec escrutaron la habitación.

Las sombras eran espesas como pintura, y parecían llenas de movimiento. Alec asía con fuerza el cuchillo serafín.

—¿Qué puede haber sucedido? —se preguntó Isabelle—. Los Hermanos Silenciosos…, creía que eran indestructibles…

Su voz se fue apagando mientras Clary, con la luz mágica de su mano, captaba extrañas sombras entre las agujas del techo. Una tenía una forma más extraña que las demás. Clary deseó que la luz mágica ardiera con más fuerza, y ésta lo hizo, lanzando un rayo de claridad a lo lejos.

Atravesado en una de las agujas, como un gusano en un anzuelo, estaba el cuerpo sin vida de un Hermano Silencioso. Las manos, cubiertas de sangre, colgaban justo por encima del suelo de mármol. El cuello del hombre parecía partido. La sangre había formado un charco bajo él, coagulada y negra bajo la luz mágica.

Isabelle lanzó una exclamación ahogada.

—Alec. ¿Ves…?

—Lo veo. —La voz del muchacho era sombría—. Y he visto cosas peores. Es Jace quien me preocupa.

Isabelle se adelantó y tocó la mesa de basalto negro, rozando la superficie con los dedos.

—Esta sangre es casi fresca. Lo que haya sucedido pasó no hace mucho.

Alec fue hacia el cadáver empalado del Hermano. Unas marcas de sangre se alejaban del charco que hacía en el suelo.

—Pisadas —dijo—. De alguien corriendo.

Alec indicó con un gesto de la mano que las muchachas debían seguirle. Éstas lo hicieron, Isabelle deteniéndose sólo para limpiarse las manos ensangrentadas en los suaves protectores de cuero de las piernas.

La senda de pisadas los condujo fuera del pabellón y por un túnel estrecho, que bajaba desapareciendo en la oscuridad. Cuando Alec se detuvo, mirando a su alrededor, Clary se adentró en él con impaciencia, dejando que la luz mágica abriera un camino de luz blanca plateada ante ellos. Alcanzó a ver unas puertas dobles al final del túnel; estaban entornadas.

Jace. De algún modo lo sentía, percibía que se hallaba cerca. Avanzó a paso ligero, con las botas taconeando con fuerza contra el duro suelo. Oyó que Isabelle la llamaba, y en seguida Alec e Isabelle también corrían, pegados a sus talones. Cruzó como una exhalación las puertas del final del corredor y se encontró en una enorme sala de piedra dividida en dos por una hilera de lodotes de metal profundamente hundidos en el suelo. Distinguió apenas una figura desplomada al otro lado de los lodotes. Justo en el exterior de la celda estaba tendida la forma inerte de un Hermano Silencioso.

Clary supo de inmediato que estaba muerto. Fue por el modo en el que estaba caído, como una muñeca a la que le retorcieron los miembros hasta rompérselos. La túnica color pergamino estaba medio desgarrada. El rostro desfigurado, contraído en una expresión de terror absoluto, era aún reconocible. Era el hermano Jeremiah.

La muchacha pasó junto al cuerpo y llegó a la puerta de la celda. Estaba hecha de lodotes colocados a muy poca distancia unos de otros y asegurados con bisagras en un lado. No parecía haber ni cerradura ni perilla de la que pudiera tirar. Detrás de ella oyó a Alec llamarla, pero su atención no estaba puesta en él: estaba en la puerta. No había un modo visible de abrirla; los Hermanos no trataban con aquello que era visible, sino más bien con lo que no lo era. Así que sujetando la luz mágica con una mano, buscó desesperadamente la estela de su madre con la otra.

Del otro lado de los barrotes le llegó un sonido. Una especie de jadeo o susurro ahogado; no estaba segura de qué, pero reconoció el origen: Jace. Golpeó la puerta de la celda con la punta de la estela, e intentó mantener la runa de abrir en su mente hasta que ésta apareció, negra e irregular sobre el duro metal. El electro chisporroteó al tocarlo la estela. «Ábrete —deseó Clary—, ábrete, ábrete, ¡ÁBRETE!»

Un sonido como el de una tela al desgarrarse resonó por la sala. Clary oyó que Isabelle gritaba, al mismo tiempo que la puerta saltaba de sus goznes por completo y se desplomaba hacia el interior de la celda como un puente levadizo al descender. Clary oyó otros ruidos, metal rascando contra metal, un sonoro repiqueteo como el de un puñado de guijarros al ser arrojados al suelo. Se coló en el interior de la celda, pisando sobre la puerta caída.

Una luz mágica inundó la pequeña estancia, iluminándola como si fuera de día. Clary apenas reparó en las hileras de esposas —todas de distintos metales: oro, plata, acero y hierro— que iban soltándose de los pernos de las paredes y caían al suelo de piedra con un repiqueteo. Tenía los ojos puestos en el cuerpo desplomado del rincón; podía ver el brillante cabello, la mano extendida y la esposa suelta caída a poca distancia. La muñeca estaba desnuda y ensangrentada, la piel rodeada de un brazalete de feas heridas.

Se arrodilló, dejando la estela a un lado, y lo giró con suavidad. Sí, era Jace. Tenía otro moretón en la mejilla, y estaba muy pálido, pero Clary pudo ver el veloz movimiento bajo los párpados y una vena latiéndole en la garganta. Estaba vivo.

El alivio la recorrió como una oleada ardiente, deshaciendo las tirantes cuerdas de tensión que la habían mantenido en vilo todo aquel tiempo. La luz mágica cayó al suelo junto a ella, donde siguió resplandeciendo. Clary le apartó el cabello de la frente con una ternura que le pareció ajena; jamás había tenido hermanos o hermanas, ni siquiera un primo; nunca había tenido ocasión de vendar heridas o besar rodillas arañadas u ocuparse de nadie.

Pero estaba bien sentir ese tipo de ternura hacia Jace, se dijo, reacia a apartar la mano incluso cuando los párpados de éste se agitaron bruscamente y el muchacho gimió. Era su hermano, ¿por qué no iba a importarle lo que le sucediera?

Los ojos de Jace se abrieron. Las pupilas estaban enormes, dilatadas. ¿Quizá se había golpeado la cabeza? Su ojos se clavaron en ella con una expresión de aturdido desconcierto.

—¿Clary? —preguntó—. ¿Qué haces aquí?

—He venido a buscarte —dijo ella, porque era la verdad.

Un espasmo cruzó el rostro del muchacho.

—¿Realmente estás aquí? No estoy… No estoy muerto, ¿verdad?

—No —respondió ella, acariciándole el rostro con la mano—. Te desmayaste, eso es todo. Seguramente también te golpeaste la cabeza.

Jace alzó la mano para cubrir la de ella.

—Valió la pena —repuso él en una voz tan queda que Clary no estuvo segura de qué era lo que había dicho.

—¿Qué?

Era Alec, que se metía por la abertura con Isabelle justo detrás de él. Clary apartó a toda prisa la mano, luego se maldijo en silencio. No estaba haciendo nada malo.

Jace se incorporó penosamente hasta quedar sentado. Tenía el rostro ceniciento y la camiseta salpicada de sangre. La expresión de Alec se convirtió en una de preocupación.

122

—¿Te encuentras bien? —quiso saber, arrodillándose—. ¿Qué pasó? ¿Puedes recordarlo?

Jace alzó la mano ilesa.

—Una pregunta a la vez, Alec. Creo que la cabeza está a punto de estallarme.

—¿Quién te hizo esto? —Isabelle sonó a la vez perpleja y furiosa.

—Nadie me hizo nada. Me lo hice yo intentando quitarme las esposas. —Se miró la muñeca, de la que parecía casi haberse arrancado toda la piel, e hizo una mueca de dolor.

—Dame —dijeron a la vez Clary y Alec, yendo a sostenerle la mano.

Los ojos de ambos se encontraron, y Clary fue la primera en detenerse. Alec sujetó la muñeca de Jace y sacó su estela; con unos pocos y veloces giros de muñeca, dibujó un *iratze* —una runa curativa— justo debajo del aro de piel sangrante.

—Gracias —dijo Jace, retirando la mano; la parte lastimada de la muñeca empezaba a volver a soldarse—. El hermano Jeremiah…

—Está muerto —informó Clary.

—Lo sé. —Desdeñando la ayuda que le ofrecía Alec, Jace se incorporó hasta apoyarse en la pared—. Lo asesinaron.

—¿Se mataron los Hermanos Silenciosos entre sí? —preguntó Isabelle—. No lo entiendo…, no comprendo por qué harían eso…

—No lo hicieron —respondió Jace—. Algo los mató. No sé qué. —Un espasmo de dolor le crispó el rostro—. Mi cabeza…

—Tal vez deberíamos irnos —propuso Clary nerviosamente—. Antes de que lo que fuera que los mató…

—¿Regrese a por nosotros? —inquirió Jace, y bajó la mirada hacia la camisa ensangrentada y la mano magullada—. Creo que se ha ido. Pero supongo que él todavía podría hacerlo regresar.

—¿Quién podría hacer regresar qué? —quiso saber Alec, pero Jace no dijo nada.

El rostro del muchacho había pasado de gris a blanco como el papel. Alec lo sujetó cuando empezó a resbalarse por la pared.

—Jace...

—Estoy bien —protestó él, pero se sujetó a la manga de Alec con fuerza—. Puedo sostenerme de pie.

—A mí me parece que estás usando la pared para sostenerte. Ésa no es mi definición de «sostenerme de pie».

—Es estar apoyado —le contestó Jace—. Estar apoyado viene justo antes de sostenerme de pie.

—Para de discutir —intervino Isabelle, apartando una antorcha apagada de una patada—. Tenemos que salir de aquí. Si hay algo ahí afuera lo bastante malo como para matar a los Hermanos Silenciosos, nos hará picadillo.

—Izzy tiene razón. Deberíamos marcharnos. —Clary recuperó la luz mágica y se levantó—. Jace... ¿estás bien para caminar?

—Puede apoyarse en mí. —Alec pasó el brazo de Jace sobre sus hombros, éste se apoyó pesadamente en él—. Vamos —indicó Alec con suavidad—. Te curaremos cuando estemos fuera.

Fueron lentamente hacia la puerta de la celda, donde Jace se detuvo un instante para contemplar fijamente el cuerpo del hermano Jeremiah, que yacía retorcido sobre las losas. Isabelle se arrodilló y bajó la capucha de lana marrón del Hermano Silencioso para cubrirle el rostro contorsionado. Cuando se incorporó, todos los semblantes estaban serios.

—Jamás he visto a un Hermano Silencioso asustado —comentó Alec—. No creía que les fuese posible sentir miedo.

—Todo el mundo siente miedo —afirmó Jace tajante.

El muchacho seguía muy pálido y mantenía la mano herida apoyada contra el pecho, aunque Clary pensó que no se debía al dolor físico. Parecía distante, como si se hubiese retraído, ocultándose de algo.

Retrocedieron sobre sus pasos por los oscuros corredores y ascendieron los estrechos peldaños que conducían al pabellón de las Estrellas Parlantes. Cuando lo alcanzaron, Clary notó el denso olor a sangre y a quemado con mucha mayor intensidad que al pasar por allí antes. Jace, apoyado en Alec, miró a su alrededor con una expresión mezcla de horror y confusión. Clary vio que miraba fijamente la pared opuesta, que estaba profusamente salpicada de sangre.

—Jace. No mires —dijo.

Y en seguida se sintió estúpida; él era un cazador de demonios, al fin y al cabo, y seguro que había visto cosas peores.

Jace movió la cabeza.

—Algo va mal…

—Todo va mal aquí. —Alec ladeó la cabeza en dirección al bosque de arcos que conducía lejos del pabellón—. Ése es el camino más rápido para salir de aquí. Vámonos.

No hablaron demasiado mientras emprendían el camino de vuelta a través de la Ciudad de Hueso. Cada sombra parecía ocultar un movimiento, como si la oscuridad cubriera criaturas que aguardaban para saltar sobre ellos. Isabelle musitaba algo con un tono y, aunque Clary no podía oír las palabras, sonaba como otro idioma, algo antiguo… latín, tal vez.

Cuando alcanzaron las escaleras que conducían fuera de la Ciudad, Clary emitió un silencioso suspiro de alivio. La Ciudad de Hueso quizá hubiera sido hermosa en alguna ocasión, pero ahora resultaba aterradora. Cuando llegaron al último tramo de escalones, una fuerte luz le hirió los ojos y le hizo lanzar un grito de sorpresa. Distinguió débilmente la estatua del Ángel, que se alzaba en lo alto de la escalera, iluminada por detrás con una refulgente luz dorada, brillante como el sol. Echó una rápida mirada a los demás; éstos parecían tan confusos como ella.

—No puede haber amanecido ya… ¿verdad? —murmuró Isabelle—. ¿Cuánto tiempo hemos estado ahí abajo?

Alec miró su reloj.

—No tanto como eso.

Jace farfulló algo, demasiado quedo para que nadie más le oyera. Alec inclinó la cabeza hacia él.

—¿Qué has dicho?

—Luz mágica —contestó Jace, esta vez en voz más alta.

Isabelle corrió escalera arriba, con Clary detrás de ella y Alec atrás, luchando para ayudar a Jace por los escalones. En lo alto de la escalera, Isabelle se detuvo de golpe como paralizada. Clary la llamó, pero ella no se movió. Al cabo de un momento, Clary estuvo a su lado y entonces le tocó a ella mirar a su alrededor con asombro.

El jardín estaba repleto de cazadores de sombras; veinte, quizá treinta, con las oscuras vestiduras de caza, cubiertos de Marcas y cada uno sosteniendo una refulgente piedra de luz mágica.

A la cabeza del grupo se encontraba Maryse, con una armadura negra de chamarra de sombras y una capa, la capucha echada hacia atrás. Detrás de ella se alineaban docenas de desconocidos, hombres y mujeres que Clary no había visto nunca, pero que lucían las Marcas de los nefilim en los brazos y los rostros. Uno de ellos, un apuesto hombre de piel negra como el ébano, miró fijamente a Clary e Isabelle… y junto a ellas, a Jace y Alec, que habían salido de la escalera y pestañeaban bajo la inesperada iluminación.

—Por el Ángel —exclamó el hombre—. Maryse… ya había alguien ahí abajo.

La boca de Maryse se abrió en una silenciosa exclamación de sorpresa al ver a Isabelle. Luego la cerró, apretando los labios en una fina línea blanca, como una cuchillada dibujada en tiza sobre la cara.

—Lo sé, Malik —contestó—. Éstos son mis hijos.

7

LA ESPADA MORTAL

Un quedo murmullo recorrió al grupo. Los que iban encapuchados se echaron las capuchas hacia atrás, y Clary pudo ver, por las expresiones de Jace, Alec e Isabelle, que muchos de los cazadores de sombras les eran conocidos.

—Por el Ángel. —La mirada incrédula de Maryse pasó de Alec a Jace, cruzó por encima de Clary y regresó a su hija. Jace se había apartado de Alec cuando Maryse comenzó a hablar, y se mantenía un poco alejado de los otros tres, con las manos en los bolsillos. Isabelle retorcía nerviosamente el látigo que tenía en las manos. Alec parecía juguetear con su teléfono celular, aunque Clary no podía ni imaginar a quién estaría llamando—. ¿Qué están haciendo aquí? ¿Alec? ¿Isabelle? Ha habido una llamada de auxilio procedente de la Ciudad Silenciosa...

—Nosotros respondimos a ella —contestó Alec.

La mirada del muchacho se movió ansiosamente por el grupo allí reunido. Clary no podía culparle por su nerviosismo. Se trataba del grupo más grande de cazadores de sombras adultos, bueno, de cazadores de sombras en general, que ella había visto nunca. No dejaba de mirar de rostro en rostro, registrando las diferencias entre ellos: variaban ampliamente en edad, raza y aspecto general, y sin embargo todos daban la misma impresión de poder inmenso y contenido. Podía percibir sus sutiles miradas puestas en ella, examinándola, evaluándola. Uno de ellos, una mujer con ondulados cabellos canosos, la miraba fijamente con una fiereza que no tenía nada de sutil. Clary parpadeó y apartó los ojos.

—No estabas en el Instituto… —prosiguió Alec— y no podíamos ponernos en contacto con nadie… así que vinimos nosotros.

—Alec…

—No importa, de todos modos —concluyó Alec—. Están muertos. Los Hermanos Silenciosos. Están todos muertos. Los han asesinado.

Esta vez no surgió ningún sonido de los allí reunidos. Todos se quedaron inmóviles, del mismo modo en que una manada de leones podría quedarse inmóvil al descubrir una gacela.

—¿Muertos? —repitió Maryse—. ¿Qué quieres decir con que están muertos?

—Creo que está muy claro lo que quiere decir. —Una mujer que llevaba un largo abrigo gris había aparecido de improviso junto a Maryse. Bajo la parpadeante luz, a Clary le pareció una especie de caricatura de Edward Gorey, toda ángulos agudos, cabellos recogidos hacia atrás y ojos igual que pozos negros cavados en la cara. Sostenía un refulgente pedazo de luz mágica sujeto a una larga cadena de plata, pasada a través de los dedos más delgados que Clary había visto nunca.

—¿Están todos muertos? —preguntó, dirigiéndose a Alec—. ¿No hallaron a nadie con vida en la Ciudad?

Alec negó con la cabeza.

—No que nosotros viéramos, Inquisidora.

De modo que ésa era la Inquisidora, pensó Clary. Ciertamente parecía alguien capaz de arrojar a un chico adolescente a una mazmorra sin más motivo que el no gustarle su actitud.

—Que vieran —repitió la Inquisidora, con los ojos igual que centelleantes cuentas, antes de volver la cabeza hacia Maryse—. Aún podría haber supervivientes. Yo enviaría a tu gente al interior de la Ciudad para que hicieran una comprobación a fondo.

Maryse apretó los labios. Por lo poco que Clary había averiguado sobre Maryse, sabía que a la madre adoptiva de Jace no le gustaba que le dijeran qué hacer.

—Muy bien —aceptó Maryse. Se volteó hacia el resto de cazadores de sombras, que no eran tantos como Clary había pensado en un principio; más cerca de veinte que de treinta, aunque la impresión que le había causado su aparición los había hecho parecer una multitud ingente.

Maryse habló con Malik en voz baja. Él asintió y, tomando por el brazo a la mujer de cabellos plateados, condujo a los cazadores de sombras hacia la entrada de la Ciudad de Hueso. A medida que uno tras otro descendían por la escalera, con sus respectivas luces mágicas en la mano, el resplandor del patio empezó a desvanecerse. La última en bajar fue la mujer del cabello canoso. A mitad de la escalera, la mujer se detuvo, se volvió y miró hacia atrás... directamente a Clary. Sus ojos estaban cargados de un terrible anhelo, como si ansiase desesperadamente decirle algo. Después de un momento, volvió a echarse la capucha sobre el rostro y desapareció en las sombras.

Maryse rompió el silencio.

—¿Por qué querría nadie asesinar a los Hermanos Silenciosos? No son guerreros, no llevan Marcas de combate...

—No seas ingenua, Maryse —le cortó la Inquisidora—. Esto no ha sido un ataque al azar. Puede que los Hermanos Silenciosos no sean guerreros, pero son ante todo guardianes, y muy buenos en su trabajo. Por no decir difíciles de matar. Alguien quería algo de la Ciudad de Hueso y estaba dispuesto a matar a los Hermanos Silenciosos para obtenerlo. Esto ha sido premeditado.

—¿Qué hace que estés tan segura?

—¿Esa pérdida de tiempo que nos ha llevado a todos a Central Park? ¿La niña hada muerta?

—Yo no llamaría a eso una pérdida de tiempo. A la niña hada le habían sacado toda la sangre, como a los otros. Estos asesinatos podrían ocasionar serios problemas entre los Hijos de la Noche y otros subterráneos...

—Distracciones —replicó la Inquisidora, desdeñosa—. Quería que estuviésemos fuera del Instituto para que nadie respondiera a los Hermanos cuando llamaran pidiendo ayuda. Ingenioso, en realidad. Pero claro, él siempre fue muy ingenioso.

—¿Él? —Fue Isabelle quién habló, con el rostro muy pálido entre las negras alas de sus cabellos—. Se refiere...

Las siguientes palabras de Jace provocaron una sacudida en Clary, como si hubiese entrado en contacto con una corriente eléctrica.

—Valentine —dijo el muchacho—. Valentine tomó la Espada Mortal. Por eso mató a los Hermanos Silenciosos.

Una fina y repentina sonrisa se curvó en el rostro de la Inquisidora, como si Jace hubiera dicho algo que la complaciera enormemente.

Alec dio un brinco y se volvió para mirar a Jace boquiabierto.

—¿Valentine? Pero tú no nos dijiste que estaba aquí.

—Nadie me lo ha preguntado.

—Pero él no puede haber matado a los Hermanos. Los han hecho pedazos. Ninguna persona podría haber hecho todo eso.

—Probablemente tuvo ayuda demoníaca —repuso la Inquisidora—. Ya ha usado antes demonios para que le ayuden. Y con la protección de la Copa, podría invocar a algunas criaturas muy peligrosas. Más peligrosas que los rapiñadores —añadió haciendo una mueca con el labio, y aunque no miró a Clary al decirlo, las palabras fueron, en cierto modo, un bofetón verbal; la tenue esperanza de Clary de que la Inquisidora no la hubiese visto o reconocido se desvaneció—. O los patéticos repudiados.

—No sé nada sobre eso. —Jace estaba muy pálido, con manchas rojizas como de fiebre en los pómulos—. Pero fue Valentine. Lo vi. De hecho, llevaba la Espada cuando bajó a las celdas y se burló de mí a través de los lodotes. Era como una película mala, sólo le faltó retorcerse el bigote.

Clary lo miró preocupada. Hablaba demasiado de prisa, pensó, y parecía mantenerse de pie con dificultad.

La Inquisidora no pareció advertirlo.

—¿Así que dices que Valentine te contó todo esto? ¿Te contó que mató a los Hermanos Silenciosos porque quería la Espada del Ángel?

—¿Qué más te contó? ¿Te dijo adónde iba? ¿Qué planea hacer con los dos Instrumentos Mortales? —preguntó apresuradamente Maryse.

Jace negó con la cabeza.

La Inquisidora avanzó hacia él, con el abrigo arremolinándose a su alrededor como humo en movimiento. Los ojos grises y la boca eran tirantes líneas horizontales.

—No te creo —dijo.

Jace se limitó a mirarla.

—No esperaba que lo hiciera.

—Dudo que la Clave te crea.

—Jace no es un mentiroso... —empezó a decir Alec con vehemencia.

—Usa tu cerebro, Alexander —replicó la Inquisidora, sin apartar los ojos de Jace—. Deja a un lado tu lealtad hacia tu amigo por un momento. ¿Qué probabilidades existen de que Valentine pasara por la celda de su hijo para una charla paternal sobre la Espada-Alma y no mencionara lo que planeaba hacer con ella, o incluso adónde iba?

—*S'io credesse che mia risposta fosse* —dijo Jace en un idioma que Clary no conocía—, *a persona che mai tornasse al mondo...*

—Dante. —La Inquisidora pareció fríamente divertida—. El *Infierno*. Aún no estás en el infierno, Jonathan Morgenstern, aunque si insistes en mentirle a la Clave, desearás estarlo. —Volvió la cabeza hacia los demás—. ¿Y no le parece curioso a nadie que la Espada-Alma haya desaparecido la noche antes de que Jonathan Morgenstern tenga que someterse a juicio por su hoja... y que haya sido su padre quien la ha tomado?

131

Jace pareció escandalizado, y sus labios se entreabrieron ligeramente en una expresión de sorpresa, como si eso jamás se le hubiera ocurrido.

—Mi padre no tomó la Espada por mí. La tomó para él. Dudo que supiese siquiera lo del juicio.

—Qué terriblemente conveniente para ti, no obstante. Y para él. No tendrá que preocuparse de que cuentes sus secretos.

—Claro —replicó Jace—, le aterra que le cuente a todo el mundo que en realidad siempre ha querido ser una bailarina de ballet. —La Inquisidora se limitó a mirarle fijamente—. No conozco ninguno de los secretos de mi padre —afirmó, con menos acritud—. Jamás me contó nada.

La Inquisidora lo contempló con algo parecido al tedio.

—Si tu padre no tomó la Espada para protegerte, entonces, ¿por qué?

—Es un Instrumento Mortal —dijo Clary—. Es poderosa. Como la Copa. A Valentine le gusta el poder.

—La Copa tiene una utilidad inmediata —replicó la Inquisidora—. Puede usarla para crear un ejército. La Espada se utiliza en juicios. No veo cómo podría interesarle.

—Podría haberlo hecho para desestabilizar la Clave —sugirió Maryse—. Para socavar nuestra moral. Para indicar que no hay nada que podamos proteger de él si lo desea lo suficiente. —Era un argumento sorprendentemente bueno, pensó Clary, pero Maryse no sonaba muy convencida—. El hecho es que...

Pero nunca llegaron a oír cuál era el hecho, porque en ese momento Jace alzó la mano como si fuera a hacer una pregunta, puso cara de sorpresa y se sentó en la hierba de golpe, como si sus piernas hubiesen cedido. Alec se arrodilló junto a él, pero Jace desechó su inquietud con un ademán.

—Déjame tranquilo. Estoy perfectamente.

—No lo estás.

Clary se unió a Alec, mientras Jace la contemplaba con unos ojos de pupilas enormes y oscuras, a pesar de la luz mágica que iluminaba la noche. La muchacha echó un vistazo a la muñeca de Jace, donde Alec le había dibujado el *iratze*. La Marca había desaparecido, ni siquiera quedaba una leve cicatriz para mostrar que había funcionado. Sus ojos se encontraron con los de Alec y vio su propia ansiedad reflejada allí.

—Algo le pasa —dijo—. Algo malo.

—Probablemente necesita una runa curativa. —La Inquisidora daba la impresión de estar exquisitamente molesta con Jace por estar herido durante acontecimientos de tal importancia—. Un *iratze*, o…

—Ya probamos eso —explicó Alec—. No está funcionando. Creo que hay algo de origen demoníaco actuando aquí.

—¿Como veneno de demonio? —Maryse avanzó como si tuviera intención de ir junto a Jace, pero la Inquisidora la retuvo.

—Está fingiendo —afirmó la mujer—. Debería estar en las celdas de la Ciudad Silenciosa en estos momentos.

Alec se puso en pie al oír aquello.

—Pero ¿qué está diciendo?… ¡Mírelo! —Señaló a Jace, que había vuelto a desplomarse sobre la hierba, con los ojos cerrados—. Ni siquiera puede mantenerse en pie. Necesita médicos, necesita…

—Los Hermanos Silenciosos están muertos —dijo la Inquisidora—. ¿Estás sugiriendo un hospital mundano?

—No. —La voz de Alec sonó tensa—. Pensaba que podría ir a que lo viera Magnus.

Isabelle profirió un sonido situado en algún punto entre un estornudo y una tos. Se volvió hacia otro lado mientras la Inquisidora miraba a Alec sin comprender.

—¿Magnus?

—Es un brujo —respondió Alec—. En realidad es el Gran Brujo de Brooklyn.

—Te refieres a Magnus Bane —dijo Maryse—. Tiene una reputación como…

—Me curó después de que peleara contra un Demonio Mayor

—replicó Alec—. Los Hermanos Silenciosos no pudieron hacer nada, pero Magnus...

—Es ridículo —replicó la Inquisidora—. Lo que quieres es ayudar a Jonathan a escapar.

—No se encuentra lo bastante bien como para escapar —intervino Isabelle—. ¿Es que no lo ve?

—Magnus jamás permitiría que eso sucediera —afirmó Alec, acallando con una mirada a su hermana—. No está interesado en contrariar a la Clave.

—¿Y qué haría para impedirlo? —La voz de la Inquisidora rezumaba ácido sarcasmo—. Jonathan es un cazador de sombras; no es tan fácil mantenernos bajo llave.

—Quizá debería preguntárselo —sugirió Alec.

La Inquisidora sonrió con aquella cortante sonrisa suya.

—Por supuesto. ¿Dónde está?

Alec echó una ojeada al teléfono que tenía en la mano y luego volvió a mirar a la delgada mujer gris situada ante él.

—Está aquí —contestó, y alzó la voz—. ¡Magnus! Magnus, acércate.

Incluso las cejas de la Inquisidora se alzaron violentamente cuando Magnus cruzó majestuosamente la verja. El Gran Brujo vestía pantalones de cuero negro, un cinturón con una hebilla enjoyada en forma de «M» y una chamarra militar prusiana azul cobalto abierta sobre una camisa blanca de encaje. Relucía cubierto de capas de purpurina. Su mirada descansó por un momento en el rostro de Alec con expresión divertida y una insinuación de algo más antes de ir hacia Jace, que estaba tendido bocabajo sobre la hierba.

—¿Está muerto? —preguntó—. Parece muerto.

—No —le espetó Maryse—. No está muerto.

—¿Lo han comprobado? Puedo patearle si quieren. —Magnus avanzó hacia Jace.

—¡Basta! —chilló airada la Inquisidora, sonando como la profesora de tercero de Clary cuando le ordenaba que dejara de garabatear en el pupitre con un rotulador—. No está muerto, pero está herido —añadió, casi de mala gana—. Se requieren tus habilidades médicas. Jonathan necesita estar en condiciones para el interrogatorio.

—Estupendo, pero eso tiene un precio.

—Yo lo pagaré —repuso Maryse.

—Muy bien. —La Inquisidora ni siquiera pestañeó—. Pero no puede quedarse en el Instituto. El hecho de que la Espada haya desaparecido no significa que el interrogatorio no vaya a tener lugar como estaba planeado. Y entretanto, el muchacho debe permanecer bajo observación. Existe un claro riesgo de fuga.

—¿Riesgo de fuga? —inquirió Isabelle—. Lo dice como si él hubiese intentado escapar de la Ciudad Silenciosa...

—Bueno —replicó la mujer—. Ya no está en su celda ahora, ¿verdad?

—¡Eso no es justo! ¡No esperaría dejarlo ahí abajo rodeado de cadáveres!

—¿No es justo? ¿No es justo? ¿De verdad esperas que me crea que el motivo por el que tú y tu hermano fueron a la Ciudad de Hueso fue por una llamada de auxilio, y no para liberar a Jonathan de lo que sin duda consideran un confinamiento innecesario? ¿Y esperas que crea que no van a intentar liberarlo otra vez si se le permite permanecer en el Instituto? ¿Crees que pueden engañarme tan fácilmente como engañan a sus padres, Isabelle Lightwood?

La muchacha enrojeció. Magnus intervino antes de que la chica pudiera replicar.

—Mira, no hay ningún problema —dijo—. Jace se puede quedar en mi casa.

La Inquisidora volvió la cabeza hacia Alec.

—¿Sabe tu brujo —dijo— que Jonathan es un testigo de la mayor importancia para la Clave?

—Él no es mi brujo. —Los angulosos pómulos de Alec enrojecieron violentamente.

—He tenido a prisioneros de la Clave anteriormente —indicó Magnus, y el dejo burlón había abandonado su voz—. Creo que descubrirá que tengo un excelente historial en ese terreno. El tipo de contrato que ofrezco es uno de los mejores.

¿Fue la imaginación de Clary, o los ojos de Magnus realmente se entretuvieron un instante en Maryse cuando dijo aquello? Clary no tuvo tiempo para conjeturar; la Inquisidora emitió un sonido agudo que podría haber sido de diversión o disgusto.

—Solucionado —dijo—. Hazme saber cuando esté lo bastante bien como para hablar, brujo. Todavía tengo muchas preguntas para él.

—Desde luego —respondió Magnus, pero a Clary le dio la impresión de que en realidad no la escuchaba.

Magnus cruzó el pasto con elegancia y se detuvo junto a Jace; era tan alto como delgado, y cuando Clary alzó los ojos para mirarle, le sorprendió cuántas estrellas tapaba.

—¿Puede hablar? —preguntó Magnus a Clary, señalando a Jace.

Antes de que ésta pudiera responder, los ojos del muchacho se abrieron lentamente y alzó la mirada hacia el brujo, aturdido y mareado.

—¿Qué estás haciendo tú aquí?

Magnus dedicó una sonrisa burlona al muchacho, y sus dientes centellearon como diamantes afilados.

—Hola, compañero de casa —saludó.

Segunda parte
Las Puertas del Infierno

Antes de mí ninguna cosa fue creada,
sólo las eternas, y yo eternamente duro.
¡Pierdan toda esperanza los que aquí entran!

DANTE, *Inferno*

8

LA CORTE SEELIE

En el sueño, Clary volvía a ser una niña, y recorría una estrecha franja de playa cerca del muelle de Coney Island. El aire estaba impregnado del aroma a hot dogs y cacahuates asados, y de los gritos de niños. El mar se agitaba a lo lejos, su superficie azul grisácea inundada de luz solar.

Podía verse a sí misma como si lo hiciera desde una cierta distancia, vestida con una piyama infantil demasiado grande, con los dobladillos del pantalón arrastrando por la playa. La arena húmeda le rascaba entre los dedos de los pies, y el cabello se le pegaba pesadamente a la nuca. No había nubes, y el cielo estaba azul y despejado, pero ella tiritaba mientras andaba a lo largo de la orilla en dirección a la figura que podía distinguir sólo vagamente a lo lejos.

A medida que se acercaba, la figura se tornó repentinamente nítida, como si Clary hubiese enfocado el objetivo de una cámara. Era su madre, arrodillada en las ruinas de un castillo de arena. Llevaba el mismo vestido blanco que Valentine le había puesto en Renwick, y en la mano tenía un retorcido pedazo de madera arrojado por el mar, plateado por la larga exposición a la sal y el viento.

—¿Veniste a ayudarme? —preguntó su madre, alzando la cabeza; los cabellos de Jocelyn estaban sueltos y ondeaban libremente al viento,

haciendo que pareciera más joven de lo que era—. Hay tanto que hacer y tan poco tiempo.

Clary tragó saliva para eliminar el grueso nudo que tenía en la garganta.

—Mamá…, te he extrañado, mamá.

Jocelyn sonrió.

—Yo también te he extrañado, cariño. Pero no me he ido, ya lo sabes. Sólo duermo.

—Entonces, ¿cómo te despierto? —exclamó Clary, pero su madre miraba en dirección al mar con el rostro inquieto.

El cielo había adquirido un tono crepuscular gris acero, y las nubes negras parecían piedras pesadas.

—Ven aquí —dijo Jocelyn, y cuando Clary llegó ante ella, su madre añadió—: Extiende el brazo.

Clary lo hizo, y Jocelyn le pasó el pedazo de madera sobre la piel. El contacto le escoció como la quemadura de una estela, y dejó la misma gruesa línea negra. La runa que Jocelyn dibujó tenía una forma que Clary no había visto nunca, pero halló su contemplación instintivamente tranquilizadora.

—¿Qué hace esto?

—Debería protegerte.

Su madre la soltó.

—¿De qué?

Jocelyn no contestó, se limitó a mirar a lo lejos en dirección al mar. Clary se volvió y vio que el océano se había retirado un buen trecho, dejando montones salobres de basura, pilas de algas y peces desesperados que daban coletazos tras él. El agua se había reunido en una ola enorme que se alzaba como la ladera de una montaña, como un alud listo para caer. Los gritos de los niños desde el muelle se habían convertido en alaridos. Mientras Clary observaba horrorizada, se fijó en que el flanco de la ola era tan transparente como una membrana, y a través de él pudo ver cosas que parecían moverse bajo la superficie del mar, enormes cosas informes presionando contra la capa de agua. Alzó las manos…

Y se despertó, jadeando, con el corazón golpeándole dolorosa-

140

mente contra las costillas. Estaba en su cama en el cuarto de invitados de la casa de Luke, y la luz de la tarde se filtraba a través de las cortinas. Tenía los cabellos pegados al cuello por el sudor, y el brazo le ardía y le dolía. Cuando se incorporó y encendió la luz de la mesita de noche, no se sorprendió al ver la Marca negra que tenía en el antebrazo.

Al entrar en la cocina, descubrió que Luke le había dejado el desayuno, en forma de un pan cubierto de azúcar glaseada, en una caja de cartón salpicada de grasa. También había dejado una nota pegada en el refri. «Fui al hospital.»

Clary se comió el pan mientras iba a encontrarse con Simon. Se suponía que éste estaría en la esquina de Bedford, junto a la parada de la línea L a las cinco, pero no estaba. Clary sintió una débil sensación de ansiedad antes de recordar la tienda de discos de segunda mano en la esquina de la Sexta. Efectivamente, allí estaba Simon revisando los CD de la sección de novedades. Vestía una camisa de pana de color orín con una manga rasgada y una camiseta azul que llevaba el logo de un muchacho con auriculares bailando con un pollo. Sonrió ampliamente al verla.

—Eric cree que deberíamos cambiar el nombre de nuestra banda por Empanada de Mojo —dijo a manera de saludo.

—¿Cuál es ahora? Lo he olvidado.

—Enema de Champagne —contestó él, eligiendo un CD de Yo La Tengo.

—Cámbienlo —indicó Clary—. A propósito, sé lo que significa tu camiseta.

—No, no lo sabes. —Fue hacia la parte delantera de la tienda para pagar el CD—. Tú eres una buena chica.

Afuera, el viento era frío y vivo. Clary se alzó la bufanda a rayas hasta la barbilla.

—Me preocupé al no verte en la parada de la L.

Simon se puso la gorra de punto, haciendo una mueca como si la luz del sol le hiriera los ojos.

—Lo siento. Recordé que quería este CD, y pensé...

—No hay problema. —Clary agitó una mano ante él—. Soy yo. Últimamente me entra el pánico con demasiada facilidad.

—Bueno, después de por lo que has pasado, nadie podría culparte. —Simon sonaba contrito—. Todavía no puedo creer lo que sucedió en la Ciudad Silenciosa. No puedo creer que estuvieras allí.

—Tampoco podía Luke. Le dio un ataque.

—Apuesto a que sí.

Caminaban a través de McCarren Park, con la hierba bajo sus pies adquiriendo ya el tono marrón del invierno y el aire lleno de luz dorada. Por entre los árboles corrían perros sueltos.

«Todo cambia en mi vida, y el mundo sigue igual», pensó Clary.

—¿Has hablado con Jace desde ayer? —preguntó Simon, manteniendo la voz neutral.

—No, pero he estado en contacto con Isabelle y Alec. Al parecer está bien.

—¿Pidió verte? ¿Es por eso que vamos?

—No tiene que pedírmelo.

Clary intentó mantener la irritación fuera de su voz mientras entraban en la calle de Magnus. Estaba rodeada de edificios bajos de almacenes que habían sido convertidos en lofts y en estudios para residentes con temperamento artístico... y dinero. La mayoría de los coches estacionados a lo largo del borde bajo eran caros.

Al aproximarse al edificio de Magnus, Clary vio a una figura larguirucha moverse del lugar donde había estado sentada sobre la escalinata de la entrada. Alec. Llevaba un abrigo largo y negro confeccionado con el material resistente y ligeramente brillante que los cazadores de sombras usaban para su equipo. Tenía las manos y la garganta marcadas con runas, y era evidente, por el tenue resplandor en el aire a su alrededor, que había usado el poder del glamour, la habilidad que poseían para camuflajear cosas, para resultar invisibles.

—No sabía que ibas a traer al mundano. —Sus ojos azules se movieron veloces e inquietos sobre Simon.

—Eso es lo que me gusta de ustedes, muchachos —dijo Simon—. Que siempre me hacen sentir bienvenido.

—Ah, vamos, Alec —intervino Clary—. ¿A qué viene todo eso? No hagas como si Simon no hubiera estado aquí antes.

Alec lanzó un suspiro teatral, se encogió de hombros y los condujo escalera arriba. Abrió la puerta del departamento de Magnus usando una fina llave de plata, que volvió a guardarse en el bolsillo superior de la chamarra en cuanto terminó, como si esperara que sus acompañantes no la vieran.

A la luz del día, el departamento tenía el aspecto que podría tener un club nocturno vacío y cerrado: oscuro, sucio e inesperadamente pequeño. Las paredes estaban desnudas, salpicadas aquí y allá con pintura de purpurina, y las tablas del suelo donde habían bailado las hadas una semana antes estaban abombadas y brillantes por el paso del tiempo.

—Hola, hola. —Magnus avanzó majestuosamente hacia ellos.

Llevaba una bata larga de seda verde abierta sobre una camiseta de malla plateada y unos jeans negros. Una centelleante piedra roja le titilaba en la oreja izquierda.

—Alec, cariño. Clary. Y el chico-rata. —Hizo una reverencia en dirección de Simon, que pareció molesto—. ¿A qué debo el placer?

—Venimos a ver a Jace —respondió Clary—. ¿Está bien?

—No lo sé —contestó Magnus—. ¿Es normal en él permanecer tumbado así en el suelo sin moverse?

—Qué… —empezó a decir Alec, y se interrumpió cuando Magnus lanzó una carcajada—. No tiene gracia.

—Es tan fácil tomarte el pelo... Y sí, su amigo está estupendamente. Bueno, excepto porque no deja de guardar todas mis cosas y de intentar limpiar. Ahora no logro encontrar nada. Es un tipo compulsivo.

—A Jace le gustan las cosas ordenadas —repuso Clary, pensando en la habitación monjil del muchacho en el Instituto.

—Bueno, a mí no. —Magnus observaba a Alec por el rabillo del ojo mientras éste miraba a la nada, con la frente arrugada—. Jace está ahí dentro si quieren verlo. —Señaló en dirección a una puerta situada al fondo de la habitación.

«Ahí dentro» resultó ser un estudio de tamaño mediano… sorprendentemente acogedor, con paredes estucadas, cortinas de terciopelo corridas sobre las ventanas y sillones cubiertos con telas esparcidos como rechonchos icebergs de colores en un mar de nudosa moqueta beige. Un sofá de un rosa vivo estaba dispuesto con sábanas y una manta, y junto a él había una bolsa de lona repleta de ropa. No entraba nada de luz a través de las gruesas cortinas; la única fuente de iluminación era una parpadeante pantalla de televisión, que relucía con fuerza a pesar de que el televisor no estaba enchufado.

—¿Qué hay? —inquirió Magnus.

—*Qué no ponerse* —contestó una voz familiar, que emanaba de una figura repantigada en uno de los sillones. Ésta se sentó al frente y por un momento Clary pensó que Jace iba a levantarse para saludarlos. Pero el muchacho movió la cabeza en dirección de la pantalla.

—¿Pantalones caqui de cintura alta? ¿Quién se pone eso? —Volvió la cabeza y miró a Magnus iracundo—. Poder sobrenatural casi ilimitado —dijo—, y todo lo que haces es usarlo para ver retransmisiones. ¡Qué desperdicio!

—Además, TiVo consigue casi lo mismo —indicó Simon.

—Mi modo es más barato. —Magnus dio una palmada y la habitación se inundó repentinamente de luz.

Jace, desplomado en el sillón, alzó un brazo para cubrirse el rostro.

—¿Puedes hacer eso sin magia? —dijo.

—En realidad —contestó Simon—, sí se puede. Si miraras anuncios lo sabrías.

Clary percibió que la atmósfera de la habitación se estaba enrareciendo.

144

—Ya es suficiente —intervino. Miró a Jace, que había bajado el brazo y pestañeaba con resentimiento bajo la luz—. Tenemos que hablar —añadió—. Todos nosotros. Sobre qué vamos a hacer ahora.

—Yo iba a mirar *Proyecto Pasarela* —replicó Jace—. Pasa a continuación.

—No, ni hablar —dijo Magnus; tronó los dedos y el televisor se apagó, liberando una pequeña bocanada de humo al desvanecerse la imagen—. Tienes que ocuparte de esto.

—¿De repente estás interesado en resolver mis problemas?

—Estoy interesado en recuperar mi departamento. Estoy harto de que limpies todo el tiempo. —Magnus volvió a tronar los dedos, amenazador—. Levántate.

—O serás el siguiente que desaparece en una nube de humo —añadió Simon con fruición.

—No hay necesidad de aclarar mi tronar de dedos —dijo Magnus—. La implicación quedaba clara con el propio chasquido.

—Estupendo.

Jace se levantó del asiento. Estaba descalzo y tenía una línea de piel de un tono púrpura brillante alrededor de la muñeca, allí donde las heridas seguían curando. Parecía cansado, pero no como si aún sintiera dolor.

—¿Quieres que hagamos una mesa redonda? Podemos hacer una mesa redonda.

—Me encantan las mesas redondas —exclamó Magnus con vivacidad—. Quedan mucho mejor que las cuadradas.

En la salita, Magnus hizo aparecer una enorme mesa circular rodeada de cinco sillas de madera de respaldo alto.

—Es alucinante —soltó Clary, acomodándose en una silla, que resultó sorprendentemente cómoda—. ¿Cómo puedes crear algo de la nada de ese modo?

—No se puede —respondió Magnus—. Todo viene de alguna otra parte. Éstas, por ejemplo, provienen de una tienda de reproducciones de antigüedades de la Quinta Avenida. Y éstos —de improviso cinco vasos blancos de papel encerado aparecieron sobre la mesa, con una columna de vapor elevándose suavemente por los agujeros de las tapas de plástico— proceden de Dean & DeLuca en Broadway.

—Eso se parece a robar, ¿no es cierto? —Simon se acercó un vaso y levantó la tapa—. ¡Ah! Moccachino. —Miró a Magnus—. ¿Lo pagaste?

—Desde luego —respondió Magnus, mientras Jace y Alec lanzaban una risita—. Hago aparecer billetes de dólar mágicamente en su caja registradora.

—¿De verdad?

—No —Magnus hizo saltar la tapa de su café—, pero puedes fingir que lo he hecho si así te sientes mejor. Bueno, ¿el primer tema del día es...?

Clary colocó las manos alrededor de su taza. Quizá fuese robada, pero también estaba caliente y repleta de cafeína. Podía pasar por Dean & DeLuca y dejar un dólar en la jarra de las propinas en cualquier otro momento.

—Entender qué es lo que está pasando sería un inicio —respondió, soplando sobre la espuma—. Jace, tú dijiste que lo sucedido en la Ciudad Silenciosa fue culpa de Valentine.

Jace clavó la vista en su café.

—Sí.

Alec puso la mano en el brazo de su amigo.

—¿Qué sucedió? ¿Lo viste?

—Yo estaba en la celda —respondió Jace con voz inexpresiva—. Oí chillar a los Hermanos Silenciosos. Entonces Valentine bajó con... con algo. No sé lo que era. Como humo, con ojos brillantes. Un demonio, pero no como ninguno que haya visto antes. Se acercó a los lodotes y me dijo...

—Te dijo ¿qué?

La mano de Alec ascendió por el brazo de Jace hasta el hombro. Magnus carraspeó, y Alec dejó caer la mano, ruborizado, mientras

Simon sonreía con la cara dirigida a su café, que aún no había probado.

—*Maellartach* —contestó Jace—. Quería la Espada-Alma y mató a los Hermanos Silenciosos para conseguirla.

Magnus fruncía el entrecejo.

—Alec, anoche, cuando los Hermanos Silenciosos llamaron pidiendo su ayuda, ¿dónde estaba el Cónclave? ¿Por qué no había nadie en el Instituto?

Alec pareció sorprenderse de que le preguntaran.

—Anoche asesinaron a un subterráneo en Central Park. Una niña hada. El cuerpo no tenía ni una gota de sangre.

—Apuesto a que la Inquisidora piensa que también es cosa mía —ironizó Jace—. Mi reinado de terror prosigue.

Magnus se levantó y fue a la ventana. Apartó la cortina, dejando entrar justo la luz suficiente para recortar su perfil aguileño.

—Sangre —dijo, medio para sí—. Tuve un sueño hace dos noches. Vi una ciudad toda de sangre, con torres hechas de hueso, y la sangre corría por las calles como agua.

Simon volvió bruscamente los ojos hacia Jace.

—¿Se pasa todo el tiempo junto a la ventana farfullando sobre sangre?

—No —contestó Jace—, a veces se sienta en el sofá a hacerlo.

Alec lanzó a ambos una mirada severa.

—Magnus, ¿qué es lo que sucede?

—La sangre —repitió Magnus—. No puede tratarse de una coincidencia.

Parecía estar mirando hacia la calle. El crepúsculo avanzaba veloz sobre el horizonte de la ciudad: barras de aluminio y listas de luz de un dorado rosáceo ocupaban el cielo.

—Ha habido varios asesinatos esta semana —explicó—, de subterráneos. Un brujo asesinado en una torre de departamentos en el South Street Seaport. Le habían cortado el cuello y las muñecas, y no le quedaba en el cuerpo ni una gota de sangre. Y hace pocos días mataron a un hombre lobo en La Luna del Cazador. También le habían cortado la garganta.

—Parece como si se tratara de vampiros —dijo Simon, repentinamente muy pálido.

—No lo creo —repuso Jace—. Al menos, Raphael dijo que no era cosa de los Hijos de la Noche. Parecía categórico al respecto.

—Sí, será que él es digno de confianza —masculló Simon.

—Esta vez creo que decía la verdad —dijo Magnus, cerrando la cortina.

El rostro del brujo se veía anguloso, ensombrecido. Cuando regresó a la mesa, Clary vio que sostenía un grueso libro encuadernado en tela verde. No recordaba que lo sostuviera unos pocos momentos antes.

—Había una fuerte presencia demoníaca en ambos lugares —siguió Magnus—. Creo que otra persona fue responsable de las tres muertes. No Raphael y su tribu, sino Valentine.

Los ojos de Clary fueron hacia Jace. La boca del muchacho era una línea fina.

—¿Por qué lo dices? —preguntó Jace secamente.

—La Inquisidora pensó que el asesinato del hada había sido una distracción —se apresuró a recordar Clary—. Para poder saquear la Ciudad Silenciosa sin preocuparse por el Cónclave.

—Existen modos más fáciles de distraer —indicó Jace—, y no es prudente hacer enojar a los seres mágicos. No habría asesinado a alguien del clan de las hadas si no tuviese un motivo.

—Tenía un motivo —repuso Magnus—. Había algo que quería de la niña hada, igual que había algo que quería del brujo y del hombre lobo.

—¿Y qué es? —preguntó Alec.

—Su sangre —respondió Magnus, y abrió el libro verde. Las finas hojas de pergamino tenían palabras escritas en ellas que refulgían igual que fuego—. Ah —exclamó—, aquí. —Alzó los ojos, golpeando la página con una uña afilada, y Alec se inclinó hacia adelante—. No podrás leerlo —le advirtió Magnus—. Está escrito en un idioma de demonios. Purgático.

—Pero reconozco el dibujo. Ésa es *Maellartach*. La he visto antes en libros.

Alec señaló una ilustración de una espada de plata y Clary la reconoció: era la que faltaba en la pared de la Ciudad Silenciosa.

—El Ritual de Conversión Infernal —dijo Magnus—. Eso es lo que Valentine intenta hacer.

—¿El qué de qué? —Clary arrugó la frente.

—Todo objeto mágico tiene una alianza —explicó Magnus—. La alianza de la Espada-Alma es seráfica; como esos cuchillos de ángeles que usan los cazadores de sombras, pero mil veces más, porque su poder fue extraído del Ángel en persona, no simplemente por la invocación de un nombre angélico. Lo que Valentine quiere hacer es invertir su alianza; convertirla en un objeto de poder demoníaco en lugar de angélico.

—¡De un bien legítimo a un mal legítimo! —exclamó Simon, complacido.

—Está citando a Dragones y Mazmorras —explicó Clary—. No le hagan caso.

—Como la Espada del Ángel, la utilidad de *Maellartach* para Valentine sería limitada —siguió Magnus—. Pero como una espada cuyo poder demoníaco es igual al poder angélico que poseyó en el pasado... bueno, hay mucho que podría ofrecerle. Poder sobre demonios, por poner un ejemplo. No tan sólo la protección limitada que la Copa podría ofrecer, sino poder para hacer que acudan demonios a su llamado, para obligarles a hacer lo que les ordene.

—¿Un ejército de demonios? —preguntó Alec.

—Este tipo no repara en nada cuando se trata de ejércitos —observó Simon.

—Para poder llevarlos incluso a Idris —finalizó Magnus.

—No sé por qué tendría que querer ir allí —replicó Simon—. Allí es donde están todos los cazadores de demonios, ¿no es cierto? ¿No se limitarían a aniquilar a los demonios?

—Los demonios vienen de otras dimensiones —explicó Jace—. No sabemos cuántos hay. Su número podría ser infinito. Las salvaguardas contienen a la mayoría, pero si cruzaran todos a la vez...

«Infinito», pensó Clary. Recordó al Demonio Mayor Abbadon, e intentó imaginar a cientos más como él. O miles. Sintió la piel helada y desprotegida.

—No lo entiendo —dijo Alec—. ¿Qué tiene que ver el ritual con los subterráneos muertos?

—Para realizar el Ritual de Conversión necesitas hervir la Espada hasta que esté al rojo vivo, luego enfriarla cuatro veces, cada una en la sangre de un niño subterráneo. Una vez en la sangre de un hijo de Lilith, una en la sangre de un hijo de la luna, una en la sangre de un hijo de la noche y una vez en la sangre de un hijo de las hadas —explicó Magnus.

—¡Ay, Dios mío! —exclamó Clary—. ¿Así que no ha acabado de matar? ¿Aún tiene que matar a una criatura más?

—A dos más. No tuvo éxito con el niño lobo. Lo interrumpieron antes de poder conseguir toda la sangre que necesitaba. —Magnus cerró el libro, y una serie de volutas de polvo se alzaron de entre las páginas—. Sea cual sea el objetivo final de Valentine, está ya a más de medio camino de invertir la Espada. Probablemente ya es capaz de extraer algún poder de ella. Puede estar invocando demonios...

—Pero cabría pensar que si estuviese haciendo eso, ya habría informes sobre disturbios, un exceso de actividad demoníaca —dijo Jace—. La Inquisidora dijo que sucedía lo contrario... que todo ha estado tranquilo.

—Y así sería —repuso Magnus—, si Valentine estuviera haciendo que todos los demonios acudieran a él. No me extraña que esté todo tranquilo.

El grupo intercambió miradas de sorpresa. Antes de que a nadie se le ocurriera ni una sola cosa que decir, un sonido agudo penetró en la habitación, haciendo que Clary diera un brinco. Se derramó café caliente sobre la muñeca, y la muchacha lanzó un grito ahogado ante el repentino dolor.

—Es mi madre —informó Alec, comprobando su teléfono—. Vuelvo en seguida.

Fue a la ventana, y habló con la cabeza inclinada y la voz demasiado baja para que pudieran oírle.

—Déjame ver —dijo Simon, tomándole la mano a Clary.

Tenía una inflamada mancha roja en la muñeca, allí donde el líquido caliente la había escaldado.

—No pasa nada —repuso ella—. No es gran cosa.

Simon alzó la mano y le besó la herida.

—Mejor ahora.

Clary emitió un ruidito sorprendida. Nunca antes había hecho Simon nada parecido. Aunque, por otra parte, ésa era la clase de cosas que hacían los novios, ¿no era así? Apartó la muñeca, miró al otro lado de la mesa y vio a Jace contemplándolos fijamente, con los dorados ojos llameantes.

—Eres una chamarra de sombras —dijo él—. Sabes cómo ocuparte de las heridas. —Deslizó su estela sobre la mesa hacia ella—. Úsala.

—No —replicó Clary, y le devolvió la estela a través de la mesa.

Jace dejó caer la mano con fuerza sobre la estela.

—Clary…

—Dijo que no la quiere —dijo Simon—. ¡Ja, ja!

—¿Ja, ja? —Jace se mostró incrédulo—. ¿Ésa es tu réplica?

Alec, cerrando la tapa del teléfono, se aproximó a la mesa con una expresión perpleja.

—¿Qué sucede?

—Parece que estamos atrapados en el episodio de una telenovela —comentó Magnus—. Es todo muy aburrido.

Alec se apartó un mechón de pelo de los ojos.

—Le conté a mi madre lo de la Conversión Infernal.

—Déjame adivinarlo —repuso Jace—. No te creyó. Además, me echó a mí la culpa de todo.

—No exactamente —respondió Alec, frunciendo el entrecejo—. Dijo que lo mencionaría ante el Cónclave, pero que no gozaba de la confianza de la Inquisidora. Tengo la sensación de que la Inquisidora ha apartado a mamá a un lado y ha asumido el mando. Parecía enojada. —El teléfono volvió a sonar, y él alzó un dedo—. Lo siento. Es Isabelle. Un segundo. —Volvió a la ventana, teléfono en mano.

Jace echó un vistazo a Magnus.

—Creo que tienes razón respecto al hombre lobo de La Luna del Cazador. El tipo que encontró el cuerpo dijo que había alguien más en el callejón con él. Alguien que salió huyendo.

Magnus asintió.

—Me da la impresión de que a Valentine lo interrumpieron en mitad de hacer lo que sea que hace para obtener la sangre que necesita. Probablemente lo volverá a intentar con otro niño licántropo.

—Debería advertir a Luke —anunció Clary, medio alzándose de su silla.

—Espera.

Alec había regresado, teléfono en mano, con una expresión rara en el rostro.

—¿Qué quería Isabelle? —preguntó Jace.

Alec vaciló.

—Isabelle dice que la reina de la corte seelie ha solicitado una audiencia con nosotros.

—Sí, claro —se burló Magnus—. Y Madonna me quiere a mí como bailarín de refuerzo en su siguiente gira mundial.

Alec parecía desconcertado.

—¿Quién es Madonna?

—¿Quién es la reina de la corte seelie? —quiso saber Clary.

—Es la reina de las hadas —contestó Magnus—. Bueno, la local, al menos.

Jace hundió la cabeza en las manos.

—Dile a Isabelle que no.

—Pero ella cree que es una buena idea —protestó Alec.

—Entonces dile que no dos veces.

Alec puso mala cara.

—¿Qué se supone que significa eso?

—Bueno, simplemente que algunas de las ideas de Isabelle son lo mejor del mundo y algunas un total desastre. ¿Recuerdas esa idea que tuvo sobre usar túneles de metro abandonados para movernos por debajo de la ciudad? Hablemos de las ratas gigantes...

—Mejor que no —terció Simon—. Preferiría no hablar de ratas en absoluto, de hecho.

—Esto es distinto —insistió Alec—. Quiere que vayamos a la corte seelie.

—Tienes razón, esto es distinto —concedió Jace—. Ésta es la peor idea que ha tenido nunca.

—Conoce a un caballero de la corte —explicó Alec—. Le dijo que la reina seelie está interesada en reunirse con nosotros. Isabelle oyó sin querer mi conversación con nuestra madre... y pensó que si podíamos explicar nuestra teoría sobre Valentine y la Espada-Alma a la reina, la corte seelie nos respaldaría, quizá incluso se aliaría con nosotros contra Valentine.

—¿Es seguro ir allí? —preguntó Clary.

—Desde luego que no —respondió Jace, como si le hubiese hecho la pregunta más estúpida que había oído nunca.

La muchacha le lanzó una mirada iracunda.

—No sé nada sobre la corte seelie. Sobre vampiros y hombres lobo sí. Hay suficientes películas sobre ellos. Pero las hadas son cosas de niños pequeños. Me disfracé de hada en Halloween cuando tenía ocho años. Mi madre me hizo un sombrero en forma de cucurucho.

—Lo recuerdo. —Simon se había recostado en su asiento, con los brazos cruzados sobre el pecho—. Yo era un Transformer. A decir verdad, era un Decepticon.

—¿Podemos volver al tema? —preguntó Magnus.

—Estupendo —repuso Alec—. Isabelle cree, y yo estoy de acuerdo, que no es una buena idea hacer caso omiso de los seres mágicos. Si quieren hablar, ¿qué mal puede hacer? Además, si la corte seelie estuviese de nuestro lado, la Clave tendría que escuchar lo que tenemos que decir.

Jace rió sin ganas.

—Los seres mágicos no ayudan a los humanos.

—Los cazadores de sombras no son humanos —indicó Clary—. No en realidad.

—No somos mucho mejores para ellos —replicó Jace.

—No pueden ser peores que los vampiros —masculló Simon—. Y no te fue mal con ellos.

Jace miró a Simon como si fuese algo que había hallado creciendo bajo el fregadero.

—¿No me fue mal con ellos? ¿Quieres decir que sobrevivimos?

—Bueno...

—Las hadas —prosiguió Jace, como si Simon no hubiese hablado— son la progenie de demonios y ángeles, con la belleza de ángeles y la malevolencia de demonios. Un vampiro puede atacarte, si entrases en su territorio, pero una hada puede hacerte danzar hasta que mueras con las piernas convertidas en muñones, engañarte para que te des un baño a medianoche y arrastrarte bajo el agua hasta que te estallen los pulmones, llenarte los ojos con polvo de hadas hasta que te los arranques de cuajo...

—¡Jace! —le espetó Clary, interrumpiéndole en mitad de la diatriba—. Cierra la boca. Por Dios. Es suficiente.

—Miren, es fácil ser más listo que un hombre lobo o un vampiro —insistió Jace—. No son más listos que las demás personas. Pero las hadas viven durante cientos de años y son astutas como serpientes. No pueden mentir, pero les encanta dedicarse a decir verdades de un modo creativo. Descubrirán qué es lo que más deseas en el mundo y te lo darán... con alguna sorpresa oculta que hará que lamentes haber deseado tenerlo. —Suspiró—. Lo suyo no es ayudar a la gente. Más bien se trata de daño disfrazado de ayuda.

—¿Y no crees que somos lo bastante listos para notar la diferencia? —preguntó Simon.

—No creo que tú seas lo bastante listo como para no verte convertido en rata accidentalmente.

Simon le miró iracundo.

—No veo que importe mucho lo que tú creas que deberíamos hacer —dijo—. Teniendo en cuenta que no puedes ir con nosotros. No puedes ir a ninguna parte.

Jace se puso en pie, echando atrás su silla violentamente.

—¡No van a llevar a Clary a la corte seelie sin mí y eso es definitivo!

Clary lo miró boquiabierta. Estaba rojo de ira, rechinaba los dientes y las venas le sobresalían del cuello. También estaba evitando mirarla.

—Yo puedo cuidar de Clary —intervino Alec, y había un dejo dolido en su voz, aunque Clary no estaba segura de si era porque Jace había dudado de sus habilidades o por algún otro motivo.

—Alec —dijo Jace, con la mirada trabada en la de su amigo—. No, no puedes.

Alec tragó saliva.

—Vamos a ir —repuso, y pronunció las palabras como una disculpa—. Jace… Es una petición de la corte seelie…, sería una estupidez hacer caso omiso de ella. Además, Isabelle probablemente ya les dijo que iríamos.

—No hay la menor posibilidad de que vaya a dejarte hacer esto, Alec —afirmó Jace en un tono de voz amenazador—. Te tiraré al suelo si tengo que hacerlo.

—Aunque eso suena tentador —intervino Magnus, subiéndose las largas mangas—, existe otro modo.

—¿Qué otro modo? Esto es una directriz de la Clave. No puedo zafarme.

—Pero yo sí puedo. —Magnus sonrió burlón—. Jamás dudes de mis habilidades para zafarme, cazador de sombras, ya que son épicas y memorables en su alcance. Encanté específicamente el contrato con la Inquisidora de modo que pudiera dejarte salir por un corto espacio de tiempo si lo deseaba, siempre y cuando otro de los nefilim estuviera dispuesto a ocupar tu lugar.

—¿Dónde vamos a encontrar a otro...? ¡Ah! —exclamó Alec dócilmente—. Te refieres a mí.

Las cejas de Jace se alzaron de golpe.

—Vaya, ¿ahora resulta que no quieres ir a la corte seelie?

Alec se sonrojó.

—Creo que es más importante que vayas tú que yo. Eres el hijo de Valentine, estoy seguro de que eres a quien la reina realmente desea ver. Además, tú eres encantador.

Jace le miró furioso.

—Quizá no en este momento —corrigió Alec—. Pero eres encantador por lo general. Y las hadas son muy susceptibles al encanto.

—Además, si te quedas aquí, tengo toda la primera temporada de *La isla de Gilligan* —tentó Magnus a Alec.

—Nadie podría rechazar esa oferta —bromeó Jace, que seguía sin querer mirar a Clary.

—Isabelle puede reunirse con ustedes en el parque junto al Estanque de la Tortuga —propuso Alec—. Conoce la entrada secreta a la corte. Los estará esperando.

—Y una última cosa —indicó Magnus, dándole un toque a Jace con un dedo lleno de anillos—. Intenta no hacer que te maten en la corte seelie. Si mueres, tendré que dar muchas explicaciones.

Al oír eso, Jace sonrió burlón. Fue una sonrisa inquietante, no divertida, sino como el destello de un cuchillo desenvainado.

—¿Sabes? —dijo—, tengo la sensación de que eso va a pasar tanto si acabo muerto como si no.

Gruesas enredaderas de musgo y plantas rodeaban el borde del Estanque de la Tortuga como una orla de encaje verde. La superficie del agua estaba calma, ondulada aquí y allá por la estela que dejaban los patos al nadar, o rizada por el plateado golpeteo veloz de la cola de un pez.

Había una pequeña mesa de madera erigida sobre el agua; Isabelle estaba sentada en ella mirando fijamente al otro lado del lago. Parecía una princesa de un cuento de hadas aguardando en lo alto de su torre a que alguien llegara a caballo y la rescatará.

Aunque el comportamiento tradicional de una princesa no era lo que podía esperarse de Isabelle en absoluto. Ella, con su látigo, botas y cuchillos, haría pedazos a cualquiera que intentara encerrarla en lo alto de una torre, construiría un puente con los restos y se marcharía despreocupadamente hacia la libertad, sin siquiera despeinarse en ningún momento. Por eso costaba que Isabelle cayera bien, aunque Clary lo intentaba.

—Izzy —llamó Jace, mientras se acercaban al estanque, y ella se alzó de un salto y volteó; su sonrisa fue deslumbrante.

—¡Jace!

Corrió hacia él y lo abrazó. Bien, así era como se suponía que actuaban las hermanas, se dijo Clary. No de un modo estirado, raro y peculiar, sino alegre y cariñoso. Observando a Jace abrazar a Isabelle, intentó aleccionar a sus facciones para aprender a mostrar una expresión feliz y cariñosa.

—¿Te encuentras bien? —preguntó Simon, con cierta inquietud—. Estás bizqueando.

—Estoy perfectamente. —Clary abandonó el intento.

—¿Estás segura? Parecías como… enojada.

—Algo que comí.

Isabelle se puso en marcha, con Jace un paso atrás de ella. Vestía un largo vestido negro con botas y un abrigo, aún más largo, de suave terciopelo verde, el color del musgo.

—¡No puedo creer que lo hicieran! —exclamó—. ¿Cómo consiguierón que Magnus dejara salir a Jace?

—Lo cambiamos por Alec —respondió Clary.

Isabelle pareció levemente alarmada.

—¿No permanentemente?

—No —repuso Jace—, sólo durante unas pocas horas. A menos que yo no regrese —añadió pensativo—. En cuyo caso, quizá sí tendrá que quedarse con Alec. Piensa en ello como un usufructo con una opción de compra.

Isabelle pareció tener sus reservas.

—Mamá y papá no estarán nada contentos si lo descubren.

—¿Que liberaste a un posible criminal intercambiándolo por tu hermano a un brujo que parece una especie de Sonic *el Erizo* en versión gay y se viste como el Roba Niños de *Chitty Chitty Bang Bang*? —preguntó Simon—. No, probablemente no.

Jace le miró pensativo.

—¿Existe alguna razón concreta para que estés aquí? No estoy seguro de que debamos llevarte a la corte seelie. Odian a los mundanos.

Simon puso los ojos en blanco.

—Otra vez no.

—¿Qué «otra vez no»? —preguntó Clary.

—Cada vez que lo molesto se refugia en su casita del árbol con el rótulo de No Se Admiten Mundanos. —Señaló a Jace con un dedo—. Deja que te recuerde que la última vez que quisiste dejarme atrás, les salvé la vida a todos.

—Desde luego —dijo Jace—. Por una vez…

—Las cortes de las hadas son peligrosas —interrumpió Isabelle—. Ni siquiera tu habilidad con el arco te ayudará. No es esa clase de peligro.

—Puedo cuidarme —replicó Simon.

Se había levantado un viento cortante, que empujó hojas marchitas por la grava hasta los pies del grupo e hizo que Simon se

158

estremeciera. Hundió las manos en los bolsillos forrados de lana de la chamarra.

—No tienes que venir —dijo Clary.

Él la miró, con una mirada firme y mesurada. Clary lo recordó en casa de Luke, llamándola «mi novia» sin la menor duda o indecisión. Aparte de cualquier otra cosa que pudiera decirse sobre Simon, sin duda sabía lo que quería.

—Sí —repuso—, quiero ir.

Jace emitió un ruidito por lo bajo.

—Entonces supongo que estamos listos —indicó—. No esperes ninguna consideración especial, mundano.

—Míralo por el lado bueno —replicó Simon—. Si necesitan un sacrificio humano, siempre pueden ofrecerme a mí. No estoy seguro de que el resto de ustedes reúna los requisitos necesarios.

Jace se animó.

—Siempre es agradable cuando alguien se ofrece a ser el primero en colocarse ante el paredón.

—Vamos —instó Isabelle—. La puerta está a punto de abrirse.

Clary echó un vistazo alrededor. El sol se había puesto por completo y la luna había salido, una cuña de un blanco cremoso que proyectaba su reflejo sobre el estanque. No estaba llena del todo, sino ensombrecida en un extremo, lo que le daba la apariencia de un ojo con medio párpado. El viento nocturno hacía traquetear las ramas de los árboles, golpeándolas entre sí con un sonido parecido al de huesos huecos.

—¿Adónde vamos? —preguntó Clary—. ¿Dónde se encuentra la puerta?

La sonrisa de Isabelle fue como un secreto musitado.

—Síganme.

Descendió hasta el borde del agua, dejando profundas huellas en el lodo con las botas. Clary la siguió, contenta de haberse puesto pantalones y no una falda. Isabelle se alzó el abrigo y el vestido por encima de las rodillas, dejando las delgadas piernas blancas al descubierto por encima de las botas. Tenía la piel cubierta de Marcas que parecían lengüetazos de fuego negro.

Simon, detrás de ella, lanzó una grosería y resbaló en el lodo; Jace avanzó automáticamente para sujetarlo mientras todos se volteaban. Simon echó el brazo atrás con energía.

—No necesito tu ayuda.

—Ya basta. —Isabelle dio un golpecito con uno de los pies enfundados en botas en las aguas poco profundas del borde del lago—. Los dos. De hecho, los tres. Si no nos mantenemos unidos en la corte seelie, estamos perdidos.

—Pero yo no he… —empezó a decir Clary.

—Tal vez no lo has hecho, pero el modo en que dejas que esos dos actúen… —Isabelle indicó a los muchachos con un desdeñoso ademán.

—¡No puedo decirles qué tienen que hacer!

—¿Por qué no? —exigió la otra muchacha—. Francamente, Clary, si no empiezas a utilizar un poco de tu superioridad femenina natural, simplemente no sé que voy a hacer contigo. —Se volvió hacia el estanque, y luego se volvió de nuevo hacia ellos—. Y por si lo olvido —añadió con severidad—, por el amor del Ángel, no coman ni beban nada mientras estamos bajo tierra, ninguno de ustedes. ¿De acuerdo?

—¿Bajo tierra? —inquirió Simon con aire preocupado—. Nadie dijo nada de estar bajo tierra.

Isabelle alzó las manos exasperada y penetró en el estanque con un chapoteo. El abrigo de terciopelo verde se extendió a su alrededor como una enorme hoja de nenúfar.

—Vamos. Sólo tenemos hasta que la luna se mueva.

«La luna ¿qué?» Moviendo la cabeza, Clary penetró en el estanque. El agua era poco profunda y transparente; bajo la brillante luz de las estrellas, podía ver las formas oscuras de peces diminutos que pasaban raudos ante sus tobillos. Apretó los dientes mientras penetraba más en el interior del estanque. El frío era intenso.

Detrás de ella, Jace avanzó al interior del agua con una elegancia contenida que apenas onduló la superficie. Simon, detrás de él, chapoteaba y maldecía. Isabelle, tras alcanzar el centro del estanque, se detuvo, con el agua a la altura del tórax. Alargó una mano hacia Clary.

—Deténte.

Clary se detuvo. Justo frente a ella, el reflejo de la luna brillaba trémulo en el agua como un enorme plato de plata. Alguna parte de ella sabía que aquello no funcionaba así; se suponía que la luna se alejaba de ti a medida que te acercabas, siempre retrocediendo. Pero sin embargo ahí estaba, flotando justo sobre la superficie del agua como si estuviese anclada allí.

—Jace, ve tú primero —indicó Isabelle, y le llamó con una seña—. Vamos.

Jace pasó junto a Clary, oliendo a cuero húmedo y carbón de leña. La joven le vio sonreír mientras se volvía de espaldas, entonces entró en el reflejo de la luna… y desapareció.

—Vaya —exclamó Simon en tono serio—. Vaya, eso fue increíble.

Clary lo miró un instante. El agua le llegaba sólo a la cadera, pero tiritaba y se abrazaba los codos con las manos. Le sonrió y dio un paso atrás, sintiendo una sacudida de frío aún más gélido al introducirse en el reluciente reflejo plateado. Se tambaleó por un momento, como si hubiese perdido el equilibrio en el travesaño más alto de una escalera… y a continuación cayó de espaldas hacia la oscuridad como si la luna la hubiese engullido.

Cayó sobre tierra apisonada, dio un traspié y sintió una mano sujetándola por el brazo. Era Jace.

—Ve con cuidado —dijo él, y la soltó.

Clary estaba empapada, con riachuelos de agua helada descendiéndole por la parte posterior de la camisa y el cabello húmedo pegado a la cara. Las ropas mojadas parecían pesar una tonelada.

Estaban en un corredor de tierra excavado en el subsuelo, iluminado por musgo que resplandecía tenuemente. Una maraña de enredaderas colgantes formaba una cortina en un extremo del pasillo y largas extremidades peludas colgaban del techo igual que serpientes muertas. Raíces de árboles, comprendió Clary. Estaban bajo tierra. Y hacía frío allí abajo, frío suficiente para hacer que su aliento surgiera en volutas de helada bruma cuando espiraba.

—¿Frío?

Jace estaba calado hasta los huesos también, los cabellos claros casi incoloros allí donde se le pegaban a las mejillas y la frente. El agua le corría por los jeans y la chamarra mojados, y convertía en transparente la camiseta blanca que llevaba. La muchacha pudo ver las líneas oscuras de sus Marcas permanentes y la tenue cicatriz del hombro a través de ella.

Desvió la mirada rápidamente. El agua se le adhería a las pestañas, empañando su visión igual que lágrimas.

—Estoy perfectamente.

—No tienes aspecto de estar perfectamente —repuso Jace.

Se acercó más a ella, y la joven sintió el calor que emanaba de él incluso a través de la ropa mojada de ambos, descongelando su carne helada.

Una forma oscura pasó volando a toda velocidad, justo en el campo visual del rabillo de su ojo, y chocó contra el suelo con un golpe sordo. Era Simon, también calado hasta los huesos. Rodó sobre las rodillas y miró frenéticamente a su alrededor.

—Mis lentes…

—Los tengo yo. —Clary estaba acostumbrada a recuperar los lentes de Simon durante los partidos de fútbol. Éstas siempre parecían caer justo bajo los pies del muchacho donde, inevitablemente, eran pisadas—. Aquí las tienes.

Él se las puso después de limpiar de tierra los lentes.

—Gracias.

Clary pudo sentir cómo Jace los observaba con atención: notó su mirada como un peso sobre los hombros. Se preguntó si Simon también lo sentía. Éste se puso en pie arrugando el ceño, justo cuando Isabelle caía de las alturas, aterrizando de pie con elegancia. El agua le corría por los largos cabellos sueltos y lastraba el grueso abrigo de terciopelo, pero ella apenas parecía advertirlo.

—¡Aaah, esto ha sido divertido!

—Este año para Navidad voy a regalarte un diccionario —bromeó Jace.

—¿Por qué?

—Para que puedas buscar «divertido». No estoy seguro de que sepas lo que significa.

Isabelle tiró hacia adelante la larga y pesada masa que eran sus cabellos empapados y los escurrió como si fueran una sábana.

—Me estás aguando la fiesta —dijo.

—Ya está bastante aguada, por si no lo has notado. —Jace miró alrededor—. Ahora ¿qué? ¿En qué dirección?

—En ninguna —respondió Isabelle—. Esperamos aquí, y ellos vienen a buscarnos.

A Clary no le gustó demasiado esa idea.

—¿Cómo saben que estamos aquí? ¿Hay un timbre que tenemos que tocar o algo?

—La corte sabe todo lo que sucede en sus tierras. Nuestra presencia no pasará desapercibida.

Simon la miró con suspicacia.

—¿Y cómo es que sabes tantas cosas sobre hadas y la corte seelie?

Isabelle, ante la sorpresa de todos, se ruborizó. Al cabo de un momento, la cortina de enredaderas se hizo a un lado y una hada varón pasó al otro lado, echándose hacia atrás los largos cabellos. Clary había visto a algunos de aquellos seres antes, en la fiesta de Magnus, y le había llamado la atención tanto su fría belleza como un cierto salvaje aire sobrenatural, que conservaban incluso cuando bailaban y bebían. Esta hada no era una excepción: los cabellos le caían en capas de un negro azulado alrededor de un rostro impasible, anguloso y hermoso; los ojos tenían el verde de las enredaderas o el musgo y lucía la forma de una hoja, bien una marca de nacimiento o un tatuaje, sobre uno de los pómulos. Vestía una coraza de un marrón plateado como la corteza de los árboles en invierno, y cuando se movía, la coraza relampagueaba con una multitud de colores: negro turba, verde musgo, gris ceniza, azul cielo.

Isabelle lanzó un grito y saltó a sus brazos.

—¡Meliorn!

—¡Ah! —exclamó Simon, en voz baja y no sin cierta burla—. Así que es por eso que lo sabe.

El hada, Meliorn, contempló a Isabelle con seriedad, luego la apartó de él y la empujó con suavidad.

—Éste no es momento para el afecto —dijo—. La reina de la corte seelie ha solicitado una audiencia con los tres nefilim que hay entre ustedes. ¿Quieren venir?

Clary posó una mano protectora sobre el hombro de Simon.

—¿Qué hay de nuestro amigo?

Meliorn se mostró impasible.

—No se permite la presencia de humanos mundanos en nuestra corte.

—Ojalá alguien hubiese mencionado eso antes —comentó Simon, sin dirigirse a nadie en concreto—. ¿Debo suponer entonces que tengo que aguardar aquí fuera hasta que las enredaderas empiecen a crecer sobre mí?

Meliorn lo consideró.

—Eso podría proporcionar una diversión considerable —dijo.

—Simon no es un mundano corriente. Se puede confiar en él —intervino Jace, sorprendiendo a todos, y sobre todo a Simon.

Clary se dio cuenta de que Simon estaba sorprendido porque se quedó mirando fijamente a Jace sin ofrecer ni un solo comentario agudo.

—Ha librado muchas batallas con nosotros —insistió Jace.

—Querrás decir una batalla —masculló Simon—. Dos si se cuenta aquella en la que yo era una rata.

—No entraremos en la corte seelie sin Simon —afirmó Clary, con la mano todavía sobre el hombro del chico—. Tu reina pidió esta audiencia con nosotros, ¿recuerdas? No fue idea nuestra venir aquí.

Hubo una pizca de regodeo en los ojos verdes de Meliorn.

—Como deseen —repuso—. Que no se diga que la corte seelie no respeta los deseos de sus invitados.

Giró sobre los talones de sus botas y empezó a conducirlos por el pasillo sin detenerse a comprobar si lo seguían. Isabelle apresuró el paso para andar junto a él, dejando que Jace, Clary y Simon los siguieran en silencio.

—¿Se les permite salir con hadas? —preguntó finalmente Clary a Jace—. ¿Le importaría a sus... les importaría a los Lightwood que Isabelle y comosellame...?

—Meliorn —terció Simon.

—¿... Meliorn salieran?

—No estoy seguro de que salgan —contestó Jace, remarcando la última palabra con una ironía nada sutil—. Me imagino que principalmente se quedan dentro. O en este caso, debajo.

—Da la impresión de que lo desapruebas. —Simon apartó la raíz de un árbol.

Habían pasado de un pasillo de paredes de tierra a uno revestido de piedras lisas con únicamente alguna que otra raíz colándose entre las piedras desde lo alto. El suelo era de alguna clase de material duro pulido, no mármol sino piedra veteada y salpicada de líneas de copos de material reluciente que parecía piedras preciosas pulverizadas.

—No lo desapruebo exactamente —respondió Jace en voz baja—. Las hadas son conocidas por coquetear ocasionalmente con mortales, pero siempre acaban por abandonarlos, por lo general no en muy buen estado.

Las palabras provocaron un escalofrío en la espalda de Clary. En aquel momento Isabelle rió, y Clary pudo ver entonces por qué Jace había bajado la voz, ya que las paredes de piedra les devolvieron la voz de Isabelle amplificada y resonante, rebotando en las paredes.

—¡Eres tan divertido!

La joven dio un traspié cuando el tacón de la bota se le metió entre dos piedras, y Meliorn la sujetó y estabilizó sin cambiar de expresión.

—No entiendo cómo ustedes, humanos, pueden andar con zapatos tan altos.

—Es mi divisa —repuso Isabelle con una sonrisa seductora—. Nada de menos de quince centímetros.

Meliorn la contempló impávido.

—Estoy hablando de mis tacones —dijo ella—. Es un chiste. Ya sabes. Un juego de…

—Vamos —dijo el caballero hada—. La reina empezará a impacientarse. —Siguió corredor adelante sin dedicar a Isabelle otra mirada.

—Se me había olvidado —masculló la joven mientras el resto la alcanzaba—. Las hadas carecen de sentido del humor.

—Bueno, yo no diría eso —bromeó Jace—. Hay un club nocturno de duendecillos en el centro, llamado Alas Picantes. Tampoco —añadió— es que yo haya estado allí jamás.

Simon miró a Jace, abrió la boca como si tuviese intención de hacerle una pregunta, pero pareció pensarlo mejor. Cerró la boca de golpe justo cuando el corredor fue a dar a una amplia sala con suelo de tierra y paredes cubiertas de altos pilares de piedra entrecruzados por completo de enredaderas y flores de intensos colores. Entre los pilares colgaban finas telas, teñidas de un azul tenue que tenía casi el tono exacto del cielo. La habitación estaba llena de luz, aunque Clary no pudo ver ninguna antorcha, y el efecto general era el de un pabellón de verano bajo una brillante luz solar en lugar de una sala subterránea de tierra y piedra.

La primera impresión de Clary fue que se encontraba al aire li-

166

bre; la segunda, que la sala estaba llena de gente. Sonaba una extraña música suave, afeada por notas agridulces, una especie de equivalente auditivo de miel mezclada con jugo de limón, y había un círculo de hadas bailando al son de la música, con los pies apenas rozando el suelo. Sus cabellos —azules, negros, castaños y escarlatas, dorados metálico y blancos hielo— ondeaban como estandartes.

Pudo ver por qué les llamaban también los seres bellos, pues realmente eran muy bellos con sus preciosos rostros pálidos, las alas color lila, dorado y azul; ¿cómo podía haber creído a Jace cuando había dicho que su intención era hacerles daño? La música, que al principio la había enervado, sonaba sólo melodiosa, y Clary sintió el impulso de agitar los cabellos y mover los pies al compás de la danza. La música le decía que si lo hacía, también ella sería tan ligera que sus pies apenas tocarían el suelo. Dio un paso al frente...

Y una mano la agarró por el brazo y tiró violentamente de ella hacia atrás. Jace la miraba iracundo, con los ojos dorados brillantes como los de un gato.

—Si bailas con ellos —dijo en una voz queda—, bailarás hasta morir.

Clary lo miró pestañeando. Se sentía como si la hubiesen arrancado de un sueño, atontada y despierta a medias. Arrastró la voz al hablar.

—¿Queeé?

Jace emitió un ruido impaciente. Sostenía su estela en la mano; ella no le había visto sacarla. El muchacho le agarró la muñeca y grabó una veloz Marca punzante sobre la piel de la parte interior del brazo.

—Ahora mira.

Ella volvió a mirar... y se quedó helada. Los rostros que le habían parecido tan bellos seguían siendo bellos, sin embargo bajo ellos acechaba algo vulpino, casi salvaje. La muchacha de las alas rosas y azules la llamó con una seña, y Clary vio que sus dedos eran ramitas cubiertas de hojas cerradas. Tenía los ojos totalmente negros, sin iris

167

ni pupila. El muchacho que bailaba junto a ella tenía la piel color verde veneno y unos cuernos enroscados le nacían en las sienes. Mientras bailaba, el abrigo que llevaba se abrió, y Clary vio que su pecho era una caja torácica vacía. Había cintas entrelazadas por los huesos pelados de las costillas, posiblemente para darle un aspecto más festivo. A Clary le dio un vuelco el estómago.

—Vamos.

Jace la empujó, y ella avanzó dando un traspié. Cuando recuperó el equilibrio, pasó ansiosamente la mirada alrededor en busca de Simon. Éste iba delante de ellos, y vio que Isabelle lo llevaba bien sujeto. En esta ocasión, no le importó. Dudó de que Simon hubiese conseguido atravesar esa sala por sí solo.

Bordeando el círculo de bailarines, se encaminaron al extremo opuesto de la estancia y cruzaron una cortina doble de seda azul. Fue un alivio estar fuera de la sala y en otro pasillo, éste tallado en un lustroso material marrón como el exterior de una avellana. Isabelle soltó a Simon, y éste se detuvo inmediatamente; cuando Clary lo alcanzó, vio que Isabelle le había atado su pañuelo sobre los ojos. El muchacho manoseaba nerviosamente el nudo cuando Clary llegó junto a él.

—Déjame a mí —dijo, y él se quedó quieto mientras ella lo desataba y devolvía el pañuelo a Isabelle, dándole las gracias con un movimiento de cabeza.

Simon se echó los cabellos atrás; estaban húmedos allí donde el pañuelo los había aplastado.

—Eso sí era música —comentó él—. Un poco de *country*, un poco de *rock and roll*.

Meliorn, que se había detenido para esperarles, les miró con el cejo fruncido.

—¿No les gustó?

—Me gustó un poco demasiado —contestó Clary—. ¿Qué se suponía que era eso, alguna clase de prueba? ¿O una broma?

Él se encogió de hombros.

—Estoy acostumbrado a mortales que se dejan influenciar fácilmente por nuestros hechizos de hadas; no tanto los nefilim. Pensé que llevabas protecciones.

—Las lleva —indicó Jace, trabando la mirada verde jade de Meliorn con la suya.

Meliorn se limitó a encogerse de hombros otra vez y empezó a andar de nuevo. Simon se mantuvo a la altura de Clary durante unos pocos instantes sin hablar.

—Así pues, ¿qué me perdí? —preguntó luego—. ¿Chicas bailando desnudas?

Clary pensó en las costillas al descubierto del hada varón y se estremeció.

—Nada tan agradable.

—Existen modos de que un humano tome parte en los festejos de las hadas —intervino Isabelle, que les había estado escuchando disimuladamente—. Si ellas te dan un distintivo, como una hoja o una flor, para que lo lleves, y lo conservas toda la noche, estarás perfectamente por la mañana. O si vas con una hada como compañera...

Dirigió una veloz mirada a Meliorn, pero éste había llegado a una frondosa mampara colocada en la pared y se detuvo allí.

—Éstos son los aposentos de la reina —informó—. Ha venido desde su corte en el norte para ocuparse de la muerte de la pequeña. Si tiene que haber guerra, quiere ser ella quien la declare.

De cerca, Clary pudo ver que la mampara estaba hecha de enredaderas tupidamente entretejidas, con gotitas de ámbar ensartadas. Meliorn apartó las enredaderas y los hizo pasar a la estancia situada al otro lado.

Jace cruzó primero, agachando la cabeza para pasar. Le siguió Clary, que se irguió al llegar al otro lado, mirando alrededor con curiosidad.

La habitación era sencilla, con las paredes terrosas adornadas con tela clara. Fuegos fatuos resplandecían en jarras de cristal. Una mujer bellísima estaba recostada en un sofá bajo, rodeada por lo que debían de ser sus cortesanos: una variopinta variedad de hadas, desde duendecillos diminutos hasta lo que parecían espléndidas muchachas humanas de largos cabellos... si se pasaba por alto sus ojos negros sin pupilas.

—Mi reina —dijo Meliorn, haciendo una profunda reverencia—, te he traído a los nefilim.

La reina se incorporó. Tenía una larga melena escarlata que parecía flotar como hojas otoñales en una brisa. Los ojos eran de un azul transparente como el cristal, y la mirada afilada como una cuchilla.

—Tres de estos son nefilim —afirmó ella—. El otro es un mundano.

Meliorn pareció echarse hacia atrás, pero la reina ni siquiera lo miró; su mirada estaba puesta en los cazadores de sombras. Clary sentía su peso, como si la tocara. No obstante su hermosura, no había nada de frágil en la reina. Era tan luminosa y difícil de contemplar como una estrella ardiente.

—Nuestras disculpas, mi señora.

Jace se adelantó, colocándose entre la reina y sus compañeros. Su voz había cambiado de tono; había algo en el modo en que hablaba ahora, algo cuidadoso y delicado.

—El mundano es nuestra responsabilidad. Le debemos protección. Por lo tanto lo mantenemos con nosotros.

La reina ladeó la cabeza, como un pájaro interesado. En esos momentos tenía toda la atención puesta en Jace.

—¿Una deuda de sangre? —murmuró—. ¿Con un mundano?

—Me salvó la vida —respondió Jace.

Clary notó cómo Simon se tensaba a su lado, sorprendido, y deseó que no lo demostrara. Las hadas no podían mentir, había dicho Jace, y Jace tampoco mentía: Simon sí le había salvado la vida. Simplemente no era por eso por lo que le habían llevado con ellos. Clary empezó a apreciar lo que Jace había querido dar a entender con aquello de decir la verdad de un modo creativo.

—Por favor, mi señora. Esperábamos que lo comprendieras. Hemos oído que eres tan bondadosa como hermosa, y en ese caso... bien —prosiguió Jace—, tu bondad debe de ser inmensa.

La reina mostró una sonrisita de suficiencia, se inclinó y con el refulgente cabello cayó hacia adelante, ensombreciéndole el rostro.

—Eres tan encantador como tu padre, Jonathan Morgenstern —repuso, e indicó con un gesto los almohadones desperdigados por el suelo—. Vengan, siéntense junto a mí. Coman algo. Beban. Descansen. La conversación es mejor con los labios húmedos.

Por un momento Jace pareció desconcertado. Vaciló. Meliorn se inclinó hacia él y le habló en voz baja.

—Sería imprudente rehusar la prodigalidad de la reina de la corte seelie.

Los ojos de Isabelle se movieron veloces hacia él, y luego ésta se encogió de hombros.

—No pasará nada por sentarnos.

Meliorn los condujo a un montón de almohadones sedosos cerca del diván de la reina. Clary se sentó con cuidado, medio esperando que hubiese alguna especie de enorme raíz afilada aguardando para clavarse en su trasero. Parecía ser la clase de broma que la reina encontraría graciosa. Pero no sucedió nada. Los cojines eran muy mullidos; se acomodó con los demás a su alrededor.

Un duendecillo de piel azulada fue hacia ellos transportando una bandeja con cuatro copas de plata en ella. Cada uno tomó una copa del líquido dorado con pétalos de rosa que flotaban en la superficie.

Simon depositó su copa en el suelo junto a él.

—¿No quieres un poco? —preguntó el duendecillo.

—La última bebida de hadas que tomé no me sentó bien —masculló él.

Clary apenas le oyó. La bebida tenía un aroma embriagador, más intenso y delicioso que las rosas. Sacó un pétalo del líquido y lo aplastó entre el índice y el pulgar, liberando más el perfume.

Jace le empujó el brazo.

—No bebas ni una gota —dijo por lo bajo.

—Pero…

—Limítate a no hacerlo.

La muchacha depositó la copa en el suelo, como había hecho Simon. Tenía el índice y el pulgar teñidos de rosa.

—Bien —comenzó la reina—, Meliorn me dice que afirman saber quién mató a nuestra pequeña en el parque anoche. Aunque les digo que a mí no me parece ningún misterio. ¿Una hada niña sin una gota de sangre? ¿Acaso me traen el nombre de un vampiro en concreto? Pero todos los vampiros son culpables en este caso, al quebrantar la Ley, y deberían ser castigados en consecuencia. No obstante, aunque lo pueda parecer, no somos tan quisquillosos.

—Ah, vamos —dijo Isabelle—. No son los vampiros.

Jace le lanzó una mirada.

—Lo que Isabelle quiere decir es que estamos casi seguros de que el asesino es otra persona. Creemos que podría estar intentando arrojar sospechas sobre los vampiros para protegerse.

—¿Tienen pruebas de eso?

El tono de Jace era tranquilo, pero el hombre que rozó el de Clary estaba tirante por la tensión.

—Anoche asesinaron también a los Hermanos Silenciosos, y a ninguno de ellos le quitaron la sangre —continuó Jace.

—¿Y esto tiene que ver con nuestra pequeña? ¿Cómo? Nefilim muertos son una tragedia para los nefilim, pero no significan nada para mí.

Clary sintió un fuerte aguijonazo en la mano izquierda. Al bajar la mirada, vio a un diminuto gnomo huyendo veloz entre los almohadones. Una roja gota de sangre le había aparecido en el dedo. Se lo llevó a la boca con una mueca de dolor. Los gnomos eran monos, pero mordían de un modo desagradable.

—También robaron la Espada-Alma —siguió Jace—. ¿Sabes de la existencia de *Maellartach*?

—La espada que obliga a los cazadores de sombras a decir la

verdad —dijo la reina con sombrío regocijo—. Nosotros, los seres fantásticos, no tenemos necesidad de un objeto así.

—Se la llevó Valentine Morgenstern —explicó Jace—. Mató a los Hermanos Silenciosos para obtenerla, y creemos que también mató al hada. Necesitaba la sangre de una hada niño para llevar a cabo una transformación en la Espada. Para convertirla en una herramienta que pueda usar.

—Y no se detendrá —añadió Isabelle—. Necesita más sangre además de ésa.

Las elevadas cejas de la reina se enarcaron aún más.

—¿Más sangre del Pueblo Mágico?

—No —contestó Jace, lanzando una mirada a Isabelle que Clary no consiguió interpretar por completo—. Más sangre de subterráneos. Necesita la sangre de un hombre lobo y de un vampiro…

Los ojos de la reina brillaron reflejando la luz.

—Eso no parece precisamente algo que sea de nuestra incumbencia.

—Mató a uno de los suyos —dijo Isabelle—. ¿No quieren venganza?

La mirada de la reina la acarició como el ala de una mariposa nocturna.

—No inmediatamente —respondió—. Somos gente paciente, ya que disponemos de todo el tiempo del mundo. Valentine Morgenstern es un viejo enemigo nuestro…, pero tenemos enemigos más antiguos aún. Nos contentamos con aguardar y observar.

—Está invocando demonios —explicó Jace—. Creando un ejército…

—Demonios —repuso la reina en tono ligero, mientras sus cortesanos parloteaban a su espalda—. Los demonios son cosa suya, ¿no es cierto, cazador de sombras? ¿No es por eso que poseen autoridad sobre todos nosotros, porque ustedes son los que matan a los demonios?

—No estoy aquí para daros órdenes en nombre de la Clave. Vinimos cuando nos lo pediste, creyendo que si sabías la verdad, nos ayudarías.

—¿Eso fue lo que pensaron? —La reina se inclinó hacia adelante en su asiento, la larga melena ondulante y llena de vida—. Recuerda, cazador de sombras, algunos de nosotros nos sentimos irritados bajo el gobierno de la Clave. Tal vez estemos cansados de librar sus guerras por ustedes.

—Pero no es sólo nuestra guerra —replicó Jace—. Valentine odia a los subterráneos más de lo que odia a los demonios. Si nos derrota, luego irá por ustedes.

Los ojos de la reina le taladraron.

—Y cuando lo haga —siguió Jace—, recuerden que fue un cazador de sombras quien les advirtió de lo que se avecinaba.

Se hizo el silencio. Incluso la corte había enmudecido, observando a su señora. Por fin, la reina se recostó en sus almohadones y tomó un trago de un cáliz de plata.

—Advertirme sobre tu propio progenitor —dijo—. Había pensado que ustedes, los mortales, eran capaces de sentir afecto filial, al menos, y sin embargo no pareces sentir lealtad hacia Valentine, tu padre.

Jace no dijo nada. Parecía, para variar, haberse quedado sin palabras.

—O quizá esta hostilidad tuya sea fingida —siguió diciendo la reina con dulzura—. El amor convierte en mentirosos a los de tu especie.

—Pero nosotros no amamos a nuestro padre —intervino Clary, mientras Jace permanecía aterradoramente silencioso—. Le odiamos.

—¿De verdad? —La reina parecía casi aburrida.

—Ya sabes cómo son los vínculos familiares, mi señora —replicó Jace, recobrando la voz—. Se aferran con la fuerza de enredaderas. Y en ocasiones, igual que enredaderas, se aferran con la fuerza suficiente para matar.

Las pestañas de la reina aletearon.

—¿Traicionarías a tu propio padre por la Clave?

—Lo haría, señora.

Ella rió, un sonido claro y gélido como carámbanos.

—¿Quién iba a pensar —ironizó— que los pequeños experimentos de Valentine se volverían contra él?

Clary miró a Jace, pero notó por la expresión de su rostro que éste no tenía ni idea de a qué se refería la reina.

Fue Isabelle quien habló.

—¿Experimentos?

La reina ni siquiera la miró. Su mirada, de un azul luminoso, estaba fija en Jace.

—Los seres mágicos son un pueblo de secretos —explicó—. Los nuestros, y los de otros. Pregunta a tu padre, la próxima vez que le veas, qué sangre corre por tus venas, Jonathan.

—No pensaba preguntarle nada la próxima vez que lo viera —respondió él—. Pero si así lo deseas, mi señora, se hará.

Los labios de la reina se curvaron en una sonrisa.

—Creo que eres un mentiroso. Pero de lo más encantador. Lo bastante encantador para que te jure esto: Hazle esa pregunta a tu padre y te prometo aquella ayuda que esté en mi poder, si pretendes ir contra Valentine.

—Tu generosidad es tan extraordinaria como tu hermosura, señora —repuso él con una sonrisa.

Clary emitió un ruidito ahogado, pero la reina pareció complacida.

—Y creo que hemos terminado por ahora —añadió Jace, alzándose de los almohadones.

Su bebida seguía en el suelo, donde la había depositado al principio, junto a la de Isabelle. Todos se levantaron detrás de él. Isabelle se puso a conversar con Meliorn en una esquina, junto a la puerta de enredaderas. El ser mágico parecía ligeramente acorralado.

—Un momento. —La reina se puso en pie—. Uno de ustedes debe quedarse.

Jace se detuvo a medio camino de la puerta, y se volvió hacia la reina.

—¿Qué quieres decir?

Ella alargó una mano para indicar a Clary.

—Una vez que nuestra comida o bebida cruza labios mortales, el mortal es nuestro. Sabes eso, cazador de sombras.

Clary estaba atónita.

—¡Pero yo no he bebido nada! —Se volvió hacia Jace—. Está mintiendo.

—Las hadas no mienten —afirmó; confusión y una naciente ansiedad se daban caza en su rostro mientras volvía a mirar a la reina—. Me temo que te equivocas, señora.

—Mira sus dedos y dime si no se los ha lamido.

Simon e Isabelle la miraban boquiabiertos. Clary se miró la mano.

—La sangre —explicó—. Uno de los gnomos me mordió el dedo... sangraba...

Recordó el sabor dulce de la sangre, mezclado con el zumo que tenía en el dedo. Aterrada, fue hacia la puerta de enredaderas, y se detuvo cuando lo que parecieron manos invisibles la empujaron de vuelta al interior de la habitación. Se volvió hacia Jace, horrorizada.

—Es cierto.

Jace tenía el rostro enrojecido.

—Supongo que debería haberme esperado un truco así —dijo Jace a la reina, sin rastro del anterior coqueteo—. ¿Por qué lo haces? ¿Qué quieres de nosotros?

La voz de la reina era suave como pelusa de araña.

—Quizá sólo sea curiosidad —respondió—. No sucede a menudo que tenga a cazadores de sombras jóvenes dentro de mi esfera de acción. Como nosotros, ustedes remontan su ascendencia a los cielos; eso me intriga.

—Pero a diferencia suya —replicó Jace—, no hay nada del infierno en nosotros.

—Son mortales; envejecen, mueren —se burló la reina—. Si eso no es el infierno, te ruego me digas qué es.

—Si lo que quieres es estudiar a un cazador de sombras, no te seré de mucha utilidad —terció Clary; la mano le dolía allí donde el gnomo la había mordido, y reprimió el impulso de chillar o echarse a llorar—. No sé nada sobre cazar sombras. Apenas empecé mi preparación. Escogiste a la persona equivocada.

«Sin lugar a dudas», añadió en silencio.

Por primera vez, la reina la miró directamente, y Clary sintió deseos de retroceder.

—Lo cierto es, Clarissa Morgenstern, que eres precisamente la persona correcta. —Sus ojos centellearon al advertir la inquietud de la muchacha—. Gracias a los cambios que tu padre realizó en ti, no te pareces a ningún otro cazador de sombras. Tus dones son distintos.

—¿Mis dones? —Clary estaba perpleja.

—El tuyo es el don de palabras que no pueden pronunciarse —le dijo la reina—, y el de tu hermano es el don del propio Ángel. Su padre se aseguró de ello cuando tu hermano era un niño y antes de que tú nacieras siquiera.

—Mi padre jamás me dio nada —declaró Clary—. Ni siquiera me dio un nombre.

Jace parecía tan perplejo como Clary.

—Si bien los seres mágicos no mienten —dijo el chico—, se les puede mentir. Creo que fuiste víctima de un truco o una broma, mi señora. No hay nada especial en mí o en mi hermana.

—Con qué destreza quitas importancia a tus encantos —replicó la reina con una carcajada—. Aunque debes de saber que no perteneces a la clase corriente de muchacho humano, Jonathan...

Pasó la mirada de Clary a Jace y a Isabelle —que cerró la boca que había tenido abierta de par en par—, y volvió a mirar a Jace.

—¿Es posible que no lo sepas? —murmuró.

—Sé que no dejaré a mi hermana en tu corte —contestó

Jace—, y puesto que no hay nada que averiguar ni de ella ni de mí, ¿quizá nos harías el favor de liberarla? —prosiguió con voz cortés y fría como el agua, aunque sus ojos dijeron:

«¿Ahora que ya se han divertido».

La sonrisa de la reina fue amplia y terrible.

—¿Y si les dijera que puede ser liberada mediante un beso?

—¿Quieres que Jace te bese? —inquirió Clary, perpleja.

La reina soltó una carcajada, e inmediatamente, los cortesanos copiaron su alborozo. Las carcajadas fueron una singular e inhumana mezcla de risotadas, chillidos y cloqueos, como los agudos alaridos de animales que sufren.

—A pesar de los encantos del joven —repuso la reina—, ese beso no liberaría a la muchacha.

Los cuatro se miraron entre sí, sobresaltados.

—Podría besar a Meliorn —sugirió Isabelle.

—No. A nadie de mi corte.

Meliorn se apartó de Isabelle, que miró a sus compañeros y alzó las manos.

—No pienso besar a ninguno de los tres —declaró Lazy con firmeza—. Que quede claro.

—Ni falta que hace —dijo Simon—. Si un beso es todo…

Fue hacia Clary, que estaba paralizada por la sorpresa. Cuando la tomó por los codos, ésta tuvo que contener el impulso de apartarle de un empujón. No es que no hubiera besado a Simon antes, pero ésa hubiera sido una situación muy peculiar, incluso si ella se sintiera cómoda besándolo, que no era el caso. Y sin embargo era la respuesta lógica, ¿no? Sin ser capaz de evitarlo, dirigió una veloz mirada por encima del hombro a Jace y le vio poner mala cara.

—No —dijo la reina, en una voz que era como el tintineo del cristal—. Tampoco es el beso que quiero.

Isabelle puso los ojos en blanco.

—Ah, por el Ángel. Mira, si no hay otro modo de salir de aquí, besaré a Simon. Lo he hecho antes, no es tan malo.

—Gracias —dijo éste—. Resulta de lo más halagador.

—Es una lástima —respondió la reina de la corte seelie, y su expresión estaba cargada de una especie de cruel placer, que hizo que Clary se preguntase si lo que deseaba no era tanto un beso como contemplarlos a todos presas del desasosiego—, pero me temo que ese tampoco servirá.

—Bueno, pues yo no voy a besar al mundano —indicó Jace—. Preferiría quedarme aquí abajo y pudrirme.

—¿Para siempre? —dijo Simon—. Para siempre es una barbaridad de tiempo.

Jace enarcó las cejas.

—Lo sabía —repuso—. Quieres besarme, ¿verdad?

Simon alzó las manos con exasperación.

—Claro que no. Pero si...

—Imagino que es cierto lo que dicen —observó Jace—. No hay heterosexuales en las trincheras.

—Es ateos, imbécil —exclamó Simon, enfurecido—. No hay ateos en las trincheras.

—Aunque todo esto es muy gracioso —intervino la reina con frialdad, inclinándose hacia adelante—, el beso que liberará a la muchacha es el beso que más desea. —El placer cruel presente en su rostro y su voz se había intensificado, y las palabras parecieron clavarse en los oídos de Clary como agujas—. Únicamente ése y nada más.

Simon tenía la misma expresión que si la mujer le hubiese pegado. Clary quiso tenderle la mano, pero se quedó paralizada, demasiado horrorizada para moverse.

—¿Por qué haces esto? —exigió Jace.

—Yo más bien creía que te hacía un favor.

Jace enrojeció, pero no dijo nada. Evitó mirar a Clary.

—Eso es ridículo —indicó Simon—. Son hermanos.

La reina se encogió de hombros con una delicada elevación.

—El deseo no siempre se ve reducido por la repugnancia. Ni

tampoco se puede conferir, como un favor, a aquellos que más lo merecen. Y puesto que mis palabras obligan a mi magia, de ese modo podrán saber la verdad. Si ella no desea su beso, no será libre.

Simon dijo algo, enfadado, pero Clary no le oyó: los oídos le zumbaban como si tuviera un enjambre de abejas enfurecidas dentro de la cabeza. Simon la miró, con expresión furiosa.

—No tienes que hacerlo, Clary, es un truco... —dijo.

—Un truco no —aseguró Jace—. Una prueba.

—Bueno, yo no sé tú, Simon —intervino Isabelle en un tono impaciente—, pero a mí me gustaría sacar a Clary de aquí.

—Como si tú fueras a besar a Alec —replicó él—, sólo porque la reina de la corte seelie te lo pidiera.

—Claro que lo haría. —Isabelle parecía molesta—. Si la otra opción fuese quedarme atrapada en la corte seelie para siempre. ¿A quién le importa, de todos modos? Es sólo un beso.

—Es cierto. —Era Jace. Clary lo vio, por el rabillo del ojo, mientras iba hacia ella y le ponía una mano sobre el hombro para hacerla volverse de cara a él—. No es más que un beso —repitió el muchacho, y aunque el tono era áspero, las manos eran inexplicablemente delicadas.

Clary dejó que la moviera y alzó la mirada hacia él. Los ojos de Jace estaban muy oscuros, tal vez porque había poca luz en la corte, tal vez por otro motivo. Clary vio su reflejo en ambas pupilas dilatadas, una imagen diminuta de sí misma dentro de los ojos de Jace.

—Puedes cerrar los ojos y pensar en Inglaterra, si quieres —sugirió él.

—Nunca he estado en Inglaterra —repuso ella, pero bajó los párpados.

Sintió la húmeda pesadez de las propias ropas, frías y picantes contra la piel; el empalagoso aire dulce de la cueva, más frío aún, y el peso de las manos de Jace sobre los hombros, lo único que resultaba cálido. Y entonces él la besó.

Clary notó la caricia de sus labios, leve al principio, y luego los suyos se abrieron automáticamente bajo la presión. Casi contra su voluntad sintió que se tornaba dúctil, estirándose hacia arriba para rodearle el cuello con los brazos tal y como un girasol busca la luz. Los brazos de Jace se deslizaron a su alrededor, las manos anudándose en sus cabellos, y el beso dejó de ser delicado y se convirtió en fiero, todo en un único momento como la chispa convirtiéndose en llama. Clary oyó un sonido parecido a un suspiro extendiéndose raudo por la corte como una ola, en torno a ella. Pero no significó nada, se perdió en el violento discurrir de la sangre por sus venas, en la mareante sensación de ingravidez del cuerpo.

Las manos de Jace se apartaron de sus cabellos y le resbalaron por la espalda; sintió la fuerte presión de las palmas del muchacho contra los omoplatos... y a continuación él se apartó, soltándose con suavidad, retirando las manos de la joven de su cuello y retrocediendo. Por un momento, Clary pensó que iba a caer; sintió como si le hubiesen arrancado algo esencial, un brazo o una pierna, y se quedó mirando a Jace con confuso asombro; ¿qué sentía él?, ¿no sentía nada? No creía que pudiera soportar que él no sintiera nada.

Él le devolvió la mirada, y cuando la muchacha vio la expresión de su rostro, reconoció los ojos que había visto en Renwick, cuando él había contemplado cómo el Portal que le separaba de su hogar se rompía en mil pedazos. Él le sostuvo la mirada por una fracción de segundo, luego apartó los ojos de ella mientras los músculos de su garganta se movían. Tenía los puños pegados a los costados.

—¿Ha sido eso bastante bueno? —inquirió, volviendo la cabeza para mirar a la reina y a los cortesanos situados tras ella—. ¿Los ha divertido?

La reina tenía una mano sobre la boca, medio ocultando una sonrisa.

—Mucho —respondió—. Pero no creo que tanto como a ustedes dos.

—Adivino —replicó Jace— que las emociones mortales los divierten porque carecen de las propias.

181

La sonrisa desapareció del rostro de la mujer.

—Cálmate, Jace —dijo Isabelle, y se volvió hacia Clary—. ¿Puedes marcharte ahora? ¿Eres libre?

Clary fue hacia la puerta y no le sorprendió no hallar ninguna resistencia que le cerrara el paso. Se quedó de pie con la mano entre las enredaderas y volvió la cabeza hacia Simon. Éste la miraba fijamente como si no la hubiese visto nunca antes.

—Deberíamos irnos —dijo Clary—. Antes de que sea demasiado tarde.

—Ya es demasiado tarde —repuso él.

Meliorn los condujo fuera de la corte seelie y los llevó de vuelta al parque, todo ello sin decir una sola palabra. Clary pensó que la espalda del hada parecía rígida y desaprobadora. El hada los abandonó en cuanto hubieron dejado el estanque, sin siquiera despedirse de Isabelle, y desapareció en el interior del reflejo tembloroso de la luna.

Isabelle lo contempló marcharse con un rictus.

—Todo ha terminado —soltó.

Jace emitió un sonido parecido a una carcajada ahogada y se levantó el cuello mojado de la chaqueta. Todos tiritaban. La noche fría olía como a tierra, plantas y urbe humana; a Clary casi le pareció que podía olfatear el hierro en el aire. El anillo urbano que rodeaba el parque chisporroteaba lleno de luces intensas: azul hielo, verde relajante, rojo violento, y el estanque lamía en silencio las orillas sucias. El reflejo de la luna se había trasladado al extremo opuesto y temblaba allí como si les tuviera miedo.

—Será mejor que regresemos. —Isabelle se arrebujó más en su abrigo, todavía mojado—. Antes de que muramos congelados.

—Tardaremos una eternidad en regresar a Brooklyn —comentó Clary—. Quizá deberíamos tomar un taxi.

—O simplemente podríamos ir al Instituto —sugirió Isabelle

que, al ver la expresión de Jace, añadió rápidamente—: No hay nadie allí de todos modos; están todos en Ciudad de Hueso, buscando pistas. Sólo tardaremos un segundo en pasar por allí y tomar ropa seca. Además, el Instituto todavía es tu hogar, Jace.

—Perfecto —accedió Jace, ante la evidente sorpresa de la joven—. De todos modos hay algo que necesito de mi habitación.

Clary vaciló.

—Yo no sé qué hacer. Podría tomar un taxi con Simon.

Quizá si pasaban un rato juntos ella podría explicarle lo que había sucedido en la corte seelie, y que no era lo que él pensaba.

Jace, que había estado examinando su reloj por si el agua lo había dañado, la miró, arqueando las cejas.

—Eso podría ser un poco difícil —replicó—, puesto que él ya se fue.

—Él ¿qué?

Clary giró y se quedó atónita. Simon se había ido; los tres estaban solos junto al estanque. Corrió un corto trecho colina arriba y gritó su nombre. A lo lejos, consiguió verlo, alejándose con zancadas decididas por el sendero de cemento que conducía a la salida del parque y a la avenida. Volvió a llamarlo, pero él no se inmutó.

9

Y LA MUERTE NO TENDRÁ DOMINIO

Isabelle había dicho la verdad: el Instituto estaba totalmente desierto. Casi por completo, al menos. Max dormía sobre el sofá rojo del vestíbulo cuando entraron. Tenía los lentes ligeramente torcidos y era evidente que no había tenido la intención de dormirse: había un libro que se le había resbalado abierto en el suelo y los pies, calzados con pantuflas de lona, le colgaban por encima del borde del sofá en una posición probablemente incómoda.

Inmediatamente, Clary se sintió conmovida. Le recordó a Simon a la edad de nueve o diez años, todo lentes, parpadeos torpes y, sobre todo, orejas.

—Max es como un gato. Puede dormir en cualquier parte.

Jace alargó la mano, le retiró los lentes del rostro y los depositó sobre una mesita baja de marquetería situada a poca distancia. Había una expresión en el rostro que Clary no había visto nunca antes; una feroz ternura protectora, que la sorprendió.

—Vamos, deja sus cosas tranquilas… sólo conseguirás embarrarlas —le reclamó Isabelle enojada, mientras se desabotonaba el abrigo mojado.

El vestido se le había pegado al largo torso, y el agua oscurecía el grueso cinturón de cuero que le rodeaba la cintura. El brillo del láti-

184

go enrollado era visible justo allí donde el mango sobresalía del borde del cinturón. La muchacha tenía un expresión molesta.

—Noto que me voy a resfriar —anunció—. Voy a darme una ducha caliente.

Jace la contempló desaparecer por el pasillo con una especie de reacia admiración.

—En ocasiones me recuerda al poema. «Isabelle, Isabelle, no se inquietó. Isabelle no chilló ni correteó...»

—¿Nunca tienes ganas de chillar? —le preguntó Clary.

—A veces. —Jace se quitó la chamarra mojada y la dejó en el perchero junto al abrigo de Isabelle—. Tiene razón sobre lo de la ducha caliente. Desde luego me iría muy bien.

—Yo no tengo nada para cambiarme —dijo Clary, deseando repentinamente tener unos instantes para sí misma; sus dedos ansiaban marcar el número de Simon en el celular, averiguar si estaba bien—. Los esperaré aquí.

—No seas idiota. Te prestaré una camiseta.

Los jeans del muchacho estaban empapados y le colgaban bajos sobre los huesos de las caderas, mostrando una franja de pálida piel tatuada entre el tejido de mezclilla y el borde de la camiseta.

Clary desvió la mirada.

—No creo...

—Vamos. —El tono de Jace era firme—. De todos modos hay algo que quiero mostrarte.

Disimuladamente, Clary comprobó la pantalla de su teléfono mientras seguía a Jace por el pasillo hasta su habitación. Simon no había intentado llamar. Le pareció como si cristalizara hielo dentro de su pecho. Hasta hacía dos semanas, Simon y ella llevaban años sin pelearse. Ahora, él parecía estar furioso con ella todo el tiempo.

La habitación de Jace estaba exactamente como Clary la recordaba: limpia como una patena y vacía como la celda de un monje. No había nada en la habitación que contara nada sobre Jace: no había pósters en las paredes, no había libros amontonados en la mesita de noche. Incluso el edredón sobre la cama era totalmente blanco.

El muchacho fue a la cómoda y sacó una camiseta azul de manga larga de un cajón. Se la tiró a Clary.

—Ésa se encogió al lavarla —explicó—. Probablemente te quedará grande de todos modos, pero… —Se encogió de hombros—. Voy a darme una ducha. Chilla si necesitas algo.

Ella asintió, sosteniendo la camiseta sobre el pecho como si fuera un escudo. Él pareció estar a punto de decir algo más, pero lo pensó mejor; con otro encogimiento de hombros, desapareció en el cuarto de baño, cerrando la puerta con firmeza tras él.

Clary se dejó caer sobre la mesa, con la camiseta sobre el regazo, y sacó el teléfono del bolsillo. Marcó el número de Simon. Tras cuatro timbrazos, saltó el buzón de voz. «Hola, estás hablando con Simon. O bien estoy lejos del teléfono o te estoy evitando. Déjame un mensaje y…»

—¿Qué haces?

Jace estaba en la puerta del cuarto de baño. El agua corría sonoramente detrás de él en la ducha y el cuarto estaba medio lleno de vapor. El muchacho no llevaba camiseta e iba descalzo; los vaqueros mojados descansaban bajos sobre las caderas, mostrando las profundas hendiduras sobre los huesos, como si alguien hubiese presionado los dedos sobre la piel allí.

Clary cerró el teléfono de golpe y lo dejó caer sobre la cama.

—Nada. Mirando la hora.

—Hay un reloj junto a la cama —indicó Jace—. Llamabas al mundano, ¿verdad?

—Se llama Simon. —Clary hizo una bola con la camiseta de Jace—. Y no tienes por qué portarte como un cabrón con él todo el tiempo. Te ha echado una mano más de un vez.

Los ojos de Jace estaban entornados, pensativos. El cuarto de baño se llenaba rápidamente de vapor, haciendo que se le rizaran más los cabellos.

—Y ahora te sientes culpable porque salió huyendo —afirmó Jace—. Yo no me molestaría en llamarle. Estoy seguro de que te está evitando.

Clary no intentó disimular la cólera de su voz.

—¿Y tú lo sabes porque como son tan íntimos…?

—Lo sé porque vi la expresión de su rostro antes de que se largara —respondió Jace—. Tú no. No lo estabas mirando. Pero yo sí.

Clary se apartó los cabellos, todavía empapados, de los ojos. La ropa le irritaba allí donde se le pegaba a la piel, y sospechaba que olía igual que el fondo de un estanque. Pero no podía dejar de ver el rostro de Simon cuando la había mirado en la corte seelie… como si la odiara.

—Es culpa tuya —exclamó de improviso, mientras la ira se le acumulaba en el corazón—. No deberías haberme besado de ese modo.

Él había estado apoyado contra el marco de la puerta, pero rápidamente se irguió muy tieso.

—¿Cómo debería haberte besado? ¿Te gusta de otra manera?

—No. —Las manos le temblaban sobre el regazo. Las tenía frías y blancas, arrugadas por el agua. Entrelazó los dedos para detener el temblor—. Simplemente no quiero que me beses.

—A mí no me pareció que tuviéramos mucho donde elegir.

—¡Eso es lo que no comprendo! —estalló Clary—. ¿Por qué te hizo besarme? La reina, quiero decir. ¿Por qué obligarnos a hacer… eso? ¿Qué placer puede haber sacado?

—Ya oíste lo que dijo la reina. Pensó que me estaba haciendo un favor.

—Eso no es cierto.

—Sí lo es. ¿Cuántas veces tengo que decírtelo? Los seres mágicos no mienten.

Clary pensó en lo que Jace había dicho en casa de Magnus. «Descubrirán qué es lo que más deseas en el mundo y te lo darán… con una sorpresa inesperada oculta que hará que lamentes haberlo deseado.»

—Pues entonces se equivocaba.

—No se equivocaba. —El tono de Jace era amargo—. Vio cómo te miraba, y tú a mí, y Simon a ti, y nos pulsó como los instrumentos que somos para ella.

—Yo no te miro —susurró Clary.

—¿Qué?

—Dije que yo no te miro. —Separó las manos, que había tenido entrelazadas sobre el regazo; había marcas rojas donde los dedos se habían sujetado unos a otros—. Al menos intento no hacerlo.

Los ojos del muchacho estaban entrecerrados, con apenas un destello dorado dejándose ver a través de las pestañas, y Clary recordó la primera vez que lo había visto y cómo le había recordado a un león, dorado y mortífero.

—¿Por qué?

—¿Por qué crees? —Las palabras fueron apenas un susurro.

—Entonces, ¿por qué? —La voz del muchacho temblaba—. ¿Por qué todo esto con Simon, por qué sigues apartándome, no me dejas estar cerca de ti...?

—Porque es imposible —contestó ella, y la última palabra surgió como una especie de gemido, a pesar de sus esfuerzos por mantener el control—. ¡Lo sabes tan bien como yo!

—Porque eres mi hermana —repuso Jace.

Ella asintió sin hablar.

—Posiblemente —siguió Jace—. ¿Y por eso has decidido que tu viejo amigo Simon resulta una buena distracción?

—No es eso —respondió ella—. Quiero a Simon.

—Como quieres a Luke —replicó Jace—. Y de la misma forma que quieres a tu madre.

—No. —La voz de la muchacha era tan fría y afilada como un carámbano—. No me digas lo que siento.

Un pequeño músculo dio un tirón en la comisura de la boca de Jace.

—No te creo.

Clary se puso de pie. No podía mirarlo a los ojos, así que fijó la mirada en la delgada cicatriz en forma de estrella del hombro derecho del muchacho, un recuerdo de alguna vieja herida. «Esta vida de cicatrices y matanzas —había dicho Hodge en una ocasión—. No formas parte de ella.»

—Jace —dijo—. ¿Por qué me haces esto?

—Porque me estás mintiendo. Y porque te estás mintiendo a ti misma.

Los ojos de Jace llameaban, y a pesar de que él tenía las manos metidas en los bolsillos, Clary pudo ver que apretaba los puños con fuerza.

Algo dentro de Clary se rompió, y las palabras salieron en tropel.

—¿Y qué quieres que te diga? ¿La verdad? ¡La verdad es que quiero a Simon como debería quererte a ti, y desearía que él fuese mi hermano y tú no lo fueses, pero no puedo hacer nada al respecto y tampoco puedes tú! ¿O es que tienes alguna idea, puesto que eres tan condenadamente listo?

Jace aspiró con fuerza, y Clary comprendió que él jamás había esperado que ella le dijera lo que acababa de decir, ni en un millón de años. La expresión del rostro de Jace lo dejaba bien claro.

Clary hizo un esfuerzo por recuperar la serenidad.

—Jace, lo siento, no era mi intención…

—No. No lo sientes. No lo sientas.

Avanzó hacia ella, casi tropezándose con sus propios pies; Jace, que jamás daba un traspié con nada, que jamás efectuaba un movimiento desgarbado. Las manos del joven se alzaron para sostenerle el rostro. Clary sintió la calidez de las yemas de los dedos, a milímetros de su piel; supo que debería apartarse, pero se quedó paralizada, con la mirada clavada en él.

—No lo comprendes —farfulló Jace, y la voz le tembló—, nunca he sentido algo así por nadie. No creía que pudiera. Pensaba… por el modo en que crecí… mi padre…

—Amar es destruir —repuso ella como aturdida—. Lo recuerdo bien.

—Pensaba que parte de mi corazón estaba roto —continuó él, y había una expresión en su rostro como si le sorprendiera oírse decir tales palabras, decir «mi corazón»—. Para siempre. Pero tú...

—Jace. No. —Alzó las manos y cubrió la mano del joven con la suya, doblando sus dedos dentro de los suyos—. No conduce a nada.

—Eso no es cierto. —Había desesperación en su voz—. Si los dos sentimos lo mismo...

—No importa lo que sintamos. No hay nada que podamos hacer. —Oyó su voz como si hablara una desconocida: distante, abatida—. ¿Adónde iríamos para estar juntos? ¿Cómo podríamos vivir?

—Podríamos mantenerlo en secreto.

—La gente lo descubriría. Y yo no quiero mentirle a mi familia, ¿lo quieres tú?

La respuesta de Jace fue amarga.

—¿Qué familia? Los Lightwood me odian de todos modos.

—No, no es cierto. Y yo jamás podría decírselo a Luke. Y mi madre, y si despierta, ¿qué le diríamos? Esto, lo que queremos, resultaría inaceptable para todos aquellos que nos importan...

—¿Inaceptable? —Jace dejó caer las manos del rostro de Clary como si ella lo hubiese apartado de un empujón; parecía anonadado—. Lo que sentimos... lo que yo siento... ¿te resulta inadmisible?

Ella contuvo la respiración ante la mirada en su rostro.

—A lo mejor —dijo en un susurro—. No lo sé.

—Entonces deberías haber dicho eso desde un principio.

—Jace...

Pero se había alejado de ella, con la expresión cerrada con llave igual que una puerta. Resultaba difícil creer que la hubiera mirado nunca de otro modo.

—Entonces, lamento haber dicho nada. —La voz era distante, formal—. No volveré a besarte. Puedes contar con eso.

El corazón de Clary dio una lenta voltereta inútil mientras él se apartaba de ella, sacaba una toalla de lo alto de la cómoda y volvía al cuarto de baño.

—Pero... Jace, ¿qué haces?

—Acabar de ducharme. Y si has hecho que me quede sin agua caliente, me enfadaré mucho.

Entró en el baño y cerró la puerta de una patada a su espalda.

Clary se desplomó en la cama y clavó la mirada en el techo. Estaba tan vacío como lo había estado la expresión de Jace antes de darle la espalda. Se volvió y advirtió que estaba encima de la camiseta azul. Incluso olía como él, a jabón y a humo, y al aroma cúprico de la sangre. Enroscándosela alrededor de ella como una vez cuando era muy pequeña había hecho con su manta favorita, cerró los ojos.

En el sueño, contemplaba agua reluciente, extendida bajo ella como un espejo interminable que reflejaba el cielo nocturno. Y como un espejo, era sólida y dura, y ella podía andar por encima. Anduvo, oliendo el aire nocturno, las hojas húmedas y el olor de la ciudad, que centelleaba a lo lejos como un castillo de hadas cubierto de luces; y por donde caminaba, grietas en forma de telaraña se abrían a partir de sus pasos y astillas de cristal chapoteaban igual que agua.

El cielo empezó a brillar. Estaba iluminado por puntos llameantes, como cabezas de cerillos encendidos. Entonces cayeron, como una lluvia de carbones ardientes procedentes del cielo, y ella se encogió asustada, alzando los brazos. Uno cayó justo frente a ella, una hoguera precipitándose a toda velocidad, pero cuando golpeó el suelo se convirtió en un muchacho: era Jace, todo él oro llameante con sus ojos dorados y cabellos dorados; unas alas de oro blanco le brotaron de la espalda, más anchas y más densamente cubiertas de plumas que las de cualquier ave.

Él sonrió como un gato y señaló detrás de ella, y Clary volvió la cabeza y vio que un muchacho de cabellos oscuros —¿era Simon?—

estaba de pie allí, y también de su espalda se extendían unas alas con plumas negras como la medianoche, y cada pluma tenía sangre en la punta.

Clary despertó respirando entrecortadamente, con las manos cerradas sobre la camiseta de Jace. La habitación estaba oscura, la única luz que se percibía penetraba desde la estrecha ventana situada junto a la cama. Se incorporó. Sentía la cabeza espesa y le dolía la nuca. Escudriñó la habitación lentamente y dio un brinco cuando un puntito de luz resplandeciente, como los ojos de un gato en la oscuridad, brilló ante ella.

Jace estaba sentado en un sillón junto a la cama. Estaba vestido con pantalones de mezclilla y un suéter gris, y su cabello parecía casi seco. Sostenía algo en la mano que brillaba como metal. ¿Una arma? Clary no podía imaginar contra qué podría estarse protegiendo allí en el Instituto.

—¿Dormiste bien?

Ella asintió. Sentía la boca pastosa.

—¿Por qué no me despertaste?

—Pensé que te iría bien el descanso. Además, dormías como un tronco. Incluso babeabas —añadió—. Sobre mi camiseta.

Clary se llevó rápidamente la mano a la boca.

—Lo siento.

—No se ve a menudo a alguien babeando —comentó Jace—. Especialmente con un abandono tan total. Con la boca bien abierta y todo eso.

—Vamos, cállate. —Palpó a su alrededor por entre las mantas hasta localizar su teléfono y volvió a mirarlo, aunque sabía lo que diría. «No hay llamadas»—. Son las tres de la madrugada —advirtió con desaliento—. ¿Crees que Simon está bien?

—Creo que es un tipo raro, en realidad —dijo Jace—. Aunque eso poco tiene que ver con la hora.

Clary se metió el teléfono en el bolsillo de los jeans.

—Voy a cambiarme.

El cuarto de baño blanco de Jace no era mayor que el de Isabelle, aunque estaba considerablemente más ordenado. No había una gran variación entre las habitaciones del Instituto, se dijo Clary, mientras cerraba la puerta, pero al menos existía intimidad. Se despojó de la camiseta húmeda y la colgó en el toallero, luego se echó agua en la cara y se pasó un peine por los cabellos desordenadamente ensortijados.

La camiseta de Jace era demasiado grande para ella, pero el tejido resultaba suave al contacto con la piel. Se dobló las mangas y volvió al cuarto, donde encontró a Jace sentado exactamente donde había estado antes, contemplando fijamente el objeto centelleante que tenía en las manos. La muchacha se inclinó sobre el respaldo del sillón.

—¿Qué es eso?

En lugar de responder, él le dio la vuelta para que ella pudiera verlo bien. Era un pedazo irregular de espejo roto, pero en lugar de reflejar su propio rostro, contenía una imagen de hierba verde, cielo azul y negras ramas desnudas de árboles.

—No sabía que lo hubieras guardado —dijo ella—. Un pedazo de Portal.

—Es por lo que quería venir aquí —repuso él—. Para tomar esto. —Nostalgia y aversión se le mezclaban en la voz—. No dejo de pensar que tal vez vea a mi padre en un reflejo. Que averiguaré qué trama.

—Pero él no está ahí, ¿verdad? Pensaba que estaba en alguna parte aquí. En la ciudad.

Jace negó con la cabeza.

—Magnus lo ha estado buscando y no lo cree.

—¿Magnus lo ha estado buscando? No lo sabía. Cómo…

—Si Magnus llegó a ser Gran Brujo es por algo. Su poder se extiende por toda la ciudad y más allá. Puede percibir lo que hay allí fuera, hasta cierto punto.

Clary lanzó un resoplido.

—¿Puede percibir alteraciones en la Fuerza?

Jace la miró con cara de pocos amigos.

—No bromeo. Después de que mataran a aquel brujo en TriBeCa empezó a tomar cartas en el asunto. Cuando fui a alojarme con él me pidió algo de mi padre para facilitarle el rastreo. Le di el anillo de los Morgenstern. Dijo que me avisaría si percibía a Valentine en algún lugar de la ciudad, pero hasta el momento no lo ha hecho.

—Quizá lo que quería era tu anillo —aventuró Clary—. Lo cierto es que lleva una barbaridad de joyas.

—Por mí puede quedárselo. —La mano de Jace se cerró con más fuerza alrededor del trozo de espejo que sujetaba; Clary advirtió con alarma cómo le salía la sangre alrededor de los irregulares bordes desde los puntos donde se le clavaban en la carne—. No tiene ningún valor para mí.

—¡Eh! —exclamó ella, y se inclinó para quitarle el cristal de la mano—. Tranquilo.

Clary metió el pedazo de Portal dentro del bolsillo de la chamarra de Jace, que estaba colgada en la pared. Los bordes del cristal estaban manchados de sangre, y las palmas de Jace surcadas de líneas rojas.

—Quizá deberíamos devolverte con Magnus —indicó ella con tanta suavidad como pudo—. Alec lleva allí mucho tiempo, y...

—En cierto modo, dudo que le importe —repuso Jace, pero se puso en pie obedientemente y tomó su estela, que estaba apoyada en la pared; mientras dibujaba una runa curativa en el dorso de la ensangrentada mano derecha, siguió—: Hay algo que quería preguntarte.

—¿Y qué es?

—Cuando me sacaste de la celda en la Ciudad Silenciosa, ¿cómo lo hiciste? ¿Cómo abriste la puerta?

—Ah. Sólo usé una runa de apertura corriente, y...

La interrumpió el estridente sonido de un timbre, y se llevó la mano al bolsillo antes de darse cuenta de que el ruido que había oído era mucho más fuerte y agudo que cualquier sonido que su teléfono pudiera emitir. Miró a su alrededor desconcertada.

—Ése es el timbre del Instituto —dijo Jace, agarrando su chamarra—. Vamos.

Estaban a la mitad de camino del vestíbulo cuando Isabelle salió precipitadamente por la puerta de su propio cuarto, vestida con un albornoz de algodón, un antifaz de dormir de seda rosa en la frente y una expresión un tanto aturdida.

—¡Son las tres de la mañana! —les dijo, en un tono que sugería que aquello era todo culpa de Jace, o posiblemente de Clary—. ¿Quién está llamando al timbre a las tres de la mañana?

—Tal vez sea la Inquisidora —respondió Clary, sintiéndose repentinamente helada.

—Ella podría entrar por sí misma —repuso Jace—. Cualquier cazador de sombras podría. El Instituto está cerrado solamente a mundanos y a subterráneos.

Clary sintió que se le contraía el corazón.

—¡Simon! —dijo—. ¡Tiene que ser él!

—Ah, por el amor de Dios —bostezó Isabelle—, ¿realmente nos está despertando a esta hora infame sólo para probar su amor por ti o algo así? ¿No podría haber llamado? Los hombres mundanos son bastante imbéciles.

Habían llegado al vestíbulo, que estaba vacío; Max debía de haberse ido a la cama. Isabelle cruzó majestuosa la estancia y movió la clavija de un interruptor situado en la pared opuesta. Desde algún lugar en el interior de la catedral llegó un lejano golpetazo retumbante.

—Ya está —anunció la muchacha—. El elevador viene en camino.

—Esperaba que tuviera la dignidad y presencia de ánimo para limitarse a emborracharse y perder el conocimiento en alguna alcantarilla —comentó Jace—. Debo decir que me siento decepcionado por el jovencito.

Clary apenas le oyó. Una creciente sensación de temor hacía que la sangre le corriera lenta y espesa. Recordó su sueño: los ángeles, el hielo, Simon con alas que sangraban. Se estremeció.

Isabelle la miró comprensiva.

—Hace frío aquí dentro —comentó, y tomó lo que parecía un abrigo de terciopelo azul de uno de los percheros—. Toma —dijo—; ponte esto.

Clary se puso el abrigo y se arrebujó bien en él. Era demasiado largo, pero le daba calor. También tenía una capucha, forrada de raso. Clary la echó hacia atrás para poder ver cómo se abrían las puertas del ascensor.

Se abrieron a una caja vacía cuyos lados de espejo reflejaron su propio rostro, pálido y sobresaltado. Sin detenerse a pensar, penetró en el interior.

Isabelle la miró confusa.

—¿Qué haces?

—Simon está ahí abajo —dijo Clary—. Lo sé.

—Pero...

De repente, Jace estaba junto a Clary, manteniendo las puertas abiertas para Isabelle.

—Vamos, Izzy —dijo.

Con un gesto teatral, ella los siguió.

Clary intentó atraer la mirada del muchacho mientras los tres descendían en silencio —Isabelle se recogía en alto el último largo bucle de cabello—, pero Jace se negó a mirarla. Se miraba a sí mismo de refilón en el espejo del ascensor, silbando suavemente por lo bajo como hacía siempre que estaba nervioso. La muchacha recordó el leve temblor de sus manos cuando la había sujetado en la corte seelie. Pensó en la expresión del rostro de Simon... y luego en éste casi corriendo para escapar de ella, desvaneciéndose entre las sombras del borde del parque. Sentía un nudo de temor en el pecho y no sabía el motivo.

Las puertas del ascensor se abrieron a la nave de la catedral, poblada con la luz danzarina de velas. Clary paso por delante de Jace en su prisa por salir del ascensor y prácticamente corrió por el estrecho pasillo que había entre los bancos. Dio un traspié con el borde del abrigo, que arrastraba por el suelo, y lo arremangó impacientemente en la mano antes de lanzarse hacia las amplias puertas dobles que, por dentro, estaban atrancadas con manijas de bronce del tamaño de los brazos de Clary. Mientras alargaba las manos hacia la manija más alta, el timbre volvió a resonar en el templo. Oyó que Isabelle susurraba algo a Jace, y entonces Clary se encontró tirando del pestillo, arrastrándolo hacia atrás, y notó la mano de Jace sobre la suya, ayudándola a abrir las pesadas puertas.

El aire nocturno entró a raudales, haciendo que las velas ardieran con luz mortecina en sus soportes. El aire olía a ciudad: a sal y a gases, a cemento que se enfriaba y a basura, y por debajo de aquellos olores familiares, el olor a cobre, como el olor penetrante de un centavo nuevo.

En un principio, Clary pensó que la escalinata estaba vacía. Luego pestañeó y vio a Raphael allí de pie, con la cabeza de negros rizos alborotada por la brisa nocturna, la camisa blanca abierta a la altura del cuello para mostrar la cicatriz en el hueco del cuello. En los brazos sostenía un cuerpo. Eso fue todo lo que Clary vio mientras le miraba fijamente con perplejidad: un cuerpo. Alguien muerto, brazos y piernas oscilando como cuerdas flácidas, la cabeza echada hacia atrás para mostrar el cuello destrozado. Notó que la mano de Jace se cerraba alrededor de su brazo como unas tenazas, y sólo entonces miró con más atención y vio la familiar americana de pana con la manga rasgada, la camiseta azul manchada y salpicada de sangre, y chilló.

El grito no emitió ningún sonido. Clary sintió que las rodillas se le doblaban y habría caído al suelo si Jace no la hubiese estado sosteniendo.

—No mires —le dijo él al oído—. Por el amor de Dios, no mires.

Pero ella no podía evitar mirar la sangre que apelmazaba los cabellos castaños de Simon, la garganta desgarrada, los cortes profundos a lo largo de las muñecas. Puntos negros salpicaron su visión mientras luchaba por respirar.

Fue Isabelle quien agarró uno de los candelabros vacíos situados junto a la puerta y apuntó con él a Raphael como si se tratara de una enorme lanza de tres puntas.

—¿Qué le has hecho a Simon?

En ese instante, su voz clara y autoritaria sonó exactamente igual a su madre.

—Aún no ha muerto —dijo Raphael, con una voz monótona e impasible, y depositó a Simon en el suelo casi a los pies de Clary, con sorprendente delicadeza.

La muchacha había olvidado lo fuerte que debía de ser, pues poseía la fuerza inhumana de un vampiro, a pesar de su delgadez.

A la luz de las velas, que se derramaba a través de la entrada, Clary pudo ver que la camiseta de Simon tenía la parte delantera empapada de sangre.

—Dijiste que… —empezó.

—No está muerto —repitió Jace, sujetándola con más fuerza—. No está muerto.

Ella se desasió de él con un violento tirón y se arrodilló sobre el cemento. No sintió ninguna repugnancia al tocar la piel ensangrentada de Simon mientras deslizaba las manos bajo su cabeza, alzándolo sobre su regazo. Sintió únicamente el aterrado horror infantil que recordaba de cuando tenía cinco años y había roto la inapreciable lámpara *Liberty* de su madre. «Nada —dijo una voz en lo más recóndito de su mente— volverá a colocar esos pedazos en su sitio.»

—Simon —musitó, tocándole el rostro; los lentes habían desaparecido—. Simon, soy yo.

—No puede oírte —dijo Raphael—. Se está muriendo.

La cabeza de Clary se alzó de golpe.

—Pero dijiste…

—He dicho que no está muerto aún —respondió él—. Pero en unos pocos minutos, diez quizá, su corazón empezará a ir más despacio y se detendrá. Ya ha alcanzado un punto en el que ni ve ni oye nada.

Involuntariamente, los brazos de la muchacha se cerraron con más fuerza alrededor de Simon.

—Tenemos que llevarlo a un hospital... o llamar a Magnus.

—No pueden hacer nada por él —dijo Raphael—. No lo entiendes.

—No —intervino Jace, la voz suave como seda guarnecida de puntas afiladas como agujas—. No te entendemos. Y tal vez deberías explicarte. Porque de lo contrario voy a pensar que eres un delincuente chupasangre, y te arrancaré el corazón. Como debería haber hecho la última vez que nos encontramos.

Raphael le sonrió sin humor.

—Juraste no hacerme daño, cazador de sombras. ¿Lo has olvidado?

—Yo no lo hice —replicó Isabelle, blandiendo el candelabro.

Raphael hizo caso omiso de ella. Seguía mirando a Jace.

—Recordé esa noche en que entraste en el Dumort buscando a su amigo. Es por eso que lo traje aquí... —indicó a Simon con un ademán— cuando lo encontré en el hotel, en lugar de dejar que los otros le bebieran toda la sangre hasta matarlo. Verás, se metió dentro, sin permiso, y por lo tanto era una presa legítima para nosotros. Pero lo mantuve con vida porque sabía que era de los suyos. No deseo una guerra con los nefilim.

—¿Entró por la fuerza? —inquirió Clary con incredulidad—. Simon jamás habría hecho algo tan estúpido e insensato.

—Pero lo hizo —afirmó Raphael, con un levísimo asomo de sonrisa—, porque temía estar convirtiéndose en uno de nosotros, y quería saber si el proceso se podía invertir. Recordarán que cuando tuvo la forma de una rata, y ustedes vinieron a buscarlo, me mordió.

—Fue una gran muestra de iniciativa por su parte —repuso Jace—. Lo aprobé.

—Es posible —continuó Raphael—. En cualquier caso, entró un poco de mi sangre en su boca cuando lo hizo. Ya sabes que es el modo en que nos pasamos nuestros poderes unos a otros. A través de la sangre.

A través de la sangre. Clary recordó a Simon apartándose violentamente de la película de vampiros que pasaban por televisión, haciendo una mueca ante la luz del sol en McCarren Park.

—Pensaba que se estaba convirtiendo en uno de ustedes —repitió Jace—. Fue al hotel para averiguar si era verdad.

—Sí —confirmó Raphael—. La lástima es que los efectos de mi sangre probablemente se habrían desvanecido con el tiempo si él no hubiese hecho nada. Pero ahora... —Indicó el cuerpo inerte de Simon con un ademán lleno de expresividad.

—¿Ahora qué? —preguntó Isabelle, con un duro deje en la voz—. ¿Ahora morirá?

—Y volverá a alzarse. Ahora será un vampiro.

El candelabro se inclinó al frente mientras los ojos de Isabelle se abrían de par en par por la impresión.

—¿Qué?

Jace atrapó la improvisada arma antes de que golpeara el suelo. Cuando se volvió hacia Raphael, sus ojos eran sombríos.

—Mientes.

—Aguarda y lo verás —respondió éste—. Morirá y volverá a alzarse como uno de los Hijos de la Noche. Eso es también por lo que vine. Simon es uno de los míos ahora.

No había nada en la voz del vampiro, ni pesar ni satisfacción, pero Clary no pudo evitar preguntarse qué oculto regocijo podría sentir Raphael al haber tenido la suerte, de un modo tan oportuno, de tropezar con una baza de negociación tan efectiva.

—¿No puede hacer nada? ¿Ningún modo de invertir el proceso? —exigió saber Isabelle, con el pánico tiñéndole la voz.

Clary pensó vagamente que era extraño que aquellos dos, Jace e Isabelle, que no querían a Simon como ella lo hacía, fuesen quienes llevaran la voz cantante. Pero tal vez hablaban por ella precisamente porque ella era incapaz de decir una palabra.

—Le podrían cortar la cabeza y quemar su corazón en una hoguera, pero dudo que hagan eso.

—¡No! —Los brazos de Clary se apretaron más alrededor de Simon—. No te atrevas a hacerle daño.

—Yo no tengo ninguna necesidad —repuso Raphael.

—No hablaba contigo. —Clary no alzó la mirada—. Ni siquiera lo pienses, Jace. Ni pensarlo.

Se hizo el silencio. Clary pudo oír la preocupada inhalación de Isabelle, y Raphael, por supuesto, no respiraba en absoluto. Jace vaciló un momento antes de decir:

—Clary, ¿qué querría Simon? ¿Es esto lo que querría para sí mismo?

La muchacha alzó violentamente la cabeza. Jace tenía los ojos bajados hacia ella, con el candelabro de metal de tres brazos todavía en la mano, y de repente una imagen le pasó rauda por la cabeza: Jace sujetando a Simon contra el suelo y hundiéndole el extremo afilado del candelabro en el pecho, haciendo que la sangre brotara hacia lo alto como un surtidor.

—¡Apártate de nosotros! —chilló de improviso, tan alto que vio a las distantes figuras que caminaban por la avenida frente a la catedral volverse y mirar a su espalda, como si las hubiese sobresaltado el ruido.

Jace palideció hasta la raíz de los cabellos, palideció hasta tal punto que sus ojos desorbitados parecieron discos de oro, inhumanos y sobrenaturalmente fuera de lugar.

—Clary, no pensarás… —comenzó.

Simon jadeó de improviso, arqueándose hacia arriba en los brazos de Clary. Ésta volvió a chillar y lo sujetó, tirando de él hacia ella. El muchacho tenía los ojos muy abiertos, ciegos y aterrados. Alzó las manos. Ella no estuvo segura de si él intentaba tocarle el rostro o arañarla, no sabiendo quién era.

—Soy yo —dijo ella, bajándole la mano con suavidad hacia el pecho y enlazando los dedos de ambos—. Simon, soy yo. Soy Clary. —Sus manos resbalaron sobre las de él; bajó la vista y vio que estaban empapadas con la sangre de la camiseta del muchacho y con las lágrimas que habían resbalado de su rostro sin que ella lo advirtiera—. Simon, te quiero —dijo.

Las manos de Simon se apretaron sobre las suyas. El muchacho soltó aire —un sonido áspero y taladrante— y luego ya no volvió a respirar.

«Te quiero. Te quiero. Te quiero.» Sus últimas palabras a Simon parecieron resonar en los oídos de Clary mientras él yacía inerte en sus brazos. De improviso, Isabelle estaba junto a ella, diciéndole algo al oído, pero Clary no podía oírla. El sonido de agua que corría, como un maremoto acercándose, le llenaba los oídos. Observó mientras Isabelle intentaba con suavidad desengancharle las manos de las de Simon, y no podía. Clary se sorprendió. No tenía la sensación de estar aferrándose a él con tanta fuerza.

Dándose por vencida, Isabelle se puso en pie y se revolvió furiosa contra Raphael. Gritaba. En mitad de su diatriba, el sistema auditivo de Clary volvió a conectarse, como una radio que finalmente hubiese encontrado una emisora que sintonizar.

—¿… y ahora qué se supone que tenemos que hacer? —chilló Isabelle.

—Enterrarlo —respondió Raphael.

El candelabro volvió a balancearse hacia arriba en la mano de Jace.

—Eso no tiene gracia.

—No pretendía que la tuviese —replicó el vampiro sin inmutarse—. Así es como somos creados. Se nos quita toda la sangre y se nos entierra. Cuando alguien se desentierra a sí mismo, es cuando nace un vampiro.

Isabelle emitió un leve ruidito de repugnancia.

—No creo que yo pudiera hacer eso.

—Algunos no pueden —repuso Raphael—. Si no hay nadie allí para ayudarles a desenterrarse, permanecen así, atrapados como ratas bajo la tierra.

Un sonido se abrió paso fuera de la garganta de Clary. Un sollozo que era tan cortante como un chillido.

—No voy a meterlo bajo tierra —afirmó.

—Entonces se quedará así —replicó Raphael inmisericorde—. Muerto, pero no del todo muerto. Sin despertar jamás.

Todos la miraban fijamente. Isabelle y Jace, como si contuvieran la respiración, aguardando su respuesta. Raphael con expresión indiferente, casi aburrida.

—No entraste en el Instituto porque no puedes, ¿verdad? —preguntó Clary—. Porque es terreno sagrado y tú eres impuro.

—Eso no es exactamente… —empezó a decir Jace, pero Raphael lo interrumpió con un gesto.

—Debería decirles —dijo el muchacho vampiro— que no hay mucho tiempo. Cuánto más esperemos antes de enterrarle, menos probable será que no pueda desenterrarse solo.

Clary bajó los ojos hacia Simon. Realmente parecía como si durmiese, de no ser por los largos cortes a lo largo de su piel desnuda.

—Entonces enterrémoslo —dijo—. Pero quiero que sea en un cementerio judío. Y quiero estar allí cuando despierte.

Los ojos de Raphael centellearon.

—No será agradable.

—Nada lo es jamás. —Clary alzó con firmeza la mandíbula—. Pongámonos en marcha. Sólo nos quedan unas pocas horas antes de que amanezca.

10

UN LUGAR BONITO E ÍNTIMO

El cementerio estaba en las afueras de Queens, donde los edificios de apartamentos daban paso a hileras de homogéneas casas victorianas pintadas con los colores de las galletas de jengibre: rosa, blanco y azul. Las calles eran amplias y desiertas en su mayor parte, la avenida que conducía al cementerio sin más alumbrado que una solitaria farola. Les llevó un cierto tiempo conseguir abrirse paso con sus estelas a través de las verjas cerradas, y otro poco localizar un lugar lo bastante oculto para que Raphael empezara a cavar. Estaba en lo alto de una pequeña colina, resguardado de la carretera por una espesa hilera de árboles. A Clary, Jace e Isabelle las protegía un glamour, pero no había modo de ocultar a Raphael ni de ocultar el cuerpo de Simon, así que los árboles proporcionaban una bienvenida protección.

Las laderas de la colina que no daban a la carretera estaban densamente cubiertas de lápidas, muchas de ellas con una Estrella de David en lo alto. Relucían blancas y lisas igual que la leche a la luz de la luna. A lo lejos había un lago, la superficie plisada por centelleantes ondulaciones. Un lugar bonito, pensó Clary. Un lugar bonito al que acudir y depositar flores sobre la tumba de alguien, en el que sentarse un rato y pensar en la vida de aquellas personas, en lo que significaban para uno. No un buen lugar al que acudir de noche, al amparo de la oscuridad, para enterrar a tu amigo en una tumba poco profunda sin un ataúd ni oficio religioso.

—¿Sufrió? —preguntó a Raphael.

Éste alzó los ojos de la tierra que cavaba, y se apoyó en el mango de la pala, como el enterrador de *Hamlet*.

—¿Qué?

—Simon. ¿Sufrió? ¿Le hicieron daño los vampiros?

—No. Morir desangrado no es un mal modo de morir —contestó Raphael, con su rítmica voz pausada—. El mordisco te droga. Es agradable, como dormirse.

Una sensación de mareo embargó a Clary, y por un momento creyó que iba a desmayarse.

—Clary. —La voz de Jace la sacó violentamente de su ensoñación—. Vamos. No tienes que presenciar esto.

Le tendió la mano. Al mirar detrás de él, Clary pudo ver a Isabelle de pie con el látigo en la mano. Habían envuelto a Simon en una manta y yacía sobre el suelo a sus pies, como un bulto que ella custodiara. No era un bulto, se recordó Clary con ferocidad. Era él. Era Simon.

—Quiero estar aquí cuando despierte.

—Lo sé. Regresaremos en seguida.

Cuando ella no se movió, Jace la tomó del brazo, que no opuso la menor resistencia, y se la llevó fuera del claro, ladera abajo. Allí había rocas, justo por encima de la primera hilera de sepulturas; él se sentó en una y se subió el cierre de la chamarra. Hacía un frío sorprendente. Por primera vez en aquella estación del año, Clary pudo ver su propio aliento al espirar.

Se sentó en la roca junto a Jace y clavó la mirada en el lago. Oía el rítmico golpeteo de la pala de Raphael chocando contra la tierra y las paletadas de tierra cayendo al suelo. Raphael no era humano; trabajaba de prisa. No le llevaría mucho rato cavar una tumba. Y Simon tampoco era una persona muy grande; la tumba no tendría que ser muy profunda.

Una punzada de dolor le retorció el abdomen. Se inclinó hacia adelante, con las manos abiertas sobre el estómago.

—Tengo náuseas.

—Lo sé. Es por eso que te traje aquí. Parecía como si estuvieses a punto de vomitar sobre los pies de Raphael.

Ella emitió un gemido quedo.

—Quizá se le hubiese borrado la sonrisita de la cara —comentó Jace, pensativamente—. Es una posibilidad.

—Cállate.

El dolor se había mitigado. Clary echó la cabeza hacia atrás, alzando la mirada hacia la luna, un círculo de desportillado brillo plateado flotando en un mar de estrellas.

—Todo es culpa mía.

—No es culpa tuya.

—Tienes razón. Es culpa nuestra.

Jace volvió la cabeza hacia ella, con la exasperación claramente visible en las líneas de los hombros.

—¿De dónde sacas eso?

Ella le miró en silencio durante un momento. Jace necesitaba un corte de pelo. Los cabellos se le enroscaban del modo en que lo hacían las enredaderas cuando eran demasiado largas, en extremidades serpenteantes, del color del oro blanco a la luz de la luna. Las cicatrices del rostro y garganta daban la impresión de haber sido dibujadas con tinta metálica. Era hermoso, se dijo con abatimiento, hermoso, y no había nada allí en él, ni una expresión, ni una inclinación del pómulo ni la forma de la mandíbula ni la curva de los labios que denotara en absoluto cualquier parecido de familia con ella o con su madre. Él ni siquiera se parecía a Valentine.

—¿Qué? —preguntó él—. ¿Por qué me miras de ese modo?

Quería arrojarse a sus brazos y sollozar al mismo tiempo que deseaba golpearlo con los puños.

—De no ser por lo sucedido en la corte de las hadas —dijo finalmente—, Simon todavía estaría vivo.

Él bajó la mano y arrancó violentamente un manojo de hierba, aún con tierra aferrada a las raíces. Lo arrojó a un lado.

—Nos vimos obligados a hacer lo que hicimos. No fue para divertirnos o para herirle. Además —añadió, con una sonrisa apenas esbozada—, eres mi hermana.

—No lo digas de ese modo…

—¿Qué, «hermana»? —Jace sacudió la cabeza—. Cuando era un niño pequeño comprendí que si dices una palabra una y otra vez lo bastante de prisa pierde todo su significado. Solía permanecer tumbado repitiendo las palabras una y otra vez: «azúcar», «espejo», «susurro», «oscuridad». «Hermana» —dijo en voz baja—. Eres mi hermana.

—No importa cuántas veces lo digas. Seguirá siendo cierto.

—Tampoco importa lo que no me permites decir, eso seguirá siendo cierto también.

—¡Jace!

Se oyó otra voz, llamándole por su nombre. Era Alec, un tanto jadeante por haber corrido. Llevaba una bolsa de plástico negro en una mano. Detrás de él marchaba Magnus, muy digno, imposiblemente alto, delgado y con la mirada colérica, vestido con un largo abrigo de cuero que aleteaba al viento como el ala de un murciélago. Alec fue a detenerse frente a Jace y le tendió la bolsa.

—Traje sangre —dijo—. Como me has pedido.

Jace abrió la parte superior de la bolsa, miró dentro y arrugó la nariz.

—¿Debería preguntarte dónde la conseguiste?

—De una carnicería en Greenpoint —contestó Magnus, reuniéndose con ellos—. Desangran a los animales para que la carne cumpla con la ley musulmana. Es sangre de animal.

—La sangre es sangre —declaró Jace, y se levantó; entonces miró a Clary y vaciló—. Cuando Raphael dijo que esto no sería agradable, no mentía. Puedes quedarte aquí. Enviaré a Isabelle para que espere contigo.

Ella echó la cabeza hacia atrás para mirarlo, y la luz de la luna proyectó la sombra de las ramas sobre su rostro.

—¿Has visto alguna vez alzarse a un vampiro?

—No, pero...

—Entonces tampoco lo sabes, ¿verdad?

Clary se puso en pie, y el abrigo azul de Isabelle descendió a su alrededor en susurrantes pliegues.

—Quiero estar allí. Tengo que estar allí —dijo. Sólo podía verle parte del rostro bajo las sombras, pero se dijo que el muchacho parecía casi... impresionado.

—Sé que no puedo impedírtelo —claudicó él—. Vayamos.

Raphael estaba apisonando un gran rectángulo de tierra cuando ellos regresaron al claro, Jace y Clary un poco por delante de Magnus y Alec, que parecían estar discutiendo sobre algo. El cuerpo de Simon había desaparecido. Isabelle estaba sentada en el suelo, con el látigo enroscado a los tobillos en un círculo dorado. Tiritaba.

—¡Por Dios, qué frío hace! —exclamó Clary, envolviéndose mejor en el grueso abrigo de Isabelle.

El terciopelo era cálido, al menos. Intentó no pensar en que estaba manchado con la sangre de Simon.

—Es como si hubiera llegado el invierno de la noche a la mañana.

—Alégrate de que aún no sea invierno —dijo Raphael, depositando la pala apoyada contra el tronco de un árbol próximo—. El suelo se congela como hierro en invierno. En ocasiones es imposible cavar, y el polluelo debe aguardar meses, muriéndose de hambre bajo tierra, antes de poder nacer.

—¿Es así como les llaman? ¿Polluelos? —preguntó Clary.

La palabra parecía equivocada, demasiado afable de algún modo. Le hizo pensar en patitos.

—Sí —contestó Raphael—, significa los que aún no son o los recién nacidos.

Entonces vio a Magnus, y por una fracción de segundo pareció sorprendido antes de borrar la expresión cuidadosamente de sus facciones.

—Gran Brujo —saludó—, no esperaba verte aquí.

—Tenía curiosidad —repuso Magnus, y sus ojos felinos centellearon—. Jamás he visto alzarse a uno de los Hijos de la Noche.

Raphael echó una mirada veloz a Jace, que estaba apoyado contra el tronco de un árbol.

—Andas en compañía de gente sorprendentemente ilustre, cazador de sombras.

—¿Vuelves a hablar de ti? —bromeó Jace, y alisó la tierra removida con la punta de una bota—. Eso parece jactancioso.

—A lo mejor se refería a mí —soltó Alec. Todo el mundo le miró con sorpresa. Alec hacía chistes en muy raras ocasiones. Éste sonrió nerviosamente—. Lo siento —dijo—. Nervios.

—No tienes que disculparte —intervino Magnus, alargando el brazo para tocar el hombro de Alec.

Alec se movió rápidamente fuera de su alcance, y la mano extendida de Magnus cayó al costado del brujo.

—Entonces, ¿qué es lo que hacemos ahora? —quiso saber Clary, abrazándose para entrar en calor.

El frío parecía habérsele filtrado por cada poro del cuerpo. Sin duda hacía demasiado frío para estar a finales de verano.

Raphael, advirtiendo el gesto, mostró una diminuta sonrisa.

—Siempre hace frío en un renacimiento —indicó—. El polluelo extrae fuerza de las cosas vivas que le rodean, tomando de ellas la energía para alzarse.

Clary le dirigió una mirada llena de resentimiento.

—Tú no pareces notar el frío.

—Yo no estoy vivo.

El vampiro se apartó un poco del borde de la tumba. Clary se obligaba a pensar en ella como una tumba, puesto que eso era exactamente lo que era e hizo un gesto a los demás para que hicieran lo mismo.

—Dejen espacio —indicó—. Simon difícilmente podrá alzarse si todos están de pie encima de él.

Retrocedieron apresuradamente. Clary se encontró con Isabelle aferrada a su codo y al volverse vio que la otra muchacha tenía blancos incluso los labios.

—¿Qué sucede?

—Todo —contestó Isabelle—. Clary, quizá deberíamos haber dejado que se fuera…

—Dejarle morir, quieres decir. —Clary se soltó violentamente de la mano de Isabelle—. Claro que eso es lo que tú piensas. Piensas que todos los que no son como tú están mejor muertos.

El rostro de Isabelle era la imagen de la desdicha.

—Eso no es…

Se oyó un sonido en el claro, un sonido que no se parecía a ninguno que Clary hubiese oído antes; una especie de martilleo rítmico que surgía de las profundidades, como si de improviso el latido del mundo resultase audible.

«¿Qué sucede?», pensó Clary, y entonces el suelo se combó y alzó bajo ella, haciéndola caer de rodillas. La tumba se agitaba como la superficie de un océano. Aparecieron ondulaciones en la superficie y, de repente, reventó, con terrones de tierra volando por los aires. Una pequeña montaña de tierra, como un hormiguero, se levantó penosamente. En el centro de la montaña había una mano, los dedos abiertos y separados, arañando la tierra.

—¡Simon! —Clary intentó lanzarse hacia adelante, pero Raphael tiró de ella hacia atrás—. ¡Suéltame! —Intentó desasirse, pero Raphael la sujetaba con manos férreas—. ¿No te das cuenta de que necesita nuestra ayuda?

—Debería hacerlo por sí mismo —contestó él, sin aflojar la presión—. Es mejor de ese modo.

—¡Es tu modo! ¡No el mío!

Clary se soltó violentamente y corrió hacia la tumba justo cuando ésta se alzó, arrojándola de nuevo al suelo. Una figura encorvada iba saliendo con dificultad de la sepultura cavada a toda prisa, unos dedos que parecían garras mugrientas se hundieron profundamente en la tierra. Los brazos desnudos estaban cubiertos de negros surcos de mugre y sangre. La cosa se liberó violentamente de la succión de la tierra, gateó unos pocos metros y se desplomó sobre el suelo.

—Simon —susurró Clary.

Porque desde luego era Simon. Simon, no una cosa. Clary se puso en pie apresuradamente y corrió hacia él, los tenis de lona hundiéndose profundamente en la tierra removida.

—¡Clary! —gritó Jace—. ¿Qué haces?

Ella dio un traspié, el tobillo se le torció al hundírsele la pierna en la tierra y cayó de rodillas junto a Simon, que yacía tan inmóvil como si estuviera realmente muerto. Tenía los cabellos mugrientos y apelmazados por grumos de tierra, los lentes habían desaparecido, la camiseta estaba desgarrada por el costado y había sangre en la piel que se veía bajo ella.

—Simon —dijo Clary, y alargó la mano para tocarle el hombro—. Simon, ¿estás… —El cuerpo del muchacho se tensó bajo sus dedos, con todos los músculos rígidos, la carne dura como el hierro— bien?

Él volvió la cabeza, y ella le vio los ojos. Carecían de expresión, de vida. Con un grito agudo, Simon rodó sobre sí mismo y saltó sobre ella, veloz como una serpiente al atacar. La golpeó de pleno, volviendo a derribarla sobre la tierra.

—¡Simon! —chilló ella, pero él no parecía oír.

El muchacho tenía el rostro crispado, irreconocible, mientras se erguía sobre ella, curvando los labios hacia atrás. Clary vio los afilados caninos, los colmillos, centellear a la luz de la luna igual que agujas de hueso blanco. Repentinamente aterrada, lo pateó, pero él la agarró por los hombros y la inmovilizó contra el suelo. Tenía las manos ensangrentadas y las uñas rotas, pero era increíblemente fuerte, más fuerte incluso que los músculos de chamarra de sombras de la muchacha. Los huesos de los hombros le rechinaron dolorosamente cuando él se inclinó sobre ella…

Y fue arrancado de allí y lanzado por los aires como si no pesara más que un guijarro. Clary se puso en pie de un salto, sin aliento, y se encontró con la mirada sombría de Raphael.

—Te dije que te mantuvieras lejos de él —la regañó éste, y se volvió para arrodillarse junto a Simon, que había aterrizado a poca distancia y estaba enroscado en el suelo en medio de fuertes convulsiones.

Clary inspiró con fuerza, pero sonó igual que si sollozara.

—No me conoce.

—Te conoce. No le importa. —Raphael miró por encima del hombro a Jace—. Está hambriento. Necesita sangre.

Jace, que había permanecido de pie al borde de la tumba, lívido y paralizado, se adelantó y le tendió la bolsa de plástico en silencio, como una ofrenda. Raphael la tomó y la desgarró. Varios paquetes de plástico conteniendo un líquido rojo cayeron fuera. Tomó uno, mascullando, y lo desgarró con uñas afiladas, salpicando de sangre la parte delantera de su camisa blanca ya manchada de tierra.

Simon, como si olfateara la sangre, se hizo un ovillo y profirió un gemido lastimero. Seguía retorciéndose; las manos de uñas rotas abrían surcos en el suelo y tenía los ojos en blanco. Raphael alargó el paquete de sangre, dejando que un poco del fluido rojo goteara sobre el rostro de Simon, manchando de escarlata la piel blanca.

—Ahí tienes —dijo, casi en un canturreo suave—. Bebe, pequeño polluelo. Bebe.

Y Simon, que había sido vegetariano desde los diez años, que no quería beber leche que no fuese orgánica, que se desmayaba con sólo ver agujas... Simon arrancó el paquete de sangre de la delgada mano morena de Raphael y lo desgarró con los dientes. Consumió la sangre en unos pocos tragos y arrojó el paquete a un lado con otro gemido; Raphael tenía preparado un segundo paquete, y se lo puso en la mano.

—No bebas demasiado de prisa —advirtió—. Te entrarán ganas de vomitar.

Simon, por supuesto, no le hizo el menor caso; había conseguido

212

abrir el segundo paquete sin ayuda y engullía con glotonería el contenido. La sangre le corría por las comisuras de los labios, le descendía por la garganta y le salpicaba las manos con gruesas gotas rojas. Tenía los ojos cerrados.

Raphael miró a Clary. Ésta pudo sentir que también Jace la miraba fijamente, al igual que los demás, todos con expresiones idénticas de horror y repugnancia.

—La próxima vez que se alimente —dijo Raphael con calma—, no resultará tan chapucero.

«Chapucero.» Clary abandonó el claro a tropezones, oyendo como Jace la llamaba, pero sin prestarle atención. Echó a correr al llegar a los árboles y había descendido la mitad de la ladera cuando el dolor la acometió. Cayó de rodillas, dando arcadas, mientras todo el contenido de su estómago salía al exterior en una avalancha desgarradora. Cuando finalizó, se alejó gateando un corto trecho y se desplomó sobre el suelo. Sabía que probablemente yacía sobre la tumba de alguien, pero no le importó. Descansó el rostro ardiente en la tierra fresca y pensó, por primera vez, que tal vez los muertos no fueran tan desafortunados después de todo.

11

HUMO Y ACERO

La unidad de cuidados intensivos del hospital Beth Israel siempre recordaba a Clary fotos que había visto de la Antártida: era fría y como distante, y todo era o gris o blanco o azul pálido. Las paredes de la habitación de su madre eran blancas, los tubos que le serpenteaban sobre la cabeza y las filas interminables de instrumentos que rodeaban la cama emitiendo pitidos eran grises, y la manta que tenía estirada sobre el pecho era azul pálido. El rostro de su madre estaba blanco. El único color en la habitación era su cabellera roja, llameando sobre la nívea extensión de la almohada como una bandera brillante e incongruente plantada en el Polo Sur.

Clary se preguntó cómo se las arreglaba Luke para pagar aquella habitación particular, de dónde había salido el dinero y cómo lo había conseguido. Supuso que podría preguntárselo cuando él regresara de sacar un café de la máquina expendedora de la fea y diminuta cafetería del tercer piso. Ese café simulaba alquitrán y sabía a alquitrán, pero Luke parecía adicto a él.

Las patas de metal de la silla chirriaron sobre el suelo cuando Clary la apartó y se sentó lentamente, alisándose la falda sobre las piernas. Siempre que iba a ver a su madre al hospital se sentía nerviosa y con la boca reseca, como si estuviera a punto de meterse en un lío. Quizá porque las únicas veces que había visto el rostro de su madre de aquel modo, fijo e inanimado, era cuando estaba a punto de estallar enfurecida.

—Mamá —dijo.

Tomó la mano izquierda de su madre; todavía tenía la marca de un pinchazo en la muñeca, allí donde Valentine había introducido el extremo de un tubo. La piel de la mano de su madre, siempre áspera y agrietada, salpicada de pintura y trementina, tenía el tacto de la corteza seca de un árbol. Clary cerró los dedos alrededor de los de Jocelyn, y sintió que un duro nudo se le formaba en la garganta.

—Mamá, yo… —Carraspeó—. Luke dice que puedes oírme. No sé si es cierto o no. De todos modos, he venido porque necesitaba hablar contigo. No pasa nada si tú no puedes contestarme. Verás, lo que sucede es que, es que… —Volvió a tragar saliva y miró en dirección a la ventana, a la franja de cielo azul visible en el extremo de la pared de ladrillo que daba frente al hospital—. Se trata de Simon. Le ha sucedido una cosa. Algo que fue culpa mía.

Ahora que no miraba al rostro de su madre, el relato le salió como un torrente, todo él: cómo había conocido a Jace y a los otros cazadores de sombras, la búsqueda de la Copa Mortal, la traición de Hodge y la batalla en Renwick, y cómo había averiguado que Valentine era su padre además de ser el de Jace. También le contó acontecimientos más recientes: la visita nocturna a la Ciudad de Hueso, lo de la Espada-Alma, el odio de la Inquisidora hacia Jace y lo de la mujer del cabello canoso. Y a continuación habló a su madre de la corte seelie, del precio que la reina había exigido y lo que le había ocurrido a Simon después. Podía sentir cómo le ardían las lágrimas contenidas en la garganta mientras hablaba, pero fue un alivio contarlo, desahogarse con alguien, incluso con alguien que —quizá— no podía oírla.

—Así que, básicamente —concluyó—, lo he fastidiado todo soberanamente. Te recuerdo diciendo que eso de hacerse mayor sucede cuando empiezas a tener cosas que, al recordarlas, desearías cambiar. Imagino que eso significa que ya me he hecho mayor. Es sólo que… que…

215

«Yo pensaba que tú estarías ahí cuando lo hiciera.» Las lágrimas la hicieron atragantarse justo mientras alguien detrás de ella carraspeaba.

Clary se volvió y vio a Luke en la entrada, con un vaso de espuma de poliestireno en la mano. Bajo las luces fluorescentes del hospital, pudo ver lo cansado que parecía. Tenía canas en el cabello, y la camisa de franela azul estaba arrugada.

—¿Cuánto tiempo llevas ahí de pie?

—No mucho —contestó él—. Te traje un café —Le tendió el vaso, pero ella le indicó que lo apartara con un ademán.

—Odio ese brebaje. Sabe a pies.

Él sonrió al oír aquello.

—¿Cómo puedes tener idea de a qué saben los pies?

—Simplemente lo sé. —Se inclinó y besó la mejilla fría de Jocelyn antes de levantarse—. Adiós, mamá.

La camioneta azul de Luke estaba en el aparcamiento de hormigón situado debajo del hospital. Él no habló hasta que hubieron salido a la autovía FDR.

—He oído lo que dijiste en el hospital.

—Ya he pensado que escuchabas a hurtadillas.

Lo dijo sin ira. No había nada de lo que había dicho a su madre que Luke no pudiera saber.

—Lo que le ha pasado a Simon no es culpa tuya.

Clary oyó las palabras, pero parecieron rebotar en ella como si hubiese una pared invisible a su alrededor. Como la pared que Hodge había construido alrededor de ella cuando la había traicionado para entregarla a Valentine, pero en esta ocasión no podía oír nada a través de ella, no podía sentir nada a través de ella. Estaba igual de entumecida que si la hubiesen recubierto de hielo.

—¿Me oíste, Clary?

—Es muy amable por tu parte, pero claro que fue culpa mía. Todo lo que le ha sucedido a Simon es culpa mía.

—¿Por qué estaba furioso contigo cuando fue al hotel? No regresó al hotel porque estuviese enojado contigo, Clary. He oído de situaciones como ésta antes. A los que están medio convertidos les llaman «nebulosos». Se sentiría atraído hacia el hotel por una compulsión que no podría controlar.

—Porque tenía la sangre de Raphael en él. Pero eso tampoco habría sucedido jamás de no ser por mí. Si no le hubiese llevado a aquella fiesta…

—Pensabas que no sería peligroso. No le estabas poniendo en ningún aprieto en el que no te hubieses puesto tú misma. No puedes torturarte de este modo —dijo Luke, girando para entrar en el Puente de Brooklyn, con el agua deslizándose bajo ellos en capas de un gris plateado—. No tiene ningún sentido.

Clary se hundió más en el asiento, enroscando los dedos en el interior de las mangas de su chaqueta de punto con capucha. Los bordes estaban deshilachados y el hilo le hacía cosquillas en la mejilla.

—Mira —prosiguió Luke—, en todos los años que le he conocido, siempre había exactamente un lugar donde Simon quería estar, y siempre ha peleado como un loco para asegurarse de que conseguía llegar y permanecer allí.

—¿Dónde?

—Donde fuera que tú estuvieses —respondió él—. ¿Recuerdas cuando te caíste de aquel árbol en la granja a los diez años y te rompiste el brazo? ¿Recuerdas cómo les obligó a dejarle ir en la ambulancia contigo hasta el hospital? Pateó y chilló hasta que cedieron.

—Tú te reíste —dijo Clary, recordando—, y mamá te pegó en el hombro.

—Era difícil no reír. Una determinación como aquélla en un niño de diez años es algo digno de ver. Era como un pitbull.

—Si los pitbulls llevaran lentes y fuesen alérgicos a la ambrosía.

—No puedes poner precio a esa clase de lealtad —repuso Luke, en tono más serio.

—Lo sé. No me hagas sentir peor.

—Clary, te estoy diciendo que él tomó sus propias decisiones. Por lo que tú te estás culpando es por ser lo que eres. Y eso no es culpa de nadie ni algo que puedas cambiar. Le contaste la verdad, y él decidió lo que quería hacer al respecto. Todo el mundo puede elegir en algún momento; nadie tiene derecho a quitarnos esas elecciones. Ni siquiera por amor.

—Pero es justamente eso —replicó Clary—. Cuando quieres a alguien, no tienes elección. —Pensó en el modo en que el corazón se le había encogido cuando Isabelle la había llamado para decirle que Jace había desaparecido. Había abandonado la casa sin pensárselo, sin un titubeo—. El amor te arrebata la posibilidad de elegir.

—Es muchísimo mejor que la alternativa.

Luke hizo entrar la camioneta en Flatbush. Clary no respondió; se limitó a mirar por la ventanilla. La zona justo a la salida del puente no era una de las partes más bonitas de Brooklyn; ambos lados de la avenida estaban bordeados de feos edificios de oficinas y talleres de planchistería. Normalmente, Clary la odiaba, pero justo en ese momento se ajustaba con su estado de ánimo.

—Así pues, ¿has tenido noticias de…? —empezó a decir Luke, al parecer decidiendo que era hora de cambiar de tema.

—¿Simon? Sí, ya sabes que sí.

—En realidad, iba a decir Jace.

—Ah.

Jace la había llamado al celular varias veces y le había dejado mensajes. Ella no los había contestado ni le había devuelto las llamadas. No hablar con él era su penitencia por lo que le había sucedido a Simon. Era el peor de los castigos.

—No, no sé nada.

La voz de Luke sonó cuidadosamente neutral.

—Quizá deberías llamarle. Sólo para ver si está bien. Probablemente la está pasando muy mal, teniendo en cuenta…

Clary se removió en el asiento.

—Pensaba que habías hablado de ello con Magnus. Te oí hablar con él sobre Valentine y todo eso de invertir la Espada-Alma. Estoy seguro de que él te lo diría si Jace no estuviese bien.

—Magnus puede tranquilizarme respecto a la salud física de Jace. Su salud mental, por otra parte…

—Olvídalo. No voy a llamar a Jace. —Clary oyó la frialdad de su propia voz y casi se horrorizó de sí misma—. Ahora tengo que estar junto a Simon. Tampoco es que su salud mental esté demasiado bien.

Luke suspiró.

—Si tiene problemas para aceptar sus circunstancias, tal vez debería…

—¡Por supuesto que tiene problemas! —Lanzó a Luke una mirada acusadora, aunque él se estaba concentrando en el tráfico y no lo advirtió—. Precisamente eres tú quien debería comprender lo que se siente al…

—¿Despertar un día convertido en un monstruo? —Luke no sonó amargado, sólo harto—. Tienes razón, lo comprendo. Y si alguna vez quiere hablar conmigo, estaré encantado de contárselo todo. Superará esto, incluso aunque ahora piense que no lo hará.

Clary frunció el entrecejo. El sol se ponía justo detrás de ellos, haciendo que el espejo del retrovisor brillara como el oro. Los ojos le dolieron debido al resplandor.

—No es lo mismo —dijo ella—. Al menos tú creciste sabiendo que los hombres lobo eran reales. Antes de poder decir a alguien que es un vampiro, tendrá que empezar por convencerle de que los vampiros existen.

Luke pareció ir a decir algo, pero cambió de idea.

—Estoy seguro de que tienes razón. —Estaban en Williamsburg, conduciendo por la avenida Kent medio vacía, con almacenes alzándose por encima de ellos a ambos lados—. Tengo algo para él. Está en la guantera. Por si acaso…

Clary abrió con un chasquido el compartimento y arrugó la frente. Sacó un reluciente folleto doblado, de los que se colocan en expositores de plástico transparente en las salas de espera de los hospitales. *Cómo hablar sinceramente con tus padres* —leyó en voz alta—. ¡LUKE! ¡No seas ridículo! Simon no es gay, es un vampiro.

—Sí, pero el folleto trata sobre contar a tus padres verdades difíciles sobre ti mismo a las que ellos pueden no querer enfrentarse. A lo mejor podría adaptar uno de los discursos, o simplemente escuchar el consejo que ofrece en general...

—¡Luke!

Lo dijo en un tono tan severo que él paró el vehículo con un sonoro chirriar de frenos. Estaban justo frente a su casa, con el agua del East River centelleando oscuramente a su izquierda y el cielo surcado de hollín y sombras. Otra sombra, más oscura, estaba acurrucada en el porche delantero de Luke.

Éste entrecerró los ojos. Bajo la forma de lobo, había contado a Clary, su visión era perfecta; bajo la forma humana, seguía siendo miope.

—¿Es ése...?

—Simon. Sí. —Ella era capaz de reconocerle incluso a oscuras—. Será mejor que vaya a hablar con él.

—De acuerdo. Yo iré a... hacer unos recados. Tengo cosas que recoger.

—¿Qué clase de cosas?

Él la despidió con un ademán.

—Cosas de comer. Regresaré en media hora. Pero no se queden afuera. Entren en la casa y cierren con llave.

—Ya sabes que lo iba a hacer.

Clary observó la camioneta mientras ésta se alejaba a toda velocidad, luego fue hacia la casa. El corazón le latía violentamente. Había hablado con Simon por teléfono unas pocas veces, pero no le había visto desde que lo habían llevado, vacilante y salpicado de sangre, a casa de Luke, en las oscuras primeras horas de aquella mañana horrible, para que se limpiara antes de conducirle a casa. Ella había pensado que debería ir al Instituto, pero eso era imposible. Simon nunca volvería a ver el interior de una iglesia o una sinagoga.

Le había contemplado recorrer el sendero que conducía a la puerta delantera de su casa, con los hombros encorvados como si anduviera contra un fuerte viento. Cuando la luz del porche se encendió automáticamente, él se echó hacia atrás bruscamente. Clary comprendió que se debía a que había pensado que era la luz del sol, y empezó a llorar, en silencio, en el asiento trasero de la camioneta, con las lágrimas cayendo sobre la extraña Marca negra de su antebrazo.

«Clary», había musitado Jace, y había intentado tomarle la mano, pero ella se había apartado de él igual que Simon lo había hecho de la luz. No quería tocarle. Jamás volvería a tocarle. Ésa era su penitencia, el pago por lo que le había hecho a Simon.

En aquellos momentos, mientras ascendía los peldaños del porche de Luke, a Clary se le secó la boca y las lágrimas le hicieron un nudo en la garganta. Se dijo que no debía llorar. Llorar sólo haría que él se sintiera peor.

Simon estaba sentado en las sombras en la esquina del porche, observándola. Clary pudo ver el brillo de sus ojos en la oscuridad, y se preguntó si antes ya habían tenido esa clase de luz; no podía recordarlo.

—¿Simon?

Él se levantó con un único y uniforme movimiento grácil que hizo que Clary sintiera un escalofrío en la espalda. Había una cosa que Simon no había sido nunca, y eso era grácil. También había algo más en él, algo distinto…

—Siento haberte asustado. —Simon hablaba con cuidado, casi ceremoniosamente, como si fuesen desconocidos.

—No pasa nada, es que… ¿Cuánto llevas aquí?

—No mucho. Sólo puedo desplazarme una vez que el sol empieza a ponerse, ¿recuerdas? Ayer saqué accidentalmente la mano como un centímetro por la ventana y casi me carbonizo los dedos. Por suerte me curo de prisa.

Clary buscó a tientas la llave, la giró en la cerradura y abrió la puerta de par en par. Una luz pálida se derramó sobre el porche.

—Luke dijo que debíamos ir adentro.

—Debido a las cosas desagradables —repuso Simon, pasando por delante de ella— que salen por la noche.

La salita estaba inundada de una cálida luz amarilla. Clary cerró la puerta tras ellos y corrió los seguros. El abrigo azul de Isabelle todavía colgaba de un gancho junto a la puerta. Había tenido intención de llevarlo a una tintorería para ver si podían quitar las manchas de sangre, pero no había tenido la oportunidad de hacerlo. Lo miró fijamente por un momento, armándose de valor antes de mirar a Simon.

Él estaba de pie en medio de la habitación, con las manos metidas torpemente en los bolsillos de la chaqueta. Llevaba vaqueros y una raída camiseta I ❤ NEW YORK que había pertenecido a su padre. A Clary todo en él le resultaba familiar, y sin embargo parecía un desconocido.

—Los lentes —dijo, comprendiendo con cierto retraso qué era lo que le había parecido extraño en el porche—. No los llevas.

—¿Has visto alguna vez a un vampiro con lentes?

—Bueno, no, pero…

—Ya no los necesito. Una visión perfecta parece formar parte del lote.

Se sentó en el sofá, y Clary se unió a él, sentándose a su lado aunque no demasiado cerca. A esa distancia podía ver lo pálida que era su piel, con venas azules marcándosele bajo la superficie. Los ojos sin los lentes parecían enormes y oscuros, las pestañas eran como negros trazos a tinta.

—Desde luego todavía tengo que llevarlos puestos en casa o mi madre alucinaría. Voy a tener que decirle que me voy a comprar unas lentes de contacto.

—Vas a tener que decírselo, punto —dijo Clary, con más firmeza de la que sentía—. No puedes ocultar tu… tu situación eternamente.

—Puedo intentarlo. —Se pasó una mano por los cabellos oscuros, haciendo una mueca—. Clary, ¿qué voy a hacer? Mi madre no hace más que traerme comida y yo tengo que tirarla por la ventana; no he salido en dos días, pero no sé cuánto tiempo más puedo seguir fingiendo que tengo gripe. Al final acabará llevándome al médico, y entonces ¿qué? Mi corazón no late. Le dirá que estoy muerto.

—O escribirá un trabajo sobre ti declarándote un milagro de la medicina —bromeó Clary.

—No tiene gracia.

—Lo sé, sólo intentaba…

—No dejo de pensar en sangre —siguió Simon—. Sueño con ella. Me despierto pensando en ella. Muy pronto estaré escribiendo emotiva poesía morbosa sobre ella.

—¿Tienes todavía esas botellas de sangre que Magnus te dio? ¿No te estarás quedando sin?

—Las tengo. Están en mi mininevera. Pero sólo me quedan tres. —La voz sonó débil por la tensión—. ¿Qué sucederá cuando me quede sin?

—No te faltará. Te conseguiremos más —afirmó Clary, con más seguridad de la que sentía.

Supuso que siempre podía pedírsela al amistoso suministrador de sangre de cordero de Magnus, pero todo el asunto le revolvía el estómago.

—Mira, Simon, Luke cree que deberías contárselo a tu madre. No puedes ocultárselo eternamente.

—Pero puedo intentarlo.

—Piensa en Luke —replicó ella con desesperación—. Todavía puedes llevar una vida normal.

—¿Y qué hay de nosotros? ¿Quieres un novio vampiro? —Lanzó una amarga carcajada—. Porque preveo muchas meriendas románticas en nuestro futuro. Tú, bebiendo piña colada sin alcohol. Yo, bebiendo la sangre de una virgen.

—Piensa en ello como una minusvalía —instó Clary—. Simple-

223

mente tienes que aprender a que tu vida funcione bajo estas circunstancias. Muchas personas lo hacen.

—No estoy seguro de ser una persona. Ya no.

—Lo eres para mí —repuso ella—. De todas formas, ser humano está sobrevalorado.

—Al menos Jace ya no puede llamarme mundano. ¿Qué es eso? —preguntó, reparando en el folleto que Clary aún tenía enrollado en la mano izquierda.

—Ah, ¿esto? —Lo alzó—. *Cómo hablar sinceramente con tus padres.*

Él abrió los ojos de par en par.

—¿Hay algo que quieres decirme?

—No es para mí. Es para ti. —Se lo entregó.

—Yo no tengo que confesarle nada a mi madre —insistió Simon—. Ya piensa que soy homosexual porque no me interesan los deportes y todavía no he tenido una novia en serio. No que ella sepa, al menos.

—Pero tienes que confesarle que eres un vampiro —señaló Clary—. Luke pensó que quizá podrías, ya sabes, usar uno de los discursos que se sugieren en el folleto, excepto que debes usar la palabra «no muerto» en lugar de…

—Lo capto, lo capto. —Simon desplegó el folleto—. Bien, practicaré contigo. —Carraspeó—. Mamá, tengo algo que decirte. Soy un no muerto. Ahora bien, ya sé que tal vez tengas algunas ideas preconcebidas sobre los no muertos. Sé que puede que no te sientas a gusto con la idea de que yo sea un no muerto. Pero estoy aquí para decirte que los no muertos son como tú y yo. —Simon hizo una pausa—. Bueno, sí claro. Posiblemente más como yo que como tú.

—Simon.

—Bien, bien. —Prosiguió—: Lo primero que tienes que comprender es que soy la misma persona que he sido siempre. Ser un no muerto no es lo más importante de mí. Es sólo una parte de lo que soy. Lo segundo que deberías saber es que no ha sido una elección.

Nací así. —Simon la miró por encima del folleto entrecerrando los ojos—. Lo siento, renací así.

Clary suspiró.

—No lo intentas en serio.

—Al menos puedo decirle que me enterraste en un cementerio judío —dijo Simon, tirando el folleto—. Quizá debería empezar gradualmente. Decírselo primero a mi hermana.

—Iré contigo si quieres. A lo mejor puedo ayudar a hacerles comprender.

Simon alzó los ojos hacia ella, sorprendido, y Clary vio las grietas en su armadura de humor amargo, y el miedo que había debajo.

—¿Lo harías?

—Yo...

Clary fue interrumpida por un repentino y ensordecedor chirrido de neumáticos y el sonido de cristal haciéndose añicos. Se puso en pie de un salto y corrió a la ventana, con Simon a su lado. Apartó violentamente la cortina y miró fuera.

La camioneta de Luke estaba parada en el pasto, con el motor en marcha. Había negras franjas de caucho quemado sobre la acera. Uno de los faros de la camioneta resplandecía; el otro había quedado hecho pedazos. También había una mancha oscura sobre la parrilla del radiador... y algo encorvado, blanco e inmóvil yaciendo debajo de las ruedas delanteras. Clary sintió bilis en la garganta. ¿Habría atropellado Luke a alguien? Pero no; impacientemente raspó el glamour de la imagen como si raspara mugre de una ventana. La cosa bajo las ruedas de Luke no era humana. Era lisa, blanca, casi larvaria, y se retorcía como un gusano clavado en una tabla.

La portezuela del conductor se abrió de golpe, y Luke saltó fuera. Sin hacer caso de la criatura inmovilizada bajo las ruedas, salió disparado por el pasto en dirección al porche. Siguiéndole con la mirada, Clary vio que había una forma oscura tendida en las sombras allí. Aquella forma era humana: pequeña, con cabellos claros trenzados...

—Ésa es la chica lobo, Maia. —Simon sonó atónito—. ¿Qué pasó?

—No lo sé —respondió Clary, agarrando su estela de lo alto de una estantería.

Descendieron los peldaños con un golpeteo de tacones y corrieron hacia las sombras donde Luke estaba agachado, con las manos en los hombros de Maia, alzándola y recostándola con suavidad contra el costado del porche. De cerca, Clary pudo ver que la muchacha tenía la parte frontal de la camiseta desgarrada y un profundo tajo en el hombro, que rezumaba sangre lentamente al compás de los latidos del corazón.

Simon se detuvo en seco. Clary, chocando casi con él, lanzó una ahogada exclamación de sorpresa y le dirigió una mirada furiosa antes de comprender. Era la sangre. Él le tenía miedo, temía mirarla.

—Está bien —informó Luke, mientras la cabeza de Maia se balanceaba y ésta gemía.

Luke la abofeteó levemente en la mejilla, y los ojos de la joven se abrieron con un aleteo.

—Maia. Maia, ¿me oyes?

Ella pestañeó y asintió aturdida.

—¿Luke? —musitó—. ¿Qué ha pasado? —Hizo una mueca de dolor—. El hombro…

—Vamos. Será mejor que te lleve adentro.

Luke la alzó en brazos, y Clary recordó que ella siempre había pensado que era sorprendentemente fuerte para ser alguien que trabajaba en una librería, aunque lo había achacado a todas aquellas cajas pesadas que tenía que acarrear de un lado a otro. Ahora sabía el auténtico motivo.

—Clary, Simon, vamos.

Volvieron al interior, donde Luke dejó a Maia sobre el desvencijado sofá de velvetón gris. Envió a Simon en busca de una manta y a Clary a la cocina a por una toalla mojada. Cuando Clary regresó,

226

encontró a Maia recostada en uno de los cojines, con el rostro colorado y febril. Charlaba rápida y nerviosamente con Luke.

—Estaba cruzando el césped cuando… olí algo. Algo podrido, como basura. Me di la vuelta y me golpeó…

—¿Qué te golpeó? —preguntó Clary, entregando la toalla a Luke.

Maia arrugó la nariz.

—No lo vi. Me derribó y luego… Intenté apartarlo a patadas, pero era demasiado rápido…

—Yo sí lo vi —dijo Luke con la voz sin entonación—. Conducía hacia la casa y te vi cruzando el pasto… y entonces lo vi siguiéndote, en las sombras, pisándote los talones. Intenté avisarte a gritos desde la ventanilla, pero no me oíste. Entonces te derribó.

—¿Qué la seguía? —quiso saber Clary.

—Era un demonio drevak —respondió Luke con voz sombría—. Están ciegos. Rastrean mediante el olor. Subí el coche al pasto y lo aplasté.

Clary echó una ojeada por la ventana a la camioneta. La cosa que había estado retorciéndose bajo las ruedas había desaparecido, lo que no era nada sorprendente: los demonios siempre regresaban a las dimensiones de las que procedían cuando morían.

—¿Por qué habrá atacado a Maia? —Clary bajó la voz cuando una idea le pasó por la cabeza—. ¿Crees que ha sido Valentine? ¿Buscando sangre de hombre lobo para su hechizo? Le interrumpieron la última vez…

—No lo creo —contestó Luke, ante su sorpresa—. Los demonios drevak no chupan sangre y lo que es seguro es que no pueden provocar la clase de caos que viste en la Ciudad Silenciosa. Principalmente actúan como espías y mensajeros. Creo que Maia simplemente se cruzó en su camino. —Se inclinó para mirar a la licántropa, que gemía quedamente con los ojos cerrados—. ¿Puedes subirte la manga para que te pueda ver el hombro?

La muchacha loba se mordió el labio y asintió, luego alargó la

227

mano para subirse la manga del suéter. Tenía un largo tajo justo debajo del hombro, y la sangre se había secado formándole una costra en el brazo. Clary inhaló con fuerza al ver que el irregular corte rojo estaba bordeado de lo que parecían finas agujas negras asomando grotescamente en la piel.

Maia contempló fijamente el brazo con evidente horror.

—¿Qué son esas cosas?

—Los demonios drevak no tienen dientes; tienen espinas venenosas en la boca —explicó Luke—. Algunas de las espinas se han partido en tu carne.

Los dientes de Maia habían empezado a castañetear.

—¿Veneno? ¿Voy a morir?

—No, si actuamos de prisa —la tranquilizó Luke—. Pero voy a tener que sacarlas y te dolerá. ¿Crees que podrás soportarlo?

El rostro de Maia se crispó en una mueca de dolor. Consiguió asentir.

—Sácamelas.

—Sacar ¿qué? —preguntó Simon, entrando en la habitación con una manta enrollada, que soltó al ver el brazo de Maia, mientras daba un involuntario paso atrás—. ¿Qué es eso?

—¿Te impresiona la sangre, mundano? —preguntó Maia, con una pequeña sonrisa torcida, y a continuación jadeó—: Ah. Esto duele…

—Lo sé —repuso Luke, envolviendo con suavidad la parte inferior del brazo de la joven con la toalla.

Del cinturón, sacó un cuchillo de hoja fina. Maia echó una mirada al cuchillo y cerró los ojos con fuerza.

—Haz lo que tengas que hacer —dijo con un hilo de voz—. Pero… no quiero que los otros miren.

—Lo comprendo. —Luke volvió la cabeza hacia Simon y Clary—. Vayan a la cocina, los dos. Llamen al Instituto. Cuéntenles lo sucedido y hagan que envíen a alguien. No pueden enviar a ninguno de los Hermanos, así que preferiblemente a alguien con preparación médica, o a un brujo. —Simon y Clary lo miraron fijamente, paralizados por la visión del cuchillo y el brazo de Maia que poco a poco iba adquiriendo un tinte violáceo—. ¡Vayan! —ordenó, con severidad, y en esa ocasión le obedecieron.

12

LA HOSTILIDAD DE LOS SUEÑOS

Simon contempló a Clary mientras ésta permanecía recostada en el refrigerador, mordiéndose el labio como hacía siempre cuando estaba alterada. A menudo olvidaba lo pequeña y frágil que era, lo delgados que eran sus huesos, pero en momentos como ése, momentos en los que deseaba rodearla con los brazos, le frenaba la idea de que abrazarla demasiado fuerte podría lastimarla, sobre todo ahora que él ya no conocía su propia fuerza.

Sabía que Jace no sentía lo mismo. Simon había observado con una sensación de náusea en el estómago, incapaz de apartar la mirada, cómo Jace había tomado a Clary en sus brazos y la había besado con tal fuerza que Simon había pensado que uno o ambos se harían añicos. La había sujetado como si quisiera aplastarla contra sí, como si pudiera fusionarlos a los dos en una única persona.

Pero Clary era fuerte, más fuerte de lo que Simon creía. Era una chamarra de sombras, con todo lo que ello conllevaba. Pero eso no importaba; lo que tenían entre ambos seguía siendo tan frágil como la titilante llama de una vela, tan delicado como una cáscara de huevo… y él sabía que si se quebraba, si él de algún modo dejaba que se rompiera y se destruyera, algo dentro de él también se haría añicos, algo que jamás podría arreglarse.

—Simon. —La voz de Clary le devolvió a la tierra—. Simon, ¿me estás escuchando?

—¿Qué? Sí, sí claro. Desde luego.

Se apoyó en el fregadero, intentando dar la impresión de que había estado prestando atención. La llave goteaba, lo que volvió a distraerle momentáneamente: cada gota plateada de agua parecía resplandecer, en forma de lágrima perfecta, justo antes de caer. La visión de los vampiros era algo extraño, pensó. Su atención no dejaba de verse atraída por las cosas más corrientes: el destello del agua, las grietas que florecían en un trozo de pavimento, el lustre del aceite en una carretera; era como si nunca antes las hubiese visto.

—¡Simon! —repitió Clary, exasperada, y él reparó en que le estaba tendiendo algo rosa y metálico: su nuevo celular—. He dicho que quiero que llames a Jace.

Eso hizo que bruscamente volviera a prestarle atención.

—¿Yo, llamarle? Me odia.

—No, no es cierto —aseguró ella, aunque él pudo ver en la expresión de sus ojos que sólo lo creía a medias—. De todos modos, yo no quiero hablar con él. Por favor...

—Bien. —Tomó el teléfono que le ofrecía e hizo avanzar la pantalla hasta llegar al número de Jace—. ¿Qué quieres que le diga?

—Simplemente cuéntale lo que pasó. Él sabrá qué hacer.

—Clary —exclamó Jace, que contestó al teléfono al tercer timbrazo, dando la impresión de estar sin aliento. Simon se sorprendió hasta que comprendió que era el nombre de Clary el que habría aparecido en el teléfono del cazador de sombras—. Clary, ¿estás bien?

Simon vaciló. La voz de Jace tenía un tono que él no le había oído nunca antes, una preocupación ansiosa desprovista de sarcasmo o sentimiento defensivo. ¿Era así como hablaba a Clary cuando estaban a solas? Simon le dirigió una veloz mirada; ella le observaba con los ojos verdes muy abiertos, mordiéndose con naturalidad la uña del índice derecho.

—Clary —volvió a decir Jace—, creía que me estabas evitando...

Un ramalazo de irritación recorrió a Simon. «Eres su hermano —quiso gritar a la línea telefónica—, eso es todo. No te pertenece. No tienes derecho a sonar tan... tan...»

«Desconsolado.» Ésa era la palabra. Aunque él jamás había pensado que Jace tuviera un corazón para poder romperse.

—Y tenías razón —dijo finalmente Simon, la voz fría—. Todavía lo hace. Soy Simon. —Se produjo un silencio tan prolongado que Simon se preguntó si Jace habría dejado caer el teléfono—. ¿Hola?

—Estoy aquí. —La voz de Jace era seca y fría como las hojas otoñales, toda la vulnerabilidad desaparecida—. Si me llamas sólo para conversar, mundano, debes de estar más solo de lo que pensaba.

—Créeme, no te estaría llamando si tuviera elección. Hago esto por Clary.

—¿Está bien? —La voz de Jace seguía siendo seca y fría, pero había tensión en ella ahora, hojas otoñales escarchadas con una pátina de hielo duro—. Si le ha sucedido algo...

—No le ha sucedido nada.

Simon luchó por mantener la cólera fuera de su voz y, tan escuetamente como pudo, resumió a Jace los acontecimientos de la noche y el estado en que se encontraba Maia. Jace aguardó hasta que él terminó y luego le espetó una serie de instrucciones cortas. Simon escuchó aturdido y se encontró asintiendo antes de darse cuenta de que Jace no podía verlo. Empezó a hablar y reparó en que lo que oía era silencio; su interlocutor había colgado. Sin decir nada, Simon cerró la tapa del teléfono y se lo pasó a Clary.

—Viene para aquí.

Ella se dejó caer contra el fregadero.

—¿Ahora?

—Ahora. Magnus y Alec le acompañarán.

—¿Magnus? —preguntó ella, aturdida, y añadió—: ¡Ah!, por supuesto. Jace debía de estar en casa de Magnus. Pensaba que estaría en el Instituto, pero claro, no puede estar allí. Es...

Un grito áspero procedente de la salita la interrumpió. Clary abrió los ojos. Simon notó que los pelos del cogote se le erizaban como alambres.

—No pasa nada —dijo, tan tranquilizador como pudo—. Luke no le haría daño a Maia.

—Sí le está haciendo daño. No tiene elección —corrigió Clary, meneando la cabeza—. Últimamente así es como están las cosas siempre. Nunca existe la menor opción. —Maia volvió a gritar, y Clary agarró con fuerza el borde de la encimera como si ella misma sintiera dolor—. ¡Odio esto! —soltó—. ¡Lo odio totalmente! Siempre con miedo, siempre perseguida, siempre preguntándome quién va a resultar herido a continuación. ¡Ojalá pudiera ser todo como antes!

—Pero no puede. Para ninguno de nosotros —replicó Simon—. Al menos, tú todavía puedes salir a la luz del sol.

Ella se volvió hacia él, con los labios entreabiertos, los ojos desorbitados y oscuros.

—Simon, no era mi intención…

—Ya sé que no. —Retrocedió, sintiendo como si tuviera algo atorado en la garganta—. Voy a ver cómo les va.

Por un momento pensó que ella le seguiría, pero la muchacha dejó que la puerta de la cocina se cerrara entre ellos sin protestar.

Las luces de la salita estaban todas encendidas. Maia yacía con cara cenicienta sobre el sofá, con la manta que él había llevado subida hasta el pecho. Se apretaba un pedazo de tela contra el brazo derecho; la tela estaba empapada parcialmente de sangre. Maia tenía los ojos cerrados.

—¿Dónde está Luke? —preguntó Simon; luego hizo una mueca, preguntándose si el tono era demasiado severo, demasiado exigente.

La muchacha tenía un aspecto horrible, con los ojos hundidos y convertidos en huecos grises y la boca tensa por el dolor. Los ojos se abrieron con un aleteo y se clavaron en él.

—Simon —musitó—. Luke ha ido a sacar el coche del pasto. Le preocupaban los vecinos.

Simon echó una mirada rápida hacia la ventana. Pudo ver el barrido de los faros rozando la casa mientras Luke giraba el coche para meterlo en el camino de la entrada.

—¿Cómo te encuentras? —preguntó—. ¿Te sacaste esas cosas del brazo?

Ella asintió sin ánimo.

—Estoy tan cansada —murmuró a través de labios agrietados—. Y… sedienta.

—Te traeré agua.

Había una jarra de agua y un montón de vasos en el aparador junto a la mesa del comedor. Simon llenó un vaso y se lo llevó a Maia. Las manos le temblaban levemente y un poco del agua se derramó cuando ella tomó el vaso que le ofrecía. La muchacha ya alzaba la cabeza, a punto de decirle algo —«Gracias», probablemente— cuando los dedos de ambos se tocaron y ella se echó atrás con tanta fuerza que el vaso salió volando por los aires. Golpeó contra el borde de la mesita de café y se hizo pedazos, salpicando de agua el suelo de madera pulida.

—¿Maia? ¿Te encuentras bien?

Ella retrocedió ante él, presionando los hombros contra el respaldo del sofá, los labios hacia atrás mostrando los dientes. Los ojos se le habían tornado de un amarillo luminoso. Un gruñido sordo le surgió de la garganta, el sonido de un perro acorralado.

—¿Maia? —repitió Simon, consternado.

—Vampiro —gruñó ella.

Él sintió que la cabeza se balanceaba hacia atrás como si la muchacha le hubiese abofeteado.

—Maia…

—Pensaba que eras humano. Pero eres un monstruo. Una sanguijuela chupasangre.

—Soy humano… quiero decir, era humano. Me han convertido. Hace unos pocos días. —La cabeza le daba vueltas; se sentía mareado y enfermo—. Igual que te sucedió a ti…

—¡Ni se te ocurra compararte conmigo! —La muchacha había conseguido incorporarse con un esfuerzo hasta sentarse, con aquellos espantosos ojos amarillos todavía fijos en él, restregándole su repugnancia—. Yo todavía soy humana, todavía estoy viva; tú eres una cosa muerta que se alimenta de sangre.

—Sangre de animal...

—Simplemente porque no puedes conseguirla de humanos, o los cazadores de sombras te quemarían vivo...

—Maia —dijo, y el nombre de la joven en su boca era mitad rabia y mitad una súplica.

Dio un paso hacia ella, y la mano de la chica voló hacia adelante, con las uñas saliendo disparadas como garras, increíblemente largas de improviso. Le arañaron la mejilla, haciéndole retroceder tambaleante, con la mano sobre el rostro. La sangre le bajó por la mejilla y se le metió en la boca. Paladeó su gusto salobre y las tripas le gruñeron.

Maia estaba agazapada en el brazo del sofá con las rodillas dobladas hacia arriba, los dedos en forma de garras dejando profundos surcos en el velvetón gris. Un gruñido bajo le brotaba de la garganta, y las orejas se le habían alargado y las tenía planas contra la cabeza. Cuando le mostró los dientes, éstos eran afilados y dentados; no finos como agujas como los de Simon, sino unos fuertes y blancos caninos puntiagudos. La muchacha había dejado caer la tela ensangrentada que le había envuelto el brazo, y Simon pudo ver los pinchazos en los lugares donde habían penetrado las espinas, el centelleo de la sangre, manando, derramándose...

Un dolor agudo en el labio inferior le indicó que los colmillos se le habían salido de las fundas. Una parte de él quería pelear con ella, derribarla, perforarle la carne con los dientes y engullir su sangre caliente. La otra parecía estar chillando. Dio un paso atrás y luego otro, con las manos extendidas como si pudiera mantenerla alejada.

La joven se puso en tensión para saltar justo cuando la puerta de la cocina se abría de golpe y Clary irrumpía en la habitación. Saltó sobre la mesa de centro, aterrizando ágilmente como un gato. Clary sujetaba algo en la mano, algo que lanzó un brillante destello de un blanco plateado cuando alzó el brazo. Simon vio que era una daga que se curvaba con la elegancia del ala de una ave; una daga que pasó volando ante los cabellos de Maia, a milímetros de su rostro, y se hundió hasta la empuñadura en el velvetón gris. Maia intentó apartarse y lanzó un grito ahogado; la hoja le había atravesado la manga y la sujetaba al sofá.

Clary arrancó el cuchillo del sofá. Era uno de los de Luke. Nada más entreabrir la puerta de la cocina y echar una mirada a lo que sucedía en la salita, había ido derecha al escondrijo de armas que Luke tenía en su despacho. Maia podría estar débil y enferma, pero parecía lo bastante furiosa como para matar, y Clary no dudaba de las facultades de la muchacha.

—¿Qué diablos te pasa? —Clary se oyó hablar a sí misma como si lo hiciera desde lejos, y el aplomo en su propia voz la dejó estupefacta—. Seres lobo, vampiros… los dos sois subterráneos.

—Los seres lobo no hacen daño a la gente, o unos a otros. Los vampiros son asesinos. Uno mató a un muchacho en La Luna del Cazador justo el otro día…

—Eso no fue un vampiro. —Clary vio cómo Maia palidecía ante la seguridad de su voz—. Y si pudieran dejar de culparse siempre unos a otros por cada cosa mala que sucede en el Submundo, quizá los nefilim empezarían a tomaros en serio y realmente harían algo al respecto. —Se volvió hacia Simon; los feroces cortes de la mejilla cicatrizaban ya convirtiéndose en líneas de un rojo plateado—. ¿Estás bien?

—Sí. —La voz del muchacho era apenas audible. Clary podía ver el dolor en sus ojos, y por un momento luchó contra el impulso de llamar a Maia una serie de nombres irrepetibles—. Estoy perfectamente.

Clary se volvió de nuevo hacia la muchacha loba.

—Tienes suerte de que él no sea tan intolerante como tú, o yo elevaría una queja a la Clave y haría que toda la manada pagara por tu comportamiento.

Con un violento tirón, arrancó el cuchillo, liberando la camiseta de Maia.

La muchacha se encolerizó.

—No lo entiendes. Los vampiros son lo que son porque están infectados con energías demoníacas...

—¡Lo mismo les sucede a los licántropos! —replicó Clary—. Puede que no sepa muchas cosas, pero eso sí lo sé.

—Pero ése es el problema. Las energías demoníacas nos cambian, nos hacen diferentes; puedes llamarlo enfermedad o lo que quieras, pero los demonios que crearon a los vampiros y los demonios que crearon a los seres lobo provenían de especies que estaban en guerra entre sí. Se odiaban unos a otros, así que está en nuestra sangre odiarnos unos a otros también. No podemos evitarlo. Un hombre lobo y un vampiro jamás pueden ser amigos debido a eso. —Miró a Simon con ojos brillantes de cólera y algo más—. No tardarás en empezar a odiarme —indicó—. Odiarás a Luke, también. No podrás evitarlo.

—¿Odiar a Luke?

Simon estaba lívido, pero antes de que Clary pudiese tranquilizarle, la puerta principal se abrió de golpe. La muchacha volvió la mirada, esperando a Luke, pero no era él. Era Jace. Iba vestido de negro, con dos cuchillos serafín metidos en el cinturón que le rodeaba las estrechas caderas. Alec y Magnus estaban justo detrás de él. Magnus llevaba una larga y arremolinada esclavina que parecía como si estuviera decorada con pedazos de cristal triturado.

Los ojos dorados de Jace, con la precisión de un láser, se fijaron inmediatamente en Clary. Si ella había pensado que él podría estar contrito, preocupado o incluso avergonzado tras todo lo que había sucedido, se equivocaba. Lo único que parecía era enojado.

—¿Qué crees que estás haciendo? —preguntó, con una irritación aguda y deliberada.

Clary se echó una mirada a sí misma. Seguía subida a la mesa de centro, cuchillo en mano. Reprimió el impulso de ocultarlo tras la espalda.

—Hemos tenido un incidente. Ya me he ocupado de él.

—¿De verdad? —La voz de Jace rezumaba sarcasmo—. ¿Sabes siquiera usar ese cuchillo, Clarissa? ¿Sin clavártelo a ti misma o a cualquier transeúnte inocente?

—No he herido a nadie —replicó Clary entre dientes.

—Acuchilló el sofá —explicó Maia con una voz apagada, a la vez que se le cerraban los ojos.

Las mejillas de la muchacha estaban enrojecidas por la fiebre y la cólera, pero el resto del rostro aparecía alarmantemente pálido.

Simon la miró con preocupación.

—Creo que está empeorando.

Magnus carraspeó. Cuando Simon no se movió, dijo: «Apártate, mundano», en un tono de inmensa irritación, y se echó la capa hacia atrás mientras cruzaba la habitación muy digno hasta donde Maia yacía en el sofá.

—¿Doy por supuesto que eres mi paciente? —inquirió, contemplándola a través de pestañas revestidas de purpurina.

Maia alzó la mirada para contemplarle con mirada extraviada.

—Soy Magnus Bane —prosiguió él en un tono tranquilizador, extendiendo las manos cubiertas de anillos; chispas azules habían empezado a danzar entre ellas como bioluminiscencia danzando en agua—. Soy el brujo que está aquí para curarte. ¿No te han dicho que venía?

—Sé quién eres, pero… —Maia parecía aturdida—. Tienes un aspecto tan… tan… reluciente.

Alec emitió un ruidito que sonó muy parecido a una carcajada sofocada por una tos. Mientras, las finas manos de Magnus tejían una resplandeciente cortina azul de magia alrededor de la muchacha loba.

Jace no reía.

—¿Dónde está Luke? —preguntó.

—Está fuera —respondió Simon—. Estaba sacando la camioneta del césped.

Jace y Alec intercambiaron una mirada fugaz.

—Es curioso —repuso Jace, que no parecía contento—, no le he visto cuando subíamos la escalera.

Un fino borde de pánico se desplegó como una hoja en el interior del pecho de Clary.

—¿No viste la camioneta?

—Yo sí —contestó Alec—. Estaba en la entrada. Las luces estaban apagadas.

Al oír aquello incluso Magnus, concentrado en Maia, alzó la mirada. A través de la red mágica que había tejido alrededor de sí mismo y de la muchacha herida, sus facciones parecieron desdibujadas y vagas, como si los mirara a través de agua.

—No me gusta —declaró con voz hueca y distante—. No tras un ataque drevak. Deambulan en manadas.

La mano de Jace se dirigía ya hacia uno de sus cuchillos serafín.

—Iré a ver. Alec, tú quédate aquí, mantén la casa segura.

Clary saltó de la mesa.

—Voy contigo.

—No, no vienes.

Fue hacia la puerta sin siquiera echar una mirada atrás para ver si Clary le seguía.

Ella echó a correr y se interpuso entre él y la puerta principal.

—Para.

Por un momento, Clary pensó que Jace iba a seguir avanzando aunque tuviese que pasar a través de ella, pero se detuvo, justo a unos centímetros de ella, tan cerca que pudo sentir cómo su aliento le agitaba los cabellos cuando habló.

—Te tiraré al suelo si tengo que hacerlo, Clarissa.

—Deja de llamarme así.

—Clary.

Jace lo dijo en una voz muy queda, y el sonido de su nombre en boca de él fue tan íntimo que un escalofrío recorrió la espalda de la muchacha. El dorado de los ojos de Jace se había vuelto duro, metálico, y Clary se preguntó por un momento si no saltaría sobre ella, qué sentiría si la golpeaba, si la derribaba al suelo, si la agarraba de las muñecas incluso. Para él, pelear era como el sexo para otras personas. La idea de que la tocara de aquel modo hizo que sus mejillas se arrebolaran en una ardiente riada.

Habló intentando disimular el temblor entrecortado de su voz.

—Es mi tío, no el tuyo…

Un humor salvaje apareció fugazmente en el rostro del chico.

—Cualquier tío tuyo es tío mío, querida hermana —replicó él—, y no es pariente consanguíneo de ninguno de los dos.

—Jace…

—Además, no tengo tiempo para colocarte Marcas —añadió, recorriéndola con una indolente mirada dorada—, y todo lo que tienes es ese cuchillo. No te será de mucha utilidad si nos enfrentamos a demonios.

Ella clavó el cuchillo en la pared junto a la puerta, y fue recompensada con la mirada de sorpresa de él.

—¿Y qué? Tú tienes dos cuchillos serafín; dame uno.

—¡Ah, por el amor de…! —Era Simon, con las manos metidas en los bolsillos y los ojos llameantes como tizones negros en el rostro blanco—. Yo iré.

—Simon, no… —empezó Clary.

—Al menos yo no estoy perdiendo el tiempo coqueteando mientras no sabes qué le ha sucedido a Luke.

Le hizo un gesto para que se apartara de la puerta.

Los labios de Jace se apretaron.

—Iremos todos. —Ante la sorpresa de Clary, extrajo violentamente un cuchillo serafín del cinturón y se lo entregó—. Tómalo.

—¿Cómo se llama? —preguntó ella, apartándose de la puerta.

—*Nakir*.

Clary había dejado la chaqueta en la cocina, y el aire frío que se alzaba del East River le atravesó la fina camiseta en cuanto salió al porche oscuro.

—¿Luke? —llamó—. ¡Luke!

La camioneta estaba estacionada en el camino de acceso, con una de las puertas abierta de par en par. La luz del techo estaba encendida y emitía un resplandor tenue. Jace frunció el entrecejo.

—Las llaves están en el contacto. El coche está encendido —informó.

—¿Cómo lo sabes? —preguntó Simon mientras cerraba la puerta de la casa.

—Puedo oírlo. —Jace miró a Simon con expresión especulativa—. Y tú también podrías hacerlo si lo intentaras, chupasangre. —Trotó escalera abajo con una leve risita flotando tras él en el viento.

—Creo que me gustaba más «mundano» que «chupasangre» —masculló Simon.

—Con Jace no puedes ni elegir tu propio apodo insultante.

Clary se palpó el bolsillo de los jeans hasta que los dedos localizaron la piedra fría y lisa. Sacó la luz mágica y la alzó en la mano. Su resplandor irradió al exterior entre los dedos como la luz de un sol diminuto.

—Vamos —dijo.

Jace tenía razón; la camioneta estaba encendida. Clary olió los gases del tubo de escape cuando se acercaron y sintió que se le caía el alma a los pies. Luke jamás habría dejado la puerta del coche abierta y las llaves en el contacto a menos que hubiese sucedido algo.

Jace describía círculos alrededor del vehículo, con cara enfurruñada.

—Acerca más esa luz mágica.

Se arrodilló en la hierba y pasó los dedos suavemente por encima. De un bolsillo interior extrajo un objeto que Clary reconoció: una pieza lisa de metal, grabada con delicadas runas. Un sensor. Jace lo pasó por encima de la hierba, y éste le devolvió una serie de sonoros chasquidos, como un contador Geiger que se hubiese vuelto loco.

—Actuación demoníaca confirmada. Estoy detectando rastros fuertes.

—¿Podría haberlos dejado el demonio que atacó a Maia? —preguntó Simon.

—Los niveles son demasiado altos. Ha habido más de un demonio aquí esta noche. —Jace se puso en pie, todo eficiencia—. Quizá ustedes dos deberían volver adentro. Envíen a Alec aquí fuera. Ha tratado con esta clase de cosa antes.

—Jace...

Clary volvía a estar furiosa. Se interrumpió cuando algo atrajo su mirada. Fue un fugaz movimiento al otro lado de la calle, junto a la orilla de cemento salpicada de rocas del East River. Hubo algo en el movimiento... un ángulo cuando un gesto captó la luz, algo demasiado veloz, demasiado alargado para ser humano...

Clary señaló con el brazo.

—¡Miren! ¡Junto al agua!

La mirada de Jace siguió la suya. Inhaló con fuerza y echó a correr. Clary y Simon corrieron tras él cruzando el asfalto de la calle Kent y alcanzando la hierba rala que bordeaba la orilla. La luz mágica se balanceaba en la mano de Clary mientras ésta corría, iluminando pedazos del margen del río con una luz irregular: un montón de malas hierbas allí, un saliente de hormigón roto que casi la hizo tropezar, un montón de basura y cristales rotos... y luego, cuando por fin vieron con claridad el agua que lamía la orilla, el cuerpo hecho un ovillo de un hombre.

Era Luke; Clary lo reconoció al instante a pesar de que las dos formas oscuras acuclilladas sobre él impedían verle el rostro. Estaba caído sobre su espalda, tan cerca del agua que Clary se preguntó por un aterrado momento si las criaturas encorvadas le estarían sujetando bajo ella, intentando ahogarle. Entonces las criaturas se echaron hacia atrás, siseando a través de bocas perfectamente circulares sin labios, y Clary vio que la cabeza de Luke descansaba sobre la orilla de grava. El rostro estaba flácido y gris.

—Demonios raum —susurró Jace.

Los ojos de Simon estaban abiertos como platos.

—¿Son ésas las mismas cosas que atacaron a Maia...?

—No. Éstos son mucho peores. —Jace hizo una seña a Simon y a Clary para que se colocaran detrás de él—. Ustedes dos, quédense atrás. —Alzó su cuchillo serafín—. ¡*Israfiel*! —gritó, y hubo un repentino estallido de ardiente luz cuando éste se iluminó con una llamarada.

Jace saltó hacia adelante, blandiendo el arma ante el más próximo de los demonios. A la luz del cuchillo serafín, el aspecto del demonio resultó desagradablemente visible: piel lívida y escamosa, un agujero negro por boca, ojos saltones como los de un sapo y brazos que terminaban en tentáculos donde deberían haber estado las manos. El demonio atacó con aquellos tentáculos, chasqueándolos en dirección a Jace a una velocidad increíble.

Pero Jace fue más rápido. Se oyó una especie de repugnante chasquido cortante cuando *Israfiel* atravesó la muñeca del demonio y el apéndice con tentáculos salió volando por los aires. La punta con los tentáculos fue a parar a los pies de Clary, retorciéndose aún. Era de un gris blanquecino, coronada por ventosas rojas como la sangre. Dentro de cada ventosa había un ramillete de diminutos dientes afilados como agujas.

Simon emitió un sonido ahogado de náuseas. Clary se sintió inclinada a darle la razón. Asestó una patada al montón de tentáculos contorsionados, haciéndolo rodar por la hierba sucia. Cuando alzó los ojos, vio que Jace había derribado al demonio herido y rodaban juntos sobre las rocas del borde del río. El resplandor del cuchillo serafín del joven proyectaba elegantes arcos de luz que se hacían añicos sobre el agua mientras él se revolvía y contorsionaba para evitar los tentáculos que le quedaban a la criatura; por no mencionar la sangre negra que brotaba como un surtidor de la muñeca cercenada. Clary vaciló —¿debería acudir junto a Luke o correr a ayudar a Jace?— y en aquel momento de vacilación oyó a Simon gritar:

—¡Clary, cuidado!

Y al volverse se encontró con que el segundo demonio arremetía directamente contra ella.

No había tiempo para sacar el cuchillo serafín del cinturón ni tiempo para recordar y gritar el nombre del arma. Alargó las manos, y el demonio la golpeó, derribándola de espaldas. Clary se desplomó con un grito, golpeándose dolorosamente el hombro contra el suelo irregular. Tentáculos resbaladizos le rasparon la piel. Uno le envolvió el brazo, oprimiéndoselo dolorosamente; el otro le rodeó la garganta.

Clary se llevó las manos a la garganta con desesperación, intentando arrancarse la flexible extremidad del cuello. Los pulmones le dolían ya. Pateó y se retorció...

Y de improviso, la presión desapareció; la criatura la había soltado. Clary aspiró con una inhalación sibilante y rodó hasta quedar de rodillas. El demonio estaba medio agazapado, contemplándola fijamente con ojos negros sin pupilas. ¿Preparándose para volver a atacar? La chica tomó a toda prisa su cuchillo, escupió: «*Nakir*», y una lanza de luz salió disparada de sus dedos. Nunca antes había empuñado un cuchillo de ángel. La empuñadura temblaba y vibraba en la mano; parecía tener vida.

—¡*NAKIR*! —chilló Clary mientras se ponía en pie tambaleándose con el arma extendida y dirigida hacia el demonio raum.

Ante su sorpresa, el demonio retrocedió a saltitos, con los tentáculos ondulando, casi como si tuviera miedo de ella, aunque eso no era posible. Vio a Simon corriendo hacia ella con un largo pedazo de lo que parecía una tubería de acero en la mano; detrás de él, Jace se alzaba de rodillas. La muchacha no pudo ver al demonio con el que él había estado peleando; tal vez lo había matado. En cuanto al segundo demonio raum, tenía la boca abierta y emitía un consternado sonido ululante, como si fuese un búho monstruoso. Súbitamente, el ser se volvió y, con los tentáculos ondeando, corrió veloz hacia la orilla y saltó al río. Un borbotón de agua salobre se elevó hacia lo alto, y a continuación el demonio desapareció, desvaneciéndose bajo la superficie del río sin siquiera un delator chorro de burbujas para indicar su situación.

Jace llegó junto a ella justo cuando la criatura desaparecía. Iba doblado por la mitad, jadeando, embadurnado de sangre negra de demonio.

—¿Qué... ha pasado? —quiso saber mientras trataba de recuperar el aliento.

—No lo sé —admitió Clary—. Cayó sobre mí... Intenté quitármelo de encima, pero era demasiado rápido... y entonces se fue. Como si hubiera visto algo que lo asustó.

—¿Estás bien?

Era Simon, deteniéndose con un patinazo frente a ella, sin jadear —él ya no respiraba, se recordó Clary—, pero sí ansioso, aferrando un grueso trozo de tubería en la mano.

—¿De dónde has sacado eso? —quiso saber Jace.

—Lo arranqué de un poste de teléfono. —Simon dio la impresión de que el recuerdo le sorprendía—. Imagino que se puede hacer cualquier cosa cuando te sube la adrenalina.

—O cuando posees la fuerza impía de los condenados —repuso Jace.

—¡Ah, cállense los dos! —les espetó Clary, obteniendo una mirada mártir de Simon y una mueca socarrona de Jace.

La muchacha los empujó a un lado para pasar, y fue a la orilla del río.

—¿O es que se han olvidado de Luke?

El hombre seguía inconsciente, pero respiraba. Estaba tan pálido como lo había estado Maia, y tenía la manga desgarrada sobre el hombro. Cuando Clary apartó la tela, endurecida por la sangre de la piel, con todo el cuidado posible, vio que sobre el hombro había un racimo de rojas heridas circulares allí donde un tentáculo lo había agarrado. Cada una rezumaba una mezcla de sangre y líquido negruzco. La muchacha inspiró profundamente.

—Tenemos que llevarlo adentro.

Magnus les aguardaba en el porche. Simon y Jace transportaron a Luke, desplomado entre ellos, escalera arriba. Habiendo acabado con Maia, Magnus la había acostado en la habitación de Luke, así que tumbaron al licántropo en el sofá donde ella había estado y dejaron que Magnus se pusiera a trabajar en él.

—¿Se pondrá bien? —quiso saber Clary, revoloteando alrededor del diván mientras el brujo invocaba el fuego azul, que titiló entre sus manos.

—Estará perfectamente. El veneno raum es un poco más complejo que una picadura drevak, pero nada de lo que no pueda ocuparme. —Magnus le hizo una seña para que se alejara—. Al menos si te apartas y me dejas trabajar.

A regañadientes, la muchacha se dejó caer en un sillón. Jace y Alec estaban ante la ventana, con las cabezas muy juntas. Jace gesticulaba con las manos. Clary supuso que le explicaba a Alec lo sucedido con los demonios. Simon, con aspecto de sentirse incómodo, estaba apoyado en la pared junto a la puerta de la cocina. Parecía ensimismado en sus pensamientos. Puesto que no quería mirar el rostro fláccido y gris de Luke, Clary dejó descansar la mirada en Simon, evaluando qué era lo que le resultaba a la vez familiar y distinto. Sin los lentes, los ojos parecían el doble de grandes, y muy oscuros, más negros que castaños. Tenía la piel pálida y tersa como el mármol blanco, recorrida por venas más oscuras en las sienes, y los pómulos le sobresalían, muy marcados. Incluso el cabello parecía más oscuro, contrastando con el blanco de la tez. Recordó haber contemplado al grupo del hotel de Raphael, preguntándose por qué no parecía haber vampiros feos o poco atractivos. Quizá existía alguna norma sobre no convertir en vampiros a los físicamente poco atracti-

246

vos, había pensado entonces, pero ahora se preguntaba si el vampirismo no efectuaba una transformación, dando tersura a la piel manchada, añadiendo color y lustre a ojos y cabellos. Tal vez era una ventaja evolutiva de la especie. Resultar atractivo podía ayudar a los vampiros a atraer a la presa.

Reparó entonces en que Simon la contemplaba a su vez, con los oscuros ojos muy abiertos. Abandonando bruscamente su ensoñación, Clary volvió la cabeza y vio que Magnus se ponía en pie. La luz azul había desaparecido. Los ojos de Luke seguían cerrados, pero el feo tinte grisáceo había desaparecido de la piel y su respiración era profunda y regular.

—¡Está bien! —exclamó Clary, y Alec, Jace y Simon se acercaron a toda prisa para echar una mirada.

Simon le tomó la mano a Clary, y ésta cerró los dedos con fuerza, contenta de tener su apoyo.

—¿Vivirá? —preguntó Simon, mientras Magnus se dejaba caer sobre el brazo del sillón más próximo con aspecto agotado, demacrado y azulado, y asentía—. ¿Estás seguro?

—Sí, estoy seguro —respondió Magnus—. Soy el Gran Brujo de Brooklyn; sé lo que me hago. —Sus ojos fueron hacia Jace, que acababa de decir algo a Alec en una voz demasiado baja para que ninguno de ellos pudiera oírlo—. Lo que me recuerda —prosiguió, en un tono envarado—, que no estoy exactamente seguro de qué creen que están haciendo, recurriendo a mí cada vez que uno de ustedes tiene aunque sólo sea un uñero para arreglar. Como Gran Brujo, mi tiempo es valioso. Hay gran cantidad de brujos menores que no tendrían inconveniente en trabajar para ustedes por una tarifa mucho más reducida.

Clary le miró pestañeando sorprendida.

—¿Nos vas a cobrar? ¡Pero Luke es un amigo!

Magnus sacó un fino cigarrillo azul del bolsillo de la camisa.

—No es amigo mío —repuso—. Le he visto sólo en las pocas ocasiones en que acompañaba a tu madre cuando había que refrescar tus hechizos de memoria. —Pasó la mano sobre la punta del cigarrillo y éste se encendió con una llama multicolor—. ¿Creyeron que los ayudaba porque soy bondadoso? ¿O simplemente soy el único brujo que conoces?

Jace había escuchado aquel mini discurso con un llamear de ira que hacía que sus ojos ambarinos brillaran como el oro.

—No —contestó—, pero sí eres el único brujo que conocemos que resulta que sale con un amigo nuestro.

Por un momento todo el mundo le miró atónito: Alec con auténtico horror, Magnus con estupefacto enojo, y Clary y Simon con sorpresa. Alec fue el primero en hablar, la voz le temblaba.

—¿Por qué dices eso?

Jace pareció desconcertado.

—¿El qué?

—Que estoy saliendo… que estamos saliendo…, no es cierto —negó Alec, la voz alzándose y descendiendo varias octavas mientras luchaba por controlarla.

Jace le contempló fijamente.

—No dije que saliera contigo —replicó—, pero es curioso que tú sepas exactamente a lo que me refería, ¿no es cierto?

—No estamos saliendo —insistió Alec.

—¿Ah, no? —repuso Magnus—. Así que simplemente te muestras amistoso con todo el mundo, ¿es eso?

—Magnus… —Alec miró al brujo con ojos suplicantes.

Magnus, no obstante, parecía estar ya harto. Cruzó los brazos sobre el pecho y se echó hacia atrás en silencio, contemplando la escena ante él con ojos entrecerrados.

Alec se volvió hacia Jace.

—Tú no… —empezó—. Quiero decir, sin duda no pensarías…

Jace meneaba la cabeza con perplejidad.

—Lo que no entiendo es que te tomes tantas molestias para ocultarme tu relación con Magnus; como si yo fuese a molestarme si me hablaras de ella.

Si su intención era que sus palabras resultaran reconfortantes, quedó claro que no lo había logrado. Alec adquirió un color ceniciento, y no dijo nada. Jace volvió la cabeza hacia Magnus.

—Ayúdame a convencerlo —dijo— de que realmente no me importa.

—Bueno —repuso Magnus en voz baja—, me parece que ya te cree.

—Entonces no…

El desconcierto resultaba patente en el rostro de Jace, y por un momento Clary vio la expresión de Magnus y supo que éste se sentía fuertemente tentado a responderle. Movida por una súbita piedad por Alec, la muchacha soltó la mano de Simon y se acercó a Jace.

—Jace, es suficiente —dijo—. Déjalo estar.

—Dejar estar ¿qué? —inquirió Luke.

Clary se volvió y le encontró incorporándose en el sofá con un ligero gesto de dolor, pero con un aspecto bastante saludable.

—¡Luke!

Corrió junto al sofá, consideró la posibilidad de abrazarlo, vio cómo se sujetaba el hombro y decidió no hacerlo.

—¿Recuerdas lo sucedido?

—En realidad, no. —Luke se pasó la mano por la cara—. Lo último que recuerdo fue ir a la camioneta. Algo me golpeó en el hombro y tiró de mí hacia un lado. Recuerdo el más increíble de los dolores… Sea como sea, debo de haberme desmayado después. Lo siguiente que supe fue que oía a cinco personas gritando. ¿De qué se trataba todo eso, por otra parte?

—De nada —saltaron a coro Clary, Simon, Alec, Magnus y Jace, en una concordancia sorprendente y que probablemente no se volvería a repetir jamás.

No obstante su evidente agotamiento, las cejas de Luke se arquearon. Pero «ya veo», fue todo lo que dijo.

Puesto que Maia seguía dormida en el cuarto de Luke, éste anunció que estaría perfectamente en el sofá. Clary intentó darle la cama de su habitación, pero él se negó a aceptarla. Dándose por vencida, la muchacha fue al estrecho vestíbulo para sacar sábanas y mantas del armario de la ropa blanca. Estaba sacando un edredón de un estante alto cuando percibió la presencia de alguien a su espalda. Clary giró en redondo, dejando caer la manta que había estado sosteniendo.

Era Jace.

—Siento haberte sobresaltado.

—No importa. —Clary se agachó para recoger la manta.

—En realidad, no lo siento —dijo él—. Ésta es la mayor emoción que te he visto expresar en días.

—Es que no te he visto en días.

—¿Y de quién es la culpa? Te llamé. No contestas el teléfono. Y no podía venir a verte sin más. He estado en prisión, por si lo has olvidado.

—No exactamente en prisión. —Clary intentó dar una nota frívola a su voz mientras se erguía—. Tenías a Magnus para que te hiciera compañía. Y *La isla de Gilligan*.

Jace sugirió que el elenco de *La isla de Gilligan* podía hacer algo anatómicamente improbable consigo mismos.

Clary lanzó un suspiro.

—¿No se supone que debes irte con Magnus?

La boca del muchacho se torció en una mueca y ella vio quebrarse algo tras sus ojos, un estallido de dolor.

—¿No hallas el momento de librarte de mí?

—No.

Abrazó la manta contra sí misma y bajó los ojos hacia las manos del chico, incapaz de trabar la mirada con él. Los delgados dedos eran hermosos y estaban llenos de cicatrices, con la tenue franja blanca de piel más pálida aún visible en el índice derecho allí donde había lucido el anillo de los Morgenstern. El ansia de tocarle era tan terrible que quiso soltar las mantas y chillar.

—Quiero decir, no, no es eso. No te odio, Jace.

—Yo tampoco te odio.

Clary alzó los ojos hacia él, aliviada.

—Me alegro de oír eso…

—Ojalá pudiera odiarte —replicó él.

La voz tenía un tono ligero, la boca curvada en una media sonrisa despreocupada, pero los ojos estaban llenos de aflicción.

—Quiero odiarte. Intento odiarte. Sería todo más fácil si te odiara. A veces pienso que sí que te odio y entonces te veo y…

Las manos de Clary se habían entumecido de tan fuerte como sujetaban la manta.

—Y ¿qué?

—¿Qué crees? —Jace negó con la cabeza—. ¿Por qué debería contarte cómo me siento cuando tú nunca me cuentas nada? Es igual que golpearme la cabeza contra una pared, sólo que al menos si me golpeara la cabeza contra una pared sería capaz de obligarme a dejar de hacerlo.

Los labios de Clary temblaban con tal violencia que descubrió que le costaba hablar.

—¿Crees que es fácil para mí? —quiso saber—. ¿Crees…?

—¿Clary?

Era Simon, que entraba en el pasillo con aquella nueva gracia silenciosa suya, sobresaltándola de tal modo que volvió a dejar caer la manta. Desvió la cara, pero no lo bastante de prisa como para ocultarle la expresión del rostro, o el delator brillo de los ojos.

—Ya veo —dijo él, tras una larga pausa—. Lamento interrumpir.

Volvió al interior de la salita, dejando a Clary siguiéndole con la mirada por entre una cortina de lágrimas.

—Maldita sea. —Clary se revolvió contra Jace—. ¿Qué es lo que hay en ti? —dijo, con más ferocidad de lo que había pretendido—. ¿Por qué tienes que estropearlo todo?

Le puso la manta en las manos y salió corriendo detrás de Simon.

Éste había cruzado ya la puerta de la calle. Lo alcanzó en el porche y dejó que la puerta principal se cerrara tras ella.

—¡Simon! ¿Adónde vas?

Él se volvió casi de mala gana.

—A casa. Es tarde…, no quiero verme atrapado aquí cuando salga el sol.

Puesto que el sol no iba a salir hasta después de varias horas, a Clary aquello le sonó a una excusa muy pobre.

—Sabes que puedes quedarte y dormir aquí durante el día si quieres evitar a tu madre. Puedes dormir en mi habitación…

—No creo que ésa sea una buena idea.

—¿Por qué no? No comprendo por qué te vas.

Él le sonrió. Fue una sonrisa triste con algo más en el fondo.

—¿Sabes cuál es el peor sentimiento que puedo imaginar?

—No —respondió ella, pestañeando.

—No confiar en la persona a la que amo más que a nada en el mundo.

Ella le puso la mano en el brazo. Él no se apartó, pero tampoco respondió al contacto.

—Quieres decir…

—Sí —repuso él, sabiendo lo que Clary iba a preguntar—. Me refiero a ti.

—Pero sí que puedes confiar en mí.

—Antes solía pensar que sí —dijo él—. Pero tengo la sensación de que preferirías llorar por alguien con quien posiblemente jamás puedas estar que intentar ser feliz con alguien con quien puedes estar.

De nada servía fingir.

—Sólo dame tiempo —replicó ella—. Sólo necesito tiempo para superar… para superarlo todo.

—No vas a decirme que me equivoco, ¿verdad? —preguntó él, y sus ojos se veían muy grandes y oscuros bajo la tenue luz del porche—. Esta vez no.

—No. Lo siento.

—No lo sientas. —Se apartó de ella y de su mano extendida, dirigiéndose hacia los peldaños del porche—. Al menos es la verdad.

«Si sirve de algo.» Clary metió las manos en los bolsillos, y le observó alejarse de ella hasta que lo engulló la oscuridad.

Resultó que Magnus y Jace no se iban; Magnus quería pasar unas cuantas horas más en la casa para asegurarse de que Maia y Luke se recuperaban como se esperaba. Tras unos minutos de conversación forzada con un Magnus aburrido, mientras Jace, sentado en el taburete del piano y estudiando con aplicación algunas partituras, la ignoraba, Clary decidió acostarse temprano.

Pero el sueño no acudía. Podía oír el quedo tocar del piano de Jace a través de las paredes, pero no era eso lo que la mantenía despierta. Pensaba en Simon yendo hacia una casa que él ya no sentía como un hogar; en la desesperación de la voz de Jace mientras le decía «quiero odiarte», y en Magnus, ocultándole la verdad a Jace: que Alec no quería que Jace conociera su relación porque seguía enamorado de él. Pensó en la satisfacción que le habría deparado a Magnus pronunciar las palabras en voz alta, admitir cuál era la verdad. Que no las hubiera pronunciado, que hubiera dejado que Alec siguiera mintiendo y fingiendo, porque eso era lo que Alec quería, significaba que a Magnus le importaba Alec lo suficiente como para concederle eso. Quizá fuera cierto lo que la reina seelie había dicho: el amor nos hace mentirosos.

13

UNA HUESTE DE ÁNGELES REBELDES

Gaspard de la Nuit de Ravel se compone de tres partes diferenciadas; Jace había interpretado ya la primera cuando se levantó del piano, entró en la cocina, tomó el teléfono de Luke e hizo una única llamada. Luego regresó al piano y a *Gaspard*.

Iba por la mitad de la tercera parte cuando vio una luz que barría el pasto delantero de Luke. Se apagó al cabo de un momento, sumiendo la vista desde la ventana delantera en la oscuridad, pero Jace ya estaba de pie y alargaba la mano para tomar su chamarra.

Cerró la puerta de Luke tras él sin hacer ruido y descendió los escalones saltándolos de dos en dos. En el pasto junto a la acera había una motocicleta con el motor todavía retumbando. Poseía una extraña apariencia orgánica: tubos que eran como venas glutinosas ascendían serpenteantes y envolvían el chasis, y el único faro, ahora mortecino, parecía un ojo refulgente. En cierto modo parecía tan viva como el muchacho que estaba apoyado en ella contemplando a Jace con curiosidad. Llevaba una chamarra de cuero marrón y el pelo oscuro se le rizaba hasta el cuello de la prenda y le caía sobre los ojos entrecerrados. Sonreía burlón, dejando al descubierto unos puntiagudos dientes blancos. Desde luego, se dijo Jace, ni el muchacho ni la motocicleta estaban vivos en realidad; ambos se movían gracias a energías demoníacas, alimentados por la noche.

—Raphael —dijo Jace, a modo de saludo.

—Ya ves —repuso éste—, la he traído, como me pediste.

—Lo veo.

—Aunque, podría añadir, siento mucha curiosidad por saber por qué querrías algo como una motocicleta demoníaca. Para empezar, no son lo que se dice aceptables para parte de la Alianza, y en segundo lugar, se rumora que ya tienes una.

—Sí tengo una —admitió Jace, dando vueltas alrededor de la motocicleta para examinarla desde todos los ángulos—, pero está en el techo del Instituto, y ahora no puedo acceder a ella.

Raphael lanzó una divertida risita.

—Parece que ninguno de los dos es bien recibido en el Instituto.

—¿Ustedes? ¿Los chupasangres están aún en la lista de los Más Buscados?

Raphael se inclinó a un lado y escupió, con delicadeza, al suelo.

—Nos acusan de asesinatos —afirmó con ira—. De la muerte del ser lobo, del hada, incluso de la del brujo, aunque les he dicho que no bebemos sangre de brujo. Es amarga y puede obrar extraños cambios en los que la consumen.

—¿Le has dicho esto a Maryse?

—Maryse. —Los ojos de Raphael centellearon—. No podría hablar con ella ni aunque quisiera. Ahora todas las decisiones pasan por la Inquisidora, todas las indagaciones y peticiones se llevan a través de ella. Es una mala situación, amigo, una mala situación.

—¡Me lo vas a decir a mí! —exclamó Jace—. Y nosotros no somos amigos. Estuve de acuerdo en no contar a la Clave lo sucedido con Simon porque necesitaba tu ayuda. No porque me caigas bien.

Raphael sonrió burlón, los dientes centelleando blancos en la oscuridad.

—Así que no te caigo bien. —Ladeó la cabeza a un lado—. Es curioso —reflexionó—, había pensado que se te veía diferente ahora que has caído en desgracia con la Clave. Que ya no eres su hijo favorito. Pensé que algo de esa arrogancia podría haber desaparecido. Pero sigues siendo el mismo.

—Creo en la coherencia —replicó Jace—. ¿Vas a dejarme la moto, o no? Sólo tengo unas pocas horas hasta que salga el sol.

—¿Supongo que eso significa que no vas a llevarme a casa?

Raphael se apartó con elegancia de la motocicleta; mientras se movía, Jace distinguió el brillante destello de la cadena de oro que le rodeaba la garganta.

—No. —Jace montó en la moto—. Pero puedes dormir en el sótano bajo la casa si te preocupa el amanecer.

—Hummm.

Raphael se quedó pensativo; era unos pocos centímetros más bajo que Jace, y aunque parecía más joven físicamente, los ojos eran mucho más ancianos.

—¿Así que ahora hicimos las paces por Simon, cazador de sombras?

Jace aceleró la moto, haciéndola girar en dirección al río.

—Jamás estaremos en paz, chupasangre, pero al menos esto es un comienzo.

Jace no había conducido una moto desde hacía tiempo, y lo tomó desprevenido el viento helado que ascendía del río, traspasando la fina chamarra y la tela de mezclilla de los pantalones con docenas de gélidas agujas. Se estremeció, contento de haberse puesto al menos guantes de cuero para protegerse las manos.

Aunque el sol acababa de ponerse, parecía como si al mundo le hubiesen quitado el color. El río tenía el color del acero; el cielo era gris perla; el horizonte, una gruesa línea negra pintada en la distancia. A lo largo de los arcos de los puentes de Williamsburg y Manhattan centelleaban luces. El aire sabía a nieve, a pesar de que faltaban meses para el invierno.

La última vez que había volado sobre el río, Clary había estado con él, rodeándolo con los brazos y con las manos aferradas a la tela de su chamarra. Él no había sentido frío entonces. Ladeó la moto ferozmente y sintió cómo daba un bandazo lateral; le pareció ver su propia sombra proyectada sobre el agua, peligrosamente ladeada. Mientras se enderezaba, lo vio: un barco con costados de metal negro, sin marcas y casi sin iluminación, la proa como una estrecha cuchilla que segaba el agua ante él. Le recordó a un tiburón, delgado, veloz y mortífero.

Frenó y descendió poco a poco, sin el menor sonido, como una hoja atrapada en la marea. No sentía como si cayera, era más bien como si el barco se alzara para ir a su encuentro, manteniéndose a flote en una corriente ascendente. Las ruedas de la moto aterrizaron en la cubierta, y el muchacho se deslizó lentamente hasta detenerse. No había necesidad de parar el motor; bajó de la moto y su retumbo sordo decreció a un gruñido, luego a un ronroneo y finalmente quedó en silencio. Cuando volvió la cabeza para echarle un vistazo, ésta daba un poco la impresión de estarle fulminando con la mirada, como un perro descontento después de decirle que debe quedarse.

Le sonrió de oreja a oreja.

—Regresaré a por ti —dijo—. Tengo que revisar esta nave primero.

Había muchísimo que revisar. Estaba de pie en una amplia cubierta, con el agua a su izquierda. Todo estaba pintado de negro: la cubierta, la barandilla que la rodeaba; incluso las ventanas de la larga y estrecha cabina estaban tapadas. La embarcación era más grande de lo que había esperado que fuera: probablemente tenía la longitud de un campo de futbol, quizá más. No se parecía a ningún barco que hubiese visto nunca antes: demasiado grande para ser un yate, demasiado pequeño para ser un buque de la marina, y nunca había visto un barco donde todo estuviera pintado de negro. Jace se preguntó de dónde lo habría sacado su padre.

Abandonando la moto, inició un lento recorrido por la cubierta.

Las nubes habían desaparecido y las estrellas brillaban con un fulgor increíble. Podía ver la ciudad iluminada a ambos lados, como si estuviera de pie en un callejón vacío hecho de luz. Las botas resonaban sordamente sobre la cubierta. Se preguntó si Valentine estaba allí. Jace raras veces había estado en un lugar que pareciera tan totalmente desierto.

Hizo una pausa momentánea en la proa de la nave, mirando abajo al río que se abría paso entre Manhattan y Long Island como una cicatriz. El agua se agitaba en forma de montículos grises, con trallazos plateados a lo largo de la parte superior, y soplaba un viento fuerte y constante, la clase de viento que sólo sopla sobre el agua. Extendió los brazos y dejó que el viento le echara la chamarra hacia atrás como si fuesen alas, que le azotara el rostro con los cabellos, que le aguijoneara los ojos hasta hacer brotar lágrimas.

Había habido un lago junto a la casa de campo en Idris. Su padre le había enseñado a navegar en él, le había enseñado el lenguaje del viento y el agua, de la flotabilidad y el aire. «Todos los hombres deberían saber navegar», le había dicho. Fue una de las pocas veces en que había hablado de aquel modo, diciendo «todos los hombres» y no «todos los cazadores de sombras». Fue un breve recordatorio de que cualquier otra cosa que Jace pudiera ser, todavía formaba parte de la raza humana.

Dio la espalda a la proa con los ojos escociéndole, y vio una puerta en la pared de la cabina entre dos ventanas oscurecidas. Cruzando la cubierta con paso rápido, probó el picaporte; estaba cerrada con llave. Con la estela, grabó una rápida serie de runas de apertura en el metal y la puerta se abrió de par en par, con los goznes chirriando a modo de protesta y derramando rojas escamas de óxido. Jace pasó bajo el umbral y se encontró en el hueco de una escalera de metal pobremente iluminada. El aire olía a óxido y a desuso. Dio otro paso al frente y la puerta se cerró tras él con un resonante portazo metálico, dejándole sumido en la oscuridad.

Profirió una palabrota mientras buscaba a tientas la piedra-runa de luz mágica que llevaba en el bolsillo. Los guantes resultaban repentinamente toscos y pesados, y sentía los dedos entumecidos por el frío. Hacía más frío dentro de lo que había hecho fuera en la cubierta. El aire era como hielo. Sacó la mano del bolsillo, tiritando, y no sólo por la temperatura. Los cabellos del cuello se le erizaban y cada uno de sus nervios gritó. Algo no iba bien.

Alzó la piedra-runa y ésta se encendió con un centelleo, haciendo que los ojos le lloraran aún más. A través de las lágrimas vio la borrosa figura delgada de una muchacha ante él con las manos apretadas contra el pecho y los cabellos como una mancha de color rojo sobre el metal negro que los rodeaba por todas partes.

La mano le tembló, desperdigando dardos de luz mágica, que brincaron como si una hueste de luciérnagas se hubiese alzado de la oscuridad.

—¿Clary?

Ella le miró fijamente, pálida, con los labios temblorosos. Las preguntas murieron en la garganta de Jace: ¿Qué hacía ella allí? ¿Cómo había llegado al barco? Un arrebato de dolor le dominó, peor que cualquier otro miedo que hubiese sentido jamás por sí mismo. Algo le pasaba a ella, a Clary. Dio un paso al frente justo cuando la chica apartaba las manos del pecho y las extendía hacia él. Estaban cubiertas de sangre pegajosa, que también cubría la parte delantera del vestido blanco como un babero escarlata.

La sostuvo con un brazo cuando ella se desplomó hacia adelante y casi soltó la luz mágica al recibir todo el peso de la joven sobre él. Notó el latido de su corazón, la caricia de sus suaves cabellos contra la barbilla, todo tan familiar. No obstante, el aroma que surgía de ella era distinto. El aroma que asociaba con Clary, una mezcla de jabón floral y algodón limpio, había desaparecido; olió sólo a sangre y a metal. La cabeza de la joven se ladeó hacia atrás, los ojos se quedaron en blanco. El salvaje latir del corazón perdía velocidad... se detenía...

—¡No!

La zarandeó, con tanta fuerza que la cabeza se bamboleó contra su brazo.

—¡Clary! ¡Despierta!

Volvió a zarandearla, y en esta ocasión las pestañas aletearon; sintió su propio alivio como un repentino sudor frío. Entonces, los ojos de la muchacha volvieron a abrirse, pero ya no eran verdes; eran de un blanco denso y refulgente, blancos y cegadores como faros en una carretera oscura, blancos como el vociferante ruido en el interior de su mente. «He visto esos ojos antes», pensó, y entonces la oscuridad le invadió como una ola, trayendo el silencio con ella.

Había agujeros perforados en la oscuridad, centelleantes puntos de luz recortados en la sombra. Jace cerró los ojos intentando calmar su respiración. Tenía un regusto a cobre en la boca, como a sangre, y era consciente de que estaba tumbado sobre una superficie de metal frío y que el frío se le filtraba a través de la ropa y le penetraba la carne. Contó hacia atrás desde cien mentalmente hasta que su respiración se normalizó. Luego volvió a abrir los ojos.

La oscuridad seguía allí, pero se había transformado en un familiar cielo nocturno salpicado de estrellas. Estaba en la cubierta del barco, tumbado sobre la espalda a la sombra del Puente de Brooklyn, que se alzaba imponente ante la proa como una montaña gris de metal y piedra. Jace gimió y se alzó sobre los codos… y se quedó totalmente inmóvil al advertir la presencia de otra sombra, ésta evidentemente humana, inclinada sobre él.

—Fue un golpe bastante feo el que recibiste en la cabeza —dijo la voz que atormentaba sus pesadillas—. ¿Cómo te encuentras?

Jace se incorporó e inmediatamente lo lamentó al sentir un retortijón en el estómago. De haber comido cualquier cosa en las últimas diez horas, estaba casi seguro de que lo habría vomitado. En cualquier caso, el sabor amargo de la bilis le inundó la boca.

—Me siento fatal.

Valentine sonrió. Estaba sentado sobre un montón de cajas vacías aplanadas, vestido con un pulcro traje gris y corbata, como si estuviese sentado tras el elegante escritorio de caoba de la casa Wayland en Idris.

—Tengo otra pregunta obvia para ti. ¿Cómo me encontraste?

—Se lo saqué a tu demonio raum —contestó Jace—. Fuiste tú quien me enseñó dónde tienen el corazón. Lo amenacé y me lo contó; bueno, no son muy espabilados, pero se las arregló para decirme que venía de un barco que estaba en el río. Alcé los ojos y vi la sombra de tu embarcación en el agua. También me contó que tú lo habías invocado, pero yo ya lo sabía.

—Ya veo. —Valentine pareció estar ocultando una sonrisa—. La próxima vez que vengas a visitarme deberías avisarme antes. Te habría ahorrado un desagradable encuentro con mis guardas.

—¿Guardas? —Jace se apoyó contra la fría barandilla de metal y aspiró profundas bocanadas de limpio aire frío—. Te refieres a los demonios, ¿verdad? Has usado la Espada para llamarlos.

—No lo niego —respondió Valentine—. Las bestias de Lucian destrozaron a mi ejército de repudiados, y no tenía ni tiempo ni ganas de crear más. Ahora que tengo la Espada Mortal ya no los necesito. Tengo a otros.

Jace pensó en Clary, ensangrentada y muriendo en sus brazos. Se llevó una mano a la frente. Estaba fresca allí donde la barandilla de metal la había tocado.

—Esa cosa en el hueco de la escalera —dijo— no era Clary, ¿verdad?

—¿Clary? —Valentine sonó levemente sorprendido—. ¿Es eso lo que viste?

—¿Por qué no iba a ser lo que vi?

Jace luchó por mantener la voz sin inflexión, despreocupada. No le resultaba desconocida ni incómoda la presencia de secretos, tanto propios como de otras personas, pero sus sentimientos hacia Clary eran algo que sólo podía soportar si no los examinaba con demasiada atención.

Pero se trataba de Valentine. Él lo examinaba todo con atención, estudiándolo, analizando cómo podía aprovecharse de lo que fuera. Le recordó a Jace a la reina de la corte seelie: fría, amenazadora, calculadora.

—Lo que te encontraste en el hueco de la escalera —explicó Valentine— fue a Agramon: el Demonio del Miedo. Agramon adopta la forma de lo que sea que más nos aterra. Cuando acaba de alimentarse de tu terror, te mata, suponiendo que aún sigas vivo. La mayoría de los hombres… y las mujeres… mueren de miedo antes de eso. Debo felicitarte por aguantar tanto rato como lo hiciste.

—¿Agramon? —Jace estaba atónito—. Ése es un Demonio Mayor. ¿De dónde lo has sacado?

—Pagué a un brujo joven y lleno de presunción para que lo invocara para mí. Él pensaba que si el demonio permanecía dentro de su pentagrama, podría controlarlo. Por desgracia para él, su mayor temor era que un demonio invocado rompiera las salvaguardas del pentagrama y le atacara, y eso fue exactamente lo que sucedió cuando Agramon llegó.

—De modo que fue así como murió —dijo Jace.

—¿Como murió quién?

—El brujo —contestó Jace—. Se llamaba Elias. Tenía dieciséis años. Pero tú ya lo sabías, ¿verdad? El Ritual de la Conversión Infernal…

Valentine lanzó una carcajada.

—Has estado ocupado, ¿no es cierto? Así que sabes por qué envié a esos demonios a casa de Lucian, ¿verdad?

—Querías a Maia —respondió Jace—. Porque es una mujer loba adolescente. Necesitas su sangre.

—Envié a los demonios drevak a averiguar lo que pudieran en casa de Lucian e informarme —explicó Valentine—. Lucian mató a uno de ellos, pero cuando el otro me informó de la presencia de una joven licántropa…

—Enviaste a los demonios raum a por ella. —Jace se sintió repentinamente muy cansado—. Porque Luke la aprecia y tú querías hacerle daño si podías. —Hizo una pausa, y luego añadió, en un tono controlado—: Lo que es bastante mezquino, incluso para ti.

Por un momento, una chispa de cólera se encendió en los ojos de Valentine; luego echó la cabeza atrás y rió alegremente.

—Admiro tu terquedad. Es tan parecida a la mía. —Se puso en pie y le extendió una mano a Jace—. Ven. Da una vuelta por la cubierta conmigo. Hay algo que quiero mostrarte.

Jace quiso rechazar la mano que le ofrecía, pero no estaba seguro, teniendo en cuenta su dolor de cabeza, de poder ponerse en pie sin ayuda. Además, probablemente sería mejor no enojar a su padre demasiado pronto; dijera lo que dijera Valentine sobre valorar la rebeldía de Jace, jamás había tenido mucha paciencia con la desobediencia.

La mano de Valentine era fría y seca, su apretón curiosamente tranquilizador. Cuando Jace estuvo en pie, Valentine le soltó y sacó una estela del bolsillo.

—Deja que elimine esas heridas —dijo, alargando la mano hacia su hijo.

Jace se apartó… tras un segundo de vacilación que Valentine sin duda habría advertido.

—No quiero tu ayuda.

Valentine guardó la estela.

—Como quieras.

Empezó a andar, y Jace le siguió al cabo de un instante, trotando para alcanzarle. Conocía lo suficiente a su padre como para saber que él jamás se volvería para ver si Jace le había seguido, sino que simplemente supondría que lo había hecho y empezaría a hablar.

No se equivocó. Para cuando Jace llegó junto a su padre, Valentine ya había empezado a hablar. Tenía las manos a la espalda y se movía con una gracia natural y despreocupada, poco corriente en un hombretón tan grande. Se inclinaba hacia adelante mientras hablaba, casi como si avanzara a grandes zancadas contra un viento intenso.

—... si recuerdo correctamente —estaba diciendo Valentine—, ¿tú estás familiarizado con *El paraíso perdido* de Milton?

—Únicamente me lo hiciste leer unas diez o quince veces —replicó Jace—. Es mejor reinar en el infierno que servir en el cielo, etcétera, y todo eso.

—*Non serviam* —citó Valentine—. «No seré un siervo.» Eso es lo que Lucifer tenía grabado en su estandarte cuando cabalgó con su hueste de ángeles rebeldes contra una autoridad corrupta.

—¿Qué es lo que intentas decirme? ¿Que estás del lado del demonio?

—Algunos dicen que el mismo Milton estaba del lado del demonio. Su Satán es ciertamente una figura más interesante que su Dios.

Casi habían llegado a la proa de la nave. Valentine se detuvo y se apoyó en la barandilla.

Jace se unió a él allí. Habían dejado atrás los puentes del East River y se encaminaban a la zona de mar abierto entre Staten Island y Manhattan. Las luces del distrito financiero relucían igual que luz mágica sobre el agua. El cielo estaba cubierto de polvo de diamante, y el río ocultaba sus secretos bajo una oleosa capa negra, rota aquí y allí por un destello plateado que podría haber sido la cola de un pez..., o de una sirena. «Mi ciudad», pensó Jace, experimentalmente, pero las palabras todavía trajeron a su mente Alacante y sus torres de cristal, no los rascacielos de Manhattan.

—¿Por qué estás aquí, Jonathan? —preguntó Valentine tras un momento—. Después de verte en la Ciudad de Hueso me pregunté si tu odio hacia mí era implacable. Casi me había dado por vencido contigo.

El tono de voz era uniforme, como lo era casi siempre, pero había algo en él..., no vulnerabilidad, pero al menos una especie de genuina curiosidad, como si hubiese comprendido que Jace era capaz de sorprenderle.

Jace miró al agua.

—La reina de la corte seelie quería que te hiciera una pregunta —dijo—. Me pidió que te preguntara qué sangre corre por mis venas.

La sorpresa recorrió el rostro de Valentine igual que una mano, suavizando toda expresión.

—¿Has hablado con la reina?

Jace no dijo nada.

—Así es como actúa el Pueblo Mágico. Todo lo que dicen tiene más de un significado. Dile, cuando vuelva a preguntarte, que la sangre del Ángel corre por tus venas.

—Y por las venas de todo cazador de sombras —repuso Jace, desilusionado, pues había esperado una respuesta mejor—. Tú no le mentirías a la reina de la corte seelie, ¿verdad?

—No. —El tono de Valentine fue tajante—. Y tú no vendrías aquí simplemente para hacerme esta pregunta ridícula. ¿Por qué estás aquí realmente, Jonathan?

—Tenía que hablar con alguien. —No era tan bueno controlando la voz como su padre; podía oír su propio dolor en ella, como una herida sangrante justo bajo la superficie—. Los Lightwood..., no soy otra cosa que problemas para ellos. Luke debe de odiarme a estas alturas. La Inquisidora me quiere muerto. Hice algo que hirió a Alec y ni siquiera sé qué fue.

—¿Y tu hermana? —quiso saber Valentine—. ¿Qué hay de Clarissa?

«¿Por qué tienes que estropearlo todo?»

—Tampoco está demasiado contenta conmigo. —Vaciló—. Recordé lo que dijiste en la Ciudad de Hueso. Que jamás tuviste una oportunidad de contarme la verdad. No confío en ti —añadió—, quiero que lo sepas. Pero pensé que podría darte la oportunidad de contarme el porqué.

—Tienes que preguntar más que los porqués, Jonathan. —Había una nota en la voz de su padre que sorprendió a Jace; una humildad feroz que parecía templar el orgullo de Valentine, igual que el acero podía templarse con fuego—. Existen tantos porqués...

265

—¿Por qué mataste a los Hermanos Silenciosos? ¿Por qué tomaste la Espada Mortal? ¿Qué planeas? ¿Por qué no era suficiente para ti la Copa Mortal?

Jace se contuvo antes de que se le escaparan otras preguntas. «¿Por qué me abandonaste una segunda vez? ¿Por qué me dijiste que ya no era tu hijo, para luego regresar a por mí de todos modos?»

—Sabes lo que quiero. La Clave está irremediablemente corrompida y debe ser destruida y reconstruida de nuevo. Hay que liberar a Idris de la influencia de las razas degeneradas, y hacer a la Tierra inmune a la amenaza demoníaca.

—Sí, ya, respecto a esa amenaza demoníaca —Jace echó un vistazo alrededor, como si medio esperara ver a la negra sombra de Agramon avanzar pesadamente hacia él—, creía que odiabas a los demonios. Ahora los usas como siervos. Los demonios rapiñadores, los drevak, Agramon… son tus empleados. Guardas, mayordomo… chef personal, por lo que yo sé.

Valentine tamborileó con los dedos sobre la barandilla.

—No soy amigo de los demonios —explicó—. Soy nefilim, sin importar lo mucho que pueda pensar que la Alianza es inútil y la Ley fraudulenta. Un hombre no tiene necesariamente que estar de acuerdo con su gobierno para ser un patriota, ¿no es cierto? Es necesario ser un auténtico patriota para discrepar, para decir que uno ama más a su país de lo que le importa su propio puesto en el orden social. Se me ha vilipendiado por mi elección, se me ha obligado a ocultarme, se me ha desterrado de Idris. Pero soy… y siempre lo seré… nefilim. No puedo cambiar la sangre que corre por mis venas aunque quisiera hacerlo… y no quiero.

«Yo sí.» Jace pensó en Clary. Volvió a echar una ojeada a las aguas oscuras, sabiendo que no era cierto. Renunciar a la caza, a la captura de la presa, al conocimiento de la propia velocidad vertiginosa e infalibles habilidades, eso era imposible. Él era un guerrero. No podía ser nada más.

—¿Tú quieres? —preguntó Valentine.

Jace desvió la mirada rápidamente, preguntándose si su padre podía leerle el rostro. Habían estado ellos dos solos durante tantos años, que hubo un tiempo en el que él había llegado a conocer el rostro de su padre mejor que el suyo propio. Valentine era la única persona a quien sentía que no podía ocultar sus sentimientos. O la primera persona, al menos. En ocasiones sentía como si Clary pudiera mirar justo a través de él como si fuera de cristal.

—No —contestó—. No quiero.

—¿Eres un cazador de sombras para siempre?

—Soy —respondió Jace—, al fin y al cabo, lo que tú me hiciste.

—Estupendo —exclamó Valentine—. Eso es lo que quería oír.

Su padre se recostó en la barandilla, alzando la mirada al cielo nocturno. Había canas grises en sus cabellos de un blanco plateado; Jace nunca antes había reparado en ellas.

—Esto es una guerra —siguió Valentine—. La única cuestión es, ¿de qué lado pelearás?

—Pensaba que estábamos todos del mismo lado. Pensaba que éramos nosotros contra los mundos de los demonios.

—Ojalá pudiera ser así. ¿No comprendes que si sintiera que la Clave se preocupaba realmente por este mundo, si pensara que lo hacen lo mejor que pueden…? Por el Ángel, ¿por qué iba yo a pelear contra ellos? ¿Qué motivo podría tener yo?

«Poder», pensó Jace, pero no dijo nada. Ya no estaba seguro de qué decir, y mucho menos de qué creer.

—Si la Clave sigue actuando como lo hace —siguió Valentine—, los demonios verán su debilidad y actuarán, y la Clave, distraída con su interminable cortejo de las razas degeneradas, no estará en condiciones de combatirles. Los demonios atacarán y destruirán y no quedará nada.

«Las razas degeneradas.» Las palabras transportaban una incómoda familiaridad; le recordaron a Jace su infancia, en un modo que no era del todo desagradable. Cuando pensaba en su padre y en Idris siempre acudía el mismo recuerdo borroso de la calurosa luz solar abrasando las verdes extensiones de césped frente a su casa en el campo, y de una enorme figura oscura de amplias espaldas inclinándose para alzarle de la hierba y llevarle adentro. Debía de haber sido muy pequeño entonces, y nunca lo había olvidado, no había olvidado el modo en que había olido la hierba verde y brillante y recién segada, ni el modo en que el sol había transformado los cabellos de su padre en un halo blanco, ni tampoco la sensación de ser llevado en brazos. De estar a salvo.

—Luke —replicó Jace, con cierta dificultad—. Luke no es un degenerado...

—Lucian es diferente. Fue un cazador de sombras en el pasado. —El tono de Valentine carecía de inflexión y era terminante—. Esto se refiere a subterráneos específicos, Jonathan. Esto tiene que ver con la supervivencia de toda criatura viva en este mundo. El Ángel eligió a los nefilim por un motivo. Somos los mejores de este mundo, y se supone que debemos salvarlo. Somos lo más parecido a los dioses que existe... y debemos usar ese poder para salvar a este mundo de la destrucción, sea cual sea el precio que debamos pagar.

Jace apoyó los codos en la barandilla. Hacía frío allí; el viento gélido le atravesaba la ropa, y tenía las yemas de los dedos entumecidas. Pero mentalmente, veía colinas verdes, agua azul y las piedras color miel de la casa solariega de los Wayland.

—En el antiguo relato —dijo—, Satán dijo a Adán y Eva: «Seréis como dioses», cuando les tentó para que pecaran. Y les arrojaron fuera del jardín debido a ello.

Hubo una pausa antes de que Valentine se riera:

—¿Lo ves?, es por eso que te necesito, Jonathan. Me mantienes alejado del pecado del orgullo.

—Existen toda clase de pecados. —Jace se irguió y se volvió de cara a su padre—. No has respondido a mi pregunta sobre los demonios, padre. ¿Cómo puedes justificar invocarlos, el asociarte incluso con ellos? ¿Planeas enviarlos contra la Clave?

—Por supuesto que sí —respondió él, sin vacilar, sin detenerse ni un momento a considerar si sería sensato revelar sus planes a alguien que quizá los compartiría con sus enemigos.

Nada podría haber impresionado más a Jace que darse cuenta de lo seguro que estaba su padre de su éxito.

—La Clave no cederá a la razón —siguió éste—, únicamente a la fuerza. Intenté crear un ejército de repudiados; con la Copa, podría crear un ejército de nuevos cazadores de sombras, pero eso llevaría años. No dispongo de años. Nosotros, la raza humana, no disponemos de años. Con la Espada puedo hacer que acuda a mí un ejército obediente de demonios. Me servirán como herramientas, harán cualquier cosa que les exija. No tendrán elección. Y cuando haya acabado con ellos, les ordenaré que se destruyan, y lo harán. —Su voz carecía de emoción.

Jace aferraba la barandilla con tanta fuerza que los dedos habían empezado a dolerle.

—No puedes masacrar a todo cazador de sombras que se oponga a ti. Eso es asesinato.

—No tendré que hacerlo. Cuando la Clave vea el poder desplegado contra ellos, se rendirán. No son unos suicidas. Y existen algunos entre ellos que me apoyan. —No había arrogancia en la voz de Valentine, sólo una tranquila certeza—. Se mostrarán cuando llegue el momento.

—Creo que subestimas a la Clave. —Jace intentó que su voz sonara firme—. No creo que comprendas lo mucho que te odian.

—El odio no es nada cuando se contrapone a la supervivencia. —La mano de Valentine se dirigió al cinturón, donde la empuñadura de la Espada brillaba pálidamente—. Pero no es necesario que me creas sin más. Te he dicho que había algo que quería mostrarte. Aquí está.

Extrajo la espada de la vaina y se la tendió al muchacho. Jace había visto a *Maellartach* antes, en la Ciudad de Hueso, colgada de la pared del pabellón de las Estrellas Parlantes. Y había visto su empuñadura sobresaliendo de la funda que Valentine llevaba al hombro, pero nunca la había examinado realmente de cerca. «La Espada del Ángel.» Era de una plata oscura y pesada, que rielaba con un brillo apagado. La luz parecía moverse sobre ella y a través de ella, como si estuviese hecha de agua. En la empuñadura florecía una llameante rosa de luz.

Jace tenía la boca reseca cuando habló.

—Muy bonita.

—Quiero que la tomes.

Valentine ofreció el arma a su hijo, del modo en que siempre le había enseñado a hacerlo, con la empuñadura por delante. La Espada parecía titilar oscuramente a la luz de las estrellas.

Jace vaciló.

—No…

—Tómala. —Valentine se la puso en la mano.

En cuanto los dedos de Jace se cerraron sobre el mango, un rayo de luz salió disparado por la empuñadura de la Espada y descendió por su centro al interior de la hoja. Jace miró rápidamente a su padre, pero Valentine permanecía inexpresivo.

Un dolor oscuro ascendió por el brazo de Jace y le atravesó el pecho. No era que la Espada fuese pesada; no lo era. Lo que sucedía era que parecía querer tirar de él hacia abajo, arrastrarle a través del barco, a través de las verdes aguas del océano, a través de la frágil corteza de la misma tierra. Jace sintió como si le arrancaran el aire de los pulmones. Alzó violentamente la cabeza y miró alrededor…

Y vio que la noche había cambiado. Había extendida una red centelleante de finos alambres dorados a lo largo del cielo, y las estrellas brillaban a través de ella, relucientes como cabezas de remaches clavados en la oscuridad. Jace vio la curva del mundo a medida que éste se alejaba de él, y por un momento le dejó anonadado la belleza de todo ello. Entonces el cielo nocturno pareció resquebrajarse como un espejo y fluyendo entre los fragmentos llegaba una horda de formas oscuras, encorvadas y deformes, retorcidas y sin rostro, profiriendo un alarido mudo que abrasó el interior de la mente de Jace. Un viento gélido le quemó mientras caballos de seis patas pasaban a toda velocidad, los cascos arrancando chispas ensangrentadas de la cubierta del barco. Los seres que les montaban eran indescriptibles. En lo alto, criaturas sin ojos, de alas correosas, describían círculos, aullando y rezumando una venenosa baba verde.

Jace se inclinó sobre la barandilla presa de incontrolables arcadas, con la Espada sujeta aún en la mano. Debajo de él, el agua se agitaba llena de demonios igual que un estofado venenoso. Vio criaturas con púas de ojos sanguinolentos como platos que forcejeaban al ser arrastradas por hirvientes masas de resbaladizos tentáculos negros. Una sirena atrapada en las garras de una araña acuática de diez patas chilló impotente mientras la criatura le hundía los colmillos en la palpitante cola, los ojos rojos del ser brillando igual que cuentas de sangre.

La Espada cayó de la mano de Jace y chocó contra la cubierta con un tintineo. Súbitamente, el sonido y el espectáculo desaparecieron y la noche quedó silenciosa. Él se aferró con todas sus fuerzas a la barandilla, mirando fijamente el mar con incredulidad. Estaba vacío, la superficie rizada tan sólo por el viento.

—¿Qué fue eso? —musitó.

Sentía la garganta áspera, como si se la hubiesen raspado con papel de lija. Miró con ojos desorbitados a su padre, que se había inclinado para recuperar la Espada-Alma de la cubierta donde Jace la había dejado caer.

—¿Son esos los demonios que ya has invocado?

—No —Valentine envainó a *Maellartach*—, esos son los demonios a los que la Espada atrajo a los bordes de este mundo. He traído mi barco a este lugar porque las salvaguardas son pobres aquí. Lo que viste es mi ejército, aguardando al otro lado de las salvaguardas; aguardando a que les llame a mi lado. —Sus ojos tenían una expresión seria—. ¿Todavía piensas que la Clave no capitulará?

Jace cerró los ojos.

271

—No todos... Los Lightwood no... —dijo.

—Tú podrías convencerlos. Si te pones de mi lado, juro que no les ocurrirá ningún daño.

La oscuridad tras los ojos de Jace empezó a tornarse roja. Había estado imaginando las cenizas de la vieja casa de Valentine, los huesos ennegrecidos de los abuelos que nunca había conocido. En aquellos momentos veía otros rostros. El de Alec. El de Isabelle. El de Max. El de Clary.

—Ya les he hecho tanto daño —murmuró—. Nada más debe sucederle a ninguno de ellos. Nada.

—Desde luego. Lo comprendo. —Y Jace se dio cuenta, con asombro, de que Valentine sí comprendía, que de algún modo veía lo que nadie más parecía capaz de comprender—. Crees que es culpa tuya, todo el daño que ha acaecido a tus amigos, a tu familia.

—Sí que es mi culpa.

—Tienes razón. Lo es.

Al oír aquello, Jace alzó los ojos con total estupefacción. La sorpresa de ver que le daban la razón peleó con el horror y el alivio en igual medida.

—¿Lo es?

—El daño no es deliberado, por supuesto. Pero eres como yo. Envenenamos y destruimos todo lo que amamos. Existe una razón para eso.

—¿Qué razón?

Valentine echó una ojeada al cielo.

—Estamos hechos para un propósito más elevado, tú y yo. Las distracciones del mundo son simplemente eso, distracciones. Si permitimos que éstas nos desvíen de nuestro rumbo, somos castigados.

—¿Y nuestro castigo cae sobre todas las personas que nos importan? Eso parece un poco cruel.

—El destino jamás es justo. Estás atrapado en una corriente mucho más fuerte de lo que tú eres, Jonathan; lucha contra ella y te ahogarás no sólo tú sino también aquellos a quienes tratas de salvar. Nada con ella, y sobrevivirás.

—Clary...

—Ningún daño le ocurrirá a tu hermana si te unes a mí. Iría hasta el fin del mundo para protegerla. La llevaré a Idris, donde nada puede sucederle. Te prometo eso.

—Alec. Isabelle. Max...

—Los pequeños Lightwood también tendrán mi protección.

—Luke... —dijo Jace con voz queda.

—Todos tus amigos serán protegidos —aseguró Valentine tras una pequeña vacilación—. ¿Por qué no quieres creerme, Jonathan? Éste es el único modo en que puedes salvarlos. Lo juro.

Jace no podía hablar. En su interior, el frío del otoño combatía el recuerdo del verano.

—¿Has tomado tu decisión? —quiso saber Valentine. Jace no podía verle, pero podía oír la irrevocabilidad de la pregunta. Su padre parecía impaciente.

Jace abrió los ojos. La luz de las estrellas fue un estallido blanco sobre sus iris; por un momento no pudo ver nada más.

—Sí, padre. He tomado mi decisión.

Tercera parte
Día de ira

Día de ira, ese día de llamas,
del que vidente y sibila hablan,
del mundo convirtiéndose en cenizas

ABRAHAM COLES

14

UNA RUNA PARA QUITAR EL MIEDO

Cuando Clary se despertó, la luz penetraba a raudales por las ventanas. Sintió un dolor agudo en la mejilla izquierda y, al rodar sobre sí misma, vio que se había quedado dormida sobre el bloc de dibujo y que la esquina de éste se le había estado clavando en el rostro. También había dejado caer la pluma sobre el edredón, y una mancha negra se extendía por la tela. Se incorporó soltando un gemido, se frotó la mejilla y fue a darse una ducha.

El cuarto de baño mostraba delatoras señales de las actividades de la noche anterior: había telas ensangrentadas metidas en la basura y una mancha de sangre seca en el lavamanos. Con un estremecimiento, Clary se metió en la ducha con una botella de jabón de baño de toronja, decidida a eliminar con un buen restregón su persistente sensación de inquietud.

Después, envuelta en uno de los albornoces de Luke y con una toalla alrededor de los cabellos mojados, abrió la puerta del baño de un empujón y se encontró a Magnus esperando al otro lado, con una toalla en una mano y la otra en los brillantes cabellos. Debía de haber dormido sobre ellos, pensó ella, porque un lado de las puntas recubiertas de purpurina aparecía chafado.

—¿Por qué tardan tanto las chicas en bañarse? —inquirió—. Chicas mortales, chamarras de sombras, hechiceras, todas son iguales. No me estoy volviendo más joven aguardando aquí fuera.

Clary se hizo a un lado para dejarle pasar.

—¿Cuántos años tienes, de todos modos? —preguntó, curiosa.

Magnus le guiñó un ojo.

—Yo ya estaba vivo cuando el Mar Muerto era sólo un lago que se sentía un poco pachucho.

Clary puso los ojos en blanco.

Magnus la echó con un gesto de las manos.

—Ahora mueve tu pequeño trasero. Tengo que entrar ahí; mi pelo está hecho un desastre.

—No me gastes todo el jabón de baño, es muy caro —le soltó Clary, y fue a la cocina, donde empezó a hurgar en busca de filtros para la máquina de café.

El familiar borboteo de la cafetera eléctrica y el olor a café acallaron su sensación de inquietud. Mientras existiese café en el mundo, ¿hasta qué punto podían ser malas las cosas?

Volvió al cuarto para vestirse. Diez minutos más tarde, en jeans y con un suéter de rayas azules y verdes, estaba en la salita zarandeando a Luke para despertarlo. Éste se incorporó con un gemido, los cabellos despeinados y el rostro arrugado por el sueño.

—¿Cómo te encuentras? —preguntó Clary, entregándole un desportillado tazón lleno de café humeante.

—Mejor ahora. —Luke bajó los ojos hacia la camisa desgarrada; los bordes del desgarrón estaban manchados de sangre—. ¿Dónde está Maia?

—Durmiendo en tu habitación, ¿recuerdas? Dijiste que podía quedarse ahí. —Clary se instaló en el brazo del sofá.

Luke se frotó los ojos.

—No recuerdo demasiado bien lo que pasó anoche —admitió—. Recuerdo haber ido a la furgoneta y no mucho más tras eso.

—Había más demonios escondidos fuera. Te atacaron. Jace y yo nos ocupamos de ellos.

—¿Más demonios drevak?

—No —Clary lo dijo de mala gana—, Jace los llamó demonios raum.

—¿Demonios raum? —Luke se sentó muy tieso—. Eso es cosa seria. Los demonios drevak son una plaga peligrosa, pero los raum...

—No pasa nada —le tranquilizó Clary—. Nos deshicimos de ellos.

—¿Se deshicieron de ellos? ¿O lo hizo Jace? Clary, no quiero que tú...

—No fue así. —Negó con la cabeza—. Fue como...

—¿No estaba Magnus ahí? ¿Por qué no fue con ustedes? —la interrumpió Luke, claramente alterado.

—Yo te estaba curando, ése es el motivo —explicó Magnus, que acababa de entrar en la sala oliendo intensamente a toronja; llevaba el cabello envuelto en una toalla e iba vestido con un pants de raso azul con líneas plateadas en el costado—. ¿Dónde está tu gratitud?

—Estoy agradecido. —Luke parecía estar a la vez enojado y conteniendo la ira—. Pero si algo le hubiese sucedido a Clary...

—Habrías muerto si me hubiese ido con ellos —aseguró Magnus, dejándose caer en un sillón—. Y entonces Clary habría estado mucho peor. Ella y Jace solitos se ocuparon de los demonios fantásticamente, ¿no es cierto? —Volvió la cabeza hacia Clary.

Ésta se removió nerviosa.

—Verás, es precisamente eso...

—¿Qué es precisamente eso?

Era Maia, todavía con las ropas que había llevado la noche anterior y una de las enormes camisas de franela de Luke echada sobre la camiseta. Cruzó con rigidez la habitación y se sentó con cautela en una silla.

—¿Es café lo que huelo? —preguntó esperanzada, arrugando la nariz.

Francamente, se dijo Clary, no era justo que una mujer loba fuese curvilínea y bonita; tendría que ser grandota y peluda, incluso con pelos saliéndole de las orejas.

«Y éste —pensó Clary— es exactamente el motivo de que no tenga amigas y pase todo mi tiempo con Simon. Tengo que controlarme.»

Se puso en pie.

—¿Quieres que te traiga un poco?

—Claro —asintió Maia—. ¡Con leche y azúcar! —gritó alegremente mientras Clary salía de la habitación, pero para cuando ésta regresó de la cocina con un tazón humeante en la mano la muchacha loba ya tenía una expresión preocupada—. Realmente no recuerdo lo sucedido anoche —dijo—. Pero hay algo respecto a Simon, algo que me preocupa...

—Bueno, lo cierto es que intentaste matarlo —repuso Clary, volviendo a instalarse en el brazo del sofá—. Quizá sea eso.

Maia palideció, contemplando fijamente su café.

—Lo había olvidado. Ahora es un vampiro. —Alzó los ojos hacia Clary—. No era mi intención hacerle daño. Simplemente estaba...

—¿Sí? —Clary enarcó las cejas—. Simplemente ¿qué?

El rostro de Maia enrojeció lentamente. La muchacha depositó el café sobre la mesa junto a ella.

—Tal vez deberías recostarte —aconsejó Magnus—. Encuentro que eso ayuda cuando la aplastante sensación de horrible comprensión hace acto de presencia.

Los ojos de Maia se llenaron repentinamente de lágrimas. Clary miró en dirección a Magnus con horror y vio que éste parecía igualmente sorprendido y luego miró a Luke.

—Haz algo —susurró a éste por lo bajo.

Magnus podría ser un brujo capaz de curar heridas mortales con un destello de fuego azul, pero Luke era incontestablemente el mejor de los dos para ocuparse de adolescentes llorosas.

Luke empezó a apartar la manta a puntadas para alzarse, pero antes de que pudiera ponerse en pie, la puerta de la calle se abrió de golpe y entró Jace seguido de Alec, que llevaba una caja blanca. Magnus se quitó apresuradamente la toalla de la cabeza y la dejó caer detrás del sillón. Sin el gel y la purpurina, el cabello era oscuro y lacio, y le quedaba por encima de los hombros.

Los ojos de Clary se dirigieron inmediatamente a Jace, como siempre hacían; no podía evitarlo, pero al menos nadie más pareció advertirlo. Jace parecía tenso, rígido y distante, pero también agotado, con círculos grises alrededor de los ojos. La mirada de Jace pasó sobre ella inexpresiva y se posó en Maia, que seguía llorando en silencio y no parecía haberles oído entrar.

—Todo el mundo está de muy buen humor, por lo que veo —comentó—. ¿Manteniendo la moral alta?

Maia se restregó los ojos.

—Mierda —masculló—. Odio llorar delante de cazadores de sombras.

—Entonces ve a llorar a otra habitación —replicó Jace, la voz desprovista de toda calidez—. Desde luego no te necesitamos lloriqueando aquí mientras conversamos, ¿verdad?

—Jace —empezó a reñirle Luke, pero Maia ya se había puesto de pie y salía muy digna de la habitación por la puerta de la cocina.

Clary se volvió furiosa hacia Jace.

—¿Conversar? No estábamos conversando.

—Pero lo vamos a hacer —dijo él, dejándose caer sobre el banco del piano y estirando las largas piernas—. Magnus quiere gritarme, ¿no es cierto, Magnus?

—Sí —respondió éste, arrancando los ojos de Alec el tiempo suficiente para poner cara de pocos amigos—. ¿Dónde diablos estabas? Creí que había quedado claro que tenías que quedarte en la casa.

—Yo pensaba que él no tenía elección —dijo Clary—. Pensaba que tenía que entrar donde tú estabas. Ya sabes, debido a la magia.

—Normalmente, sí —respondió Magnus enojado—, pero anoche, tras todo lo que hice, mi magia estaba… agotada.

—¿Agotada?

—Sí. —Magnus parecía más enojado que nunca—. Ni siquiera el

Gran Brujo de Brooklyn posee recursos infinitos. Soy simplemente humano. Bueno —corrigió—, medio humano, al menos.

—Pero tú debías de saber que tus recursos estaban agotados —inquirió Luke, sin mala intención—, ¿no es cierto?

—Sí, e hice que ese pequeño cabrón me jurara que se quedaría en la casa. —Magnus miró iracundo a Jace—. Ahora ya sé lo que valen tus tan cacareados juramentos.

—Necesitas aprender cómo hacerme jurar adecuadamente —respondió Jace, sin inmutarse—. Únicamente un juramento por el Ángel tiene algún significado.

—Es cierto —corroboró Alec.

Era lo primero que había dicho desde que habían entrado en la casa.

—La pura verdad. —Jace levantó el tazón sin tocar de Maia y tomó un sorbo—. ¡Azúcar! —exclamó, haciendo una mueca de disgusto.

—Dime al menos dónde has estado toda la noche —preguntó Magnus en tono agrio—. ¿Con Alec?

—No podía dormir, así que salí a dar un paseo —respondió Jace—. Cuando regresé, me tropecé con este burro pensando en las musarañas en el porche. —Señaló a Alec.

Magnus se animó.

—¿Te has pasado toda la noche en el porche? —preguntó a Alec.

—No —contestó él—. Fui a casa y luego regresé. Llevo otra ropa, ¿no? Fíjate.

Todo el mundo miró. Alec llevaba un suéter oscuro y vaqueros, que era exactamente lo mismo que había llevado puesto el día anterior. Clary decidió otorgarle el beneficio de la duda.

—¿Qué hay en la caja? —preguntó.

—Bueno. Ah. —Alec contempló la caja como si la hubiese olvidado—. Donuts, en realidad. —Abrió la caja y la dejó sobre la mesilla de centro—. ¿Alguien quiere uno?

Resultó que todo el mundo quería uno. Jace quería dos. Tras engullir el de crema que Clary le pasó, Luke pareció medianamente revivificado; apartó el resto de la manta de una patada y se sentó con la espalda apoyada en el respaldo del sofá.

—Hay una cosa que no entiendo —dijo.

—¿Sólo una cosa? Pues vas muy por delante del resto de nosotros —bromeó Jace.

—Los dos fueron a buscarme cuando no regresé a la casa —repuso Luke, mirando primero a Clary y luego a Jace.

—Fuimos tres —puntualizó Clary—. Simon vino con nosotros.

Luke mostró una expresión afligida.

—Muy bien. Los tres. Había dos demonios, pero Clary me ha dicho que no mataron a ninguno de ellos. Entonces ¿qué sucedió?

—Yo habría matado al mío, pero huyó —contestó Jace—. De lo contrario…

—Pero ¿por qué iba a huir? —quiso saber Alec—. Ellos eran dos, ustedes, tres… ¿Quizá se sintió en inferioridad de condiciones?

—No quisiera ofender a ninguno de los involucrados, pero el único de ustedes que parece peligroso es Jace —intervino Magnus—. Una chamarra de sombras sin preparación y un vampiro asustado…

—Creo que podría haber sido yo —indicó Clary—. Me parece que le asusté.

Magnus parpadeó.

—Acabo de decir que…

—No me refiero a que lo asusté porque parezca terrible —explicó Clary—. Creo que fue esto.

Alzó la mano, y la torció para que todos pudieran ver la Marca en la parte interior del brazo.

Se produjo un silencio repentino. Jace la miró fijamente, luego apartó la mirada; Alec pestañeó, y Luke parecía atónito.

—Nunca antes he visto esa Marca —dijo por fin—. ¿La había visto alguno?

—No —respondió Magnus—, pero no me gusta.

—No estoy segura de lo que es o lo que significa —explicó Clary, bajando el brazo—, pero no viene del Libro Gris.

—Todas las runas vienen del Libro Gris. —La voz de Jace era firme.

—Ésta no —insistió Clary—. La vi en un sueño.

—¿En un sueño? —Jace parecía tan furioso como si ella le estuviera insultando personalmente—. ¿A qué juegas, Clary?

—No juego a nada —respondió ella—. ¿Recuerdas cuando estuvimos en la corte seelie... —Jace puso la misma cara que si ella le hubiese abofeteado. Clary siguió hablando, rápidamente, antes de que él pudiese decir nada—, y la reina seelie nos dijo que éramos experimentos? ¿Que Valentine había hecho... nos había hecho cosas para hacernos diferentes, especiales? Me dijo que el mío era el don de palabras que no pueden pronunciarse, y que el tuyo era el don mismo del Ángel.

—Eso fueron tonterías de hadas.

—Las hadas no mienten, Jace. Palabras que no pueden pronunciarse; se refería a runas. Cada una tiene un significado distinto, pero están pensadas para ser dibujadas, no dichas en voz alta —prosiguió ella, haciendo caso omiso de la mirada dubitativa del muchacho—. ¿Recuerdas cuando me preguntaste cómo había entrado en tu celda en la Ciudad Silenciosa? Te dije que sólo había usado una runa de apertura corriente...

—¿Fue eso todo lo que hiciste? —Alec pareció sorprendido—. Yo llegué allí justo después de ti y parecía como si alguien hubiese arrancado aquella puerta de los goznes.

—Y mi runa no se limitó a abrir la puerta —prosiguió Clary—. Abrió todo lo que había dentro de la celda también. Abrió hasta las esposas de Jace. —Tomó aire—. Creo que la reina se refería a que puedo dibujar runas que son más poderosas que las runas corrientes. Y tal vez incluso crear nuevas.

Jace negó con la cabeza.

—Nadie puede crear runas nuevas...

—A lo mejor ella sí, Jace. —Alec parecía pensativo—. Es cierto, ninguno de nosotros había visto esa Marca de su brazo antes.

—Alec tiene razón —corroboró Luke—. Clary, ¿por qué no vas a buscar tu cuaderno de dibujo?

Ella le miró con cierta sorpresa. Los ojos gris azulado de Luke estaban cansados, un poco hundidos, pero mantenían la misma firmeza que habían mostrado cuando ella tenía seis años y él le había prometido que si trepaba al castillo del área de juegos de Prospect Park y caía, él estaría siempre debajo para cogerla. Y siempre había estado.

—De acuerdo —respondió—. Regreso en seguida.

Para llegar a la habitación de invitados, Clary tenía que cruzar por la cocina, donde encontró a Maia sentada en un taburete colocado junto a la encimera, con aspecto desdichado.

—Clary —llamó la muchacha, saltando del taburete—, ¿puedo hablar contigo un segundo?

—Tengo que ir a mi habitación a tomar algo...

—Oye, siento lo sucedido con Simon. Estaba desvariando.

—¿Ah, sí? ¿Qué ha pasado con eso de que todos los seres lobo están destinados a odiar a los vampiros?

Maia soltó un suspiro de exasperación.

—Lo estamos, pero... supongo que no tengo por qué acelerar el proceso.

—No me lo expliques a mí; explícaselo a Simon.

Maia volvió a sonrojarse, y sus mejillas adquirieron un intenso color rojo.

—Dudo que quiera hablar conmigo.

—Quizá sí. Es de lo más comprensivo.

Maia la miró con más atención.

—No es que quiera husmear, pero ¿están saliendo juntos?

Clary notó que ella también se sonrojaba y dio gracias a sus pecas por proporcionarle un cierto camuflaje.

—¿Por qué quieres saberlo?

Maia se encogió de hombros.

—La primera vez que le vi se refirió a ti como a su mejor amiga, pero la segunda vez te llamó su novia. Me preguntaba si era una cosa intermitente.

—Más o menos. Éramos amigos primero. Es una larga historia.

—Comprendo. —El rubor de Maia había desaparecido y la sonrisita de chica dura había regresado a su rostro—. Bueno, tienes suerte, eso es todo. Incluso si ahora es un vampiro. Debes de estar de lo más acostumbrada a toda clase de cosas raras, siendo una chamarra de sombras, así que apuesto a que no te importa.

—Me importa —repuso Clary, en un tono más cortante de lo que había pretendido—. Yo no soy Jace.

La sonrisita de suficiencia se ensanchó.

—Nadie lo es. Y me da la sensación de que él lo sabe.

—¿Qué se supone que significa eso?

—Ah, ya sabes. Jace me recuerda a un antiguo novio mío. Algunos tipos te miran con cara de querer sexo. Jace te mira como si ya lo hubieseis hecho, hubiera sido fantástico y ahora sois sólo amigos... incluso aunque tú quieras más. Vuelve locas a las chicas. ¿Sabes a lo que me refiero?

«Sí», pensó Clary.

—No —contestó en voz alta.

—Imagino que no podrías, siendo su hermana. Tendrás que aceptar mi palabra.

—Tengo que irme. —Clary casi había cruzado la puerta de la cocina cuando algo le pasó por la mente y se dio la vuelta—. ¿Qué le sucedió a él?

Maia pestañeó.

—¿A quién?

—A tu antiguo novio. El que te recuerda Jace.

—Ah —dijo Maia—, fue él quien me convirtió en mujer loba.

—Muy bien, ya lo tengo —dijo Clary, regresando a la salita con su bloc de dibujo en una mano y una caja de lápices de colores en la otra.

Retiró una silla de la poco usada mesa de comedor —Luke siempre comía en la cocina o en su despacho, y la mesa estaba cubierta de papeles y facturas viejas— y se sentó, con el bloc frente a ella. Se sentía como si estuviera haciendo una prueba en una escuela de arte. «Dibuja esta manzana.»

—¿Qué quieres que haga?

—¿Qué es lo que crees?

Jace seguía sentado en el banco del piano, con los hombros encorvados; daba la impresión de no haber dormido en toda la noche. Alec estaba apoyado en el piano detrás de él, probablemente porque era todo lo lejos de Magnus que podía estar.

—Jace, ya está bien. —Luke estaba erguido en su asiento pero parecía como si ello le representara un esfuerzo—. ¿Dijiste que sabías dibujar runas, Clary?

—He dicho que eso pensaba.

—Bueno, me gustaría que lo intentaras.

—¿Ahora?

Luke sonrió levemente.

—A menos que tengas alguna otra cosa mejor que hacer.

Clary pasó las hojas del cuaderno de dibujo hasta llegar a una hoja en blanco y la contempló fijamente. Jamás una hoja de papel le había parecido tan vacía. Pudo percibir la quietud de la habitación, con todo el mundo observándola: Magnus con su antigua y templada curiosidad; Alec demasiado preocupado con sus propios problemas para que le importasen los de ella; Luke esperanzado, y Jace con una fría y aterradora vacuidad. Lo recordó diciendo que deseaba poder odiarla y se preguntó si algún día lo conseguiría.

Bajó el lápiz.

—No puedo hacerlo sólo porque se me ordene. No sin una idea.

—¿Qué clase de idea? —preguntó Luke.

—Quiero decir, ni siquiera sé qué runas existen ya. Necesito pensar en un significado, una palabra, antes de dibujar una runa para ella.

—A nosotros ya nos cuesta bastante recordar cada runa... —empezó Alec. Ante la sorpresa de Clary, Jace le interrumpió.

—¿Qué tal «impertérrito»? —dijo en voz baja.

—¿Impertérrito? —repitió ella.

—Existen runas para la valentía —explicó Jace—. Pero nunca nada que quite el miedo. Pero si tú, como dices, puedes crear runas nuevas... —Echó una ojeada a su alrededor, y vio la expresión sorprendida de Alec y Luke—. Mirad, sólo he recordado que no existe una, eso es todo. Y parece totalmente inofensiva.

Clary dirigió una mirada a Luke, que se encogió de hombros.

—Bien —dijo éste.

Clary tomó un lápiz gris oscuro de la caja y apoyó la punta en el papel. Pensó en formas, líneas, arabescos; pensó en los signos del Libro Gris, antiguos y perfectos, encarnaciones de un lenguaje demasiado impecable para el habla. Una voz queda dijo en su cabeza: «¿Quién eres tú para pensar que puedes hablar el lenguaje del cielo?».

El lápiz se movió. Se sintió casi segura de que ella no lo había movido, pero éste se deslizó sobre el papel, describiendo una única línea. Sintió que el corazón le daba un brinco. Pensó en su madre, sentada con expresión soñadora ante su tela, creando su propia visión del mundo en tinta y pintura al óleo. Pensó: «¿Quién soy yo? Soy la hija de Jocelyn Fray». El lápiz volvió a moverse, y esa vez contuvo el aliento; descubrió que susurraba la palabra, por lo bajo.

—Impertérrito. Impertérrito.

El lápiz retrocedió describiendo una curva ascendente, y ahora ella lo guiaba en lugar de ser guiada por él. Cuando terminó, bajó el lápiz y contempló por un momento, sorprendida, el resultado.

La runa de impertérrito finalizada era una matriz de líneas fuertemente arremolinadas: una runa tan audaz y aerodinámica como una águila. Arrancó la página y la sostuvo en alto para que los demás pudieran verla.

—Ya está —anunció, y fue recompensada por una expresión sobresaltada en el rostro de Luke (así que él no la había creído), y una levísima ampliación de los ojos de Jace.

—Fabuloso —exclamó Alec.

Jace se puso en pie, cruzó la habitación y le quitó la hoja de papel de la mano.

—Pero ¿funciona?

Clary dudó si lo preguntaba en serio o si simplemente estaba siendo desagradable.

—¿Qué quieres decir?

—Quiero decir, ¿cómo sabemos que funciona? Ahora es sólo un dibujo; no puedes quitarle el miedo a un pedazo de papel. Tenemos que probarla en uno de nosotros antes de poder estar seguros de que es una runa auténtica.

—No estoy seguro de que eso sea una buena idea —declaró Luke.

—Es una idea fabulosa. —Jace volvió a dejar caer el papel sobre la mesa y empezó a quitarse la chamarra—. Tengo una estela que podemos usar. ¿Quién quiere hacérmelo?

—Un lamentable uso de palabras —masculló Magnus.

Luke se puso en pie.

—No —dijo—, Jace, tú ya te comportas como si jamás hubieras oído la palabra «miedo». No creo que distinguiéramos si funciona contigo.

Alec sofocó lo que sonó como una carcajada. Jace se limitó a poner una forzada y poco amistosa sonrisa.

—He oído la palabra «miedo» —aseguró—. Pero elijo creer que no es aplicable a mi persona.

—Justo a lo que me refería —repuso Luke.

—Bueno, ¿por qué no la pruebo contigo, entonces? —preguntó Clary, pero Luke negó con la cabeza.

—No se pueden hacer Marcas a subterráneos, Clary, no con un efecto real. La enfermedad demoníaca que provoca la licantropía impide que las Marcas surtan efecto.

—Entonces...

—Pruébala en mí —propuso Alec inesperadamente—. No me iría mal un poco de arrojo. —Se quitó la chamarra, la tiró sobre la banqueta del piano y cruzó la habitación hasta Jace—. Vamos. Marca mi brazo.

Jace echó una veloz mirada a Clary.

—A menos que creas que deberías hacerlo tú.

—No —repuso ella, meneando la cabeza—. Probablemente eres mejor aplicando las Marcas que yo.

Jace se encogió de hombros.

—Súbete la manga, Alec.

Obedientemente, su amigo se subió la manga. Ya tenía una Marca permanente en la parte superior del brazo, un elegante arabesco de líneas que se suponían le proporcionaban un equilibrio perfecto. Todos miraron, incluso Magnus, mientras Jace trazaba cuidadosamente los contornos de la runa para «impertérrito» en el brazo de Alec, justo debajo de la Marca ya existente. El chico hizo una mueca mientras la estela trazaba su ardiente recorrido sobre la piel. Cuando terminó, Jace volvió a meterse la estela en el bolsillo y durante un momento admiró su obra.

—Bueno, al menos resulta bonita —anunció—. Tanto si funciona como si no...

Alec se tocó la nueva Marca con las yemas de los dedos, luego alzó los ojos y se encontró con que todos los demás ocupantes de la habitación lo miraban fijamente.

—¿Y bien? —preguntó Clary.

—Bien ¿qué?

Alec se bajó la manga, cubriendo la Marca.

—Pues ¿cómo te sientes? ¿Distinto en algo?

El muchacho pareció considerarlo.

—Pues no.

Jace alzó las manos.

—Así que no funciona.

—No necesariamente —repuso Luke—. Puede que no esté sucediendo nada que la activara. Quizá no haya nada aquí a lo que Alec tema.

Magnus echó un vistazo a Alec y arqueó las cejas.

—¡Buu! —exclamó.

Jace sonreía.

—Vamos, seguramente debes de tener una fobia o dos. ¿Qué te asusta?

Alec pensó por un momento.

—Las arañas —contestó.

Clary se volvió hacia Luke.

—¿Tienes una araña en alguna parte?

Luke se mostró exasperado.

—¿Por qué iba a tener una araña? ¿Parezco un coleccionista?

—Sin ánimo de ofender —terció Jace—, pero en cierto modo sí.

—¿Sabes? —el tono de Alec era agrio—, tal vez esto haya sido un experimento estúpido.

—¿Qué hay de la oscuridad? —sugirió Clary—. Podríamos encerrarte en el sótano.

—Soy un cazador de demonios —replicó Alec, con exagerada paciencia—. Está claro que no le tengo miedo a la oscuridad.

—Bueno, podrías.

—Pero no es así.

El sonido del timbre de la puerta le ahorró a Clary el tener que responder. Dirigió una mirada a Luke, enarcando las cejas.

—¿Simon?

—No puede ser. Es de día.

—Ah, claro. —Había vuelto a olvidarlo—. ¿Quieres que vaya?

—No —Luke se puso en pie con tan sólo un gruñido de dolor—, estoy perfectamente. Probablemente es alguien que se pregunta por qué está cerrada la librería.

Cruzó la habitación y abrió la puerta. Los hombros se le tensaron por la sorpresa. Clary oyó el ladrido de una voz femenina familiar, estridentemente enojada, y al cabo de un momentos Isabelle y Maryse Lightwood hicieron a un lado a Luke y penetraron a grandes zancadas en la habitación, seguidas por la amenazadora figura gris de la Inquisidora. Detrás de ellas iba un hombre alto y fornido, de cabellos oscuros y tez aceitunada, con una espesa barba negra. Aunque se había tomado hacía muchos años, Clary lo reconoció por la vieja foto que Hodge le había mostrado. Se trataba de Robert Lightwood, el padre de Alec e Isabelle.

La cabeza de Magnus se alzó bruscamente. Jace palideció notablemente, pero no mostró otra emoción. Y Alec… Alec pasó la mirada con asombro de su hermana a su madre, luego a su padre, y a continuación miró a Magnus, con los límpidos ojos azul claro oscurecidos por una determinación concluyente. Dio un paso al frente para colocarse entre sus padres y todas las demás personas de la habitación.

Maryse, al ver a su hijo mayor en medio de la salita de Luke, tuvo una reacción tardía.

—Alec, ¿qué diablos haces aquí? Pensaba que había dejado claro que…

—Madre. —La voz de Alec al interrumpir a su madre fue firme, implacable y no carente de amabilidad—. Padre. Hay algo que debo decirles. —Les sonrió—. Estoy saliendo con alguien.

Robert Lightwood miró a su hijo con cierta exasperación.

—Alec —dijo—, éste no es precisamente el momento.

—Sí, lo es. Esto es importante. Verán, no estoy saliendo con cualquiera.

Las palabras parecían brotar de Alec en un torrente, mientras sus padres le observaban desconcertados. Isabelle y Magnus lo miraban fijamente con expresiones de casi idéntica estupefacción.

—Estoy saliendo con un subterráneo. De hecho, me estoy viendo con un br…

Los dedos de Magnus se movieron, veloces como un rayo, en dirección a Alec. Hubo un tenue resplandor en el aire alrededor del muchacho. Éste puso los ojos en blanco y cayó al suelo como un árbol derribado.

—¡Alec!

Maryse se llevó la mano a la boca. Isabelle, que era la que había estado más cerca de su hermano, se agachó junto a él. Pero Alec ya había empezado a despertar y abrió los párpados con un aleteo.

—Qu... qué... ¿por qué estoy en el suelo?

—Ésa es una buena pregunta. —Isabelle fulminó con la mirada a su hermano—. ¿Qué ha sido eso?

—¿Qué ha sido el qué? —Alec se sentó en el suelo, sujetándose la cabeza mientras una expresión de gran inquietud le ensombrecía el rostro—. Aguarda... ¿dije algo? Antes de desmayarme, me refiero.

Jace lanzó un resoplido.

—¿Recuerdas que nos preguntábamos si eso que Clary hizo funcionaría o no? —preguntó—. Pues ya lo creo que funciona.

Alec parecía totalmente horrorizado.

—¿Qué dije?

—Has dicho que estabas saliendo con alguien —le contestó su padre—. Aunque no has llegado a aclarar por qué era tan importante decírnoslo justo ahora.

—No lo es —repuso Alec—. Quiero decir, no estoy saliendo con nadie. Y no es importante. O no lo sería si estuviese saliendo con alguien, cosa que no hago.

Magnus le miró como si fuese un imbécil.

—Alec ha estado delirando —declaró—. Efectos secundarios de unas toxinas demoníacas. De lo más desafortunado, pero estará perfectamente muy pronto.

—¿Toxinas demoníacas? —La voz de Maryse se había vuelto aguda—. Nadie ha informado de un ataque de demonios al Instituto. ¿Qué es lo que está sucediendo aquí, Lucian? Ésta es tu casa, ¿no es cierto? Sabes perfectamente que si ha habido un ataque de demonios se supone que debes informar…

—También atacaron a Luke —explicó Clary—. Ha estado inconsciente.

—Qué conveniente. Todo el mundo estaba o bien inconsciente o aparentemente desvariando —replicó la Inquisidora, y su voz cortante llenó la habitación, silenciando a todo el mundo—. Subterráneo, sabes perfectamente bien que Jonathan Morgenstern no debería estar en tu casa. Debería estar encerrado al cuidado del brujo.

—Tengo un nombre, ¿sabes? —replicó Magnus—. Aunque —añadió, arrepentido de haber interrumpido a la Inquisidora—, no es que eso importe, en realidad. De hecho, olvídalo todo.

—Conozco tu nombre, Magnus Bane —replicó la mujer—. Has fracasado en tu deber una vez; no tendrás otra oportunidad.

—¿Fracasado en mi deber? —Magnus arrugó la frente—. ¿Sólo por traer al chico aquí? No había nada en el contrato que firmé que dijera que no podía llevarlo conmigo según considerara oportuno.

—Ése no ha sido tu fallo —repuso la Inquisidora—. Dejarle ver a su padre anoche, sí.

Se produjo un silencio anonadado. Alec se incorporó apresuradamente del suelo, buscando con los ojos a Jace; pero éste no quería mirarle. Su rostro era una máscara inescrutable.

—Eso es ridículo —intervino Luke, y Clary raras veces le había visto tan enojado—. Jace ni siquiera sabe dónde está Valentine. Deja de perseguirlo.

—Perseguir es a lo que me dedico, subterráneo —replicó la Inquisidora—. Es mi trabajo. —Se volvió hacia Jace—. Di la verdad ahora, muchacho —amenazó—, y será mucho más fácil.

Jace alzó la barbilla.

—No tengo que decirle nada.

—Si eres inocente, ¿por qué no exonerarte? Cuéntanos dónde estuviste realmente anoche. Háblanos del pequeño bote de recreo de Valentine.

Clary le miró fijamente. «Fui a dar un paseo», había dicho él. Pero eso no significaba nada. Quizá realmente hubiera ido a dar un paseo. Sin embargo, ella tenía una sensación de náusea en el corazón y en el estómago. «¿Sabes cuál es el peor sentimiento que se puede experimentar? —había dicho Simon—. No confiar en la persona que amas más que a nada en el mundo.»

Cuando Jace no dijo nada, Robert Lightwood intervino, en su profunda voz de bajo.

—¿Imogen? ¿Estás diciendo que Valentine está… estaba…?

—En una embarcación en medio del East River —respondió ésta—. Así es.

—Por eso no podía encontrarle —repuso Magnus, medio para sí—. Toda esa agua… perturbaba mi hechizo.

—¿Qué hace Valentine en medio del río? —quiso saber Luke, perplejo.

—Pregúntaselo a Jonathan —respondió la Inquisidora—. Tomó prestada una motocicleta al jefe del clan de los vampiros de la ciudad y voló hasta la nave. ¿No es cierto, Jonathan?

Jace no dijo nada. Tenía el rostro inescrutable. La Inquisidora, no obstante, parecía ávida, como si se estuviese alimentando del suspense que reinaba en la habitación.

—Mete la mano en el bolsillo de la chamarra —ordenó—, y saca el objeto que has estado llevando contigo desde la última vez que abandonaste el Instituto.

Lentamente, Jace hizo lo que le ordenaban. Mientras sacaba la mano del bolsillo, Clary reconoció el reluciente objeto azul gris que sostenía. El pedazo del espejo Portal.

—Dámelo.

La Inquisidora se lo arrebató de la mano, y el muchacho hizo una mueca de dolor; el borde del cristal le había hecho un corte y la palma de la mano se llenó de sangre. Maryse emitió un ruidito quedo, pero no se movió.

—Sabía que regresarías al Instituto a buscar esto —siguió la Inquisidora, refocilándose definitivamente—. Sabía que tu sentimentalismo no te permitiría dejarlo atrás.

—¿Qué es? —Robert Lightwood sonó desconcertado.

—Un pedazo de Portal en forma de espejo —respondió la mujer—. Cuando el Portal se destruyó, la imagen de su último destino quedó conservada en él. —Hizo girar el pedazo de cristal en los largos y delgadísimos dedos—. En este caso, la casa solariega de los Wayland.

Los ojos de Jace siguieron los movimientos del espejo. En el pedazo de él que Clary podía ver parecía haber atrapado un trozo de cielo azul. La muchacha se preguntó si alguna vez llovía en Idris.

Con un repentino gesto violento que no concordaba con su tono calmado, la Inquisidora arrojó el trozo de espejo contra el suelo. Éste se rompió al instante en diminutos fragmentos. Clary oyó que Jace inspiraba con fuerza, pero el muchacho no se movió.

La Inquisidora sacó una par de guantes grises y se arrodilló entre los pedazos de espejo, tamizándolos entre los dedos hasta encontrar lo que buscaba: un solitario pedazo de fino papel. Se alzó, sosteniéndolo en alto para que todos los presentes en la habitación vieran la gruesa runa escrita en él con tinta negra.

—Marqué este papel con una runa de seguimiento y lo metí entre el pedazo de espejo y su refuerzo. Luego volví a dejarlo en la habitación del muchacho. No te sientas mal por no haberlo advertido —dijo a Jace—. Cabezas más venerables y sabias que la tuya han sido engañadas por la Clave.

—Me ha estado espiando —afirmó Jace, y en su voz había un deje de cólera—. ¿Es eso lo que hace la Clave, invadir la intimidad de sus camaradas cazadores de sombras para…?

—Ten cuidado con lo que dices. No eres el único que ha quebrantado la Ley. —La mirada gélida de la Inquisidora se paseó por la habitación—. Al liberarte de la Ciudad Silenciosa, al liberarte del control del brujo, tus amigos han hecho lo mismo.

—Jace no es nuestro amigo —replicó Isabelle—. Es nuestro hermano.

—Yo tendría cuidado con lo que dices, Isabelle Lightwood —amenazó la mujer—. Podrías ser considerada cómplice.

—¿Cómplice? —Ante la sorpresa de todos, era Robert Lightwood quien había hablado—. La chica sólo intentaba impedir que destrozaras a nuestra familia. Por el amor de Dios, Imogen, no son más que niños...

—¿Niños? —La Inquisidora dirigió una mirada helada hacia Robert—. ¿Igual que ustedes eran niños cuando el Círculo tramó la destrucción de la Clave? ¿Igual que mi hijo era un niño cuando...? —Se interrumpió con una especie de jadeo, como si se obligara a recuperar el control de sí misma.

—Así que esto tiene que ver con Stephen después de todo —concluyó Luke con compasión—. Imogen...

El rostro de la Inquisidora se crispó.

—¡Esto no tiene que ver con Stephen! ¡Tiene que ver con la Ley!

—Y Jace —preguntó Maryse—. ¿Qué va a sucederle?

—Regresará a Idris conmigo mañana —respondió la Inquisidora—. Han perdido el derecho a saber más.

—¿Cómo puede llevarle a ese lugar? —exigió saber Clary—. ¿Cuándo regresará?

—Clary, no —exclamó Jace.

Las palabras fueron una súplica, pero ella siguió luchando.

—¡Jace no es el problema! ¡Valentine es el problema!

—¡Olvídalo, Clary! —chilló Jace—. ¡Por tu propio bien!

La muchacha no pudo evitarlo y retrocedió asustada ante él; Jace jamás le había gritado de ese modo, ni siquiera cuando lo había arrastrado a la habitación de la madre de ambos en el hospital. Vio la expresión en sus ojos cuando él se dio cuenta de que ella se echaba hacia atrás y deseó no haberlo hecho.

Antes de que pudiera decir nada más, Luke le puso la mano en el hombro y le habló en un tono tan serio como lo había hecho la noche que le había contado la historia de su vida.

—Si el muchacho ha ido a ver a su padre —dijo—, sabiendo la clase de padre que Valentine fue, es porque nosotros le hemos fallado, no porque él nos haya fallado a nosotros.

—Ahórrate tus sofismos, Lucian —indicó la Inquisidora—. Te has vuelto tan blando como un mundano.

—Ella tiene razón. —Alec estaba sentado en el borde del sofá, con los brazos cruzados y la mandíbula firme—. Jace nos ha mentido. No hay excusa para eso.

Jace se quedó boquiabierto. Había estado seguro de la lealtad de Alec, al menos, y Clary no lo culpaba. Incluso Isabelle miraba fijamente a su hermano con horror.

—Alec, ¿cómo puedes decir eso?

—La Ley es la Ley, Izzy —respondió Alec, sin mirar a su hermana—. No se puede burlar.

Isabelle profirió un gritito de rabia y estupefacción, y salió disparada por la puerta principal, dejándola abierta. Maryse intentó ir tras ella, pero Robert detuvo a su esposa, diciéndole algo en voz baja.

Magnus se puso en pie.

—Realmente creo que es el momento de que yo también me vaya —anunció, y Clary advirtió que evitaba mirar a Alec—. Diría que ha sido agradable conocerlos, pero, de hecho, no lo ha sido. Ha resultado bastante violento, y francamente, espero que transcurra una eternidad antes de que vuelva a ver a cualquiera de ustedes.

Alec clavó la mirada en el suelo mientras el brujo abandonaba muy digno la salita y salía por la puerta a la calle. En esta ocasión la cerró tras él con un portazo.

—Dos que se han ido —soltó Jace, sarcástico—. ¿Quién es el siguiente?

—Ya es suficiente —replicó la Inquisidora—. Dame las manos.

Jace extendió las manos, y la mujer sacó una estela de algún bolsillo oculto y procedió a dibujarle una Marca alrededor de las muñecas. Cuando apartó las manos, las muñecas de Jace estaban cruzadas, una sobre la otra, atadas por lo que parecía un aro de llamas ardientes.

—¿Qué hace? —exclamó Clary—. Le va a hacer daño...

—Estoy perfectamente, hermanita. —Jace habló con bastante calma, pero Clary advirtió que parecía no poder mirarla—. Las llamas no me quemarán a menos que intente separar las manos.

—Y en cuanto a ti —añadió la Inquisidora, dirigiéndose a Clary, que se sorprendió, ya que hasta ese momento la mujer apenas había parecido reparar en su existencia—. Has tenido la gran suerte de que Jocelyn te criara y escapar, así, a la mácula de tu padre. De todos modos, no te perderé de vista.

La mano de Luke se cerró con más fuerza sobre el hombro de Clary.

—¿Es una amenaza?

—La Clave no amenaza, Lucian Graymark. La Clave hace promesas y las mantiene.

La Inquisidora sonó casi alegre. Pero era la única persona de la habitación a la que podía aplicarse ese adjetivo; todos los demás parecían traumatizados, a excepción de Jace, que mostraba los dientes en un gruñido del que Clary dudaba que fuese consciente. Parecía como un león caído en una trampa.

—Vamos, Jonathan —ordenó la Inquisidora—. Camina adelante de mí. Si haces un solo movimiento para huir te clavaré un cuchillo entre los hombros.

Jace tuvo grandes dificultades para girar la manija de la puerta principal con las manos atadas. Clary apretó los dientes para no llorar, y entonces la puerta se abrió finalmente y Jace se marchó seguido de la Inquisidora. Los Lightwood fueron detrás en fila, Alec con la vista todavía fija en el suelo. La puerta se cerró tras ellos, y Clary y Luke se quedaron solos en la sala, silenciosos en compartida incredulidad.

15

EL DIENTE DE LA SERPIENTE

—Luke —empezó a decir Clary en cuanto la puerta se cerró tras los Lightwood—. ¿Qué vamos a hacer…?

Luke se estaba presionando ambos lados de la cabeza con las manos como impidiendo que se le partiera por la mitad.

—Café —declaró—. Necesito café.

—Ya te has bebido uno.

Él dejó caer las manos y suspiró.

—Necesito más.

Clary le siguió a la cocina, donde él se sirvió más café antes de sentarse ante la mesa de la cocina y pasarse las manos por el cabello.

—Pinta mal —dijo—. Muy mal.

—¿De verdad?

Clary no podía ni pensar en beber café en aquellos instantes. Ya sentía los nervios como si estuviesen tensados tan finos como alambres.

—¿Qué sucederá si lo llevan a Idris?

—Un juicio ante la Clave. Probablemente lo hallarán culpable. Luego habrá el castigo. Es joven, así que podrían simplemente despojarle de sus Marcas, no maldecirlo.

—¿Qué significa eso?

Luke no quiso mirarla a los ojos.

—Significa que le quitarán las Marcas, le depondrán como cazador de sombras y le expulsarán de la Clave. Será un mundano.

—Pero eso le mataría. Seguro. Preferirá morir.

—¿Crees que no lo sé? —Luke se había terminado el café y se quedó mirando el tazón con aire taciturno antes de dejarlo sobre la mesa—. Pero eso a la Clave le da lo mismo. No pueden ponerle las manos encima a Valentine, así que castigarán a su hijo en su lugar.

—¿Qué pasa conmigo? Yo soy su hija.

—Tú no eres de su mundo. Jace sí. Aunque más bien te sugiero que no llames la atención durante un tiempo. Ojalá pudiésemos irnos a la granja…

—¡No podemos dejar a Jace con ellos! —Clary estaba consternada—. No voy a ir a ninguna parte.

—Claro que no. —Luke pasó por alto la protesta de la joven—. Dije que ojalá pudiéramos, no que pensara que debíamos hacerlo. Existe la cuestión de lo que hará Imogen ahora que sabe dónde está Valentine, por supuesto. Podríamos encontrarnos en medio de una guerra.

—No me importa si quiere matar a Valentine. Puede quedarse con él. Yo sólo quiero recuperar a Jace.

—Eso no es tan fácil —afirmó Luke—, teniendo en cuenta que en este caso, él realmente ha hecho lo que ella le acusa de haber hecho.

Clary estaba escandalizada.

—¿Qué, crees que fue quien mató a los Hermanos Silenciosos? ¿Crees que…?

—No, no creo que matara a los Hermanos Silenciosos. Creo que hizo exactamente lo que Imogen le vio hacer: fue a ver a su padre.

Clary recordó algo.

—¿A qué te referías cuando has dicho que le habíamos fallado y no al revés? ¿Te refieres a que no lo culpas?

—Sí y no. —Luke parecía fatigado—. Fue una estupidez ir a ver a su padre, no se puede confiar en Valentine. Pero cuando los Lightwood le dieron la espalda, ¿qué esperaban que hiciera? No es más que un chiquillo, todavía necesita padres. Si ellos no quieren tenerlo, irá en busca de alguien que sí quiera.

—Yo pensaba que a lo mejor… —repuso Clary—, que a lo mejor esperaba que tú le hicieras de padre.

Luke pareció indescriptiblemente triste.

—Yo también lo pensaba, Clary. Yo también lo pensaba.

Muy débilmente, Maia oía el sonido de las voces procedentes de la cocina. Habían acabado de gritarse unos a otros en la sala. Era hora de marcharse. Dobló la nota que había garabateado a toda prisa, la dejó sobre la cama de Luke y cruzó la habitación en dirección a la ventana a la que había dedicado los últimos veinte minutos hasta conseguir forzarla y abrirla. El aire fresco entró a través de ella; era uno de esos primeros días de otoño en que el cielo parecía increíblemente azul y distante y el aire estaba levemente teñido de aroma a humo.

Se montó rápidamente sobre la repisa de la ventana y miró abajo. Habría sido un salto casi imposible para ella antes de que la cambiaran; en aquellos momentos sólo pensó por un instante en el hombro herido antes de saltar. Aterrizó de cuclillas en el cemento resquebrajado del patio trasero de Luke. Enderezándose, echó una ojeada a la casa, pero nadie abrió una puerta ni la llamó para que regresara.

Reprimió una punzada de decepción. Tampoco era que le hubiesen prestado mucha atención cuando sí estaba dentro de la casa, se dijo, mientras trepaba por la alta valla de tela metálica que separaba el patio trasero de Luke del callejón, así que ¿por qué tenían que advertir que se había ido? Era claramente el último mono, tal y como lo había sido siempre. Simon era el único que la había tratado como si tuviera una cierta consideración.

Pensar en Simon la hizo estremecer mientras saltaba al otro lado de la valla y trotaba por el callejón hasta la avenida Kent. Había dicho a Clary que no recordaba la noche anterior, pero no era cierto. Recordaba la expresión en el rostro del muchacho cuando ella le había rehuido... la recordaba con tanta claridad como si la tuviera impresa en la retina. Lo más extraño era que en aquel momento él todavía le había parecido humano, más humano que cualquiera que hubiese conocido nunca.

Cruzó la calle para evitar pasar justo por delante de la casa de Luke. La calle estaba casi desierta porque la gente de Brooklyn aprovechaba que era domingo para dormir hasta tarde. Marchó en dirección al metro de la avenida Bedford con la mente puesta aún en Simon. Sentía un doloroso vacío en la boca del estómago cuando pensaba en él. Era la primera persona en quien había querido confiar en años, pero Simon había conseguido que eso fuera imposible.

«Desde luego, si confiar en él es imposible, entonces ¿por qué te diriges a verlo?» dijo el susurro en el fondo de su mente que siempre le hablaba con la voz de Daniel.

«Cállate —repuso ella con firmeza—. Incluso aunque no podamos ser amigos, le debo una disculpa.»

Alguien rió. El sonido reverberó en los altos muros de la fábrica situada a su izquierda. Con un repentino temor, Maia giró en redondo, pero la calle estaba vacía. Una anciana paseaba a sus perros por la orilla del río, pero Maia dudó de que estuviese lo bastante cerca para oírla.

Aceleró el paso de todos modos. Podía andar más de prisa que la mayoría de los humanos, se recordó, incluso dejarlos atrás. Aún en su estado actual, con el brazo doliéndole igual que si alguien la hubiera golpeado el hombro con una maza, no tenía nada que temer de un atracador o un violador. Dos chicos adolescentes armados con cuchillos habían intentado agarrarla mientras cruzaba Central Park una noche tras su llegada a la ciudad, y sólo Bat había impedido que los matara.

Así pues ¿por qué sentía tanto pánico?

Echó otra ojeada atrás. La anciana había desaparecido; Kent estaba vacía. La vieja y abandonada fábrica de azúcar Domino se alzaba frente a ella. Llevada por un impulso repentino de salir de la calle, se metió en el callejón que pasaba junto a la fábrica.

Se encontró en un espacio angosto entre dos edificios, lleno de basura, botellas vacías y el corretear de ratas. Los tejados se tocaban en lo alto, cerrando el paso al sol y haciendo que Maia se sintiera como si se hubiese metido en un túnel. Las paredes eran de ladrillo, con pequeñas ventanas sucias, muchas de las cuales estaban rotas. A través de ellas pudo ver el suelo de la fábrica abandonada e hileras de calderas, hornos y cubas de metal. El aire olía a azúcar quemado. Se apoyó en una de las paredes intentando apaciguar el martilleo de su corazón. Casi había conseguido tranquilizarse cuando una voz increíblemente familiar le habló desde las sombras.

—¿Maia?

Giró en redondo. Él estaba de pie en la entrada del callejón, los cabellos iluminados desde atrás, brillando como un halo alrededor del rostro hermoso. Los ojos oscuros, bordeados de largas pestañas, la contemplaban con curiosidad. Llevaba vaqueros y, a pesar de la frialdad del aire, una camiseta de manga corta. Todavía parecía tener quince años.

—Daniel —musitó.

Él fue hacia ella sin que sus pasos emitieran ningún sonido.

—Ha pasado mucho tiempo, hermanita.

Ella quiso correr, pero sentía las piernas como si fuesen bolsas de agua. Se apretó contra la pared como si pudiera desaparecer en su interior.

—Pero… tú estás muerto.

—Y tú no lloraste en mi funeral, ¿verdad, Maia? ¿No hubo lágrimas por tu hermano mayor?

—Eras un monstruo —susurró ella—. Intentaste matarme…

—No en serio.

Había algo largo y afilado en su mano ahora, algo que centellea-

304

ba como fuego plateado en la penumbra. Maia no estaba segura de lo que era; el terror le nublaba la vista. Fue resbalando hasta el suelo mientras él avanzaba hacia ella, las piernas incapaces de seguir sosteniéndola.

Daniel se arrodilló a su lado. Entonces pudo ver qué era lo que tenía en la mano: un irregular pedazo roto de cristal de una de las ventanas destrozadas. El terror creció y la cubrió como una ola, pero no era miedo al arma en la mano de su hermano lo que la abrumaba, era el vacío en los ojos de éste. Podía mirar a su interior y a través de ellos, y ver sólo oscuridad.

—¿Recuerdas —dijo él— cuando te dije que te cortaría la lengua antes que dejar que fueras a hablar de mí a papá y a mamá?

Paralizada por el miedo, Maia sólo podía mirarle fijamente. Sentía ya el cristal clavándosele en la carne, el asfixiante sabor de la sangre inundándole la boca, y deseó estar muerta, muerta ya, cualquier cosa era mejor que aquel horror y aquel espantoso...

—Es suficiente, Agramon.

La voz de un hombre cortó la niebla de su cabeza. No era la voz de Daniel; era queda, culta, sin lugar a dudas humana. Le recordó a alguien... pero ¿a quién?

—Como desees, lord Valentine.

Daniel soltó un suspiro de desilusión... y a continuación el rostro empezó a desvanecerse y deshacerse. Desapareció en un instante, y con él la sensación de terror paralizante y aplastante que la había amenazado. Tragó una desesperada bocanada de aire.

—Bien. Respira. —Volvía a ser la voz del hombre, irritada ahora—. La verdad, Agramon, unos pocos segundos más y ella habría muerto.

Maia alzó los ojos. El hombre —Valentine— estaba de pie observándola con atención. Era muy alto y vestía de negro, incluso los guantes que llevaba y las botas de suela gruesa que calzaba. Usó precisamente la punta de una de las botas para alzarle la barbilla, y la voz cuando habló era fría, mecánica.

—¿Cuántos años tienes?

El rostro que la contemplaba era estrecho, de huesos prominentes, desprovisto de todo color, con los ojos tan negros y los cabellos tan blancos que parecía una fotografía en negativo. En el lado izquierdo del cuello, justo por encima del borde del abrigo, llevaba una Marca en espiral.

—¿Eres Valentine? —susurró ella—. Pero yo pensaba que tú...

La bota descendió sobre su mano, haciendo que una punzada de dolor le recorriera el brazo. Chilló.

—Te hice una pregunta —dijo él—. ¿Cuántos años tienes?

—¿Cuántos años tengo? —El dolor de la mano, mezclado con el olor agrio de la basura que había por todas partes le revolvió el estómago—. ¡Vete a la mierda!

Una barra luminosa pareció saltar entre los dedos del hombre; la descargó hacia abajo y sobre el rostro de la joven a tal velocidad que ella no tuvo tiempo de echarse atrás. Una ardiente línea de dolor se abrió paso por su mejilla; Maia se llevó una mano al rostro y sintió cómo la sangre le embadurnaba los dedos.

—Bien —dijo Valentine, con la misma voz precisa y refinada—. ¿Cuántos años tienes?

—Quince. Tengo quince años.

Percibió, más que vio, que él sonreía.

—Perfecto.

Ya en el Instituto, la Inquisidora se llevó a Jace lejos de los Lightwood, a la sala de entrenamiento del piso superior. El joven se quedó rígido por la impresión al captar la imagen que reflejaban de él los largos espejos que cubrían las paredes. En realidad no se había mirado en días, y la noche anterior había sido mala. Los ojos estaban rodeados de sombras negras, y tenía la camiseta embadurnada de sangre seca y lodo mugriento procedente del East River. El rostro aparecía hundido y demacrado.

—¿Admirándote? —La voz de la Inquisidora se abrió paso a través de su contemplación—. No tendrás un aspecto tan mono cuando la Clave acabe contigo.

—Realmente usted parece obsesionada con mi belleza. —Jace dio la espalda al espejo con cierto alivio—. ¿Podría ser que todo esto se deba a que se siente atraída por mí?

—No seas repugnante. —La Inquisidora había sacado cuatro largas tiras de metal de la bolsa gris que llevaba colgada a la cintura: cuchillos del Ángel—. Podrías ser mi hijo.

—Stephen. —Jace recordó lo que Luke había dicho en la casa—. Así es como se llama, ¿verdad?

La mujer se volvió como una exhalación hacia él. Los cuchillos que sujetaba vibraron con su cólera.

—Jamás pronuncies su nombre.

Por un momento, Jace se preguntó si ella llegaría realmente a intentar matarlo. No dijo nada mientras la mujer recuperaba el control. Sin mirarlo, señaló con uno de los cuchillos.

—Ponte ahí en el centro de la habitación, por favor.

Jace obedeció. Aunque intentaba no mirar los espejos, podía ver su propio reflejo y el de la Inquisidora por el rabillo del ojo. Los espejos multiplicaban los reflejos y un número infinito de Inquisidoras amenazaban a un número infinito de Jaces.

El muchacho echó un vistazo a sus manos atadas. Había pasado de sentir un leve dolor a sentir un dolor fuerte y punzante en las muñecas y hombros, pero no hizo ni una mueca mientras la Inquisidora contemplaba uno de los cuchillos, al que llamaba *Jophiel*, y lo clavaba en las lustrosas tablas de madera del suelo a sus pies. Jace aguardó, pero no sucedió nada.

—¿Bum? —dijo finalmente—. ¿Se suponía que debía suceder algo?

—Cállate. —El tono de la Inquisidora era tajante—. Y quédate donde estás.

Jace se quedó quieto, observando con curiosidad creciente mientras ella se colocaba del otro lado, nombraba a un segundo cuchillo *Harahel*, y procedía a clavarlo también en las tablas del suelo.

Con la tercera arma —*Sandalphon*— el muchacho comprendió lo que estaba haciendo la mujer. El primer cuchillo lo había clavado en el suelo justo al sur de él, el siguiente al este y el tercero al norte. La mujer señalaba los puntos cardinales. Se esforzó por recordar qué podía significar eso, pero no se le ocurrió nada. Era evidente que se trataba de algún ritual de la Clave que iba más allá de cualquier cosa que le hubiesen enseñado. Para cuando ella alargó la mano hacia el último cuchillo, *Taharial*, Jace tenía las palmas sudorosas, irritadas allí donde rozaban una con otra.

La Inquisidora se irguió, pareciendo sentirse complacida consigo misma.

—Ya está.

—¿El qué? —quiso saber él, pero ella alzó una mano.

—No del todo aún, Jonathan. Hay una cosa más.

Fue hacia el cuchillo situado más al sur y se arrodilló frente a él. Con un rápido movimiento, extrajo una estela y grabó una única runa oscura en el suelo justo debajo del cuchillo. Mientras se incorporaba, sonó un agudo y melodioso repique por toda la habitación, el tañido de una delicada campanilla, y brotó una luz de los cuatro cuchillos de ángel, tan cegadora que Jace apartó la cabeza, medio cerrando los ojos. Cuando la volvió otra vez, al cabo de un momento, vio que estaba de pie en el interior de una jaula cuyas paredes parecían tejidas con filamentos de luz. Éstos no eran estáticos, sino que se movían como cortinas de lluvia iluminada.

La Inquisidora era ahora una figura borrosa tras una pared refulgente. Cuando Jace la llamó, incluso la voz le sonó temblorosa y hueca, como si la llamara a través de agua.

—¿Qué es esto? ¿Qué ha hecho?

Ella rió.

Jace dio un enojado paso al frente, y luego otro; el hombro rozó una refulgente pared. Como si hubiese tocado una valla electrificada, la descarga que le recorrió fue como un puñetazo que le derribó. Cayó torpemente al suelo, incapaz de usar las manos para frenar la caída.

La Inquisidora volvió a reír.

—Si intentas atravesar la pared recibirás más que una descarga. La Clave llama a este castigo la Configuración Malachi. Estas paredes no se pueden traspasar mientras los cuchillos serafín permanezcan donde están. Yo no lo haría —añadió cuando Jace, arrodillado, hizo un movimiento hacia el cuchillo que tenía más cerca—. Toca los cuchillos y morirás.

—Pero usted sí puede tocarlos —dijo él, incapaz de mantener la aversión fuera de la voz.

—Puedo, pero no lo haré.

—Pero ¿qué pasa con la comida? ¿Agua?

—Todo a su momento, Jonathan.

El muchacho se puso en pie. A través de la pared borrosa, vio cómo se daba la vuelta para irse.

—Pero mis manos…

Bajó los ojos hacia las muñecas atadas. El metal ardiente le corroía la piel igual que ácido. Manaba sangre alrededor de las llameantes esposas.

—Deberías haber pensado en eso antes de ir a ver a Valentine.

—No me está haciendo temer la venganza del Consejo precisamente. No pueden ser peores que usted.

—Bueno, no vas a ir al Consejo —respondió la Inquisidora, y había una sosegada calma en su tono que a Jace no le gustó nada.

—¿Qué quiere decir con que no voy a ir al Consejo? Pensaba que había dicho que iba a llevarme a Idris mañana.

—No. Pienso devolverte a tu padre.

El impacto de las palabras casi volvió a derribarlo.

—¿Mi padre?

—Tu padre. Estoy planeando cambiarte por los Instrumentos Mortales.

Jace la miró atónito.

—Debe estar bromeando.

—En absoluto. Es más sencillo que un juicio. Desde luego, quedarás excluido de la Clave —añadió, como si se le acabara de ocurrir—, pero supongo que ya esperabas eso.

Jace negaba con la cabeza.

—Se ha equivocado de hombre. Espero que se dé cuenta.

Una expresión de fastidio pasó rauda por la cara de la mujer.

—Pensaba que habíamos prescindido ya de tu pretensión de inocencia, Jonathan.

—No me refería a mí. Me refería a mi padre.

Por primera vez desde que la había conocido, la mujer pareció sorprendida.

—No entiendo qué quieres decir.

—Mi padre no cambiará los Instrumentos Mortales por mí. —Las palabras eran amargas, pero el tono de Jace no lo era; era realista—. Preferiría que me matara ante él antes que entregarle ni la Espada ni la Copa.

La Inquisidora negó con la cabeza.

—No lo comprendes —replicó, y había un desconcertante vestigio de resentimiento en su voz—. Los niños nunca lo hacen. No hay ninguna otra cosa que se parezca al amor que un progenitor siente por un hijo, no hay ninguna otra cosa que se le parezca. Ningún otro amor es tan devorador. Ningún padre, ni siquiera Valentine, sacrificaría a su hijo por un pedazo de metal, por muy poderoso que éste pueda ser.

—No conoce a mi padre. Se reirá en su cara y le ofrecerá dinero para que envíe mi cuerpo de vuelta a Idris.

—No seas absurdo…

—Tiene razón —se burló Jace—. Bien pensado, probablemente le hará pagar a usted los gastos de envío.

—Ya veo que sigues siendo hijo de tu padre. No quieres que pierda los Instrumentos Mortales; sería una pérdida de poder también para ti. No quieres vivir tu vida como el hijo deshonrado de un criminal, así que dirás cualquier cosa para influir en mi decisión. Pero no me engañas.

—Oiga. —El corazón de Jace latía violentamente, pero intentó hablar con calma; aquella mujer tenía que creerle—. Sé que me odia. Sé que piensa que soy un mentiroso como mi padre. Pero le estoy diciendo la verdad. Mi padre cree absolutamente en lo que está haciendo. Usted opina que es malvado. Pero él piensa que tiene razón. Piensa que lleva a cabo la obra de Dios. No renunciará a eso por mí. Usted me siguió la pista cuando fui allí, tuvo que haber oído lo que me dijo…

—Te vi hablar con él —respondió la Inquisidora—. No oí nada.

Jace soltó una palabrota entre dientes.

—Mire, le haré cualquier juramento que quiera para probar que no miento. Está usando la Espada y la Copa para invocar demonios y controlarlos. Cuanto más tiempo desperdicie usted conmigo, más puede él aumentar su ejército. Para cuando se dé cuenta de que él no hará el intercambio, ya no tendrá ninguna posibilidad contra él…

La Inquisidora se apartó con un resoplido de repugnancia.

—Estoy cansada de tus mentiras.

Jace contuvo el aliento con incredulidad mientras ella le daba la espalda y se marchaba a grandes zancadas en dirección a la puerta.

—¡Por favor! —gritó el chico.

Ella se detuvo en la puerta y volvió la cabeza para mirarlo. Jace sólo pudo ver la sombra angulosa de la cara, la barbilla puntiaguda y unos huecos oscuros en las sienes. Las ropas grises se perdían entre las sombras, lo que le hacía parecer una calavera incorpórea flotante.

—No creas —dijo ella— que devolverte a tu padre es lo que realmente quiero hacer. Es algo mejor de lo que Valentine Morgenstern merece.

—¿Qué se merece?

—Sostener el cuerpo sin vida de su hijo en brazos. Ver a su hijo muerto y saber que no hay nada que pueda hacer, ningún hechizo, ningún ensalmo, ningún trato con el infierno que pueda traerlo de vuelta… —Se interrumpió—. Debería saberlo —siguió en un susurro, y empujó la puerta, las manos raspando sobre la madera.

La puerta se cerró tras ella con un chasquido dejando a Jace con las muñecas ardiendo y la mirada fija en el hueco de la puerta con expresión desconcertada.

Clary colgó el teléfono enfadada.

—No responde.

—¿A quién intentabas llamar?

Luke iba por la quinta taza de café y Clary empezaba a preocuparse por él. ¿Existía el envenenamiento por cafeína? Él no parecía estar al borde de un ataque ni nada así, pero, disimuladamente, Clary desenchufó la cafetera al volver hacia la mesa, sólo por si acaso.

—¿Simon?

—No, me siento rara despertándolo durante el día, aunque dijo que no le molesta siempre y cuando no tenga que ver la luz.

—Entonces…

—Llamaba a Isabelle. Quiero saber qué está pasando con Jace.

—¿No ha contestado?

—No.

A Clary le gruñía el estómago, así que fue al refrigerador, sacó un yogurt de melocotón y se lo comió mecánicamente, sin saborearlo. Iba por la mitad cuando recordó algo.

—Maia —dijo—. Deberíamos ver si está bien. —Dejó el yogurt—. Ya voy yo.

—No, yo soy su jefe de manada. Confía en mí. Puedo tranquilizarla si está alterada —indicó Luke—. Regresaré en seguida.

—No digas eso —suplicó Clary—. No lo soporto cuando la gente dice eso.

Él le dedicó una sonrisa torcida y fue hacia el vestíbulo. Al cabo de pocos minutos estaba de vuelta, con expresión anonadada.

—Se ha ido.

—¿Ido? ¿Qué quieres decir?

—Se ha marchado a escondidas de la casa. Ha dejado esto.

Arrojó un pedazo de papel doblado sobre la mesa. Clary lo recogió y leyó las frases garabateadas con el entrecejo fruncido:

Perdón por todo. He ido a reparar el daño. Gracias por lo que has hecho.
Maia.

—¿«Ido a reparar el daño»? ¿Qué significa?

—Esperaba que tú lo supieras —dijo Luke con un suspiro.

—¿Estás preocupado?

—Los demonios raum son rastreadores —respondió Luke—. Encuentran a la gente y se la llevan a quienquiera que los haya invocado. Aquel demonio aún podría estar buscándola.

—¡Ah! —exclamó Clary en un hilo de voz—. Bueno, creo que quiere decir que iba a ver a Simon.

Luke pareció sorprendido.

—¿Sabe dónde vive?

—No lo sé —admitió Clary—. A veces parece como si fuesen íntimos. Quizá. —Metió la mano en el bolsillo en busca del teléfono—. Lo llamaré.

—Pensaba que llamarlo te hacía sentir rara.

—No tan rara con todo lo que está sucediendo.

Hizo avanzar la pantalla de la agenda en busca del número de Simon. El teléfono sonó tres veces antes de que él contestara, con voz atontada.

—¿Diga?

—Soy yo.

Se apartó de Luke mientras hablaba, más por costumbre que por deseo de ocultarle la conversación.

—Ya sabes que ahora soy una criatura nocturna —repuso él con un gemido, y ella le oyó volverse en la cama—. Eso significa que duermo todo el día.

—¿Estás en casa?

—Sí, ¿en qué otro sitio podría estar? —Su voz se agudizó, mientras el sueño se desvanecía—. ¿Qué sucede Clary, qué pasa?

—Maia ha huido. Ha dejado una nota sugiriendo que podría dirigirse a tu casa.

—Bueno, no lo ha hecho —respondió Simon, perplejo—. O en todo caso, no ha aparecido aún.

—¿Hay alguien en casa aparte de ti?

—No, mi madre está en el trabajo y Rebecca tiene clases. ¿Por qué? ¿Realmente crees que Maia se presentará aquí?

—Sólo llámanos si…

Simon la interrumpió.

—Clary —el tono de voz era apremiante—, aguarda un instante. Creo que alguien está intentando entrar en mi casa.

Transcurría el tiempo dentro de la prisión, y Jace contemplaba cómo la horrorosa lluvia plateada caía a su alrededor con una especie de interés distante. Los dedos se le habían empezado a entumecer, lo que sospechaba que era una mala señal, pero no conseguía que le importara. Se preguntó si los Lightwood sabían que estaba allí arriba, o si alguien que entrara en la sala de entrenamiento se llevaría una sorpresa desagradable al encontrarlo allí encerrado. Pero no, la Inquisidora no era tan descuidada. Les habría dicho que la habitación tenía prohibido el acceso hasta que ella se deshiciera del prisionero del modo que creyera conveniente. Supuso que debería estar enojado, incluso asustado, pero no conseguía que eso le importara tampoco. Nada parecía real ya: ni la Clave, ni la Alianza, ni la Ley, ni siquiera su padre.

Una pisada queda le alertó de la presencia de alguien más en la habitación. Había estado tumbado sobre la espalda, con la vista fija en el techo; ahora se sentó en el suelo, pasando una mirada rápida por la estancia. Distinguió una forma oscura más allá de la reluciente cortina de lluvia. «Debe de ser la Inquisidora», de vuelta para burlarse de él un poco más. Se preparó para ello... y entonces vio, con un sobresalto, el cabello oscuro y el rostro familiar.

Quizá todavía había algunas cosas que le importaban, después de todo.

—¿Alec?

—Sí.

Alec se arrodilló al otro lado de la pared reluciente. Era como mirar a alguien a través de agua transparente rizada por la corriente; había momentos en que Jace podía ver a Alec con claridad, pero de vez en cuando las facciones parecían tambalearse y disolverse mientras la lluvia ardiente relucía y se ondulaba.

Era suficiente para marear a cualquiera, se dijo Jace.

—¿Qué, en el nombre del Ángel, es esta cosa? —Alec alargó la mano para tocar la pared.

—No lo hagas. —Jace alargó la suya, luego la retiró a toda prisa antes de entrar en contacto con la cortina luminosa—. Te dará una descarga, tal vez te mate si intentas atravesarla.

Alec echó la mano hacia atrás con un silbido quedo.

—La Inquisidora no bromeaba.

—Desde luego que no. Soy un criminal peligroso. ¿O es que no te has enterado?

Jace oyó el tono ácido de su propia voz, vio cómo Alec se encogía, y se sintió mezquina y momentáneamente complacido.

—No te llamó criminal, exactamente...

—No, simplemente soy un niño travieso. Hago toda clase de cosas malas. Pateo gatitos. Hago gestos groseros a monjas.

—No bromees. Esto es algo serio. —Los ojos de Alec estaban sombríos—. ¿En qué diablos estabas pensando, yendo a ver a Valentine? Quiero decir, en serio, ¿qué te pasó por la cabeza?

A Jace se le ocurrieron varios comentarios agudos, pero descubrió que no quería hacer ninguno de ellos. Estaba demasiado cansado.

—Pensaba en que era mi padre.

Alec dio la impresión de estar contando mentalmente hasta diez para conservar la paciencia.

—Jace…

—¿Y si fuese tu padre? ¿Qué harías?

—¿Mi padre? Mi padre jamás haría las cosas que Valentine…

Jace alzó violentamente la cabeza.

—¡Tu padre sí que hizo esas cosas! ¡Estaba en el Círculo junto con mi padre! ¡También tu madre! Nuestros padres eran todos iguales. ¡La única diferencia es que a los tuyos los cogieron y castigaron, y al mío no!

El rostro de Alec se puso tenso. Pero «¿La única diferencia?» fue todo lo que dijo.

Jace bajó la mirada hacia las manos. Las esposas ardientes no estaban pensadas para dejarlas puestas tanto tiempo. La piel de debajo estaba salpicada de gotas de sangre.

—Sólo quería decir —repuso Alec— que no veo por qué querías verle, no después de lo que ha hecho en general, sino después de lo te hizo a ti.

Jace no dijo nada.

—Todos estos años —siguió Alec— dejó que pensaras que estaba muerto. Quizá no recuerdes cómo era cuando tenías diez años, pero yo sí. Nadie que te amara podría hacer… podría hacer algo como aquello.

Finas líneas de sangre empezaban a descender por las manos de Jace, igual que una cuerda roja deshilándose.

—Valentine me dijo —repuso él en voz baja— que si le apoyaba contra la Clave, si lo hacía, se aseguraría de que nadie que me importase resultase herido. Ni tú, ni Isabelle, ni Max. Ni tus padres. Dijo…

—¿Nadie saldría herido? —repitió Alec con sorna—. Quieres decir que no les haría daño él personalmente. Qué bonito.

—Vi lo que puede hacer, Alec. La clase de fuerza demoníaca que puede invocar. Si lanza su ejército de demonios contra la Clave, habrá guerra. Y la gente muere en las guerras. —Vaciló—. Si tuvieras la posibilidad de salvar a todos a los que quieres…

—Pero ¿qué clase de posibilidad es? ¿Qué valor tiene la palabra de Valentine, además?

—Si jura por el Ángel que hará algo, lo hará. Lo conozco.

—Si lo apoyas contra la Clave.

Jace asintió.

—Se enojaría una barbaridad cuando le dijiste que no —comentó Alec.

Jace alzó la mirada de las sangrantes muñecas y miró a Alec de hito en hito.

—¿Qué?

—He dicho…

—Ya sé lo que has dicho. Pero ¿qué te hace suponer que le dije que no?

—Bueno, lo hiciste. ¿No es cierto?

Muy despacio, Jace asintió.

—Te conozco —repuso Alec, con total seguridad, y se puso en pie—. Le hablaste a la Inquisidora sobre Valentine y sus planes, ¿verdad? ¿Y no le importó?

—Yo no diría eso. Más bien no me creyó. Tiene un plan con el que cree que se encargarán de Valentine. El único problema es que su plan es una porquería.

Alec asintió.

—Puedes ponerme al corriente más tarde. Primero, lo más importante: tenemos que averiguar cómo sacarte de aquí.

—¿Qué? —La incredulidad hizo que Jace se sintiera levemente mareado—. Creía que tú estabas directamente del lado de los de «vaya directamente a la cárcel, sin pasar por la Salida, y sin cobrar los doscientos dólares». «La Ley es la Ley, Isabelle.» ¿Qué era toda esa perorata que soltaste?

Alec parecía atónito.

—¡No puedes haber pensado que lo decía en serio! Sólo quería

317

que la Inquisidora confiara en mí para que no estuviera vigilándome todo el tiempo como está vigilando a Izzy y a Max. Sabe que ellos están de tu lado.

—¿Y tú? ¿Estás tú de mi lado?

Jace pudo oír la aspereza en su propia pregunta y se sintió casi abrumado por lo mucho que significaba la respuesta para él.

—Estoy contigo —respondió Alec—, siempre. ¿Por qué tienes que preguntarlo siquiera? Puede que yo respete la Ley, pero lo que la Inquisidora te ha estado haciendo no tiene nada que ver con la Ley. No sé exactamente qué es lo que pasa, pero el odio que siente por ti es personal. No tiene nada que ver con la Clave.

—La provoco —dijo Jace—. No puedo evitarlo. Los burócratas maliciosos me crispan los nervios.

Alec sacudió la cabeza.

—Tampoco es eso. Es un odio ancestral. Puedo percibirlo.

Jace iba a contestar cuando las campanas de la catedral empezaron a sonar. Estando tan cerca del tejado, el sonido resultaba ensordecedor. Miró fugazmente a lo alto… medio esperando ver a *Hugo* volando por entre las vigas de madera con sus lentos círculos meditabundos. Al cuervo siempre le había gustado estar allí arriba entre las vigas y el techo abovedado de piedra. En aquella época, Jace había pensado que al pájaro le gustaba clavar las garras en la madera blanda; ahora comprendía que las vigas le habían proporcionado un excelente mirador desde el que espiar.

Una idea oscura y amorfa empezó a tomar forma en lo recóndito de la mente de Jace, pero se limitó a decir en voz alta:

—Luke dijo algo sobre que la Inquisidora tenía un hijo llamado Stephen. Dijo que ella intentaba desquitarse por él. Le pregunté a la Inquisidora por él y casi le da un ataque. Creo que podría ser el motivo por el que me odia tanto.

Las campanas habían dejado de sonar.

—Es posible —respondió Alec—. Puedo preguntar a mis padres, pero dudo que me lo digan.

318

—No, no les preguntes a ellos. Pregunta a Luke.

—¿Te refieres a que vaya hasta Brooklyn? Oye, escabullirse de aquí va a ser casi imposible…

—Usa el teléfono de Isabelle. Envía un mensaje de texto a Clary. Pídele que le pregunte a Luke.

—De acuerdo. —Alec hizo una pausa—. ¿Quieres que le diga algo más de tu parte? A Clary, quiero decir, no a Isabelle.

—No —contestó Jace—, no tengo nada que decirle.

—¡Simon! —Aferrando el teléfono, Clary se volvió hacia Luke—. Dice que alguien está intentando entrar en la casa.

—Dile que salga de ahí.

—No puedo salir —contestó Simon con voz tensa—. No, a menos que quiera convertirme en una antorcha.

—Es de día —explicó la muchacha a Luke, pero vio que él ya había comprendido el problema y rebuscaba en los bolsillos.

Eran las llaves del coche. Las alzó.

—Dile que vamos para allá, que se encierre en una habitación hasta que lleguemos.

—¿Has oído? Enciérrate en una habitación.

—Vale. —La voz de Simon sonaba tensa; Clary oyó un quedo sonido chirriante, luego un fuerte golpe sordo.

—¡Simon!

—Estoy bien. Sólo estoy apilando cosas contra la puerta.

—¿Qué clase de cosas?

La muchacha estaba ya fuera en el porche, tiritando de frío en su fino suéter. Luke, detrás de ella, cerraba la casa con llave.

—Un escritorio —respondió Simon con cierta satisfacción—. Y mi cama.

—¿Tu cama?

Clary montó en la furgoneta junto a Luke, forcejeando con una sola mano con el cinturón de seguridad mientras el vehículo salía disparado y avanzaba como un bólido por Kent. Alargó una mano hacia ella y le abrochó el cinturón.

—¿Cómo has levantado tu cama? —preguntó Clary.

—Lo olvidas. Fuerza supervampírica.

—Pregúntale qué has oído —indicó Luke.

Descendían a toda velocidad por la calle, lo que habría sido estupendo si la zona del río en Brooklyn hubiese tenido un mejor mantenimiento. Clary lanzaba una exclamación cada vez que daban con un bache.

—¿Qué es lo que has oído? —preguntó, recuperando el aliento.

—La puerta de la calle se ha abierto de golpe. Alguien debe de haberla abierto de una patada. Entonces *Yossarian* ha entrado como una exhalación en mi habitación y se ha escondido bajo la cama. Así es como he sabido que seguro que hay alguien en la casa.

—¿Y ahora?

—Ahora no oigo nada.

—Eso es bueno, ¿verdad? —Clary volvió la cabeza hacia Luke—. Dice que ahora no oye nada. A lo mejor se ha ido.

—A lo mejor. —Luke sonó dubitativo.

En aquellos momentos iban por la autopista dirigiéndose al vecindario de Simon a toda velocidad.

—Mantenlo al teléfono de todos modos.

—¿Qué es lo que estás haciendo en este instante, Simon?

—Nada. He empujado todo lo de mi habitación contra la puerta e intento sacar a *Yossarian* de detrás del conducto de la calefacción.

—Déjalo donde está.

—Esto va a ser muy difícil de explicar a mi madre —comentó Simon, y el teléfono se desconectó.

Se escuchó un clic y luego nada. LLAMADA DESCONECTADA centelleó en la pantalla.

—No. ¡No! —Clary presionó el botón de rellamada con dedos temblorosos.

Simon contestó al instante.

—Lo siento. *Yossarian* me ha arañado y se me cayó el teléfono.

La garganta de Clary ardió de alivio.

—No pasa nada, mientras sigas bien y…

Un sonido como el de un maremoto se oyó a través del teléfono, ahogando la voz de Simon. Clary apartó violentamente el teléfono de la oreja. En la pantalla todavía se leía LLAMADA DESCONECTADA.

—¡Simon! —chilló al teléfono—. Simon, ¿me oyes?

El estrépito cesó. Se oyó el ruido de algo que se hacía pedazos y un maullido agudo y sobrenatural… ¿*Yossarian*? Luego el golpe de algo pesado contra el suelo.

—¿Simon? —susurró.

Hubo un clic y a continuación una voz burlona que arrastraba las palabras le habló al oído.

—Clarissa, debería de haber sabido que tú estarías al otro extremo de esta llamada.

Clary cerró los ojos con fuerza, y sintió que se le encogía el estómago como si estuviera bajando por una montaña rusa.

—Valentine.

—Quieres decir «padre» —replicó él, sonando genuinamente molesto—. Deploro esta moderna costumbre de llamar a los padres por el nombre de pila.

—Lo que en realidad quiero llamarte es mucho más pronunciable que tu nombre —soltó ella—. ¿Dónde está Simon?

—¿Te refieres al chico vampiro? Una compañía cuestionable para una joven chamarra de sombras de buena familia, ¿no crees? A partir de ahora espero tener algo que decir en tu elección de amigos.

—¿Qué le has hecho a Simon?

—Nada —respondió Valentine, jocoso—. Todavía.

Y colgó.

Para cuando Alec regresó a la sala de entrenamiento, Jace estaba tumbado en el suelo imaginando hileras de chicas que bailaban en un esfuerzo por hacer olvidar el dolor de las muñecas. No funcionaba.

—¿Qué haces? —preguntó Alec, arrodillándose todo lo cerca que pudo de la reluciente pared de la prisión.

Jace intentó recordar que cuando Alec hacía aquella clase de pregunta realmente lo decía en serio, y que era algo que en el pasado había encontrado más cautivador que molesto. Fracasó.

—Se me ocurrió que podría tumbarme en el suelo y retorcerme de dolor durante un rato —gruñó—. Me relaja.

—¿De verdad? ¡Ah… estás siendo sarcástico! Ésa es una buena señal, probablemente —repuso Alec—. Si puedes sentarte, tal vez deberías. Voy a tratar de deslizar algo a través de la pared.

Jace se incorporó con tal rapidez que la cabeza le dio vueltas.

—Alec, no…

Pero éste se movía ya para empujar algo hacia él con ambas manos, como si hiciera rodar una pelota hacia un niño. Una esfera roja se abrió paso a través de la reluciente cortina y rodó hasta Jace, chocando suavemente contra su rodilla.

—Una manzana. —La levantó con cierta dificultad—. Qué apropiado.

—Pensé que podrías tener hambre.

—La tengo. —Jace dio un mordisco a la manzana; un poco de jugo le corrió por las manos y chisporroteó en las llamas azules que le esposaban las muñecas—. ¿Has enviado el mensaje a Clary?

—No. Isabelle no quiere dejarme entrar en su habitación. Se limita a arrojar cosas contra la puerta y a chillar. Dijo que si yo entraba saltaría por la ventana. Y lo haría.

—Probablemente.

—Tengo la sensación —continuó Alec, y sonrió— de que no me ha perdonado por traicionarte, tal y como ella lo ve.

—Buena chica —repuso Jace en tono agradecido.

—Yo no te traicioné, idiota.

—Es la intención lo que cuenta.

—Bien, porque te traje algo más. No sé si funcionará, pero vale la pena probarlo.

Deslizó algo pequeño y metálico a través de la pared. Era un disco plateado aproximadamente del tamaño de una moneda de veinte centavos. Jace dejó la manzana en el suelo y tomó el disco con curiosidad.

—¿Qué es esto?

—Lo saqué del escritorio de la biblioteca. He visto a mis padres usarlo para retirar sujeciones. Creo que es una runa de apertura. Vale la pena probar…

Se interrumpió cuando Jace se acercó el disco a las muñecas, sosteniéndolo con torpeza entre dos dedos. En cuanto éste tocó la línea de llama azul, las esposas parpadearon y desaparecieron.

—Gracias.

Jace se frotó las muñecas, cada una rodeada por una línea de irritada piel sanguinolenta. Empezaba a volver a ser capaz de sentir las yemas de los dedos.

—No es una lima escondida en un pastel de cumpleaños, pero impedirá que se me caigan las manos.

Alec le miró. Las líneas fluctuantes de la cortina de lluvia hacían que su rostro apareciera alargado, preocupado… o tal vez sí que estaba preocupado.

—¿Sabes?, se me ocurrió algo cuando estaba hablando con Isabelle hace un rato. Le he dicho que no podía saltar por la ventana… y que no lo intentara o se mataría.

Jace asintió.

—Un buen consejo de hermano mayor.

—Pero entonces empecé a preguntarme si eso sería cierto en tu caso; quiero decir, te he visto hacer cosas que eran prácticamente volar. Te he visto caer desde tres pisos y aterrizar como un gato, saltar del suelo a un tejado…

—Oírte recitar mis logros es ciertamente gratificador, pero no estoy seguro de a dónde quieres ir a parar, Alec.

—A lo que me refiero es que hay cuatro paredes en esta prisión, no cinco.

Jace le miró fijamente.

—Así que Hodge no mentía cuando dijo que usaríamos la geometría en nuestra vida diaria. Tienes razón, Alec. Hay cuatro paredes en esta jaula. Ahora bien, si la Inquisidora se hubiese conformado con dos, yo podría...

—¡Jace! —exclamó Alec, perdiendo la paciencia—. Lo que quiero decir es que no hay parte superior en la jaula. Nada entre tú y el techo.

Jace tiró la cabeza hacia atrás. Las vigas parecieron oscilar a una altura vertiginosa por encima de él, sumidas en penumbra.

—Estás loco.

—Tal vez —repuso Alec—. Tal vez simplemente sé que puedes hacerlo. —Se encogió de hombros—. Podrías intentarlo, al menos.

Jace miró a Alec; vio su rostro franco y honesto, y los serenos ojos azules. «Está loco», pensó Jace. Era cierto que en el ardor del combate había realizado cosas extraordinarias, pero lo mismo habían hecho todos ellos. Sangre de cazador de sombras, años de adiestramiento..., pero no podía saltar nueve metros directamente hacia arriba.

«¿Cómo sabes que no puedes —dijo una voz en su cabeza—, si nunca lo has intentado?»

La voz de Clary. Pensó en ella y en sus runas, en la Ciudad Silenciosa y la esposa saltando de su muñeca con un chasquido como si se hubiese quebrado bajo una presión enorme. Clary y él compartían la misma sangre. Si Clary podía hacer cosas que no deberían ser posibles...

Se puso en pie, casi de mala gana, y miró a su alrededor, evaluando la estancia. Seguía pudiendo ver los espejos que llegaban hasta el suelo y la multitud de armas colgadas de las paredes, las hojas centelleando débilmente a través de la cortina de fuego plateado que lo rodeaba. Se inclinó y recuperó la manzana a medio comer del suelo, la contempló durante un momento, reflexionando; luego ladeó el brazo hacia atrás y la lanzó con toda la fuerza que le fue posible. La manzana voló por los aires, golpeó contra una reluciente pared plateada y estalló en una corona de derretida llama azul.

Jace oyó cómo Alec lanzaba una exclamación ahogada. Así que la Inquisidora no había estado exagerando. Si golpeaba con una de las paredes de la prisión, moriría.

Alec se puso en pie, titubeando de repente.

—Jace, no sé si…

—Cállate, Alec. Y no me observes. No ayuda.

Lo que fuese que Alec respondió, Jace no lo oyó. Se dedicaba a girar lentamente sobre los talones allí donde estaba, con los ojos concentrados en las vigas. Las runas que le proporcionaban una excelente visión de lejos entraron en acción, y vio las vigas con mayor claridad; podía distinguir los bordes astillados, las espirales y nudosidades, e incluso las manchas negras dejadas por el tiempo. Pero eran sólidas. Habían sostenido el tejado del Instituto durante cientos de años. Podrían sostener a un adolescente. Flexionó los dedos, tomando lentas y controladas bocanadas de aire, tal y como su padre le había enseñado. Mentalmente, se vio saltando, elevándose, asiéndose a una viga con facilidad e izándose sobre ella. Era una persona ligera, se dijo, ligera como una flecha, que volaba sin dificultad por el aire, veloz e imparable. Sería fácil, se dijo. Fácil.

—Soy la flecha de Valentine —musitó Jace—. Tanto si él lo sabe como si no.

Y saltó.

16

UN CORAZÓN CONVERTIDO EN PIEDRA

Clary presionó la tecla para volver a llamar a Simon, pero el teléfono pasó directamente al buzón de voz. Lágrimas ardientes le cayeron por las mejillas y arrojó el teléfono al salpicadero.

—Maldita sea, maldita sea…

—Casi estamos ahí —dijo Luke.

Habían salido de la autopista y ella ni siquiera lo había advertido. Pararon frente a la casa de Simon, una casa de madera unifamiliar cuya fachada estaba pintada de un alegre color rojo. Clary ya había salido del coche y corría por el camino de entrada antes de que Luke hubiese puesto el freno de mano. Le oyó llamarla a gritos mientras ella se precipitaba escaleras arriba y golpeaba frenéticamente la puerta principal.

—¡Simon! —gritó—. ¡Simon!

—Clary, ya basta —Luke la alcanzó en el porche—. Los vecinos…

—Al cuerno con los vecinos.

Buscó a tientas el llavero del cinturón, encontró la llave correcta y la introdujo en la cerradura. Abrió la puerta de golpe y entró cautelosamente en el vestíbulo, con Luke detrás de ella. Miraron por la primera puerta a la izquierda al interior de la cocina. Todo parecía exactamente como había estado siempre, desde la encimera meticulosamente limpia a los imanes del refrigerador. Allí estaba el fregadero donde había besado a Simon hacía sólo unos pocos días. La luz del sol penetraba a raudales por las ventanas, llenando la habitación de una pálida luz amarilla. Una luz que era capaz de dejar a Simon convertido en cenizas.

La habitación del chico era la última al final del pasillo. La puerta estaba entreabierta, aunque Clary no vio más que oscuridad a través de la rendija.

Sacó su estela del bolsillo y la asió con fuerza. Sabía que no era realmente una arma, pero sentirla en la mano le resultaba tranquilizador. Dentro, la habitación estaba oscura, con cortinas negras corridas sobre las ventanas, la única luz surgiendo del reloj digital de la mesilla de noche. Luke ya estiraba la mano para pulsar el interruptor cuando algo, algo que siseaba y escupía como un demonio, se abalanzó sobre él desde la oscuridad.

Clary chilló cuando Luke la asió por los hombros y la empujó violentamente a un lado. La muchacha dio un traspié y estuvo a punto de caer; cuando se enderezó, volvió la cabeza y se encontró con un Luke estupefacto que sujetaba a un gato blanco que maullaba y se revolvía, con el pelo erizado. Parecía una bola de algodón con zarpas.

—¡*Yossarian*! —exclamó Clary.

Luke soltó al gato. Inmediatamente, *Yossarian* salió corriendo por entre sus piernas y desapareció por el pasillo.

—Gato estúpido —masculló Clary.

—No es culpa suya. No gusto a los gatos.

Luke alargó la mano hacia el interruptor de la luz y lo pulsó. Clary lanzó un grito ahogado. La habitación estaba totalmente en orden, no había nada fuera de lugar, ni siquiera la alfombra estaba torcida. Incluso la colcha se hallaba pulcramente doblada sobre la cama.

—¿Es un glamour?

327

—Probablemente no. Probablemente tan sólo magia.

Luke se situó en el centro de la habitación, mirando alrededor pensativo. Al moverse para apartar una de las cortinas, Clary vio algo que relucía sobre la alfombra a sus pies.

—Luke, espera.

Fue hacia donde él estaba parado y se arrodilló para recoger el objeto. Era el móvil plateado de Simon, deformado y con la antena partida. Con el corazón martilleando, abrió la tapa. A pesar de la raja que atravesaba la pantalla, un único mensaje de texto seguía siendo visible: «Ahora los tengo a todos».

Clary se dejó caer sobre la cama aturdida. Vagamente, notó cómo Luke le arrancaba el teléfono de la mano, y le oyó inhalar con fuerza mientras leía el mensaje.

—¿Qué significa eso? ¿«Ahora los tengo a todos»? —preguntó Clary.

Luke dejó el teléfono de Simon sobre el escritorio y se pasó una mano por la cara.

—Me temo que significa que ahora tiene a Simon y, será mejor que nos enfrentemos a ello, también a Maia. Significa que tiene todo lo que necesita para el Ritual de Conversión.

Clary lo miró con asombro.

—¿Te refieres a que esto no tiene que ver simplemente con atacarme... y atacarte a ti?

—Estoy seguro de que Valentine considera eso un agradable efecto secundario. Pero no es su objetivo principal. Su objetivo principal es invertir las características de la Espada-Alma. Y para eso necesita...

—La sangre de niños subterráneos. Pero Maia y Simon no son niños. Son adolescentes.

—Cuando se creó ese hechizo, el hechizo para convertir la Espada-Alma en un objeto de las tinieblas, la palabra «adolescente» ni siquiera se había inventado. En la sociedad de los cazadores de sombras, eres un adulto cuando cumples los dieciocho. Antes de eso, eres un niño. Para las intenciones de Valentine, Maia y Simon son niños. Tiene ya la sangre de una niña hada y la de un niño brujo. Lo que le faltaba era la de un ser lobo y la de un vampiro.

Clary sintió como si le hubiesen arrancado el aire de un puñetazo.

—Entonces ¿por qué no hicimos nada? ¿Por qué no pensamos en protegerlos de algún modo?

—Hasta el momento Valentine ha hecho lo más conveniente. Ninguna de sus víctimas fue elegida por otra razón que estar allí y disponibles. El brujo fue fácil de encontrar; todo lo que Valentine tenía que hacer era contratarle con el pretexto de que quería que invocara a un demonio. Es bastante sencillo localizar hadas en el parque si sabes dónde mirar. Y La Luna del Cazador es exactamente el lugar al que irías si quisieras encontrar a un hombre lobo. Pero correr este peligro extra y tomarse la molestia de ir contra nosotros cuando nada ha cambiado...

—Jace —exclamó Clary.

—¿Qué quieres decir, Jace? ¿Qué sucede con él?

—Creo que es de Jace de quien quiere desquitarse. Jace debió hacer algo anoche en el barco que cabreó a Valentine lo suficiente como para abandonar cualquier plan que tuviera antes y hacer uno nuevo.

Luke pareció desconcertado.

—¿Qué te hace pensar que el cambio de planes de Valentine tiene que ver con tu hermano?

—Porque —respondió ella con sombría certeza— únicamente Jace puede hacer enojar tanto a alguien.

—¡Isabelle! —Alec aporreó la puerta de su hermana—. Isabelle, abre la puerta. Sé que estás ahí dentro.

La puerta se abrió una rendija. Alec intentó mirar por ella, pero nadie parecía estar al otro lado.

329

—No quiere hablar contigo —dijo una voz conocida.

Alec bajó la mirada y vio unos ojos grises que le miraban desafiantes desde detrás de un par de gafas.

—Max —exclamó—. Vamos, hermanito, déjame entrar.

—Yo tampoco quiero hablar contigo.

Max empezó a empujar la puerta para cerrarla, pero Alec, veloz como un chasquido del látigo de Isabelle, metió el pie en la abertura.

—No me obligues a derribarte, Max.

—Ni te atrevas. —Max empujó con todas sus fuerzas.

—No, pero podría ir a buscar a nuestros padres, y tengo la sensación de que no es lo que Isabelle quiere. ¿Verdad, Izzy? —preguntó, alzando la voz lo bastante como para que su hermana, dentro de la habitación, lo oyera.

—¡Ah, por el amor de Dios! —exclamó Isabelle furiosa—. De acuerdo, Max. Déjalo entrar.

Max se hizo a un lado y Alec entró dejando que la puerta quedara sin cerrar a su espalda. Isabelle estaba arrodillada en el alféizar de la ventana situada junto a la cama, con el látigo de oro enroscado alrededor del brazo izquierdo. Llevaba puesto el equipo de caza, los resistentes pantalones negros y la ceñida camiseta con el plateado dibujo de runas casi invisible. Las botas estaban abrochadas hasta las rodillas y los cabellos negros se agitaban bajo la brisa que penetraba por la ventana abierta. Lo miró iracunda, recordándole por un momento a *Hugo*, el cuervo negro de Hodge.

—¿Qué diablos haces? ¿Intentar matarte? —exigió él, atravesando furiosamente la habitación en dirección a su hermana.

El látigo culebreó violentamente, enroscándosele alrededor de los tobillos. Alec se detuvo en seco, sabiendo que con un único movimiento de muñeca Isabelle podía derribarlo y hacerlo caer sobre el parquet.

—No te acerques más a mí, Alexander Lightwood —exclamó ella en su voz más furiosa—. No me siento muy caritativa hacia ti en este momento.

—Isabelle…

—¿Cómo has podido arremeter contra Jace de ese modo? ¿Después de todo por lo que ha pasado? Además, hicimos el juramento de protegernos unos a otros.

—No —le recordó él—, si significaba quebrantar la Ley.

—¡La Ley! —soltó Isabelle, asqueada—. Existe una ley que está por encima de la Clave, Alec. La ley de la familia. Jace es tu familia.

—¿La ley de la familia? Jamás he oído hablar de eso —replicó Alec, irritado. Sabía que debería estar defendiéndose, pero era difícil no verse distraído por el sempiterno hábito de corregir a los hermanos pequeños cuando se equivocan—. ¿Quizá acabas de inventarla?

Isabelle hizo un veloz movimiento de muñeca. Alec sintió que los pies ya no lo sostenían y se revolvió para absorber el impacto de la caída con manos y muñecas. Aterrizó, rodó sobre la espalda y al elevar la mirada vio a Isabelle alzándose amenazadora ante él. Max estaba junto a ella.

—¿Qué deberíamos hacer con él, Maxwell? —preguntó Isabelle—. ¿Dejarlo aquí atado para que nuestros padres lo encuentren?

Alec ya había tenido suficiente, extrajo a toda velocidad un cuchillo de la funda de la muñeca, se dobló y cortó el látigo que le rodeaba los tobillos. El alambre de electro se rompió con un chasquido, y él se incorporó de un salto, al mismo tiempo que Isabelle echaba el brazo hacia atrás, con el hilo metálico siseando a su alrededor.

Una risita queda rompió la tensión.

—Ya está bien, ya está bien, ya lo has torturado suficiente. Estoy aquí.

Los ojos de Isabelle se abrieron de par en par.

—¡Jace!

—El mismo. —Jace entró en la habitación de Isabelle, cerrando la puerta tras él—. No hay necesidad de que se peleen… —Hizo una mueca de dolor cuando Max se arrojó a toda velocidad contra él, aullando su nombre—. Con cuidado —pidió, zafándose con suavidad del chiquillo—. Ahora mismo no estoy en la mejor de las formas.

—Ya me doy cuenta —indicó Isabelle, observándole con inquietud.

El muchacho tenía las muñecas ensangrentadas, el pelo rubio pegado al cuello y la frente por el sudor, y el rostro y las manos manchados de mugre e icor.

—¿Te ha hecho daño la Inquisidora?

—No demasiado. —Los ojos de Jace se encontraron con los de Alec a través de la habitación—. Sólo me ha encerrado en la sala de las armas. Alec me ayudó a salir.

Isabelle dejó caer el látigo igual que una flor marchita.

—Alec, ¿es cierto?

—Sí. —Su hermano se limpió el polvo de las ropas con deliberada ostentación, y no pudo resistirse a añadir—: Para que lo sepas.

—Bien, podrías haberme dicho…

—Y tú podrías haber tenido algo de fe en mí…

—Ya basta. No hay tiempo para discusiones —intervino Jace—. Isabelle, ¿qué clase de armas tienes aquí dentro? ¿Y vendas, tienes vendas?

—¿Vendas? —Isabelle dejó el látigo y sacó su estela de un cajón—. Puedo curarte con un *iratze*…

Jace alzó las muñecas.

—Un *iratze* servirá para mis magulladuras, pero no ayudará con esto. Son quemaduras de runa.

La quemaduras tenían un aspecto aún peor bajo la luz brillante de la habitación de Isabelle; las cicatrices circulares estaban negras y agrietadas en algunos lugares, rezumando sangre y un líquido transparente. Bajó las manos a la vez que Isabelle palidecía.

—Y necesitaré algunas armas, también —añadió Jace—. Antes de que…

—Vendas primero. Armas luego.

La muchacha dejó el látigo encima del tocador y condujo a Jace al interior del cuarto de baño con un cesto lleno de pomadas, gasas y vendas. Alec los observó a través de la puerta entreabierta; Jace se apoyaba en el lavamanos mientras su hermana adoptiva le pasaba una esponja por las muñecas y se las envolvía en gasa blanca.

—Bien, ahora quítate la camiseta.

—Ya sabía yo que querrías algo más.

Jace se quitó la chamarra y se pasó la camiseta por la cabeza, haciendo una mueca de dolor. La piel era de un dorado pálido, extendida como una capa sobre una fuerte musculatura. Marcas de tinta negra rodeaban unos brazos delgados. Un mundano podría haber pensado que las cicatrices blancas que salpicaban la piel de Jace, restos de viejas runas, le convertían en menos que perfecto, pero Alec no lo pensaba. Todos ellos tenían aquellas cicatrices; eran insignias de honor, no defectos.

—Alec, ¿puedes tomar el teléfono? —dijo Jace viendo que Alec le contemplaba por la puerta entreabierta.

—Está sobre el tocador.

Isabelle no alzó los ojos. Jace y ella conversaban en voz baja; Alec no podía oírles, pero sospechó que lo hacían porque intentaban no asustar a Max.

Alec miró.

—No está en el tocador.

Isabelle, trazando un *iratze* en la espalda de Jace, soltó una irritada palabrota.

—Maldita sea. Dejé el teléfono en la cocina. Mierda. No quiero ir a buscarlo por si la Inquisidora anda por ahí.

—Yo lo traeré —se ofreció Max—. A mí no me hace ningún caso. Soy demasiado pequeño.

—Supongo. —Isabelle no pareció muy convencida—. ¿Para qué necesitas el teléfono, Alec?

—Sólo lo necesitamos —respondió él con impaciencia—. Izzy...

—Si vas a enviarle un mensaje de texto a Magnus para decirle «creo k rs maravilloso», te mato.

—¿Quién es Magnus? —quiso saber Max.

—Un brujo.

—Un brujo sexy, sexy —añadió Isabelle a Max, haciendo caso omiso de la mirada de auténtica furia de Alec.

—Pero los brujos son malos —protestó Max, con expresión de perplejidad.

—Exactamente —dijo Isabelle.

—No lo comprendo —replicó Max—. Pero voy a buscar el teléfono. Regreso en seguida.

Salió sigilosamente por la puerta mientras Jace volvía a ponerse la camiseta y la chamarra, pasaba al cuarto, donde empezó a buscar armas entre los montones de pertenencias de Isabelle que había desperdigadas por todo el suelo. La muchacha le siguió meneando la cabeza.

—¿Cuál es el plan? ¿Nos vamos todos? La Inquisidora se va a poner como una loca cuando descubra que ya no estás aquí.

—No tanto como se enfurecerá cuando Valentine rechace su plan. —Jace les dio una idea general del plan de la Inquisidora—. El único problema es que él jamás lo aceptará.

—¿El... el único problema? —Isabelle estaba tan furiosa que casi tartamudeaba, algo que no había hecho desde los seis años—. ¡No puede hacer eso! ¡No puede canjearte a un psicópata! ¡Eres un miembro de la Clave! ¡Eres nuestro hermano!

—La Inquisidora no piensa así.

—No me importa lo que piense. Es una bruja horrenda y hay que detenerla.

—En cuanto descubra que su plan no tiene la menor posibilidad de éxito, tal vez se la pueda convencer —observó Jace—. Pero no voy a quedarme por aquí para descubrirlo. Me voy.

—No va a ser fácil —indicó Alec—. La Inquisidora ha cerrado este lugar más rigurosamente que con un pentagrama. ¿Sabes que hay guardianes abajo? Ha hecho venir a la mitad del Cónclave.

—Debe de tener muy buena opinión de mí —bromeó Jace, arrojando a un lado un montón de revistas.

—Tal vez no esté equivocada. —Isabelle lo miró pensativa—. ¿En serio has saltado nueve metros por encima de una Configuración Malachi? ¿De verdad, Alec?

—Sí —confirmó éste—. Nunca he visto nada igual.

—Y yo nunca he visto nada como esto.

Jace alzó una daga de veinticinco centímetros del suelo. Uno de los sujetadores rosa de Isabelle estaba ensartado en la afilada punta. Isabelle lo retiró de allí violentamente, poniendo cara de pocos amigos.

—Ésa no es la cuestión. ¿Cómo lo has hecho? ¿Lo sabes?

—Salté.

Jace extrajo dos discos de bordes afilados como cuchillas de debajo de la cama. Estaban cubiertos de pelo gris de gato. Sopló sobre ellos, dispersando el pelaje.

—*Chakhrams*. Fabuloso. En especial si tropiezo con demonios con serios problemas de caspa.

Isabelle le golpeó con el sujetador.

—¡No me estás contestando!

—Porque no lo sé, Izzy. —Jace se incorporó apresuradamente—. Quizá la reina seelie tenía razón. Quizá tengo poderes de los que no sé nada porque nunca los he puesto a prueba. Clary ciertamente los tiene.

Isabelle arrugó la frente.

—¿Los tiene?

Los ojos de Alec se abrieron de par en par de repente.

—Jace... ¿esa moto vampiro tuya está todavía en el tejado?

—Posiblemente. Pero es de día, así que no sirve de gran cosa.

—Además —indicó Isabelle—, no cabemos todos.

Jace se metió los *chakhrams* en el cinturón, junto con la daga de veinticinco centímetros. Varios cuchillos de ángel pasaron al interior de los bolsillos de la chamarra.

—Eso no importa —repuso—. No van a venir conmigo.

Isabelle empezó a farfullar indignada.

—¿Qué quieres decir con que no vamos a...? —Se interrumpió

cuando Max regresó, sin aliento y aferrando con fuerza su maltrecho teléfono rosa—. Max, eres un héroe. —Le tomó rápidamente el teléfono, lanzado una mirada iracunda a Jace—. Regresaré contigo en un minuto. Entretanto, ¿a quién vamos a llamar? ¿Clary?

—Yo la llamaré… —empezó a decir Alec.

—No. —Isabelle lo apartó de un manotazo—. Yo le caigo mejor. —Marcó el número y le sacó la lengua a su hermano mientras se llevaba el teléfono a la oreja—. ¿Clary? Soy Isabelle. Quer… ¿Qué? —El color de su rostro desapareció como si lo hubiesen borrado, dejándolo con un aspecto ceniciento y atónito—. ¿Cómo es eso posible? Pero ¿por qué…?

—¿Cómo es posible qué? —Jace se colocó junto a ella en dos zancadas—. Isabelle, ¿qué ha sucedido? ¿Está Clary…?

Isabelle apartó el teléfono de la oreja, con los nudillos blancos.

—Es Valentine. Se ha llevado a Simon y a Maia. Va a usarlos para realizar el Ritual.

Con un gesto suave, Jace alargó la mano y le quitó el teléfono a Isabelle de la mano. Se lo llevó al oído.

—Vengan con el coche al Instituto —dijo—. No entren. Esperenme. Me reuniré con ustedes afuera. —Cerró el teléfono de golpe y se lo pasó a Alec—. Llama a Magnus —dijo—. Dile que se reúna con nosotros en la zona del río, en Brooklyn. Puede elegir el lugar, pero debería ser algún lugar desierto. Vamos a necesitar su ayuda para llegar al barco de Valentine.

—¿Vamos? —Isabelle se animó visiblemente.

—Magnus, Luke y yo —aclaró Jace—. Ustedes dos se quedarán aquí y se ocuparán de la Inquisidora por mí. Cuando Valentine no cumpla su parte del trato, son ustedes los que van a tener que convencerla de que envíe todos los refuerzos que tenga el Cónclave tras Valentine.

—No lo entiendo —exclamó Alec—. ¿Cómo planeas salir de aquí?

Jace sonrió de oreja a oreja.

—Observen —contestó, y saltó sobre el alféizar de la ventana de Isabelle.

Isabelle lanzó un grito, pero Jace ya estaba pasando por la abertura de la ventana. Se mantuvo en equilibrio durante un momento en el alféizar exterior... y luego desapareció.

Alec corrió a la ventana y miró fuera horrorizado, pero no había nada que ver: sólo el jardín del Instituto allá abajo, marrón y vacío, y el sendero estrecho que conducía hasta la puerta principal. No había peatones que gritaran en la calle Noventa y seis, ni coches parados en la acera ante la visión de un cuerpo que caía. Era como si Jace se hubiese desvanecido sin dejar rastro.

El sonido de agua lo despertó. Era un sonido repetitivo, sordo; agua que chapoteaba contra algo sólido, una y otra vez, como si estuviese tumbado en el fondo de una piscina que se vaciara y volviera a llenar rápidamente. Tenía un sabor metálico en la boca, y era consciente de un dolor persistente en la mano izquierda. Con un gemido, Simon abrió los ojos.

Yacía sobre un duro y abollado suelo de metal pintado de un horrible gris verdoso. Las paredes eran del mismo metal verde. Había una única ventana redonda y alta en una pared, que permitía el paso sólo a un poco de luz solar, pero que era suficiente. Había estado tumbado con la mano expuesta a aquel rayo de luz y tenía los dedos enrojecidos y llenos de ampollas. Con otro gemido, rodó fuera de la luz y se sentó en el suelo.

Y vio que no estaba solo en la habitación. Aunque las sombras eran espesas, podía ver perfectamente en la oscuridad. Frente a él, con las manos atadas y encadenada a una enorme tubería, estaba Maia. Tenía las ropas desgarradas y un moretón enorme en la mejilla izquierda. Vio los claros del cuero cabelludo donde le habían arrancado trenzas en un lado, los cabellos enmarañados y apelmazados con sangre. En cuanto él se sentó en el suelo, ella le miró fijamente y se echó a llorar.

—Pensaba —hipó entre sollozos— que estabas… muerto.

—Es que estoy muerto —replicó Simon.

El muchacho se miró fijamente la mano. Mientras la observaba, las ampollas fueron desapareciendo a la vez que el dolor menguaba y la piel recuperaba su palidez normal.

—Lo sé, pero quiero decir… realmente muerto.

Simon intentó ir hacia ella, pero algo le detuvo en seco. Tenía una argolla de metal alrededor del tobillo, sujeta a una gruesa cadena clavada en el suelo. Valentine no corría riesgos.

—No llores —dijo, e inmediatamente lo lamentó, pues no era como si la situación no justificase las lágrimas—. Estoy perfectamente.

—Por ahora —repuso Maia, restregándose el rostro contra la manga—. Ese hombre… el del cabello blanco… ¿se llama Valentine, verdad?

—¿Lo viste? —preguntó Simon—. Yo no vi nada. Sólo la puerta de mi habitación hacerse añicos y luego una forma enorme que venía hacia mí.

—Es el auténtico Valentine, ¿verdad? Ese del que todo el mundo habla. El que inició el Levantamiento.

—Es el padre de Jace y Clary —respondió Simon—. Es todo lo que sé sobre él.

—Me pareció que la voz resultaba conocida. Suena igual que Jace. —Pareció momentáneamente compungida—. No me extraña que Jace sea tan imbécil.

Simon no podía más que darle la razón.

—Así que tú no… —Maia se quedó sin voz. La muchacha volvió a intentarlo—. Mira, sé que esto suena raro, pero cuando Valentine fue a por ti, ¿viste a alguien que reconocieses con él, alguien que esté muerto? ¿Como un fantasma?

Simon negó con la cabeza, perplejo.

—No. ¿Por qué?

Maia vaciló.

338

—Yo vi a mi hermano. Al fantasma de mi hermano. Creo que Valentine me hizo alucinar.

—Bueno, no intentó nada de eso conmigo. Yo estaba hablando por teléfono con Clary. Recuerdo haberlo dejado caer cuando la cosa esa cayó sobre mí... —Simon se encogió de hombros—. Eso es todo.

—¿Con Clary? —Maia pareció casi esperanzada—. Entonces a lo mejor deducirán dónde estamos. A lo mejor vendrán a buscarnos.

—Tal vez —dijo Simon—. ¿Dónde estamos, de todos modos?

—En un barco. Yo seguía consciente cuando me subieron a él. Es un enorme trasto de metal negro. No hay luces y hay... cosas por todas partes. Una de ellas saltó sobre mí y yo empecé a gritar. Fue entonces cuando él me agarró la cabeza y me la golpeó contra la pared. Perdí el conocimiento.

—¿Cosas? ¿Qué quieres decir con cosas?

—Demonios —respondió ella, y se estremeció—. Tiene a toda clase de demonios aquí. Grandes, pequeños y de los que vuelan. Hacen cualquier cosa que les diga.

—Pero Valentine es un cazador de sombras. Y por lo que he oído, odia a los demonios.

—Bueno, pues ellos no parecen saberlo —replicó Maia—. Lo que no entiendo es lo que quiere de nosotros. Sé que odia a los subterráneos, pero esto parece mucho esfuerzo simplemente para matar a dos de ellos. —Había empezado a tiritar, y los dientes le castañeteaban como los de esas mandíbulas andantes que se pueden comprar en los Todo a cien—. Tiene que querer algo de los cazadores de sombras. O de Luke.

«Yo sé lo que quiere», pensó Simon, pero de nada servía contárselo a Maia; la muchacha ya estaba bastante alterada. Se quitó la chamarra.

—Toma —dijo, y se la lanzó con fuerza para que ella la tomara.

Retorciéndose en las esposas, la joven consiguió colocársela torpemente sobre los hombros. Le dedicó a Simon una sonrisa pálida y agradecida.

—Gracias. Pero ¿no tienes frío?

Simon negó con la cabeza. La quemadura de la mano había desaparecido por completo.

—No noto el frío. Ya no.

Ella abrió la boca, luego volvió a cerrarla. Se libraba una pelea tras sus ojos.

—Lo siento. Siento el modo en que me porté ayer contigo. —Hizo una pausa, casi conteniendo la respiración—. Los vampiros me aterran —susurró finalmente—. Al principio de llegar a la ciudad solía ir con una manada: Bat, y otros dos chicos, Steve y Greg. Un día estábamos en el parque y nos tropezamos con unos vampiros chupando unas bolsas de sangre bajo un puente; hubo una pelea y casi lo único que recuerdo es a uno de los vampiros levantando a Greg, sólo lo levantó, y lo partió en dos... —Su voz se elevó, y temblorosa, se llevó una mano a la boca—. Por la mitad —musitó—. Las tripas se le cayeron. Y entonces ellos empezaron a devorarlas.

Simon sintió que le invadía una sorda punzada de náusea. Casi le alegró de que el relato le produjera ganas de vomitar, en lugar de hambre.

—Yo nunca lo haría —aseguró—. Me caen bien los seres lobo. Me cae bien Luke...

—Lo sé —repuso la muchacha—. Es sólo que cuando te conocí, parecías tan humano. Me recordaste a como era yo antes.

—Maia —dijo él—. Sigues siendo humana.

—No, no lo soy.

—En los aspectos que importan, lo eres. Justo igual que yo.

Ella intentó sonreír. Él se dio cuenta de que no le creía, y no pudo culparla por ello. No estaba seguro ni de creérselo él mismo.

El cielo había adquirido un tono plomizo, cargado de espesas nubes. Bajo la luz gris, el Instituto se alzaba imponente, enorme como la ladera enlosada de una montaña. El tejado de pizarra brillaba igual que plata sin bruñir. A Clary le pareció haber captado el movimiento de figuras encapuchadas en la puerta principal, pero no estaba segura. Era difícil distinguir nada con claridad estando aparcados a una manzana de distancia y teniendo que mirar a través de las ventanillas manchadas de la camioneta de Luke.

—¿Cuánto tiempo ha pasado? —preguntó, por cuarta o quinta vez.

—Cinco minutos más que la última vez que me preguntaste —respondió Luke.

Éste se hallaba recostado en el asiento, con la cabeza echada hacia atrás y con aspecto de estar totalmente agotado. La barba de tres días que le cubría mandíbula y mejillas era canosa, y los ojos estaban enmarcados por unas sombras negras. Todas las noches pasadas en el hospital, el ataque del demonio y ahora eso, se dijo Clary, repentinamente preocupada. Podía comprender por qué él y su madre se habían ocultado de aquella vida durante tanto tiempo. Deseó poder ocultarse también ella.

—¿Quieres entrar?

—No. Jace dijo que esperáramos fuera.

La muchacha volvió a mirar por la ventanilla. Ahora sí que estaba segura de que había figuras en la entrada. Cuando una de ellas se volvió, le pareció distinguir un destello de cabellos canosos...

—Mira. —Luke se había sentado muy tieso y bajaba la ventanilla apresuradamente.

Clary miró. Nada parecía haber cambiado.

—¿Te refieres a la gente de la entrada?

—No. Los guardianes estaban allí antes. Mira al tejado. —Señaló con un dedo.

Clary apretó el rostro contra la ventanilla de la camioneta. El tejado de pizarra de la catedral era una profusión de torrecillas y chapiteles góticos, ángeles esculpidos y troneras en forma de arco. Estaba a punto de responder de mal humor que lo único que veía eran unas gárgolas en estado de desintegración cuando un destello de movimiento atrajo su mirada. Había alguien en el tejado. Una figura delgada y oscura que se movía velozmente por entre las torrecillas, corriendo como una flecha de un saliente a otro, y se dejaba caer plano al suelo de vez en cuando, para descender lentamente por la increíble pendiente del tejado; alguien de cabellos claros que centelleaban en la luz plomiza igual que latón…

Jace.

Clary estaba ya fuera de la camioneta antes de darse cuenta siquiera de lo que hacía, corriendo calle abajo en dirección a la iglesia, mientras Luke la llamaba a gritos. El enorme edificio parecía oscilar en lo alto, con una altura de centenares de metros, convertido en un precipicio vertical de piedra. Jace ya estaba en el borde del tejado, mirando abajo, y Clary pensó: «No puede ser; él no lo haría, no haría esto, no Jace», y entonces él dio un paso al vacío con la misma tranquilidad que si descendiera de un porche. Clary lanzó un sonoro chillido mientras él caía a plomo…

Y aterrizaba suavemente justo frente a ella, con las rodillas ligeramente dobladas. Clary le miró boquiabierta mientras él se enderezaba y le sonreía burlón.

—Si hiciera un chiste sobre dejarme caer por aquí —dijo—, ¿pensarías que soy muy poco original?

—¿Cómo… cómo has… cómo hiciste eso? —musitó ella, sintiéndose como si estuviese a punto de vomitar.

Podía ver a Luke fuera de la camioneta, de pie con las manos entrelazadas detrás de la cabeza y mirando fijamente más allá de ella. Giró en redondo y vio que los dos guardianes de la puerta principal corrían hacia ellos. Uno era Malik; el otro era la mujer de pelo canoso.

—Mierda.

Jace la agarró de la mano y tiró de ella. Corrieron en dirección a la camioneta y se metieron dentro con Luke, que aceleró y salió a toda velocidad mientras la portezuela del pasajero seguía aún abierta. Jace pasó la mano por delante de Clary y la cerró de un tirón. La camioneta esquivó a los dos cazadores de sombras; Clary vio que Malik tenía lo que parecía un cuchillo arrojadizo en la mano. El hombre apuntaba a una de las llantas. Clary oyó a Jace soltar una palabrota mientras hurgaba en su chamarra en busca de una arma. Malik echó el brazo atrás, el cuchillo centelleando, y entonces la mujer de cabellos canosos se le lanzó a la espalda, agarrándole el brazo. Mientras él luchaba por sacársela de encima, Clary se dio la vuelta en su asiento, jadeando, y a continuación la camioneta dobló una esquina a toda velocidad y se perdió entre el tráfico de la avenida York, con el Instituto perdiéndose a lo lejos detrás de ellos.

Maia había vuelto a sumirse en un sueño irregular apoyada en la tubería de vapor, con la chaqueta de Simon echada alrededor de los hombros. Simon observó cómo la luz del ojo de buey se movía por la habitación e intentó en vano calcular las horas. Por lo general usaba el móvil para saber la hora, pero no lo tenía; se había registrado los bolsillos en vano. Debía de habérsele caído cuando Valentine irrumpió en el cuarto.

Sin embargo tenía preocupaciones mayores. Sentía la boca reseca y acartonada, la garganta le dolía. Estaba sediento hasta tal punto que era como si toda la sed y el hambre que había sentido jamás se hubieran juntado para crear una especie de sofisticada tortura. Y no haría más que empeorar.

Sangre era lo que necesitaba. Pensó en la sangre de la nevera que tenía junto a la cama en casa, y las venas le ardieron como abrasadores alambres de plata discurriendo justo bajo la piel.

—¿Simon?

Era Maia, alzando la cabeza aturdida. Tenía marcas blancas en la mejilla, allí donde la había tenido presionada contra la tubería irregular. Mientras él la observaba, el blanco se convirtió en rosa a medida que la sangre le regresaba al rostro.

Sangre. Se pasó la lengua reseca por los labios.

—¿Sí?

—¿Cuánto tiempo he dormido?

—Tres horas. Puede que cuatro. Probablemente ya es por la tarde.

—Ah. Gracias por montar guardia.

No lo había hecho, y se sintió vagamente avergonzado.

—Por supuesto. ¡No pasa nada! —dijo de todos modos.

—Simon…

—¿Sí?

—Espero que me entiendas si te digo que lamento que estés aquí, pero que me alegra tenerte conmigo.

Simon sintió cómo una sonrisa hendía su rostro. El labio reseco inferior se le abrió, y notó el sabor de la sangre en la boca. El estómago profirió un quejido.

—Gracias.

Ella se inclinó hacia él, y la chamarra resbaló de sus hombros. Los ojos de la joven eran de un gris ambarino claro que cambiaba cuando se movía.

—¿Puedes llegar hasta mí? —preguntó ella, extendiendo las manos.

Simon alargó el brazo hacia ella. La cadena que le sujetaba el tobillo tintineó mientras estiraba la mano tanto como podía. Maia sonrió cuando las yemas de los dedos de ambos se rozaron…

—¡Qué conmovedor!

Simon echó la mano hacia atrás violentamente, sobresaltado. La voz que había surgido de las sombras era fría, culta y vagamente extranjera en un modo que no podía identificar exactamente. Maia dejó caer las manos y se volvió; el color le desapareció del rostro mientras alzaba los ojos hacia el hombre de la puerta, que había entrado tan silenciosamente que ninguno de ellos lo había oído.

—Los hijos de la Luna y de la Noche, congeniando por fin.

—Valentine —musitó Maia.

Simon no dijo nada. No podía dejar de mirarlo de hito en hito.

Así que ése era el padre de Clary y Jace. Con su mata de pelo blanco canoso y los ardientes ojos negros, no se parecía demasiado a ninguno de ellos, aunque había algo de Clary en la angulosa estructura ósea y la forma de los ojos, y algo de Jace en la perezosa insolencia con la que se movía. Era un hombretón, de hombros anchos y con un cuerpo fornido que no se parecía tampoco al de ninguno de sus hijos. Entró en la habitación de metal verde sin hacer ruido, como un gato, a pesar de ir cargado con lo que parecía armamento suficiente para equipar a un regimiento. Unas gruesas correas de cuero negro con hebillas plateadas le cruzaban el pecho y sostenían una espada de plata de ancha empuñadura atravesada sobre la espalda. Otra correa gruesa le rodeaba la cintura; metida en ella había una colección de cuchillos, dagas y estrechas cuchillas refulgentes como agujas enormes.

—Levanta —ordenó a Simon—. Mantén la espalda contra la pared.

Simon alzó la barbilla. Podía ver a Maia observándole, lívida y asustada, y sintió un torrente de feroz impulso protector. Impediría que Valentine la lastimara aunque fuera lo último que hiciera.

—Así que tú eres el padre de Clary —dijo—. No es mi intención ofender, pero diría que puedo ver por qué te odia.

El rostro de Valentine estaba impasible, casi inmóvil.

—¿Y por qué? —preguntó sin apenas mover los labios.

—Porque está claro que eres un psicótico —respondió Simon.

Entonces, Valentine sonrió. Fue una sonrisa que no le movió ninguna parte del rostro a excepción de los labios, que se torcieron muy levemente. Alzó el puño apretado y Simon pensó que Valentine iba a asestarle un puñetazo. Se encogió instintivamente, pero el hombre no lo golpeó. En su lugar, abrió los dedos, dejando ver un reluciente montón de lo que parecía purpurina en el centro de la amplia palma. Se volvió hacia Maia, inclinó la cabeza y sopló el polvo sobre ella en una grotesca parodia de un beso. El polvillo cayó sobre la muchacha como un enjambre de abejas refulgentes.

Maia chilló. Jadeando y dando violentas sacudidas, se revolvió de un lado a otro intentando evitar el polvo, y su voz se elevó en un grito sollozante.

—¿Qué le hiciste? —gritó Simon, incorporándose de un salto. Se abalanzó sobre Valentine, pero la cadena de la pierna tiró violentamente de él hacia atrás—. ¿Qué le has hecho?

La fina sonrisa de Valentine se ensanchó.

—Polvo de plata —contestó—. Quema a los licántropos.

Maia había dejado de retorcerse y estaba enroscada en una posición fetal en el suelo, llorando en silencio. Manaba sangre de las desagradables marcas rojas que se le veían a lo largo de los brazos y de las manos. A Simon el estómago se le revolvió otra vez y se dejó caer contra la pared, asqueado de sí mismo y de todo.

—Cabrón —exclamó mientras Valentine se sacudía despreocupadamente los últimos restos de polvo de los dedos—. Sólo es una niña, no iba a hacerte ningún daño; está encadenada, por el…

Se atragantó, sintiendo que le ardía la garganta.

Valentine lanzó una carcajada.

—¿Por el amor de Dios? —inquirió—. ¿Es eso lo que ibas a decir?

Simon no dijo nada. Valentine alargó la mano por encima del hombro y extrajo la pesada Espada de plata de su vaina. La luz discurrió por la hoja como agua resbalando por una pared de plata, como la misma luz del sol refractada. A Simon le escocieron los ojos y volvió la cabeza.

—La espada del Ángel te quema, igual que el nombre de Dios te asfixia —explicó Valentine, la voz fría y cortante como cristal—. Dicen que los que mueren atravesados por su punta alcanzarán las puertas del cielo. En cuyo caso, vampiro, te estoy haciendo un favor.

Bajó la hoja hasta que la punta tocó a Simon en la garganta. Los ojos de Valentine eran del color del agua negra y no había nada en ellos: ni ira, ni compasión, ni siquiera odio. Estaban vacíos como una sepultura saqueada.

—¿Unas últimas palabras?

Simon sabía lo que se suponía que debía de decir. *Sh'ma Yisrael, adonai elohanu, adonai echod.* «Escucha, Israel, el Señor nuestro Dios, es el único Señor.» Intentó pronunciar las palabras, pero un dolor abrasador le quemó la garganta.

—Clary —musitó en su lugar.

Una expresión de enojo cruzó por el rostro de Valentine, como si el sonido del nombre de su hija en boca de un vampiro le disgustara. Con un brusco movimiento de muñeca, colocó la Espada horizontal y con un único y grácil gesto le cortó la garganta a Simon.

17

AL ESTE DEL EDÉN

—¿Cómo hiciste eso? —quiso saber Clary mientras la camioneta marchaba a toda velocidad hacia el distrito residencial, con Luke encorvado sobre el volante.

—¿Te refieres a cómo me subí al tejado?

Jace estaba echado hacia atrás en el asiento, con los ojos medio cerrados. Llevaba vendajes blancos atados alrededor de las muñecas y manchas de sangre seca en el nacimiento del pelo.

—Primero salí por la ventana de Isabelle y subí por la pared. Hay varias gárgolas que resultan unos asideros magníficos. Además, me gustaría dejar constancia de que mi motocicleta ya no está donde la dejé. Apuesto a que la Inquisidora se la llevó para dar una vuelta por Hoboken.

—Me refiero —insistió Clary— a cómo saltaste desde el techo de la catedral sin matarte.

—No lo sé. —Su brazo rozó el de ella cuando alzó las manos para frotarse los ojos—. ¿Cómo creaste tú aquella runa?

—Tampoco lo sé —musitó ella—. La reina seelie tenía razón, ¿verdad? Valentine, él... él nos hizo cosas. —Echó una ojeada en dirección a Luke, que fingía estar concentrado en girar a la izquierda—. ¿No es cierto?

—Éste no es el momento de hablar de eso —repuso Luke—. Jace, ¿tenías algún destino concreto en mente o simplemente querías alejarte del Instituto?

—Valentine se llevó a Maia y a Simon a la nave para realizar el Ritual. Querrá hacerlo lo antes posible. —Jace tiró de uno de los vendajes de su muñeca—. Tengo que llegar allí y detenerlo.

—No —negó Luke con severidad.

—De acuerdo, tenemos que llegar allí y detenerlo.

—Jace, no voy a permitir que regreses a ese barco. Es demasiado peligroso.

—Viste lo que acabo de hacer —replicó él, con la incredulidad creciendo en su voz—, ¿y estás preocupado por mí?

—Pues sí.

—No hay tiempo para eso. En cuanto mi padre mate a sus amigos, invocará a un ejército de demonios que no pueden ni imaginar. Después de eso, será imparable.

—Entonces la Clave…

—La Inquisidora no hará nada —explicó Jace—. Bloqueó el acceso de los Lightwood a la Clave. No ha querido pedir refuerzos, ni siquiera cuando le conté lo que Valentine tiene planeado. Está obsesionada con ese plan insensato que tiene.

—¿Qué plan? —preguntó Clary.

La voz de Jace estaba cargada de amargura.

—Quería canjearme por los Instrumentos Mortales. Le dije que Valentine jamás aceptaría, pero no me creyó. —Lanzó una carcajada, un agudo ladrido entrecortado—. Isabelle y Alec van a contarle lo que sucedió con Simon y Maia. Pero no me siento demasiado optimista. Ella no me cree respecto a Valentine y no va a alterar su precioso plan simplemente para salvar a un par de subterráneos.

—De todos modos no podemos limitarnos a esperar sus noticias —repuso Clary—. Tenemos que ir al barco ahora. Si puedes llevarnos a él…

—Odio tener que decírselos, pero necesitamos una embarcación para llegar a otra embarcación —indicó Luke—. No estoy seguro de que ni siquiera Jace pueda andar sobre las aguas.

En aquel momento el teléfono de Clary sonó. Era un mensaje de texto de Isabelle. Clary frunció el entrecejo.

—Es una dirección. En la zona del río.

Jace miró por encima del hombro de la joven.

—Ahí es adonde tenemos que ir para encontrarnos con Magnus. —Le leyó la dirección a Luke, que efectuó un violento cambio de sentido y se encaminó al sur—. Magnus nos ayudará a cruzar el río —explicó Jace—. El barco está rodeado de salvaguardas. Subí a él la otra vez porque mi padre quería que subiera. En esta ocasión no querrá. Necesitaremos a Magnus para que se ocupe de las protecciones.

—Esto no me gusta nada. —Luke tamborileó con los dedos sobre el volante—. Creo que debería ir yo y ustedes dos deberían quedarse con Magnus.

Los ojos de Jace centellearon.

—No, tengo que ser yo quien vaya.

—¿Por qué? —preguntó Clary.

—Porque Valentine está usando un demonio del miedo —explicó él—. Así es como consiguió matar a los Hermanos Silenciosos. Es lo que mató a aquel brujo, al chico lobo en el callejón junto a La Luna del Cazador y probablemente lo que eliminó a la niña hada en el parque. Y es el motivo de que los Hermanos tuviesen aquellas expresiones en los rostros. Murieron aterrados. Literalmente los mataron de miedo.

—Pero la sangre…

—Les quitó la sangre luego. Pero en el callejón lo interrumpió uno de los licántropos. Es por eso que no tuvo tiempo suficiente para conseguir la sangre que necesitaba. Y es por eso por lo que todavía necesita a Maia. —Jace se pasó una mano por los cabellos—. Nadie puede enfrentarse al demonio del miedo. Se te mete en la cabeza y te destruye la mente.

—Agramon —dijo Luke.

Había permanecido silencioso, mirando por el parabrisas. Tenía el rostro ceniciento y crispado.

—Sí, así es como lo llamó Valentine.

—No es un demonio del miedo. Es el demonio del miedo. El Demonio del Miedo. ¿Cómo habrá conseguido Valentine que Agramon le obedezca? Incluso un brujo tendría problemas para controlar a un Demonio Mayor, y fuera del pentagrama... —Luke inhaló con fuerza—. Así es como murió el chiquillo brujo, ¿verdad? ¿Invocando a Agramon?

Jace asintió con la cabeza, y explicó rápidamente el truco que Valentine había empleado con Elias.

—La Copa Mortal —finalizó— le permite controlar a Agramon. Al parecer te concede cierto poder sobre los demonios. Pero no como el que te concede la Espada.

—Ahora me siento todavía menos inclinado a dejarte ir —insistió Luke—. Es un Demonio Mayor, Jace. Harían falta tantos cazadores de sombras como habitantes tiene esta ciudad para acabar con él.

—Sé que es un Demonio Mayor. Pero su arma es el miedo. Si Clary puede colocarme la runa que elimina el miedo, puedo acabar con él. O al menos intentarlo.

—¡No! —protestó Clary—. No quiero que tu seguridad dependa de mi estúpida runa. ¿Y si no funciona?

—Funcionó antes —replicó Jace mientras abandonaban el puente y marchaban de vuelta a Brooklyn.

Conducían por la estrecha calle Van Brunt, entre elevadas fábricas de ladrillo cuyas ventanas tapiadas y puertas cerradas con candados no delataban nada de lo que había en el interior. A lo lejos, la zona ribereña brillaba con luz trémula entre los edificios.

—¿Y si lo echo todo a perder esta vez?

Jace volvió la cabeza hacia ella, y por un momento los ojos de ambos se encontraron. Los de él tenían el dorado de la lejana luz solar.

—No lo harás —aseguró.

—¿Estás seguro de que ésta es la dirección? —preguntó Luke, deteniendo lentamente la camioneta—. Magnus no está aquí.

Clary miró a su alrededor. Se habían detenido frente a una fábrica enorme, que parecía haber sido destruida por algún terrible incendio. Las paredes de ladrillo hueco y yeso todavía permanecían en pie, pero asomaban puntales de metal a través de ellas, doblados y requemados. A lo lejos, Clary podía ver el distrito financiero del sur de Manhattan, y el montículo negro que era la Governors Island, más adentro del mar.

—Vendrá —dijo—. Si le dijo a Alec que iba a venir, lo hará.

Bajaron de la camioneta. Aunque la fábrica se alzaba en una calle rodeada de edificios similares, era un lugar tranquilo, incluso para ser un domingo. No había nadie más por allí ni ninguno de los sonidos del comercio —camiones retrocediendo, hombres que gritaban— que Clary asociaba con las zonas de almacenes. En su lugar había silencio, una brisa fresca que soplaba procedente del río y los gritos de las aves marinas. Clary se puso la capucha, cerró el cierre de su chamarra y tiritó.

Luke cerró la puerta de la camioneta con un golpe y se subió el cierre de la chamarra de franela. En silencio, ofreció a Clary un par de gruesos guantes de lana. Ella se los puso y movió los dedos. Eran demasiado grandes para ella y era igual que llevar puestas unas garras. Paseó la mirada alrededor.

—Espera… ¿dónde está Jace?

Luke señaló con el dedo. Jace estaba arrodillado junto a la orilla, una figura oscura que se recortaba en el cielo azul grisáceo y el río de aguas marrones.

—¿Crees que quiere intimidad? —preguntó ella.

—En esta situación, la intimidad es un lujo que ninguno de nosotros puede permitirse. Vamos.

Luke avanzó con grandes zancadas, y Clary lo siguió. La fábrica se extendía justo hasta la línea del agua, pero había una amplia playa de grava junto a ella. Un oleaje superficial lamía las rocas infestadas de malas hierbas. Había unos troncos colocados formando un tosco cuadrado alrededor de un hoyo negro en el que en una ocasión había ardido una fogata. Había latas oxidadas y botellas tiradas por todas partes. Jace estaba de pie en el borde del agua, sin la chamarra. Mientras Clary observaba, arrojó algo pequeño y blanco en dirección al agua; lo que fuera chocó con ella con un chapoteo y desapareció.

—¿Qué haces? —preguntó Clary.

Jace se volvió hacia ellos, con el viento haciendo que los rubios cabellos le azotaran el rostro.

—Enviar un mensaje.

Por encima del hombro del chico, a Clary le pareció ver un extremo reluciente, como un pedazo vivo de alga, que emergía de las aguas grises del río con algo blanco enganchado. Al cabo de un momento se desvaneció, y ella se quedó parpadeando.

—¿Un mensaje a quién?

Jace descompuso el gesto.

—A nadie.

Se apartó del agua y se puso a caminar a grandes zancadas por la playa de guijarros hasta el lugar donde había extendido la chamarra. Tres largos cuchillos entraban colocados sobre ella. Cuando Jace se dio la vuelta, Clary vio los afilados discos de metal metidos en su cinturón.

Jace pasó los dedos a lo largo de los cuchillos, planos y de un gris blanco, que aguardaban a que se les diera un nombre.

—No tuve oportunidad de acceder al arsenal, así que éstas son las armas que tenemos. Pensaba que podríamos prepararnos cuanto podamos antes de que Magnus llegue aquí. —Alzó el primer cuchillo—. *Abrariel.*

Al recibir un nombre el cuchillo serafín titiló y cambió de color. Se lo ofreció a Luke.

—Yo ya tengo —dijo Luke, y apartó a un lado la chamarra para mostrar el *kindjal* metido en el cinturón.

Jace entregó *Abrariel* a Clary, que tomó el arma en silencio. Tenía un tacto cálido, como si una vida secreta vibrara en su interior.

—*Camael* —nombró Jace al siguiente cuchillo, haciendo que se estremeciera y resplandeciera—. *Telantes* —dijo al tercero.

—¿Usas alguna vez el nombre de Raziel? —preguntó Clary mientras Jace se metía los cuchillos en el cinturón y volvía a ponerse la chamarra.

—Jamás —respondió Luke—. Es impensable.

Escudriñó con la mirada la calzada detrás de Clary buscando a Magnus. Ella podía percibir su ansiedad, sin embargo, antes de que pudiera decir nada más, sonó su teléfono. Lo abrió y se lo entregó a Jace sin decir una palabra. Éste leyó el mensaje de texto, arqueando las cejas.

—Parece ser que la Inquisidora le ha dado a Valentine hasta la puesta de sol para que decida si me quiere más a mí o a los Instrumentos Mortales —dijo—. Ella y Maryse llevan peleando desde hace horas, así que aún no ha notado que me he ido.

Devolvió el teléfono a Clary. Los dedos de ambos se rozaron y Clary retiró la mano violentamente, a pesar del grueso guante de lana que le cubría la piel. Vio cómo una sombra pasaba por las facciones del muchacho, pero él no le dijo nada. En su lugar, se volvió hacia Luke:

—¿La Inquisidora tiene un hijo muerto? —inquirió con brusquedad—. ¿Por eso es así?

Luke suspiró e introdujo las manos en los bolsillos de la chamarra.

—¿Cómo lo averiguaste?

—Por el modo en que reacciona cuando alguien pronuncia su nombre. Es la única vez que la he visto mostrar cualquier sentimiento humano.

Luke soltó aire. Se había subido las gafas, y tenía los ojos entrecerrados para protegerse del fuerte viento proveniente del río.

—La Inquisidora es como es por muchas razones. Stephen es únicamente una de ellas.

—Es raro —comentó Jace—. No parece alguien a quien le gusten los niños.

—No los de otras personas —repuso Luke—. Era diferente con el suyo. Stephen era su niño mimado. De hecho, lo era de todo el mundo... de todos los que lo conocían. Era una de esas personas que era buena en todo, indefectiblemente amable sin resultar aburrido, apuesto sin que nadie le odiara por eso. Bueno, a lo mejor le odiábamos un poco.

—¿Fue a la escuela contigo? —preguntó Clary—. ¿Y mi madre... y Valentine? ¿Es así como lo conociste?

—Los Herondale estaban al frente de la dirección del Instituto de Londres y Stephen fue a la escuela allí. Después de que todos acabáramos los estudios, cuando regresó a vivir a Alacante, empecé a verlo más. Y hubo un tiempo en que lo veía muy a menudo, ya lo creo. —Los ojos de Luke se habían vuelto distantes, del mismo azul gris del río—. Después de que se casara.

—¿Así que estaba en el Círculo? —preguntó Clary.

—No entonces —respondió Luke—. Se unió al Círculo después que yo... bueno, después de lo que me sucedió. Valentine necesitaba un segundo al mando y quiso a Stephen. Imogen, que era totalmente leal a la Clave, se puso histérica; le suplicó a Stephen que lo reconsiderara, pero él la hizo a un lado. Dejó de hablarles tanto a ella como a su padre. Estaba totalmente subyugado por Valentine. Le seguía a todas partes como una sombra. —Luke hizo una pausa—. Y Valentine no consideraba que la esposa de Stephen fuese apropiada para él. No para alguien que iba a ser el número dos del Círculo. Ella tenía... conexiones familiares indeseables.

El dolor en la voz de Luke sorprendió a Clary. ¿Tanto le habían importado aquellas personas?

—Valentine obligó a Stephen a divorciarse de Amatis y a volverse a casar; su segunda esposa era una muchacha muy joven, de sólo dieciocho años, llamada Céline. También ella estaba totalmente bajo la influencia de Valentine, hacía todo lo que él le pedía, sin importar lo extravagante que fuera. Entonces a Stephen lo mataron en una incursión del Círculo a una guarida de vampiros. Céline se suicidó cuando se enteró. Estaba embarazada de ocho meses. Y el padre de Stephen murió, también, de un infarto. Así que toda la familia de Imogen desapareció de golpe. Ni siquiera pudieron enterrar las cenizas de su nuera y nieto en la Ciudad de Hueso, porque Céline era una suicida. La enterraron en una encrucijada fuera de Alacante. Imogen sobrevivió, pero... se convirtió en un témpano de hielo. Cuando mataron al Inquisidor durante el Levantamiento, le ofrecieron el puesto a Imogen. Regresó de Londres a Idris... pero jamás, por lo que oí, volvió a hablar sobre Stephen. Eso explica por qué odia tanto a Valentine.

—Porque mi padre envenena todo lo que toca, ¿no? —preguntó Jace con amargura.

—Porque tu padre, a pesar de todos sus pecados, todavía tiene un hijo, y ella no. Y porque le culpa de la muerte de Stephen.

—Y tiene razón —repuso Jace—. Fue culpa suya.

—No del todo —repuso Luke—. Ofreció a Stephen una elección y éste eligió. Sean cuales fueren sus otros defectos, Valentine jamás chantajeó ni amenazó a nadie para que se uniera al Círculo. Sólo quería seguidores bien dispuestos. La responsabilidad por las elecciones de Stephen recae únicamente sobre éste.

—Libre albedrío —indicó Clary.

—No hay nada de libre en él —repuso Jace—. Valentine...

—Te ofreció una elección, ¿no es cierto? —dijo Luke—. Cuando fuiste a verlo. Quería que te quedaras, ¿verdad? Que te quedaras y te unieras a él.

—Sí. —Jace miró al otro lado del agua, en dirección a Governors Island—. Así fue.

Clary pudo ver el río reflejado en los ojos de Jace; éstos parecían acerados, como si el agua gris hubiese ahogado todo su dorado.

—Y tú le dijiste que no —continuó Luke.

Jace lo miró con ira.

—Ojalá la gente dejara de adivinarlo. Me hace sentir predecible.

Luke se volvió para ocultar una sonrisa, y se detuvo.

—Alguien viene.

Una persona se acercaba, efectivamente, alguien muy alto con cabellos negros que se agitaban al viento.

—Magnus —dijo Clary—. Pero parece... distinto.

A medida que el brujo se acercaba, la muchacha vio que su pelo, normalmente peinado en forma de púas y cubierto de brillantina como una bola de discoteca, le colgaba limpiamente por encima de las orejas como una cortina de seda negra. Los pantalones multicolores de cuero habían sido reemplazados por un pulcro y anticuado traje oscuro y una gabardina negra con refulgentes botones de plata. Sus ojos de gato brillaban ambarinos y verdes.

—Parecen sorprendidos de verme —dijo.

Jace echó un vistazo a su reloj.

—Lo cierto es que nos preguntábamos si vendrías.

—Dije que vendría, así que vine. Simplemente necesitaba tiempo para prepararme. Esto no es un simple juego de prestidigitación, cazador de sombras. Esto necesitará magia de verdad. —Volvió la cabeza hacia Luke—. ¿Cómo va el brazo?

—Estupendamente. Gracias. —Luke era siempre educado.

—Es tu camioneta la que está estacionada junto a la fábrica, ¿verdad? —señaló Magnus—. Es terriblemente varonil para un librero.

—Bueno, no sé —repuso Luke—. Todo ese ir y venir con pesadas cajas de libros a cuestas, subirte a estanterías, la dura tarea de colocar los volúmenes por orden alfabético...

Magnus lanzó una carcajada.

—¿Puedes abrirme la camioneta? Quiero decir, podría hacerlo yo mismo —movió los dedos—, pero me parece de mala educación.

—Por supuesto.

Luke se encogió de hombros y se dirigieron de nuevo hacia la fábrica. Cuando Clary fue a seguirlos, Jace la agarró del brazo.

—Espera. Quiero hablar contigo un segundo.

Clary observó que Magnus y Luke caminaban hacia la camioneta. Resultaban una pareja curiosa, el brujo alto con un abrigo negro largo y el hombre más bajo y fornido en jeans y franela, pero ambos eran subterráneos, ambos atrapados en el mismo espacio entre el mundo de los mundanos y el de lo sobrenatural.

—Clary —llamó Jace—. La Tierra a Clary. ¿Dónde estás?

Ella volvió la cabeza para mirarlo. El sol se ponía en el agua en aquel momento, detrás de él, dejándole el rostro en sombras y convirtiendo sus cabellos en un halo de oro.

—Lo siento.

—No importa. —Le acarició el rostro con dulzura, con el dorso de la mano—. A veces te abstraes por completo —comentó—. Ojalá pudiera seguirte.

«Lo haces —quiso decirle—. Vives en mi mente todo el tiempo.» En su lugar respondió:

¿Qué querías decirme?

Él dejó caer la mano.

—Quiero que me pongas la runa que quita el miedo. Antes de que Luke regrese.

—¿Por qué antes de que regrese?

—Porque dirá que es una mala idea. Pero es la única posibilidad de derrotar a Agramon. Luke no se ha tropezado con él, no sabe lo que es. Pero yo sí.

Clary le escudriñó el rostro.

—¿Cómo fue?

Los ojos del muchacho eran inescrutables.

—Ves lo que más temes en el mundo.

—Yo ni siquiera sé lo que es.

—Te aseguro que más vale que no lo sepas. —Bajó los ojos—. ¿Tienes tu estela?

—Sí, la tengo aquí. —Se quitó el guante de lana de la mano derecha y buscó la estela. La mano le temblaba un poco cuando la sacó—. ¿Dónde quieres la Marca?

—Cuanto más cerca esté del corazón, más efectiva será.

Se volvió hacia el otro lado y se quitó la chamarra, dejándola caer al suelo. Se subió la camiseta para descubrirse la espalda.

—En el omóplato estaría bien.

Clary posó una mano en el hombro del muchacho para tranquilizarse. La piel era de un dorado más pálido que la de las manos y el rostro, y tersa donde no tenía cicatrices. Pasó la punta de la estela a lo largo del omóplato, y sintió cómo él se encogía y los músculos se tensaban.

—No presiones tan fuerte…

—Perdona.

Disminuyó la presión, permitiendo que la runa fluyera desde su mente, descendiera por el brazo y pasara a la estela. La línea negra que dejó tras ella parecía carbonilla, una línea de cenizas.

—Ya está. Ya la tienes.

Él se dio la vuelta, volviendo a colocarse la camiseta.

—Gracias.

El sol se consumía más allá del horizonte, inundando el cielo de sangre y rosas, convirtiendo la orilla del río en oro líquido y suavizando la fealdad de los desechos urbanos que los rodeaban.

—¿Y tú?

—¿Yo qué?

Él dio un paso hacia ella.

—Súbete las mangas. Te pondré Marcas.

—Ah. De acuerdo.

Hizo lo que le pedía, subiéndose las mangas, tendiéndole los brazos desnudos.

La punzada de la estela sobre la piel era como el leve roce de la punta de una aguja, arañando sin perforar. Contempló cómo aparecían las líneas negras con una especie de fascinación. La Marca que había recibido en el sueño seguía siendo visible, sólo había perdido un poco de intensidad en los bordes.

—«Y le respondió el Señor: Ciertamente cualquiera que matare a Caín, siete veces será castigado. Entonces el Señor puso una marca a Caín, para que no lo matase cualquiera que le hallara.»

Clary giró a su alrededor, bajándose las mangas. Magnus estaba allí de pie, contemplándolos; el abrigo negro parecía flotar alrededor de él impulsado por el aire que soplaba del río. Esbozaba una leve sonrisa.

—¿Eres capaz de citar la Biblia? —preguntó Jace, inclinándose para recuperar la chamarra.

—Nací en un siglo profundamente religioso, muchacho —respondió Magnus—. Siempre he pensado que la de Caín podría haber sido la primera Marca de la que existe constancia. Ciertamente lo protegió.

—Pero él no era precisamente uno de los ángeles —indicó Clary—. ¿No mató a su hermano?

—¿Acaso no estamos planeando matar a nuestro padre? —inquirió Jace.

—Eso es diferente —replicó Clary, pero no tuvo oportunidad de explicar con detalle en qué era diferente, porque en ese momento la camioneta de Luke se detuvo en la playa, con las ruedas salpicando grava.

Luke sacó la cabeza por la ventanilla.

—De acuerdo —dijo a Magnus—. Vamos allá. Suban.

—¿Vamos a ir en coche hasta el bote? —preguntó Clary, perpleja—. Pensaba que...

—¿Qué bote?

Magnus lanzó una risita, a la vez que se subía en el vehículo junto a Luke. Indicó detrás de él con un dedo.

—Ustedes dos, súbanse atrás.

Jace subió a la parte trasera de la camioneta y se inclinó para ayudar a Clary a subir tras él. Mientras se acomodaba junto a la llanta de refacción, la joven vio que había un pentagrama negro dentro de un círculo pintado sobre el suelo de metal de la camioneta. Los brazos del pentagrama estaban decorados con símbolos que describían alocadas florituras. No eran exactamente las runas con las que estaba familiarizada; su contemplación producía una sensación parecida a intentar comprender a una persona hablando un idioma que se pareciera al propio, aunque no lo fuera del todo.

Luke sacó la cabeza por la ventanilla y miró atrás hacia ellos.

—Ya saben que no me gusta esto —aclaró, con el viento amortiguándole la voz—. Clary, tú te quedarás en la camioneta con Magnus. Jace y yo subiremos al barco. ¿Entendido?

Clary asintió y se acurrucó en un rincón de la plataforma de la camioneta. Jace se sentó junto a ella, sosteniendo los pies.

—Esto va a ser interesante.

—Qué... —empezó a decir Clary, pero la camioneta arrancó, con los neumáticos rugiendo sobre la grava y ahogando sus palabras.

El vehículo avanzó entre sacudidas hasta las aguas poco profundas del borde del río. Clary se vio arrojada contra la ventanilla posterior de la cabina cuando la camioneta se metió en el agua... ¿Es que Luke planeaba ahogarlos a todos? Miró hacia adelante y vio que la cabina del conductor estaba llena de mareantes columnas azules de luz que serpenteaban y se retorcían. El vehículo pareció pasar con dificultad sobre algo voluminoso, como si hubiese pasado sobre un tronco. Acto seguido avanzaban ya suavemente, casi deslizándose.

Clary se puso de rodillas y miró por el lado de la camioneta, ya segura de lo que veía.

Avanzaban sobre las aguas oscuras, con las llantas del coche apenas rozando la superficie del río y formando diminutas ondas salpicadas esporádicamente de chispas azules creadas por Magnus. Súbitamente sólo se oyó el tenue rugido del motor y los gritos de las aves marinas en lo alto. Clary miró a Jace, en el otro extremo de la plataforma de la camioneta, que sonreía burlón.

—Realmente esto va a impresionar a Valentine.

—No lo sé —repuso ella—. Otros equipos de rescate tienen boomerangs murciélago y poderes que les permiten trepar por las paredes; nosotros tenemos la camioneta acuática.

—Si no te gusta, nefilim —oyó decir a Magnus, tenuemente, desde la cabina—, puedes probar a andar sobre las aguas.

—Creo que deberíamos entrar —dijo Isabelle, con la oreja presionada contra la puerta de la biblioteca, mientras hacía una seña a Alec para que se acercara más—. ¿Puedes oír algo?

Alec se inclinó hacia adelante junto a su hermana, teniendo cuidado de no dejar caer el teléfono que sostenía. Magnus había dicho que llamaría si tenía noticias o si sucedía algo. Hasta el momento, no lo había hecho.

—No.

—Exactamente. Han dejado de chillarse. —Los ojos oscuros de Isabelle brillaron—. Ahora están esperando a Valentine.

Alec se apartó de la puerta y recorrió a grandes zancadas el pasillo hasta la ventana más próxima. El cielo tenía el color del carbón medio hundido en cenizas color rubí.

—Se está poniendo el sol.

Isabelle alargó la mano hacia la manija.

—Vamos.

—Isabelle, espera…

—No quiero que pueda mentirnos sobre lo que diga Valentine —replicó ella—. O lo que suceda. Además, quiero verlo. Al padre de Jace. ¿No quieres tú?

Alec retrocedió hasta la puerta de la biblioteca.

—Sí, pero esto no es una buena idea, porque…

Isabelle empujó hacia abajo la manija de la puerta de la biblioteca. Ésta se abrió de par en par. Con una ojeada burlona por encima del hombro a su hermano, la muchacha pasó al interior; maldiciendo entre dientes, Alec la siguió.

Su madre y la Inquisidora estaban de pie en extremos opuestos del enorme escritorio, como boxeadores enfrentándose en un cuadrilátero. Maryse tenía las mejillas de un rojo intenso y los cabellos desordenados, caídos alrededor del rostro. Isabelle dirigió una veloz mirada a Alec, como para decir: «Quizá no deberíamos haber entrado aquí. Mamá parece furiosa».

Por otra parte, si Maryse parecía enojada, la Inquisidora estaba, sin lugar a dudas, enfurecida. Giró en redondo cuando la puerta de la biblioteca se abrió, con la boca crispada de un modo horrible.

—¿Qué hacen ustedes dos aquí? —gritó.

—¡Imogen! —exclamó Maryse.

—¡Maryse! —El tono de la Inquisidora se elevó—. Los he soportado más que suficiente a ti y a los delincuentes de tus hijos...

—Imogen —repitió Maryse.

Había algo en la voz, una especie de urgencia, que hizo que incluso la Inquisidora se volviera y mirara.

El aire junto al globo terráqueo de latón rielaba igual que el agua, y algo empezaba a tomar forma en él, igual que pintura negra extendida a pinceladas sobre tela blanca, que fue evolucionando hasta convertirse en la figura de un hombre de hombros anchos. La imagen oscilaba, demasiado para que Alec pudiera ver algo más aparte de que el hombre era alto y tenía una mata de pelo muy corto de un color blanco como la sal.

—Valentine.

La Inquisidora parecía sorprendida, se dijo Alec, aunque sin duda debía de haber estado esperándole.

El aire junto al globo terráqueo rieló con más fuerza, e Isabelle lanzó un grito ahogado cuando un hombre surgió del oscilante aire, como si ascendiera a través de capas de agua. El padre de Jace era un hombre imponente, con más de un metro ochenta de estatura, un amplio pecho y brazos fornidos rodeados de músculos fibrosos. La cara era casi triangular, afilándose para terminar en una dura barbilla. Podría habérsele considerado apuesto, pensó Alec, pero era sorprendentemente distinto a Jace y carecía de toda la belleza de su hijo. La empuñadura de una espada resultaba visible justo por encima del hombro izquierdo: la Espada Mortal. No necesitaba ir armado, ya que no estaba presente de un modo corpóreo, así que debía de llevarla para irritar a la Inquisidora. Aunque tampoco era que ésta necesitara que la irritaran más de lo que ya estaba.

—Imogen —saludó Valentine; los oscuros ojos miraron a la Inquisidora con una expresión de satisfecha diversión.

«Eso es Jace de pies a cabeza, esa mirada», pensó Alec.

—Y Maryse, mi Maryse…, ha pasado mucho tiempo.

—No soy tu Maryse, Valentine —dijo ésta con cierta dificultad tragando saliva con fuerza.

—Y estos deben de ser tus hijos —prosiguió Valentine como si ella no hubiese hablado.

Posó los ojos en Isabelle y Alec. Un leve escalofrío recorrió al chico, como si algo le hubiese tirado de los nervios. Las palabras del padre de Jace eran totalmente normales, incluso corteses, pero había algo en su mirada inexpresiva y rapaz que hizo que Alec quisiera colocarse frente a su hermana y ocultarla de la vista de Valentine.

—Son iguales que tú.

—Deja a mis hijos fuera, Valentine —replicó Maryse, esforzándose a todas luces por mantener la voz serena.

—Bueno, eso no me parece muy justo —repuso él—, teniendo en cuenta que tú no has dejado a mi hijo fuera. —Volvió la cabeza hacia la Inquisidora—. Recibí tu mensaje. ¿Es eso lo mejor que puedes hacer?

La mujer no se había movido; pestañeó lentamente, como un lagarto.

—Espero que los términos de mi oferta estuviesen perfectamente claros.

—Mi hijo a cambio de los Instrumentos Mortales. Era eso, ¿correcto? De lo contrario lo matarás.

—¿Matarlo? —repitió Isabelle—. ¡Mamá!

—Isabelle —exclamó Maryse con voz tensa—. Cállate.

La Inquisidora lanzó a Isabelle y a Alec una mirada cargada de veneno por entre los entrecerrados párpados.

—Son los términos correctos, Morgenstern.

—Entonces mi respuesta es no.

—¿No? —Pareció como si la Inquisidora hubiese dado un paso al frente sobre tierra firme y ésta hubiese cedido bajo sus pies—. No puedes jugar conmigo, Valentine. Haré exactamente lo que he dicho que haría.

—No dudo de ti en absoluto, Imogen. Siempre has sido una mujer con una voluntad inquebrantable e implacable. Reconozco estas cualidades en ti porque yo también las poseo.

—No me parezco en nada a ti. Sigo la Ley...

—¿Incluso cuando te ordena que mates a un chico todavía adolescente simplemente para castigar a su padre? Esto no tiene nada que ver con la Ley, Imogen, es porque tú me odias y me culpas por la muerte de tu hijo, y éste es tu modo de recompensarme. No servirá de nada. No renunciaré a los Instrumentos Mortales, ni siquiera por Jonathan.

La Inquisidora se limitó a mirarle de hito en hito.

—Pero es tu hijo —repuso—. Tu niño.

—Los niños efectúan sus propias elecciones —replicó Valentine—. Esto es algo que jamás comprendiste. Ofrecí seguridad a Jonathan si permanecía a mi lado; la rechazó y regresó con ustedes, y tú te vengarás en él como le dije que harías. Si algo eres, Imogen, es previsible.

La Inquisidora no pareció reparar en el insulto.

—La Clave insistirá en su muerte, en el caso de que no me entregues los Instrumentos Mortales —replicó como alguien atrapado en una pesadilla—. No podré detenerlos.

—Me doy perfecta cuenta de eso —repuso Valentine—. Pero no hay nada que yo pueda hacer. Le ofrecí una oportunidad. No la aceptó.

—¡Cabrón! —gritó Isabelle de improviso, e hizo ademán de lanzarse sobre él; Alec la agarró del brazo y la arrastró hacia atrás, sujetándola allí—. Es un imbécil —siseó. Luego alzó la voz, gritando a Valentine—: ¡Eres un...!

—¡Isabelle!

Alec le tapó la boca a su hermana con la mano mientras Valentine les dedicaba a ambos una única y divertida ojeada.

—Tú... le ofreciste... —La Inquisidora empezaba a recordar a Alec un robot al que se le están fundiendo los circuitos—. ¿Y él te rechazó? —Meneó la cabeza—. Pero él es tu espía..., tu arma...

—¿Eso es lo que pensabas? —inquirió él, con una sorpresa aparentemente genuina—. No estoy precisamente interesado en espiar los secretos de la Clave. Sólo estoy interesado en su destrucción, y para alcanzar ese fin poseo armas muchísimo más poderosas que un muchacho.

—Pero...

—Cree lo que quieras —replicó Valentine con un encogimiento de hombros—. No eres nada, Imogen Herondale. El mascarón de proa de un régimen cuyo poder pronto quedará hecho añicos, su reinado finiquitado. No hay nada que tengas que ofrecerme que yo pudiese desear.

—¡Valentine!

La Inquisidora se lanzó hacia él, como si pudiera detenerlo, atraparlo, pero sus manos sólo lo atravesaron como si fuera agua. Con una expresión de suprema repugnancia, él retrocedió y desapareció.

El cielo estaba recorrido por los últimos lametones de un fuego que se extinguía, y el agua había adquirido un color hierro. Clary se arrebujó mejor en la chamarra y tiritó.

—¿Tienes frío?

Jace había estado de pie en el extremo de la camioneta, contemplando la estela que el vehículo dejaba tras de sí: dos líneas blancas de espuma hendiendo el agua. Ahora se acercó y se dejó resbalar junto a ella, con la espalda contra la ventanilla que daba a la cabina. La ventanilla misma estaba casi totalmente empañada por el humo azulado.

—¿Tú no?

—No.

Negó con la cabeza, se quitó la chamarra y se la pasó. Clary se la puso, agradeciendo la suavidad del cuero. Era demasiado grande pero le resultaba muy reconfortante.

—Te quedarás en la camioneta tal y como Luke te dijo que hicieras, ¿de acuerdo? —dijo él.

—¿Tengo elección?

—No en el sentido literal, no.

Clary se quitó el guante y le tendió la mano. Él se la tomó, agarrándola con fuerza, y ella bajó la mirada hacia los dedos entrelazados de ambos, los suyos tan pequeños, cuadrados en las puntas, los de él largos y delgados.

—Encontrarás a Simon por mí —dijo ella—. Sé que lo harás.

—Clary… —Ella pudo ver el agua que les rodeaba reflejada en los ojos de Jace—. Puede que esté… quiero decir, puede ser que…

—No. —Su tono no dejaba lugar a la duda—. Estará bien. Tiene que estarlo.

Jace suspiró. Sus iris ondularon con agua azul oscuro… como si fueran lágrimas, se dijo Clary, pero no eran lágrimas, sólo reflejos.

—Hay algo que quiero preguntarte —dijo él—. Temía preguntarlo antes. Pero ahora no temo a nada.

Cubrió la mejilla de Clary con la mano, la palma cálida sobre la piel fría, y ella descubrió que su propio miedo había desaparecido, como si él pudiera traspasarle el poder de la runa que impedía sentir miedo a través del tacto. Alzó la barbilla, entreabriendo los labios expectante; la boca de Jace rozó la suya levemente, tan levemente que pareció la caricia de una pluma, el recuerdo de un beso, y luego él se echó atrás, abriendo los ojos de par en par; Clary vio la pared negra reflejada en ellos, alzándose hasta ocultar el incrédulo tono dorado: la sombra del barco.

Jace la soltó con una exclamación y se incorporó apresuradamente. Clary se levantó con torpeza, con la pesada chamarra de Jace haciéndole perder el equilibrio. Chispas azules salían volando de las ventanillas de la cabina, y a su luz pudo ver que el costado del barco era de chapa de metal negro, que había una fina escala descendiendo por un lado y que una barandilla de hierro recorría la parte superior. Sobre la barandilla estaban posadas lo que parecían enormes aves de extraño aspecto. Oleadas de frío parecían emanar del barco igual que el aire gélido de un iceberg. Cuando Jace le gritó, su aliento surgió en blancas volutas, y las palabras quedaron ahogadas en el repentino rugir de motores del enorme barco.

Ella le miró arrugando el cejo.

—¿Qué? ¿Qué has dicho?

Él metió una mano bajo la chamarra de la joven y le rozó la piel desnuda con las yemas de los dedos. Clary lanzó un chillido de sorpresa, pero Jace le sacó rápidamente del cinturón el cuchillo serafín que le había entregado antes, se lo puso en la mano y la soltó.

—He dicho que sacases a *Abrariel*, porque ya vienen.

—¿Quién viene?

—Los demonios.

Señaló hacia arriba. Al principio, Clary no vio nada. Entonces reparó en las enormes aves extrañas que había visto antes. Éstas se tiraban desde la barandilla una a una, cayendo como piedras por el costado del barco… para a continuación enderezarse y marchar directas hacia donde la camioneta flotaba sobre las olas. A medida que se acercaban, Clary vio que no eran aves en absoluto, sino horrendas criaturas voladoras parecidas a pterodáctilos, con amplias alas correosas y huesudas cabezas triangulares. Tenían la boca repleta de serrados dientes de tiburón, una hilera tras otra de ellos, y sus zarpas centelleaban igual que rectas cuchillas.

Jace trepó como pudo al techo de la cabina, con *Telantes* llameando en la mano. Cuando la primera de las criaturas voladoras llegaba a ellos, Jace lanzó el cuchillo. Éste alcanzó al demonio y le rebanó la parte superior del cráneo. Con un agudo y asustado chirrido, la criatura cayó hacia el lado, moviendo las alas espasmódicamente. Cuando chocó con el océano, el agua hirvió.

El segundo demonio golpeó el techo de la camioneta y las zarpas dejaron largos surcos sobre el metal. Se estrelló contra el parabrisas dejando el cristal convertido en una telaraña de vidrio agrietado. Clary gritó a Luke, pero otro de los seres caía en picado sobre ella descendiendo desde el cielo plomizo como una flecha. La muchacha tiró hacia arriba de la manga de la chamarra de Jace y extendió el brazo para mostrar la runa defensiva. El demonio chirrió como había hecho el otro, moviendo las alas para retroceder... pero ya se había acercado demasiado y estaba al alcance e Clary. Mientras le hundía *Abrariel* en el pecho vio que no tenía ojos, únicamente unas hendiduras a ambos lados del cráneo. El ser estalló en mil pedazos dejando una voluta de humo negro tras él.

—Bien hecho —exclamó Jace.

Éste había bajado de un salto de la cabina de la camioneta para despachar a otra de las chirriantes criaturas voladoras. Había desenvainado también una daga y la empuñadura ya estaba cubierta de sangre negra.

—¿Qué son estas cosas? —jadeó Clary, blandiendo a *Abrariel* en un amplio arco que abrió un tajo en el pecho de uno de los demonios voladores.

El ser graznó e intentó golpearla con una ala. A tan poca distancia, la muchacha pudo ver que las alas terminaban en huesudas crestas afiladas como cuchillas. La criatura enganchó la manga de la chamarra de Jace y la desgarró.

—Mi chamarra —protestó Jace enfurecido, y la apuñaló cuando ésta se alzaba, perforándole la espalda y haciendo que el ser desapareciera con un chirrido—. Adoraba esa chamarra.

Clary le miró atónita, luego giró en redondo cuando el desgarrador chirrido del metal le atacó los oídos. Dos de los demonios voladores habían agarrado entre las zarpas el techo de la cabina y lo estaban arrancando. El chirrido del metal desgarrándose inundó el aire. Luke estaba sobre el capó, acuchillando a las criaturas con su *kindjal*. Una cayó por el costado del vehículo y desapareció antes de tocar el agua. La otra alzó veloz el vuelo con el techo de la camioneta firmemente sujeto entre las garras, lanzando agudos chillidos de triunfo, y fue de vuelta al barco.

Por el momento el cielo estaba despejado. Clary corrió al frente y miró en el interior de la cabina. Magnus se hallaba desplomado en su asiento, con el rostro ceniciento. Estaba demasiado oscuro para poder ver si estaba herido.

—¡Magnus! —gritó—. ¿Estás herido?

—No. —El brujo se esforzó por incorporarse, pero volvió a dejarse caer en el asiento—. Sólo estoy… exhausto. Los hechizos de protección del barco son fuertes. Contrarrestarlos, desactivarlos, es… difícil. —La voz se debilitó—. Pero si no lo hago, cualquiera que pise ese barco que no sea Valentine, morirá.

—Tal vez deberías venir con nosotros —suspiró Luke.

—No puedo trabajar en las salvaguardas si estoy en el barco. Tengo que hacerlo desde aquí. Así es como funciona. —La sonrisa de Magnus fue dolorosa—. Además, no sirvo en una pelea. Mis talentos se hallan en otra parte.

—Pero y si necesitamos… —empezó a decir Clary, todavía inclinada hacia el interior de la cabina.

—¡Clary! —chilló Luke, pero era demasiado tarde.

Ninguno de ellos había visto a la criatura alada aferrada, totalmente inmóvil, al costado de la camioneta. De repente ésta se lanzó hacia arriba, moviendo las alas en un vuelo lateral, y hundió con fuerza las garras en la parte posterior de la chamarra de Clary, toda ella una masa borrosa de alas oscuras y dientes apestosos e irregulares. Con un aullante chirrido de triunfo, el ser alzó el vuelo, con Clary colgando impotente de sus garras.

—¡Clary! —volvió a chillar Luke, y corrió a toda velocidad hasta el borde del techo de la camioneta. Se detuvo allí, mirando con desesperación hacia la menguante figura alada con su colgante carga flácida.

—No la matará —dijo Jace, reuniéndose con él en el techo—. Le está llevando la pieza a Valentine.

Hubo algo en el tono de la voz que hizo que a Luke se le helara la sangre. Volvió la cabeza para mirar sorprendido al muchacho.

—Pero…

No acabó la frase. Jace ya se había zambullido en el agua, saltando desde la camioneta de un único y grácil movimiento. Cayó a las sucias aguas del río y empezó a nadar hacia el barco con poderosas patadas que creaban remolinos de espuma en el agua.

Luke se volvió hacia Magnus, cuyo pálido rostro era apenas visible a través del parabrisas agrietado. Alzó una mano y le pareció ver que Magnus asentía en respuesta.

Enfundando el *kindjal*, se zambulló en el río en pos de Jace.

Alec soltó a Isabelle, medio esperando que ésta empezara a chillar en cuanto le quitara la mano de la boca. No lo hizo. Permaneció quieta junto a él y se quedó mirando fijamente cómo la Inquisidora se erguía, tambaleándose ligeramente, con el rostro de un blanco grisáceo.

—Imogen —llamó Maryse, y no había sentimiento en la voz, ni siquiera ira.

La Inquisidora no pareció oírla. Su expresión no cambió mientras se dejaba caer sin fuerzas en el viejo sillón de Hodge.

—Dios mío —exclamó, clavando la mirada en el escritorio—. ¿Qué he hecho?

Maryse hizo una seña a su hija.

—Trae a tu padre.

Isabelle, con una expresión tan asustada como Alec no le había visto nunca, asintió y abandonó la habitación.

Maryse cruzó la estancia hacia la Inquisidora y la miró.

—¿Qué has hecho, Imogen? —dijo—. Le has entregado la victoria a Valentine. Eso es lo que has hecho.

—No —musitó ella.

—Sabías exactamente lo que Valentine planeaba cuando encerraste a Jace. Te negaste a permitir que la Clave interviniera porque habría interferido en tu plan. Querías hacer sufrir a Valentine como él te ha hecho sufrir a ti; mostrarle que tenías el poder de matar a su hijo como él había matado al tuyo. Querías humillarlo.

—Sí...

—Pero Valentine no se deja humillar —continuó Maryse—. Yo podría habértelo dicho. Jamás lo tuviste controlado. Sólo fingió considerar tu oferta para tener la absoluta certeza de que no tendríamos tiempo de pedir refuerzos a Idris. Y ahora es demasiado tarde.

La Inquisidora alzó los ojos con expresión enloquecida. Los cabellos se le habían soltado del moño y le colgaban en mechones lacios alrededor del rostro. Su aspecto era el más humano que Alec le había visto nunca, pero no le produjo la menor satisfacción. Las palabras de su madre le dejaron helado: «demasiado tarde».

—No, Maryse —repuso la mujer—. Todavía podemos...

—¿Todavía qué? —La voz de Maryse se quebró—. ¿Llamar a la Clave? No disponemos de los días, las horas que necesitarían para llegar aquí si vamos a enfrentarnos a Valentine... y Dios sabe que no tenemos elección.

—Vamos a tener que hacerlo ahora —interrumpió una voz profunda.

Detrás de Alec, con expresión sumamente sombría, estaba Robert Lightwood.

Alec contempló boquiabierto a su padre. Hacía años que no le había visto vestido con el equipo de caza; había estado ocupado en tareas administrativas, en dirigir el Cónclave y en ocuparse de cuestiones referentes a los subterráneos. Algo en el hecho de ver a su padre con sus gruesas y acorazadas ropas oscuras, con el sable sujeto a la espalda, devolvió a Alec a su infancia, cuando su padre había sido el hombre más imponente, fuerte y aterrador que podía imaginar. Y seguía resultando aterrador. No había visto a su padre desde que se había puesto en ridículo a sí mismo en casa de Luke, así que intentó captar su mirada ahora, pero Robert miraba a Maryse.

—El Cónclave está listo —informó—. Los botes aguardan en el muelle.

Las manos de la Inquisidora aletearon alrededor de su rostro.

—No sirve de nada —farfulló—. No somos suficientes... no podemos de ningún modo...

Robert hizo caso omiso de ella. En su lugar, miró a Maryse.

—Deberíamos marcharnos en seguida —sugirió, y en su tono había el respeto del que había carecido al dirigirse a la Inquisidora.

—Pero la Clave... —empezó a decir ésta— deberían ser informados.

Maryse empujó el teléfono del escritorio en dirección a la mujer, con energía.

—Cuéntaselo tú. Cuéntales lo que has hecho. Es tu trabajo, al fin y al cabo.

La Inquisidora no dijo nada, se limitó a contemplar fijamente el teléfono, con una mano sobre la boca.

Antes de que Alec pudiera empezar a compadecerse de ella, la puerta volvió a abrirse y entró Isabelle ataviada con su equipo de chamarra de sombras, con el largo látigo de plata y oro en una mano y una *naginata* de asta de madera en la otra. Miró a su hermano ceñuda.

—Ve a prepararte —dijo—. Partimos hacia el barco de Valentine inmediatamente.

Alec no pudo evitarlo; la comisura de los labios se le crispó hacia arriba. ¡Isabelle era siempre tan resuelta!

—¿Eso es para mí? —le preguntó, indicando la *naginata*.

Su hermana la apartó violentamente de él.

—¡Ve a buscar la tuya!

«Algunas cosas no cambian nunca.» Alec marchó en dirección a la puerta, pero le detuvo una mano que se posó en su hombro. Alzó los ojos sorprendido.

Era su padre. Contemplaba a Alec, y aunque no sonreía, había una expresión de orgullo en su rostro arrugado y cansado.

—Si necesitas un acero, Alexander, mi *guisarme* está en la entrada. Si quieres usarla.

Alec tragó saliva y asintió, pero antes de que pudiera dar las gracias a su padre oyó a Isabelle detrás de él.

—Aquí tienes, mamá —dijo.

Alec se volvió y vio a su hermana entregar la *naginata* a su madre, que la tomó y la hizo girar expertamente en la mano.

—Gracias, Isabelle —dijo Maryse, y con un movimiento tan veloz como cualquiera de los de su hija bajó la hoja para apuntar directamente al corazón de la Inquisidora.

Imogen Herondale alzó la mirada hacia Maryse con los ojos inexpresivos y destrozados de una estatua estropeada.

—¿Vas a matarme, Maryse?

Maryse siseó por entre los cerrados dientes.

—Frío, frío —replicó—. Necesitamos a todo cazador de sombras que esté en la ciudad, y justo ahora, eso te incluye a ti. Levanta, Imogen, y prepárate para la batalla. A partir de ahora, las órdenes las doy yo. —Sonrió sombría—. Y lo primero que vas a hacer es liberar a mi hijo de esa maldita Configuración Malachi.

Su aspecto era magnífico mientras lo decía, pensó Alec con orgullo, una auténtica guerrera chamarra de sombras, cada una de sus arrugas llameando con justa furia.

Odiaba tener que estropear el momento… pero no tardarían en descubrir por sí mismos que Jace se había ido. Era mejor que alguien amortiguara el golpe.

Carraspeó.

—Lo cierto es —comenzó— que hay algo que probablemente deberían saber…

18

OSCURIDAD VISIBLE

Clary siempre había odiado las montañas rusas, aquella sensación en la que el estómago parecía caérsele a los pies cuando la vagoneta descendía en picado. Ser arrancada de la camioneta y arrastrada por los aires como un ratón en las garras de una águila era diez veces peor. Lanzó un sonoro chillido cuando sus pies abandonaron la plataforma del vehículo y su cuerpo se elevó hacia las alturas a una velocidad increíble. Chilló y se retorció…, hasta que miró abajo y vio lo muy por encima que estaba ya del agua y comprendió lo que sucedería si el demonio volador la soltaba.

Se quedó totalmente quieta. La camioneta parecía un juguete allá abajo, flotando de un modo que parecía imposible sobre las olas. La ciudad se balanceaba a su alrededor, como paredes nebulosas de luz resplandeciente. Podría haber resultado hermoso de no haberse sentido tan aterrada. El demonio se ladeó y descendió en picado, y de improviso, en lugar de subir, Clary bajaba. Imaginó a la criatura dejándola caer cientos de metros por el aire hasta chocar contra la helada agua negra y cerró los ojos; pero caer a ciegas era peor. Volvió a abrirlos y vio la cubierta negra del barco alzándose como una mano a punto de sacarlos del cielo de un manotazo. Chilló por segunda vez mientras descendían hacia la cubierta… y a través de un cuadrado oscuro abierto en su superficie. Estaban ya en el interior del barco.

La criatura voladora aminoró la velocidad. Bajaban a través del centro de la nave, rodeados de cubiertas de metal con barandillas. Clary vislumbró maquinaria oscura; ninguna parecía estar en condiciones de funcionar, y había equipos y herramientas abandonados en varios lugares. Si alguna vez había habido iluminación eléctrica, ya no funcionaba, aunque un leve resplandor lo impregnaba todo. Fuera lo que fuera que había propulsado al barco en el pasado, Valentine lo propulsaba en la actualidad con algo distinto.

Algo que había extraído el calor directamente de la atmósfera. Un aire gélido le azotó el rostro cuando el demonio alcanzó la parte inferior de la nave y se metió por un pasillo largo y mal iluminado. El ser no era especialmente cuidadoso con ella, y la rodilla de la muchacha chocó con una tubería cuando la criatura dobló una esquina, enviándole una oleada de dolor pierna arriba. Clary gritó y oyó la risa sibilante del demonio por encima de su cabeza. Entonces él la soltó, y ella cayó. Contorsionándose en el aire, Clary intentó colocar manos y rodillas bajo el cuerpo antes de golpear el suelo. Casi funcionó. Chocó contra el suelo con un impacto estremecedor y rodó a un lado, aturdida.

Yacía sobre una dura superficie de metal, en semioscuridad. Aquello probablemente había sido un lugar de almacenamiento en algún momento, porque las paredes eran lisas y sin puertas. Había una abertura cuadrada muy por encima de su cabeza, a través de la cual se filtraba la única luz disponible. Sentía todo el cuerpo como si fuese un moretón enorme.

—¿Clary?

La voz era un susurro. Rodó sobre el costado, haciendo un gesto de dolor. Había una sombra arrodillada junto a ella y, a medida que los ojos se fueron adaptando a la oscuridad, vio una pequeña figura curvilínea, unos cabellos trenzados, unos ojos castaño oscuro. Maia.

—Clary, ¿eres tú?

Ésta se sentó en el suelo, haciendo caso omiso del terrible dolor que sentía en la espalda.

—Maia. Maia, Dios mío.

Clavó la mirada en la otra muchacha, luego la paseó frenéticamente por la habitación. Estaba vacía a excepción de ellas dos.

—Maia, ¿dónde está él? ¿Dónde está Simon?

Maia se mordió el labio. Tenía las muñecas ensangrentadas, advirtió Clary, y el rostro surcado de lágrimas secas.

—Clary, lo siento tanto —contestó la muchacha con su voz queda y ronca—. Simon está muerto.

Calado hasta los huesos y medio congelado, Jace se desplomó sobre la cubierta del barco, con el agua chorreando de cabellos y ropas. Alzó los ojos para contemplar el nublado cielo nocturno, respirando entrecortadamente. No había sido tarea fácil trepar por la desvencijada escalera de hierro mal atornillada al costado metálico de la nave, en especial con manos resbaladizas y ropas empapadas que lastraban sus movimientos.

De no haber sido por la runa que quitaba el miedo, reflexionó, probablemente le habría inquietado que uno de los demonios voladores lo arrancara de la escalera como un pájaro arrancando un insecto de una enredadera. Por suerte, parecían haber regresado al barco después de haberse llevado a Clary. Jace no era capaz de imaginar el motivo, pero hacía tiempo que había desistido de intentar entender por qué su padre hacía las cosas.

Por encima de él apareció una cabeza recortándose contra el cielo. Era Luke, que había alcanzado lo alto de la escalera. Éste trepó laboriosamente por encima de la barandilla y se dejó caer al otro lado. Bajó la mirada hacia Jace.

—¿Estás bien?

—Perfectamente.

Jace se puso en pie. Tiritaba. Hacía frío en la embarcación, más frío del que había hecho en el agua… y ya no tenía la chamarra. Se la había dado a Clary.

El muchacho miró a su alrededor.

—En algún lugar hay una puerta que conduce al interior del barco. La encontré la última vez. Sólo tenemos que recorrer la cubierta hasta que volvamos a encontrarla.

Luke empezó a caminar.

—Deja que yo vaya primero —añadió Jace, colocándose delante de él.

Luke le lanzó una mirada de suma perplejidad, dio la impresión de que iba a decir algo, pero finalmente se puso a andar junto a Jace mientras se aproximaban a la parte delantera del barco, donde el chico había estado con Valentine la noche anterior. El muchacho podía oír el aceitoso chapoteo del agua contra la proa, mucho más abajo.

—Tu padre —comenzó Luke—, ¿qué dijo cuando lo viste? ¿Qué te prometió?

—Ya sabes. Lo de costumbre. Una provisión perpetua de entradas para ver a los Knicks. —Jace hablaba quitándole importancia, pero el recuerdo le afectó más que el frío—. Dijo que se aseguraría de que no nos sucediera nada ni a mí ni a nadie que me importara si abandonaba a la Clave y regresaba a Idris con él.

—Crees… —Luke vaciló—, ¿crees que le haría daño a Clary para desquitarse contigo?

Rodearon la proa, y Jace vislumbró brevemente la Estatua de la Libertad a lo lejos, un pilar de luz resplandeciente.

—No, creo que se la ha llevado para hacernos venir a la nave, para tener una moneda de cambio. Eso es todo.

—No estoy seguro de que necesite una moneda de cambio.

Luke habló en voz baja mientras desenvainaba el *kindjal*. Jace volvió la cabeza para seguir la dirección de la mirada de su compañero, y por un momento se quedó pasmado.

Había un agujero negro en la cubierta del lado oeste del barco, un agujero como si hubiesen recortado un cuadrado en el metal, y de sus profundidades manaba una oscura nube de monstruos. Jace rememoró la última vez que había estado allí de pie, con la Espada Mortal en la mano, contemplando horrorizado cómo el cielo sobre su cabeza y el mar a sus pies se convertían en arremolinadas masas de seres de pesadilla. Sólo que en aquellos momentos los tenía ante él, una algarabía de demonios: los raum de color blanco hueso que les habían atacado en casa de Luke; demonios oni con sus cuerpos verdes, bocas amplias y cuernos; los sigilosos y negros demonios kuri, demonios araña con sus ocho brazos finalizados en pinzas y los colmillos rezumantes de veneno que les sobresalían de las cuencas de los ojos…

Jace fue incapaz de contarlos. Palpó en busca de *Camael* y lo sacó del cinturón, iluminando la cubierta con su blanco resplandor. Los demonios sisearon ante su visión, pero ninguno de ellos retrocedió. La runa contra el miedo del omóplato del muchacho empezó a arder, y éste se preguntó a cuántos demonios podría matar antes de que el símbolo se consumiera.

—¡Para! ¡Para! —La mano de Luke, cerrada sobre la parte posterior de la camisa de Jace, tiró de éste hacia atrás—. Hay demasiados, Jace. Si podemos retroceder hasta la escalera…

—No podemos. —Jace se desasió violentamente de la mano de Luke y señaló—. Nos han rodeado por ambos lados.

Era cierto. Una falange de demonios moloch, con llamas saliendo a chorros de sus ojos vacíos, les cortaba la retirada. Luke empezó a soltar patadas, con fluidez y brutalidad.

—Salta por la borda, entonces. Los contendré.

—Salta tú —replicó Jace—. Yo estoy perfectamente aquí.

Luke echó la cabeza hacia atrás. Sus orejas se habían vuelto puntiagudas, y cuando gruñó a Jace, los labios retrocedieron sobre caninos que eran repentinamente afilados.

—Eres…

Se interrumpió cuando un demonio moloch saltó sobre él con las garras extendidas. Jace lo acuchilló con tranquilidad en la columna vertebral cuando pasó por su lado, y el ser cayó sobre Luke tambaleante y aullando. El licántropo lo agarró con manos que eran zarpas y lo arrojó por encima de la barandilla.

—Has usado esa runa que quita el miedo, ¿verdad? —inquirió Luke, volviéndose hacia Jace con ojos que brillaban ambarinos.

Se oyó un lejano chapoteo.

—Respuesta correcta —admitió Jace.

—¡Cielos! —exclamó Luke—. ¿Te la has puesto tú mismo?

—No. Clary.

El cuchillo serafín de Jace hendió el aire con fuego blanco; dos demonios drevak cayeron. Pero había docenas avanzando vacilantes hacia ellos, con las manos finalizadas en agujas extendidas.

—Es buena en runas, ya sabes.

—Adolescentes —exclamó Luke, como si fuese la palabra más asquerosa que conocía, y se arrojó sobre la horda que iba hacia ellos.

—¿Muerto? —Clary se quedó mirando a Maia como si ésta hubiera hablado en búlgaro—. No puede estar muerto.

Maia no dijo nada, se limitó a contemplarla con ojos tristes y oscuros.

—Yo lo sabría. —Clary se incorporó y se presionó un puño contra el pecho—. Lo sabría aquí.

—También yo pensaba eso —repuso Maia—. En una ocasión. Pero no lo sabes. Uno nunca lo sabe.

Clary se incorporó penosamente. La chamarra de Jace le colgaba de un hombro con la parte posterior casi hecha tiras. Se la sacó con un gesto impaciente y la dejó caer al suelo. Estaba destrozada, la espalda cubierta de una docena de marcas de garras afiladas. «A Jace no le gustará nada que le haya estropeado la chamarra —pensó—. Tendré que comprarle una nueva. Tendré que...»

Aspiró una larga y entrecortada bocanada de aire. Podía oír el martilleo de su propio corazón, pero también eso sonaba distante.

—¿Qué... le sucedió?

Maia seguía arrodillada en el suelo.

—Valentine nos atrapó a los dos —explicó ésta—. Nos encadenó juntos en una bodega. Luego vino con un arma... una espada muy larga y brillante, como si refulgiera. Me arrojó polvo de plata para que no pudiera enfrentarme a él, y... y le cortó el cuello a Simon. —Su voz se debilitó hasta convertirse en un susurro—. Luego le cortó las muñecas y vertió la sangre en unos cuencos. Algunas de esas criaturas demoníacas suyas entraron y le ayudaron a recogerla. Luego simplemente dejó a Simon allí tirado, sin tripas, como un juguete que ya no sirve para nada. Chillé... pero sabía que estaba muerto. Entonces uno de los demonios me tomó y me trajo aquí abajo.

Clary se apretó el dorso de la mano contra la boca; apretó y apretó hasta que notó la sangre salada. El sabor ácido de la sangre pareció abrirse paso a través de la niebla de su cerebro.

—Tenemos que salir de aquí.

—No quisiera ofender, pero eso es evidente. —Maia se puso en pie con una mueca de dolor—. No hay salida. Ni siquiera para un cazador de sombras. A lo mejor si tú fueras...

—¿Si yo fuera qué? —exigió Clary, deambulando por el espacio cuadrado de la celda que las contenía—. ¿Jace? Bueno, pues no lo soy. —Pateó la pared, que resonó hueca, luego metió la mano en el bolsillo y sacó su estela—. Pero poseo mis propias habilidades.

Apretó la punta de la estela contra la pared y empezó a dibujar. Las líneas parecían fluir de ella, negras y ardientes, igual que la ira furiosa que sentía. Estrelló la estela contra la pared una y otra vez y las líneas negras fluyeron de la punta igual que llamas. Cuando se apartó, respirando laboriosamente, vio que Maia la contemplaba atónita con los ojos muy abiertos.

—Chica —exclamó ésta—, ¿qué has hecho?

Clary no estaba segura. Parecía como si hubiese arrojado un cubo de ácido contra la pared. El metal que rodeaba la runa se combaba y goteaba igual que un helado en un día caluroso. Dio un paso atrás, observándolo con cautela mientras un agujero del tamaño de un perro grande se abría en la pared. Pudo ver vigas de acero detrás de él, más parte de las tripas de la nave. Los bordes del agujero chisporroteaban aún, aunque éste había dejado de extenderse hacia el exterior. Maia dio un paso al frente, apartando el brazo de Clary.

—Espera. —Clary se sintió repentinamente nerviosa—. El metal fundido… podría ser como… lodo tóxico o algo así.

Maia lanzó un resoplido.

—Soy de Nueva Jersey. Nací en medio de lodo tóxico. —Fue resueltamente hacia el agujero y miró por él—. Hay una pasarela de metal al otro lado —anunció—. Bien…, voy a pasar.

Se dio la vuelta y metió los pies por el agujero, luego las piernas, retrocediendo despacio. Hizo una mueca mientras retorcía el cuerpo para pasar, entonces se quedó muy quieta.

—¡Ay! Me atasqué. ¿Me ayudas? —Le alargó las manos.

Clary le tomó las manos y empujó. El rostro de Maia se puso blanco, luego rojo… y de improviso la muchacha quedó libre, igual que el corcho de una botella de champán al saltar de la botella. Con un chillido, cayó hacia atrás. Se oyó un estrépito, y Clary metió la cabeza por el agujero.

—¿Estás bien?

Maia yacía sobre una estrecha pasarela de metal unos metros más abajo. Rodó sobre sí misma lentamente y se sentó, haciendo una mueca de dolor.

—Mi tobillo…, pero estaré perfectamente —añadió al ver la cara de Clary—. Nosotros también sanamos con rapidez, ya sabes.

—Lo sé. De acuerdo, me toca a mí.

A Clary la estela se le clavó incómodamente en el estómago mientras se inclinaba, preparada para pasar a través del agujero tras Maia. La distancia hasta la pasarela resultaba inquietante, pero no tanto como la idea de aguardar en la bodega a lo que fuera que fuese a buscarlas. Giró sobre sí misma, se tumbó sobre el estómago y fue metiendo los pies por el agujero…

Y algo la agarró por la parte posterior de la camiseta, tirando de ella hacia arriba. La estela se le cayó del cinturón y tintineó al suelo. Clary lanzó un grito entrecortado de sorpresa y dolor; la tira del cuello del suéter se le clavó en la garganta y sintió como si se ahogara. Al cabo de un momento la soltaron y se estrelló contra el suelo, las rodillas golpeando el metal con un hueco sonido metálico. Dando gemidos, rodó sobre la espalda y miró arriba, sabiendo lo que vería.

Valentine la observaba de pie junto a ella. En una mano sostenía un cuchillo serafín que relucía con una fuerte luz blanca. La otra mano, con la que la había agarrado por la camiseta, estaba cerrada en un puño. El cincelado rostro blanco mostraba una mueca de desprecio.

—Siempre la hija de tu madre, Clarissa —dijo—. ¿Qué has hecho ahora?

Clary se incorporó dolorosamente hasta quedar de rodillas. Tenía la boca llena de sangre procedente del labio que se había desgarrado. Al mirar a Valentine, la rabia contenida floreció como una flor envenenada en su pecho. Aquel hombre, su padre, había matado a Simon y lo había dejado muerto en el suelo como si fuera basura. Ella había pensado que había sentido odio antes en su vida; estaba equivocada. Esto sí que era odio.

—La chica loba —prosiguió Valentine, frunciendo el entrecejo—, ¿dónde está?

Clary se inclinó y le escupió la sangre que tenía en la boca sobre los zapatos. Con una aguda exclamación de repugnancia y sorpresa, él retrocedió alzando el arma que tenía en la mano y, por un momento, Clary vio la furia en sus ojos y pensó que realmente iba a hacerlo, que realmente iba a matarla allí mismo, arrodillada a sus pies, por escupirle en los zapatos.

Lentamente, él bajó el arma. Sin una palabra, pasó junto a Clary y fue a mirar con atención por el agujero que ésta había abierto en la pared. Clary se volvió despacio, escudriñando el suelo hasta que la vio. La estela de su madre. Alargó el brazo hacia ella, conteniendo la respiración...

Valentine vio lo que hacía y, de una única zancada, cruzó la bodega. Tiró la estela fuera del alcance de Clary de una patada. La estela giró por el suelo de metal y fue a caer por el agujero de la pared. Clary entrecerró los ojos, sintiendo la pérdida de la estela como si volviera a perder a su madre.

—Los demonios encontrarán a tu amiga subterránea —dijo Valentine, con su voz fría y sosegada, mientras enfundaba el cuchillo serafín—. No hay ningún sitio al que pueda huir. No hay ningún sitio al que ninguno de ustedes pueda ir. Ahora levántate, Clarissa.

Lentamente, Clary se puso en pie. Le dolía todo el cuerpo. Soltó una exclamación de sorpresa cuando Valentine la agarró por los hombros, le dio la vuelta para que le diera la espalda y luego silbó; fue un sonido agudo, cortante y desagradable. El aire se agitó en lo alto y Clary oyó el aleteo repulsivo de alas correosas. Con un gritito intentó desasirse, pero Valentine era demasiado fuerte. Las alas se colocaron alrededor de ambos y a continuación se vieron alzados por los aires juntos, con Valentine sosteniéndola en sus brazos, como si realmente fuera su padre.

Jace había pensado que Luke y él ya estarían muertos a aquellas alturas y no estaba seguro de por qué no era así. La sangre había vuelto resbaladiza la cubierta del barco, y él estaba cubierto de mugre. Incluso tenía los cabellos lacios y pegajosos por el icor y los ojos le escocían debido a la sangre y el sudor. Tenía un corte profundo en la parte superior del brazo derecho y carecía de tiempo para grabarse una runa curativa en la piel. Cada vez que alzaba el brazo, un dolor abrasador le recorría el costado.

Se las habían arreglado para meterse en un hueco en la pared de metal del barco, y peleaban desde aquel refugio mientras los demonios se abalanzaban sobre ellos. Jace había usado sus dos chakhrams y ya sólo le quedaba el último cuchillo serafín y la daga que le había tomado a Isabelle. No era demasiado; con tan pobre armamento no habría salido siquiera a enfrentarse a unos pocos demonios, y en esos momentos se enfrentaba a una horda. Debería estar asustado, lo sabía, pero apenas sentía nada; únicamente repugnancia por los demonios, que no pertenecían a este mundo, e ira hacia Valentine, que los había convocado. Vagamente, sabía que su falta de miedo no era algo bueno. Ni siquiera le asustaba la gran cantidad de sangre que perdía por el brazo.

Un demonio araña avanzó hacia Jace, chirriando y disparando veneno amarillo. Él se agachó para apartarse, pero no con la rapidez suficiente para evitar que unas cuantas gotas de veneno le salpicaran la camiseta. Éste siseó mientras corroía la tela; Jace fue sintiendo su escozor a medida que le quemaba la carne igual que una docena de diminutas agujas sobrecalentadas.

El demonio araña chasqueó satisfecho y soltó otro chorro de veneno. Jace se agachó y el veneno alcanzó a un demonio oni que iba hacia él desde el otro lado; el oni lanzó un alarido agónico con las zarpas extendidas y, retorciéndose, se abrió paso hacia el demonio araña. Los dos forcejearon, rodando por la cubierta.

Los demonios que los rodeaban se apartaron en tropel del veneno derramado, que creaba una barrera entre ellos y el cazador de sombras. Jace aprovechó el momentáneo respiro para volverse hacia Luke, que estaba a su lado. Luke resultaba casi irreconocible. Las orejas se alzaban hasta finalizar en afiladas puntas lobunas; los labios estaban retirados del enfurecido hocico en un rictus permanente; las manos en forma de zarpas estaban ennegrecidas con icor de demonio.

—Deberíamos ir hacia las barandillas. —La voz de Luke era un medio gruñido—. Salir del barco. No podemos matarlos a todos. A lo mejor Magnus...

—No me parece que nos esté yendo tan mal. —Jace hizo girar el cuchillo serafín, lo que fue una mala idea; la mano estaba húmeda de sangre y el arma estuvo a punto de resbalarse—. Dada la situación.

Luke emitió un sonido que podría haber sido tanto un gruñido como una carcajada, o bien una combinación de ambos. Entonces algo enorme e informe cayó del cielo, derribándolos a ambos.

Jace se golpeó con fuerza contra el suelo, y el cuchillo serafín salió despedido de su mano. Chocó contra la cubierta, resbaló por la superficie de metal y cruzó el borde de la cubierta, desapareciendo de vista. Jace lanzó una palabrota y se incorporó tambaleante.

La cosa que había aterrizado sobre ellos era un demonio oni. Era insólitamente grande para uno de su clase; por no mencionar insólitamente listo al haber pensado en trepar al tejado y dejarse caer sobre ellos desde lo alto. El ser estaba sentado encima de Luke, atacándole con los colmillos afilados que le sobresalían de la frente. Luke se defendía lo mejor que podía con sus propias zarpas, pero ya estaba empapado en sangre; su *kindjal* yacía a unos treinta centímetros de distancia sobre la cubierta. El hombre trató de ir por él, y el oni lo agarró de una pierna con una mano que era como una pala y tiró de ella doblándola igual que la rama de un árbol sobre la rodilla. Jace oyó el chasquido del hueso al quebrarse al mismo tiempo que Luke gritaba.

El muchacho se lanzó por el *kindjal*, lo agarró y rodó hasta ponerse en pie, descargando la daga con fuerza contra el cuello del demonio oni. Ésta le cortó con fuerza suficiente para decapitarla, y la criatura se dobló hacia adelante a la vez que un chorro de sangre negra brotaba del cuello cercenado. Al cabo de un momento, el demonio había desaparecido. El *kindjal* golpeó la cubierta junto a Luke.

Jace se precipitó hacia él y se arrodilló.

—Tu pierna...

—Está rota. —Luke se sentó con un tremendo esfuerzo, y el rostro se le crispó de dolor.

—Pero ustedes se curan de prisa.

Luke miró alrededor con rostro sombrío. El oni podría estar muerto, pero lo otros demonios habían aprendido de su ejemplo y trepaban en tropel al tejado. Jace no podía saber, a la débil luz de la luna, cuántos había... ¿docenas? ¿Cientos? Al llegar a cierto número ya dejaba de importar.

Luke cerró la mano alrededor de la empuñadura del *kindjal*.

—No lo bastante rápido.

Jace sacó la daga de Isabelle del cinturón. Era la última de sus armas y parecía patéticamente pequeña. Una aguda emoción le taladró; no era miedo, seguía estando más allá de aquello, sino pesar. Vio a Alec y a Isabelle como si estuviesen de pie ante él, sonriéndole, y luego vio a Clary con los brazos extendidos como si le diera la bienvenida a casa.

Se puso en pie justo cuando los demonios caían desde el tejado en una oleada, en una marea oscura que ocultaba la luna. Se movió para intentar tapar a Luke, pero no sirvió de nada; las criaturas estaban por todas partes. Una se alzó imponente ante él. Era un esqueleto de más de metro ochenta, sonriendo burlón con dientes rotos. Pedazos de banderines de oración tibetanos de brillantes colores le colgaban de los huesos putrefactos. Empuñaba una *katana* en una mano huesuda, lo que era poco corriente: la mayoría de demonios no se armaban. La hoja, grabada con runas demoníacas, era más larga que el brazo de Jace, curva, afilada y letal.

Jace lanzó la daga. Golpeó la huesuda caja torácica del demonio y se quedó allí atorada. El demonio apenas pareció advertirlo; se limitó a seguir avanzando, inexorable como la muerte. El aire a su alrededor apestaba a muerte y a cementerios. Alzó la *katana* en una mano que era una garra...

Una sombra gris hendió la oscuridad frente a Jace, una sombra que se movió con un movimiento de rotación preciso y mortífero. El arco descendente de la *katana* se cortó con un fuerte rechinar de metal contra metal; la figura oscura empujó la *katana* hacia atrás y con la otra mano lanzó una cuchillada ascendente a una velocidad que el

ojo de Jace apenas pudo seguir. El demonio cayó hacia atrás, el cráneo haciéndose pedazos mientras el ser se desmenuzaba y desaparecía. Alrededor Jace pudo oír los alaridos de demonios que aullaban
de dolor y sorpresa. Se volvió y vio que docenas de siluetas, siluetas
humanas, trepaban por las barandillas, saltaban al suelo y corrían a
enfrentarse a los demonios, que reptaban, serpenteaban, siseaban y
volaban por la cubierta. Empuñaban espadas de luz y vestían las
ropas oscuras y resistentes de…

—¿Cazadores de sombras? —soltó Jace tan sorprendido que lo
dijo en voz alta.

—¿Quién si no? —Una sonrisa centelló en la oscuridad.

—¿Malik? ¿Eres tú?

Malik inclinó la cabeza.

—Lamento lo sucedido antes —dijo—. Tenía órdenes.

Jace estaba a punto de decir a Malik que acabar de salvarle la
vida compensaba más que sobradamente su intento, horas antes, de
impedir que Jace saliera del Instituto, cuando un grupo de demonios
raum se abalanzó en tropel sobre ellos, azotando el aire con los tentáculos. Malik giró en redondo y arremetió contra ellos con un grito,
su cuchillo serafín llameando como una estrella. Jace iba a seguirlo
cuando una mano lo agarró por el brazo y tiró de él a un lado.

Era un cazador de sombras vestido todo de negro con una capucha ocultando el rostro.

—Ven conmigo.

La mano tiraba insistentemente de su manga.

—Tengo que ir con Luke. Lo han herido. —Tiró hacia atrás el
brazo—. Suéltame.

—Ah, por el Ángel…

La figura lo soltó y alzó las manos para echar hacia atrás la capucha de la larga capa, dejando al descubierto un estrecho rostro blanco y unos ojos grises que llameaban como esquirlas de diamante.

—¿Harás lo que se te ordena ahora, Jonathan?

Era la Inquisidora.

A pesar de la velocidad a la que volaban por los aires, Clary habría pateado a Valentine de haber podido. Pero él la sujetaba como si sus brazos fueran tiras de hierro. Los pies de la muchacha colgaban sueltos, pero por mucho que forcejeaba, no parecía capaz de alcanzar nada.

Cuando el demonio se inclinó y viró bruscamente, la joven dio un grito y Valentine rió. A continuación se encontraron girando a través de un estrecho túnel de metal y penetrando en el interior de una habitación mucho más grande y amplia. En lugar de soltarles sin miramientos, el demonio volador los depositó con suavidad en el suelo.

Ante la sorpresa de Clary, Valentine la soltó. Ella se apartó violentamente de él y fue hasta el centro de la habitación dando traspiés y mirando frenética a su alrededor. Era un espacio grande: probablemente, en otro tiempo habría sido alguna especie de sala de máquinas. Todavía había maquinaria bordeando las paredes, apartada para crear un amplio espacio cuadrado en el centro. El suelo era de grueso metal negro cubierto de manchones más oscuros aquí y allí. En medio del espacio vacío había cuatro tinas lo bastante grandes para lavar un perro en ellas. Los interiores de las dos primeras estaban manchados de un oscuro color marrón óxido. La tercera estaba llena de un líquido rojo oscuro. La cuarta estaba vacía.

Había un pequeño baúl de metal detrás de las tinas, con una tela oscura arrojada sobre él. Cuando se acercó más, vio que encima de la tela descansaba una espada de plata que resplandecía con una luz negruzca, casi una ausencia de iluminación: una radiante oscuridad visible.

Clary se volvió rápidamente y clavó la mirada en Valentine, que la observaba en silencio.

—¿Cómo has podido? —exigió ella—. ¿Cómo has podido matar a Simon? Era sólo un... era sólo un muchacho, sólo un ser humano corr...

—No era humano —cortó Valentine, con su voz sedosa—. Se había convertido en un monstruo. Tú no podías verlo, Clarissa, porque lucía el rostro de un amigo.

—No era ningún monstruo. —Se acercó un poco más a la Espada. Parecía enorme, pesada. Se preguntó si podría alzarla… e incluso si podía, ¿podría blandirla?—. Seguía siendo Simon.

—No creas que no comprendo tu situación —repuso Valentine, que permaneció sin moverse bajo el solitario haz de luz que penetraba por la trampilla del techo—. Me sucedió lo mismo cuando mordieron a Lucian.

—Me lo ha contado —le escupió ella—. Le diste una daga y le dijiste que se matara.

—Eso fue un error —dijo él.

—Al menos lo admites…

—Debí haberlo matado yo mismo. Le habría demostrado que él me importaba.

Clary negó firmemente con la cabeza.

—Pero no te importaba. Jamás te ha importado nadie. Ni siquiera mi madre. Ni siquiera Jace. Eran sólo cosas que te pertenecían.

—Pero ¿no es eso el amor, Clarissa? ¿Propiedad? «Yo soy de mi amado y mi amado es mío», como dice el Cantar de los Cantares.

—No. Y no me cites la Biblia. No creo que la entiendas.

Estaba muy cerca del baúl ya, la empuñadura de la Espada al alcance de la mano. Tenía los dedos húmedos de sudor y se los secó disimuladamente en los vaqueros.

—No es simplemente que alguien te pertenezca, es que tú te entregas a esa persona. Dudo que jamás hayas dado nada a nadie. Excepto tal vez pesadillas.

—¿Darte a alguien? —La fina sonrisa no titubeó—. ¿Como tú te has entregado a Jonathan?

La mano de Clary, que se había ido alzando en dirección a la Espada, se cerró en un puño. Se lo llevó contra el pecho, mirándole con incredulidad.

—¿Qué?

—¿Crees que no he visto cómo se miran? ¿El modo en que él pronuncia tu nombre? Quizá creas que yo no puedo sentir, pero eso no significa que no pueda ver sentimientos en otros. —El tono de Valentine era frío, cada palabra una astilla de hielo apuñalándole los oídos—. Supongo que sólo podemos culparnos a nosotros mismos, tu madre y yo; habiéndolos mantenido separados tanto tiempo jamás desarrollaron la relación hacia el otro que habría sido más natural entre hermanos.

—No sé a qué te refieres. —A Clary le castañeteaban los dientes.

—Creo que me explico perfectamente. —Se había apartado de la luz y su rostro era un estudio en sombras—. Vi a Jonathan después de que se enfrentara al demonio del miedo, ¿sabes? Se mostró a él bajo tu aspecto. Eso me dijo todo lo que necesitaba saber. El mayor miedo de Jonathan es el amor que siente por su hermana.

—Yo no hago lo que me ordenan —replicó Jace—. Pero podría hacer lo que usted quiere si lo pide con amabilidad.

La Inquisidora dio la impresión de querer poner los ojos en blanco pero había olvidado cómo hacerlo.

—Necesito hablar contigo.

Jace miró a la Inquisidora con asombro.

—¿Ahora?

Ella le puso la mano sobre el brazo.

—Ahora.

—Está loca.

Jace miró a lo largo del barco. Parecía una reproducción del Infierno de El Bosco. La oscuridad estaba repleta de demonios que avanzaban pesadamente, que aullaban, que graznaban y que atacaban con zarpas y dientes. Los nefilim iban de un lado a otro con sus armas brillando en la oscuridad, pero Jace podía ver ya que no había suficientes cazadores de sombras. De ningún modo eran suficientes.

—Ni hablar… Estamos en medio de una batalla…

La huesuda mano de la Inquisidora era sorprendentemente fuerte.

—Ahora.

Lo empujó, y él dio un paso atrás, demasiado sorprendido para hacer nada más, y luego otro, hasta que estuvieron en el hueco de una pared. La mujer soltó a Jace y se palpó los pliegues de la oscura capa, extrayendo dos cuchillos serafín. Musitó sus nombres, y luego varias palabras que Jace no conocía, y los arrojó a la cubierta, a cada lado de él. Se clavaron de punta, y una única cortina de luz azul blanquecino surgió de ellos, creando un muro que aislaba a Jace y a la Inquisidora del resto del barco.

—¿Me está volviendo a encerrar? —quiso saber Jace, mirando a la mujer con incredulidad.

—Esto no es una Configuración Malachi. Puedes salir de ella si quieres. —Sus finas manos se entrelazaron con fuerza—. Jonathan…

—Quiere decir Jace.

Él ya no veía la batalla más allá del muro de luz blanca, pero seguía oyendo sus sonidos; los gritos y el aullar de los demonios. Si volvía la cabeza podía vislumbrar una pequeña sección del océano centelleando luminoso como diamantes desperdigados sobre la superficie de un espejo. Había alrededor de una docena de embarcaciones allí abajo, los elegantes trimaranes de múltiples cascos que se usaban en los lagos de Idris. Embarcaciones de cazadores de sombras.

—¿Qué hace aquí, Inquisidora? ¿Por qué ha venido?

—Tú tenías razón —repuso ella—. Sobre Valentine. No ha querido hacer el intercambio.

—Le dijo que me dejara morir. —Jace se sintió repentinamente mareado.

—En cuanto rehusó, desde luego, reuní al Cónclave y los traje aquí. Te… te debo a ti y a tu familia una disculpa.

—Tomo nota —dijo él, que odiaba las disculpas—. ¿Alec e Isabelle? ¿Están aquí? ¿No los castigará por ayudarme?

—Están aquí, y no, no se les castigará. —Todavía le miraba fijamente, escudriñándole con los ojos—. No puedo comprender a Valentine —dijo—. Que a un padre no le importe la vida de su hijo, su único hijo…

—Sí —repuso Jace; le dolía la cabeza y deseó que la mujer callara, o que un demonio los atacara—. Es una cuestión intrincada, ya lo creo.

—A menos…

Jace la miró sorprendido.

—A menos que ¿qué?

Ella le dio en el hombro con un dedo.

—¿De cuándo es esto?

Jace bajó la mirada y vio que el veneno del demonio araña le había abierto un agujero en la camiseta, que le dejaba buena parte del hombro izquierdo al descubierto.

—¿La camiseta? De Macy's. Rebajas de invierno.

—La cicatriz. Esta cicatriz, aquí en el hombro.

—Ah, eso. —A Jace le sorprendió la intensidad de su mirada—. No estoy seguro. Algo que sucedió cuando yo era muy pequeño, según dijo mi padre. Un accidente de alguna clase. ¿Por qué?

La Inquisidora siseó a través de los dientes apretados.

—No puede ser —murmuró—. Tú no puedes ser…

—Yo no puedo ser ¿qué?

Había una nota de incertidumbre en la voz de la mujer.

—Todos estos años —continuó—, mientras te hacías mayor… ¿realmente pensabas que eras el hijo de Michael Wayland…?

Una furia intensa recorrió a Jace, convertida en más dolorosa por la diminuta punzada de decepción que la acompañó.

—Por el Ángel —escupió—, ¿me ha arrastrado aparte en medio de la batalla sólo para hacerme las mismas condenadas preguntas otra vez? No me creyó la primera vez y sigue si creerme. Jamás me creerá, a pesar de todo lo que ha sucedido, incluso aunque todo lo que le dije era la verdad. —Señaló con un dedo en dirección a lo que sucedía al otro lado del muro de luz—. Yo debería estar ahí fuera peleando. ¿Por qué me mantiene aquí? ¿Para que cuando todo esto acabe, si todavía seguimos vivos, pueda ir a la Clave y contarles que no quise pelear en su bando contra mi padre? Buen intento.

Ella había palidecido aún más de lo que él había pensado posible.

—Jonathan, no es eso lo que yo...

—¡Mi nombre es Jace! —gritó él.

La Inquisidora reculó, con la boca entreabierta, como si aún estuviera a punto de decir algo. Jace no quiso oírlo. Pasó por su lado muy digno, casi derribándola, y pateó uno de los cuchillos serafín de la cubierta. Éste cayó y la pared de luz desapareció.

Al otro lado reinaba el caos. Formas oscuras pasaban veloces de un lado a otro por la cubierta, demonios gateaban sobre cuerpos desplomados, y el aire estaba lleno de humo y gritos. Se esforzó por ver a alguien conocido en la refriega. ¿Dónde estaba Alec? ¿Isabelle?

—¡Jace! —La Inquisidora corrió tras él, con el rostro contraído por el miedo—. Jace, no tienes una arma, al menos toma...

Se interrumpió cuando un demonio se alzó surgiendo de la oscuridad frente a Jace como un iceberg ante la proa de un barco. No era ninguno que él hubiera visto antes; éste tenía el rostro arrugado y las manos ágiles de un mono enorme, pero también una larga cola recubierta de púas de un escorpión. Los ojos giraban de un lado a otro y eran amarillos. Le siseó por entre dientes afilados como agujas. Antes de que Jace pudiera agacharse, la cola salió disparada al frente con la velocidad de una cobra al atacar. Vio cómo la afilada punta se acercaba a su cara...

Y por segunda vez esa noche, una sombra se interpuso entre él y la muerte. Desenvainando un cuchillo de hoja larga, la Inquisidora se arrojó frente a él, y recibió el aguijón de escorpión en el pecho.

Gritó, pero se mantuvo en pie. La cola del demonio chasqueó hacia atrás, lista para otro golpe... pero el cuchillo de la Inquisidora ya había abandonado la mano, volando directo al blanco. Las runas grabadas en la hoja relucieron mientras hendía la garganta del demonio. Con un siseo, como de aire escapando de un globo pinchado, éste se dobló sobre sí mismo, contrayendo la cola a la vez que se desvanecía.

La Inquisidora se desplomó sobre la cubierta hecha un ovillo. Jace se arrodilló junto a ella y le puso la mano en el hombro, haciéndola volverse sobre la espalda. La parte delantera de su blusa gris se cubría lentamente de sangre. Tenía el rostro flácido y amarillo, y por un momento Jace pensó que ya estaba muerta.

—¿Inquisidora? —Era incapaz de pronunciar su nombre de pila, ni siquiera en aquel momento.

Los ojos de la mujer se abrieron con un pestañeo. El blanco empezaba ya a perder brillo. Con un gran esfuerzo le hizo una seña para que se acercara a ella. Jace se inclinó, lo bastante cerca para oírla susurrarle a la oreja, susurrarle con su último aliento…

—¿Qué? —preguntó Jace, perplejo—. ¿Qué significa eso?

No hubo respuesta. La Inquisidora se había desplomado hacia atrás sobre la cubierta, los ojos muy abiertos y fijos, la boca curvada en lo que casi parecía una sonrisa.

Jace se sentó hacia atrás sobre los talones, petrificado y con la mirada fija. Estaba muerta. Muerta debido a él.

Algo lo agarró por la parte posterior de la camiseta y tiró de él para ponerlo en pie. Jace se llevó una mano al cinturón, recordó que estaba desarmado, giró en redondo y se encontró con un familiar par de ojos azules que lo contemplaban con total incredulidad.

—Estás vivo —exclamó Alec; dos cortas palabras, pero cargadas de sentimiento.

El alivio resultaba evidente en su rostro, igual que el cansancio. A pesar de la frialdad del aire, tenía los cabellos negros pegados a las mejillas y la frente debido al sudor. Ropas y piel estaban surcadas de sangre y había un largo desgarrón en la manga de la chamarra acorazada, como si algo irregular y afilado la hubiera rasgado. Asía un *guisarme* ensangrentado con la mano derecha y el cuello de la camiseta de Jace con la izquierda.

—Parece que sí —admitió Jace—. Sin embargo, no será así durante mucho tiempo si no me das una arma.

Con una veloz mirada a su alrededor, Alec soltó a Jace, sacó un cuchillo serafín del cinturón y se lo pasó.

—Toma —dijo—. Se llama *Samandiriel*.

Jace apenas acababa de agarrar el arma cuando un demonio drevak de mediano tamaño correteó hacia ellos, chirriando imperiosamente. Jace alzó a *Samandiriel*, pero Alec ya había despachado a la criatura con una estocada de su *guisarme*.

—Bonita arma —dijo Jace, pero Alec miraba más allá de él, a la figura gris caída sobre la cubierta.

—¿Es ésa la Inquisidora? ¿Está...?

—Está muerta —afirmó Jace.

Alec apretó la mandíbula.

—¡En buena hora! ¿Cómo fue?

Jace iba a responder cuando lo interrumpió un sonoro grito de «¡Alec» ¡Jace!». Era Isabelle, que corría hacia ellos por entre el hedor y el humo. Llevaba una ajustada chamarra oscura manchada de sangre amarillenta. Cadenas de oro adornadas con amuletos en forma de runas le rodeaban las muñecas y los tobillos, y llevaba el látigo enroscado a ella igual que una red de alambre de electro.

Extendió los brazos.

—Jace, pensábamos...

—No. —Algo hizo que Jace retrocediera, rehuyendo su contacto—. Estoy cubierto de sangre, Isabelle. No lo hagas.

Una expresión herida pasó por el rostro de la joven.

—Pero todos te hemos estado buscando... Mamá y papá han...

—¡Isabelle! —chilló Jace, pero era demasiado tarde. Un demonio araña enorme se alzó sobre las patas traseras detrás de ella, lanzando veneno amarillo desde los colmillos.

Isabelle chilló cuando el veneno la alcanzó, pero el látigo salió disparado con cegadora velocidad, cortando al demonio en dos. Éste cayó pesadamente a la cubierta en dos pedazos, luego desapareció.

Jace corrió hacia Isabelle justo cuando ésta se desplomaba. El látigo se le escurrió de la mano mientras él la tomaba, acunándola torpemente contra él. Pudo ver cuánta cantidad del veneno la había alcanzado. Éste había salpicado principalmente la chamarra, pero un poco le había alcanzado la garganta, y ahí la piel ardía y chisporroteaba. De un modo apenas audible, la muchacha gimoteó; Isabelle, que jamás demostraba dolor.

—Dámela a mí.

Era Alec, que soltaba ya su arma mientras corría a ayudar a su hermana. Tomó a Isabelle de los brazos de Jace y la depositó con cuidado sobre la cubierta. Arrodillándose junto a ella, estela en mano, alzó los ojos hacia Jace.

—Contén cualquier cosa que venga mientras la curo.

Jace no podía apartar los ojos de Isabelle. La sangre manaba abundantemente del cuello y caía sobre la chamarra, empapándole el cabello.

—Tenemos que sacarla de este barco —dijo con voz ronca—. Si se queda aquí…

—¿Morirá? —Alec pasaba la punta de su estela tan delicadamente como podía sobre la garganta de su hermana—. Todos vamos a morir. Son demasiados. Nos están masacrando. La Inquisidora merecía morir por esto; esto es culpa suya.

—Un demonio scorpios intentó matarme —explicó Jace, preguntándose por qué lo decía, por qué defendía a alguien a quien odiaba—. La Inquisidora se colocó en medio. Me ha salvado la vida.

—¿De verdad? —El asombro era evidente en la voz de Alec—. ¿Por qué?

—Imagino que decidió que yo era digno de ser salvado.

—Pero ella siempre… —Alec se interrumpió, la expresión cambiando a una de alarma—. Jace, detrás de ti… dos…

Jace giró en redondo. Se acercaban dos demonios: un rapiñador, con el cuerpo parecido al de un caimán, los dientes serrados y la cola de escorpión enroscándose por encima del lomo, y un drevak, con la pálida carne de gusano reluciendo a la luz de la luna. Jace oyó cómo Alec, detrás de él, inhalaba asustado; luego *Samandiriel* abandonó su mano, abriendo una senda plateada en el aire. Rebanó la cola del rapiñador justo por debajo del saco de veneno, al final del largo aguijón.

El rapiñador aulló. El drevak volvió la cabeza, confuso... y el saco de veneno le alcanzó directamente el rostro. El saco se rompió, empapando de veneno al drevak. Éste emitió un único alarido incomprensible y se desplomó con la cabeza corroída hasta el hueso. Sangre y veneno salpicaron la cubierta al mismo tiempo que el drevak desaparecía. El rapiñador, con sangre manándole a borbotones del muñón que era la cola, se arrastró unos pocos pasos más antes de desaparecer también.

Jace se inclinó y recogió a *Samandiriel* con cuidado. La cubierta de metal chisporroteaba aún allí donde el veneno del rapiñador se había derramado sobre ella, abriéndole diminutos agujeros que se iban agrandando.

—Jace. —Alec estaba de pie, sosteniendo a una pálida Isabelle, que se acababa de levantar—. Tenemos que sacar a mi hermana de aquí.

—Perfecto —replicó Jace—. Tú sácala de aquí. Yo voy a ocuparme de eso.

—¿De qué? —preguntó Alec, desconcertado.

—De eso —volvió a decir Jace, y señaló.

Algo iba hacia ellos por entre el humo y las llamas, algo enorme, jorobado y sólido. De lejos parecía ya cinco veces más grande que cualquier otro demonio del barco, con el cuerpo acorazado y numerosas extremidades terminadas en una garra quitinosa afilada como una púa. Las patas eran de elefante, enormes y con pies de dedos separados. Tenía la cabeza de un mosquito gigante incluidos los ojos de insecto y la trompa colgante rojo sangre para alimentarse.

Alec inhaló con fuerza.

—¿Qué diablo es? —preguntó.

Jace pensó durante un momento.

—Uno grande —dijo finalmente—. Mucho.

—Jace…

Éste volvió la cabeza y miró a Alec, y luego a Isabelle. Algo en su interior le dijo que ésta podría muy bien ser la última vez que los viera, y sin embargo seguía sin sentir miedo, no por su persona. Quiso decirles algo, tal vez que les quería, que cualquiera de ellos valía más para él que mil Instrumentos Mortales y el poder que pudieran conferir. Pero las palabras no quisieron salir.

—Alec —se oyó decir—, lleva a Isabelle a la escalera ahora o todos nosotros moriremos.

Alec le miró a los ojos y le sostuvo la mirada por un instante. Luego asintió y empujó a Isabelle, que seguía protestando, hacia la barandilla. La ayudó a subir a ella y luego a pasar al otro lado, y con un alivio inmenso Jace vio cómo la oscura cabeza de la joven desaparecía a medida que empezaba a descender por la escalera.

«Y ahora tú, Alec —pensó—. Vete.»

Pero su amigo no se iba. Isabelle, fuera de la vista en aquellos momentos, lanzó un grito agudo de protesta cuando su hermano volvió a bajar de un salto de la barandilla sobre la cubierta del barco. El *guisarme* de Alec descansaba sobre la cubierta donde lo había dejado caer; lo asió entonces y avanzó para colocarse junto a Jace y enfrentarse al demonio que se aproximaba.

No consiguió llegar tan lejos. El demonio, que se le venía encima a Jace, efectuó un repentino viraje y fue hacia Alec con la ensangrentada trompa chasqueando a un lado y a otro ávidamente. Jace se volvió para cubrir a Alec, pero la cubierta de metal sobre la que estaba, podrida por el veneno, se hundió bajo él. El pie atravesó la plancha de acero, y Jace cayó violentamente sobre la cubierta.

Alec tuvo tiempo de chillar el nombre de Jace antes de que el demonio se abalanzara sobre él. Alec lo acuchilló con el *guisarme*, hundiendo profundamente el extremo afilado del arma en la carne del demonio. La criatura se echó hacia atrás profiriendo un sobrecogedor alarido humano mientras que una sangre negra comenzaba a brotar a chorros de la herida. Alec retrocedió alargando la mano para coger otra arma justo cuando la garra del demonio le alcanzó con un trallazo, derribándole al suelo. Entonces, la trompa de la criatura se enroscó a su alrededor.

Isabelle chillaba. Jace forcejeó desesperadamente para sacar la pierna del agujero de la cubierta; afilados bordes de metal se le clavaron cuando consiguió liberarse de un tirón y se incorporó tambaleante.

Alzó a *Samandiriel*. Una potente luz, brillante como una estrella fugaz, surgió del cuchillo serafín. El demonio reculó emitiendo un quedo siseo. Relajó la presión sobre Alec, y por un momento, Jace pensó que tal vez fuera a soltarlo. Entonces la criatura echó la cabeza hacia atrás con repentina y sobrecogedora rapidez y lanzó a Alec con una fuerza descomunal. Éste chocó contra la cubierta que la sangre volvía resbaladiza, patinó sobre ella... y cayó, con un único grito ronco, por el costado del barco.

Isabelle chillaba a todo pulmón el nombre de su hermano; sus alaridos eran como púas que se clavaban en los oídos de Jace. *Samandiriel* seguía llameando en su mano. La luz del arma iluminó al demonio, que avanzaba majestuoso hacia él con una mirada de insecto brillante y rapaz, pero lo único que Jace podía ver era a Alec; a Alec cayendo por el costado del barco, a Alec ahogándose en las negras aguas. Le pareció sentir el sabor del agua marina en la boca, o quizá fuera sangre. El demonio estaba casi sobre él; alzó a *Samandiriel* y lo arrojó. El demonio chilló con un sonido agudo y angustiado. Y entonces la cubierta cedió bajo Jace con un escalofriante chirrido de metal y el muchacho cayó a la oscuridad.

19

DIES IRAE

—Te equivocas —dijo Clary, pero su voz carecía de convicción—. No sabes nada sobre mí o Jace. Simplemente intentas…

—¿Qué? Intento llegar hasta ti, Clarissa. Hacerte comprender.

No había ningún sentimiento en la voz de Valentine que Clary pudiera detectar más allá de una leve diversión.

—Te estás riendo de nosotros. Crees que puedes utilizarme para hacer daño a Jace, así que te ríes de nosotros. Ni siquiera estás enojado —añadió—. Un auténtico padre estaría enojado.

—Soy un auténtico padre. La misma sangre que corre por mis venas corre por las tuyas.

—Tú no eres mi padre. Luke lo es —replicó Clary, casi con voz cansina—. Ya hemos hablado de esto.

—Sólo consideras a Luke como tu padre por su relación con tu madre…

—¿Su relación? —Clary lanzó una sonora carcajada—. Luke y mi madre son amigos.

Por un momento estuvo segura de que veía pasar una expresión de sorpresa por el rostro de Velentine. «Pero ¿es eso verdad?», fue todo lo que él dijo.

—¿Realmente crees que él soportó todo esto… —añadió luego—,

Lucian, quiero decir…, esta vida de silencio y de ocultarse y huir, esta devoción a la protección de un secreto que ni siquiera él comprendía por completo, simplemente por amistad? A tu edad, sabes muy poco sobre la gente, Clary, y menos sobre los hombres.

—Puedes hacer todas las insinuaciones sobre Luke que desees. No servirá de nada. Estás equivocado respecto a él, igual que te equivocas con Jace. Tienes que darle a todo el mundo motivos egoístas para lo que hacen, porque sólo eres capaz de comprender motivos egoístas.

—¿Es eso lo que sería si él amara a tu madre? ¿Egoísta? —preguntó Valentine—. ¿Qué hay del interesado en el amor, Clarissa? ¿O es que tú sientes, en lo más profundo, que tu precioso Lucian no es ni realmente humano ni realmente capaz de sentimientos como los comprenderíamos nosotros…?

—Luke es tan humano como lo soy yo —le echó en cara ella—. Tú sólo eres un fanático.

—Claro que no —replicó Valentine—. Soy cualquier cosa excepto eso. —Se le acercó un poco más, y ella fue a colocarse frente a la Espada, ocultándola a sus ojos—. Piensas así de mí porque me miras a mí y a lo que hago a través de la lente de tu comprensión mundana del mundo. Los mundanos crean distinciones entre ellos mismos, distinciones que parecen ridículas a cualquier cazador de sombras. Sus distinciones están basadas en la raza, la religión, la identidad nacional, en cualquiera de una docena de indicadores menores e irrelevantes. Para los mundanos estas distinciones parecen lógicas, pues aunque no pueden ver, comprender o reconocer la existencia de los mundos demoníacos, enterrada aún en algún lugar de sus antiquísimos recuerdos, poseen la información de que deambulando por esta tierra hay seres que son «distintos», que no pertenecen aquí, y cuya única intención es hacer daño y destruir. Puesto que la amenaza de los demonios es invisible para los mundanos, éstos deben asignar la amenaza a otros de su propia especie. Colocan el rostro de su enemigo sobre el rostro del vecino, y de este modo quedan aseguradas generaciones de sufrimiento. —Dio otro paso hacia ella y Clary retrocedió instintivamente; su cuerpo tocaba ya el baúl—. Yo no soy así —siguió él—. Yo puedo ver la verdad. Los mundanos ven como a través de un espejo, oscuramente, pero los cazadores de sombras... nosotros vemos cara a cara. Conocemos la verdad del mal y sabemos que, si bien anda entre nosotros, no es algo nuestro. A lo que no pertenece a nuestro mundo no se le debe permitir echar raíces aquí, crecer como una flor venenosa y extinguir toda vida.

Clary había tenido la intención de ir por la Espada y luego por Valentine, pero sus palabras la impresionaron. Tenía una voz tan suave, tan persuasiva, y también ella pensaba que a los demonios no se les debía permitir que permanecieran en la tierra para consumirla y convertirla en cenizas como ya habían consumido tantos otros mundos... Casi tenía sentido lo que él decía, pero...

—Luke no es un demonio —afirmó.

—Me da la impresión, Clarissa —repuso Valentine—, de que has tenido muy poca experiencia sobre lo que es y no es un demonio. Has conocido a unos pocos subterráneos que te han parecido muy amables, y es a través de la lente de su amabilidad que miras el mundo. Los demonios, para ti, son criaturas espantosas que saltan de la oscuridad para desgarrar y matar. Y existen tales criaturas. Pero también existen demonios profundamente sutiles que saben ocultarse muy bien, demonios que deambulan entre humanos sin ser reconocidos y sin que se les ponga trabas. Sin embargo les he visto hacer cosas tan atroces que sus colegas demonios parecían delicadas criaturas en comparación. Conocí a un demonio en Londres que se hacía pasar por un poderoso financiero. Jamás estaba solo, así que me resultó difícil acercarme lo suficiente para matarlo, aunque yo sabía lo que era. Hacía que sus sirvientes le llevaran animales y niños pequeños; cualquier cosa que fuese pequeña e indefensa...

—Para. —Clary se llevó las manos a los oídos—. No quiero oírlo.

Pero la voz de Valentine siguió con su perorata, inexorable, amortiguada, pero no inaudible.

—Los devoraba despacio, a lo largo de muchos días. Tenía sus trucos, sus modos de mantenerlos con vida en medio de las peores torturas imaginables. Si puedes imaginar a un niño intentando arrastrarse hacia ti con la mitad del cuerpo arrancado...

—¡Para! —Clary apartó violentamente las manos de las orejas—. ¡Es suficiente, suficiente!

—Los demonios se alimentan de muerte, dolor y locura —continuó Valentine—. Cuando yo mato, es porque debo. Tú has crecido en un paraíso falsamente hermoso, rodeado de frágiles paredes de cristal, hija mía. Tu madre creó el mundo en el que quería vivir y te crió en él, pero jamás te contó que todo era una ilusión. Y todo el tiempo los demonios aguardaban, con sus armas de sangre y terror, para hacer añicos el cristal y liberarte de la mentira.

—Tú hiciste pedazos esas paredes —musitó Clary—. Fuiste tú quien me arrastró a todo esto. Nadie más que tú.

—¿Y el cristal que te cortó, el dolor que sentiste, la sangre? ¿Me culpas también por eso? No fui yo quien te metió en la prisión.

—Para. Deja ya de hablar.

A Clary le zumbaba la cabeza. Quería gritarle: «¡Tú secuestraste a mi madre, tú lo hiciste, es culpa tuya!». Pero había empezado a ver lo que Luke había querido decir al indicar que no se podía discutir con Valentine. De algún modo, éste había hecho que le fuera imposible estar en desacuerdo con él sin sentir que estaba defendiendo a demonios que partían a niños a mordiscos. Se preguntó cómo lo había soportado Jace todos aquellos años, viviendo a la sombra de aquella personalidad exigente y abrumadora. Empezó a ver de dónde provenía la arrogancia de Jace, la arrogancia y las emociones cuidadosamente controladas.

El borde del pequeño baúl se le estaba clavando en la parte posterior de las piernas. Podía sentir el frío que emanaba de la Espada, que hacía que los pelos del cuello se le erizaran.

—¿Qué es lo que quieres de mí? —preguntó a Valentine.

—¿Qué te hace pensar que quiero algo de ti?

—No estarías charlando conmigo de lo contrario. Me habrías dado un porrazo en la cabeza y estarías esperando para... para llevar a cabo cualquiera que sea el siguiente paso después de esto.

—El siguiente paso —respondió él— es que tus amigos cazadores de sombras te localicen y que yo les diga que si quieren recuperarte con vida tendrán que cambiar a la chica loba por ti. Todavía necesito su sangre.

—¡Jamás me cambiarán por Maia!

—Ahí es donde te equivocas —replicó Valentine—. Conocen el valor de un subterráneo comparado con el de un niño cazador de sombras. Harán el trueque. La Clave lo exige.

—¿La Clave? ¿Quieres decir... que es parte de la Ley?

—Codificada en su existencia misma —repuso él—. Ahora ¿lo ves? No somos tan diferentes, la Clave y yo, o Jonathan y yo, o incluso tú y yo, Clarisa. Simplemente tenemos un pequeño desacuerdo respecto al método. —Sonrió y se adelantó para recorrer el espacio que mediaba entre ellos.

Moviéndose con más rapidez de la que se había creído capaz, Clary llevó la mano detrás de ella y agarró la Espada. Era tan pesada como había pensado que sería, tan pesada que casi perdió el equilibrio. Extendiendo una mano para estabilizarse, la alzó y apuntó con la hoja a Valentine.

La caída de Jace finalizó abruptamente cuando se golpeó contra una dura superficie de metal con la fuerza suficiente como para que le castañetearan los dientes. Tosió, notando el sabor a sangre en la boca, y se incorporó penosamente.

Estaba de pie sobre una pasarela de metal pintada de un verde apagado. El interior del barco estaba hueco; era una enorme cámara resonante de metal con oscuras paredes que se curvaban hacia fuera. Al mirar arriba, Jace pudo ver un diminuto pedazo de cielo estrellado a través del agujero humeante del casco, que quedaba a bastante altura.

El vientre del barco era un laberinto de pasarelas y escalas que parecían no conducir a ninguna parte, retorciéndose unas sobre otras como las tripas de una serpiente gigante. Hacía un frío glacial. Jace pudo ver cómo el aliento le surgía en blancas volutas al espirar. Había muy poca luz. Entrecerró los ojos para ver en las sombras; luego metió la mano en el bolsillo para sacar su piedra-runa de luz mágica.

Su resplandor blanco iluminó la penumbra. La pasarela era larga, con una escala en el extremo opuesto que descendía a un nivel inferior. Mientras Jace iba hacia ella, algo centelleó a sus pies.

Se inclinó. Era una estela. No pudo evitar mirar fijamente a su alrededor, casi como si esperara que alguien se materializara surgiendo de las sombras; ¿cómo demonios había ido a parar allí abajo una estela de cazador de sombras? La recogió con cuidado. Todas las estelas poseían una especie de aura, una huella fantasmal de la personalidad del propietario. Aquélla le produjo una sacudida de doloroso reconocimiento. Clary.

Una repentina risa queda rompió el silencio. Jace se volvió en redondo, mientras se metía la estela en el cinturón. Bajo el resplandor de la luz mágica, distinguió una figura oscura al final de la pasarela. El rostro quedaba oculto en la sombra.

—¿Quién anda ahí? —llamó.

No hubo respuesta, únicamente la sensación de que alguien se reía de él. Jace se llevó automáticamente la mano al cinto, pero había soltado el cuchillo serafín al caer. Se había quedado sin armas.

Pero ¿qué le había enseñado su padre siempre? Usada correctamente, casi cualquier cosa podía ser una arma. Avanzó despacio hacia la figura, los ojos asimilando los distintos detalles de lo que lo rodeaba: un travesaño al que podía agarrarse para balancearse y lanzar patadas; un saliente retorcido de metal roto contra el que podía lanzar a un adversario, perforándole la columna vertebral. Todos aquellos pensamientos pasaron por su mente en una fracción de segundo, la única fracción de segundo antes de que la figura del final de la pasarela se volviera, con los blancos cabellos brillando bajo la luz mágica, y Jace le reconociera.

Jace se detuvo en seco.

—¿Padre? ¿Eres tú?

Lo primero que notó Alec fue el frío glacial. Lo segundo fue que no podía respirar. Intentó inspirar aire y su cuerpo se convulsionó. Se sentó muy erguido, expulsando sucia agua de río de los pulmones en un amargo vómito que hizo que diera arcadas y se atragantara.

Finalmente pudo respirar, aunque parecía que le ardieran los pulmones. Jadeando, miró a su alrededor. Estaba sentado en una plataforma de metal de chapa... no, estaba en la parte trasera de una camioneta. Una camioneta, que flotaba en medio del río. De los cabellos y la ropa le chorreaba agua helada. Y Magnus Bane estaba sentado frente a él, contemplándolo con ambarinos ojos felinos que brillaban en la oscuridad.

Los dientes empezaron a castañetearle.

—¿Qué... qué ha pasado?

—Intentaste beberte el East River —respondió Magnus, y Alec vio, como si fuera por primera vez, que las ropas de Magnus también estaban empapadas y se pegaban al cuerpo como una segunda y oscura piel—. Te saque.

A Alec le martilleaba la cabeza. Se palpó el cinturón en busca de la estela, pero había desaparecido. Intentó recordar: el barco, invadido de demonios; Isabelle que caía y Jace agarrándola; sangre por todas partes, el demonio que atacaba...

—¡Isabelle! Estaba descendiendo cuando caí...

—Está perfectamente. Ha conseguido llegar a una embarcación. La he visto. —Magnus alargó la mano para tocar la cabeza de Alec—. Tú, por otra parte, podrías padecer una conmoción cerebral.

—Tengo que regresar a la batalla. —Alec le apartó la mano—.

Eres un brujo. ¿No puedes, no sé, hacer que vuele de vuelta al barco o algo y arreglar lo de mi conmoción al mismo tiempo?

Magnus, con la mano todavía extendida, se recostó contra el costado de la plataforma de la camioneta. A la luz de las estrellas, sus ojos eran esquirlas de color verde y dorado, duras y planas como gemas.

—Lo siento —se disculpó Alec, al notar cómo habían sonado sus palabras, aunque seguía sintiendo que Magnus debería darse cuenta de que llegar al barco era lo más importante—. Sé que no tienes que ayudarnos… Es un favor…

—Para. Yo no te hago favores, Alec. Yo hago cosas por ti porque…, bueno, ¿por qué crees que las hago?

Algo se alzó en la garganta del muchacho, interrumpiendo su respuesta. Era siempre así cuando estaba con Magnus. Era como si una burbuja de dolor o pesar habitara dentro de su corazón, y cuando quería decir algo, cualquier cosa que parecía importante o cierta, se alzaba y ahogaba las palabras.

—Tengo que regresar al barco —repitió, finalmente.

Magnus parecía demasiado cansado para sentirse siquiera enojado.

—Te ayudaría —repuso—. Pero no puedo. Despojar al barco de las salvaguardas protectoras ya ha sido bastante terrible…, es un hechizo poderoso, muy poderoso, con una base demoníaca…, pero cuando has caído, he tenido que colocar a toda prisa un hechizo en la camioneta para que no se hundiera si yo perdía el conocimiento. Y perderé el conocimiento, Alec. Es sólo cuestión de tiempo. —Se pasó una mano por los ojos—. No quería que te ahogaras —murmuró—. El hechizo debería durar lo suficiente para que consigas llevar la camioneta de vuelta a tierra.

—No… me he dado cuenta.

Alec miró a Magnus, que tenía trescientos años, pero que siempre había parecido intemporal, como si hubiese dejado de envejecer alrededor de los diecinueve años. En aquellos momentos tenía marcadas arrugas en la piel que le rodeaba ojos y boca. El pelo que le colgaba lacio sobre la frente y los hombros hundidos no formaban parte de su acostumbrada postura despreocupada, sino que reflejaban su absoluto agotamiento.

Alec extendió las manos. Bajo la luz de la luna, se veían pálidas y arrugadas por el agua y salpicadas de docenas de cicatrices plateadas. Magnus las contempló, y luego contempló a Alec, con la confusión ensombreciéndole la mirada.

—Tómame las manos —ofreció Alec—. Y toma también mi energía. La que necesites... para seguir funcionando.

Magnus no se movió.

—Pensaba que tenías que regresar al barco.

—Tengo que pelear —respondió él—. Pero eso es lo tú estás haciendo, ¿verdad? Participas en la pelea tanto como los cazadores de sombras que hay en el barco... y sé que puedes tomar parte de mi energía, he oído hablar de brujos que lo han hecho... así que te la ofrezco. Tómala. Es tuya.

Valentine sonrió. Lucía su coraza negra y unos guanteletes que brillaban como los caparazones de negros insectos.

—Hijo mío.

—No me llames así —replicó Jace, y luego, notando que le empezaban a temblar las manos añadió—: ¿Dónde está Clary?

Valentine seguía sonriendo.

—Me desafió —respondió—. Tuve que darle una lección.

—¿Qué le has hecho?

—Nada. —Valentine se acercó más a Jace, lo bastante cerca para tocarle de haber alargado la mano; no lo hizo—. Nada de lo que no vaya a recuperarse.

Jace cerró el puño con fuerza para que su padre no lo viera temblar.

—Quiero verla.

—¿De veras? ¿Con todo esto en marcha? —Valentine echó un vistazo hacia lo alto, como si pudiese ver a través del casco del barco la carnicería que tenía lugar en la cubierta—. Yo habría pensado que querrías estar combatiendo con el resto de tus amigos cazadores de sombras. Es una lástima que sus esfuerzos sean vanos.

—Eso no lo sabes.

—Sí lo sé. Por cada uno de ellos, puedo invocar a un millar de demonios. Ni siquiera los mejores nefilim pueden resistir ante tal desventaja. Como en el caso —añadió— de la pobre Imogen.

—¿Cómo sabes...?

—Veo todo lo que sucede en mi barco. —Los ojos de Valentine se entrecerraron—. Sabes que es culpa tuya que muriera, ¿verdad?

Jace inspiró con fuerza. Sentía que el corazón le martilleaba como si quisiera saltarle fuera del pecho.

—De no ser por ti, ninguno de ellos habría venido al barco —continuó Valentine—. Creían que te estaban rescatando, ya sabes. Si sólo se hubiese tratado de los dos subterráneos, no se habrían molestado.

Jace casi lo había olvidado.

—Simon y Maia...

—Bueno, están muertos. Los dos. —El tono de Valentine era despreocupado, incluso indulgente—. ¿Cuántos tienen que morir, Jace, antes de que veas la verdad?

Jace sintió como si tuviera la cabeza llena de un remolino de humo. El hombro le ardía de dolor.

—Ya hemos tenido esta conversación. Estás equivocado, padre. Tal vez puedas estar en lo cierto respecto a demonios, incluso puede que tengas razón sobre la Clave, pero éste no es el modo...

—Me refiero —le interrumpió Valentine— a ¿cuándo te darás cuenta de que eres igual que yo?

A pesar del frío, Jace había empezado a sudar.

—¿Qué?

—Tú y yo somos iguales —respondió Valentine—. Tal y como

me dijiste antes, tú eres lo que yo te hice ser, y te convertí en una copia de mí mismo. Tienes mi arrogancia. Tienes mi coraje. Y posees esa cualidad que hace que otros den su vida por ti sin vacilar.

Algo martilleó en el fondo de la mente de Jace. Algo que debería saber, o que había olvidado; el hombro le ardía…

—¡No quiero que la gente dé su vida por mí! —gritó.

—No. Sí que lo quieres. Te gusta saber que Alec e Isabelle morirían por ti. Que tú hermana lo haría. La Inquisidora sí murió por ti, ¿no es así, Jonathan? Y tú te quedaste a un lado y la dejaste…

—¡No!

—Eres igual que yo… No es de extrañar, ¿verdad? Somos padre e hijo, ¿por qué no deberíamos ser iguales?

—¡No!

Con un movimiento veloz Jace tiró del retorcido saliente de metal, que se desprendió de la pared con un resonante chasquido; el borde roto había quedado serrado y muy afilado.

—¡No soy como tú! —chilló, y hundió el saliente de metal en el pecho de su padre.

Valentine abrió la boca y retrocedió tambaleante, con el extremo del trozo de metal sobresaliéndole del pecho. Por un momento, Jace sólo pudo mirarlo, pensando: «Me he equivocado… es realmente él…», pero entonces, Valentine pareció plegarse sobre sí mismo, y el cuerpo fue desmoronándose como si fuese arena. El aire se llenó de olor a quemado mientras el cuerpo de Valentine se convertía en cenizas y se dispersaba en el aire helado.

Jace se llevó una mano al hombro. La piel bajo la runa que quitaba el miedo se había consumido; estaba caliente al tacto. Una enorme sensación de debilidad le embargó.

—Agramon —musitó, y cayó de rodillas sobre la pasarela.

Fueron sólo unos pocos instantes los que pasó arrodillado en el suelo mientras el martilleo de su pulso iba aminorando, pero a Jace le pareció una eternidad. Cuando finalmente se levantó, tenía las piernas agarrotadas por el frío y las yemas de los dedos azules. El aire apestaba a quemado, aunque no había ni rastro de Agramon.

Recuperó el pedazo de metal y, agarrándolo con una mano, Jace se encaminó a la escalera situada al final de la pasarela. El esfuerzo de descender penosamente sólo con la mano libre le aclaró la cabeza. Saltó del último travesaño encontrándose una segunda pasarela estrecha que discurría a lo largo de la pared de metal de una enorme bodega. Había docenas de otras pasarelas recorriendo las paredes y toda una variedad de tuberías y maquinaria. Se oían estallidos procedentes del interior de las tuberías, y de vez en cuando alguna de ellas soltaba un chorro de lo que parecía vapor, aunque el aire seguía siendo glacial.

«Vaya que la has armado bien aquí, padre», pensó Jace. El desnudo interior industrial del barco no encajaba con el Valentine que él conocía, que era muy quisquilloso incluso respecto al tipo de cristal tallado del que estaban hechas sus licoreras. Jace miró alrededor. Lo que había allí abajo era un laberinto; no había modo de saber en qué dirección debía ir. Se volvió para descender por la siguiente escala y advirtió una mancha roja en el suelo de metal.

Sangre. La rascó con la punta de la bota. Todavía estaba húmeda, ligeramente viscosa. Sangre fresca. Se le aceleró el pulso. Recorrido un tramo más de pasarela, vio otra mancha roja, y luego otra un poco más allá, como un rastro de migas de pan en un cuento de hadas.

Jace siguió la sangre, las botas resonando contra la plancha de metal. La pauta que seguían las salpicaduras de sangre era peculiar, no era como si hubiese habido una lucha, sino más bien como si hubiesen transportado a alguien, sangrando, por la pasarela…

Llegó a una puerta. Estaba hecha de metal negro, con abolladuras y muescas aquí y allá. La huella ensangrentada de una mano estaba alrededor de la manija. Asiendo con más fuerza el irregular trozo de metal, Jace empujó la puerta.

Una oleada de aire aún más frío lo golpeó. Jace inhaló con fuerza.

La habitación estaba vacía excepto por una tubería de metal que discurría a lo largo de una pared y lo que parecía un montón de arpillera en el rincón. Penetraba un poco de luz a través de un ojo de buey situado muy arriba en la pared. Cuando Jace avanzó con cautela, la luz del ojo de buey cayó sobre el montón del rincón, y el muchacho se dio cuenta de que no era una pila de basura en absoluto, sino un cuerpo.

El corazón de Jace empezó a golpearle en el pecho como una puerta sin cerrar en un vendaval.

El suelo de metal estaba cubierto de sangre pegajosa. Sus botas se soltaban de él con un desagradable sonido de succión mientras cruzaba la habitación e iba a inclinarse junto a la figura hecha un ovillo en el rincón. Un chico moreno vestido con vaqueros y una camiseta azul empapada de sangre.

Jace agarró el cuerpo por el hombro y tiró de él. Éste se volteó, laxo y sin fuerza, los ojos castaños mirando sin vida hacia el techo. Jace sintió un nudo en la garganta. Era Simon, y estaba blanco como el papel. Tenía un feo tajo en la base de la garganta, y también en ambas muñecas, dejando abiertas heridas irregulares.

Jace cayó de rodillas, sujetando aún el hombro de Simon. Pensó con desesperación en Clary, en su dolor cuando lo descubriera, en el modo en que le había apretado las manos entre las suyas, con tanta fuerza en aquellos dedos pequeños. «Encuentra a Simon. Sé que lo harás.»

Y lo había hecho. Pero demasiado tarde.

Cuando Jace tenía diez años, su padre le había explicado todos los modos de matar a un vampiro. Clávale una estaca. Córtale la cabeza y préndele fuego igual que a una fantasmagórica calabaza ahuecada. Deja que el sol lo abrase hasta convertirlo en cenizas. O quítale toda la sangre. Necesitaban sangre para vivir, la necesitaban para funcionar, igual que los coches necesitaban gasolina. Contemplando la herida irregular de la garganta de Simon, no era difícil darse cuenta de lo que Valentine había hecho.

Alargó la mano para cerrarle los ojos a Simon. Si Clary tenía que verlo muerto, mejor que no lo viera así. Bajó la mano hacia el cuello de la camiseta de Simon, para subírsela y cubrir el corte.

Simon se movió. Los párpados temblaron levemente y se abrieron, los ojos se le quedaron en blanco. Luego emitió un borboteo, un sonido tenue, y echó los labios hacia atrás para mostrar las puntas de unos colmillos de vampiro. La respiración vibró en la garganta acuchillada.

A Jace le ascendió una sensación de náusea por la garganta mientras sus manos se cerraban con más fuerza sobre el cuello de la camiseta de Simon. No estaba muerto. Pero ¡cielos!, el dolor debía de ser increíble. No podía curarse, no podía regenerarse, no sin...

No sin sangre. Jace soltó la camiseta de Simon y se subió la manga derecha con los dientes. Usando el extremo irregular del metal roto, se hizo un profundo corte longitudinal en la muñeca. La sangre afloró a la superficie. Soltó su improvisada arma, que golpeó el suelo con un sonido metálico. Podía oler su propia sangre en el aire, ácida y ferrosa.

Bajó la mirada hacia Simon, que no se había movido. La sangre descendía ya por la mano de Jace, y la muñeca le escocía. La sostuvo por encima del rostro de Simon, dejando que el líquido le goteara por los dedos y se derramara sobre la boca del muchacho. No hubo reacción. Simon no se movía. Jace se acercó más; ahora estaba arrodillado sobre él, su aliento lanzando blancas volutas al gélido aire. Se inclinó al frente y presionó la muñeca ensangrentada contra la boca de Simon.

—Bebe mi sangre, idiota —musitó—. Bébela.

Por un momento no sucedió nada. Entonces los ojos de Simon se cerraron con un parpadeo. Jace sintió una punzada aguda en la muñeca, una especie de tirón, una presión fuerte... y la mano derecha de Simon se alzó veloz y fue a cerrarse con firmeza sobre el brazo de Jace, justo por encima del codo. La espalda de Simon se arqueó abandonando el suelo, mientras la presión sobre la muñeca de Jace aumentaba a medida que los colmillos de Simon se hundían más profundamente. Un dolor agudo ascendió por el brazo del cazador de sombras.

—Ya está bien —dijo—. Ya está bien, es suficiente.

Los ojos de Simon se abrieron. Ya no estaban en blanco, los iris marrón oscuro se clavaron en Jace. Había color en las mejillas, un rubor intenso como una fiebre. Los labios estaban ligeramente entreabiertos, los colmillos blancos manchados de sangre.

—¿Simon? —dijo Jace.

Simon se levantó y se movió con una velocidad increíble, derribando a Jace de costado y rodando a continuación sobre él. La cabeza del cazador de sombras golpeó contra el suelo de metal, y los oídos le zumbaron mientras los dientes de Simon se le hundían en el cuello. Se retorció, intentando liberarse, pero los brazos del otro muchacho eran como abrazaderas de hierro, inmovilizándole contra el suelo, con los dedos clavándosele en los hombros.

Pero Simon no le hacía daño, no en realidad, el dolor, que había empezado siendo agudo, fue perdiendo intensidad hasta convertirse en una especie de sorda quemazón, agradable como la quemadura de la estela en ciertas ocasiones. Una somnolienta sensación de paz se abrió paso por las venas de Jace, y éste sintió que los músculos se le relajaban; las manos que habían estado intentando apartar a Simon un momento antes ahora le apretaron más hacia él. Podía sentir el latido de su propio corazón, sentir cómo se aminoraba, el martilleo apagándose para convertirse en un eco más suave. Una oscuridad reluciente penetró furtiva por los bordes de su visión, hermosa y extraña. Jace cerró los ojos…

Y sintió un estocada de dolor en el cuello. Profirió un grito ahogado, y abrió los ojos de golpe. Simon estaba incorporado sobre él, mirándole con ojos muy abiertos, ya la mano sobre su propia boca. Las heridas habían desaparecido, aunque sangre fresca le manchaba la parte delantera de la camiseta.

Jace volvía a sentir el dolor de los hombros magullados, el corte en la muñeca, la garganta perforada. Ya no oía los latidos de su corazón, pero sabía que seguía golpeando en el interior del pecho.

Simon apartó la mano de la boca. Los colmillos ya no estaban.

—Podría haberte matado —exclamó, y había una especie de súplica en la voz.

—Y yo te lo habría permitido —repuso Jace.

Simon le miró fijamente, luego emitió un ruidito gutural. Rodó apartándose de Jace y se quedó arrodillado en el suelo, abrazándose los codos. Jace pudo ver las oscuras venas del muchacho a través de la piel pálida de la garganta, ramificándose en líneas azules y púrpura. Venas llenas de sangre.

«Mi sangre.» Jace se sentó en el suelo. Buscó torpemente su estela. Pasársela por el brazo fue como tirar de una tubería de plomo a través de un campo de rugby. La cabeza parecía a punto de estallarle. Cuando terminó el *iratze*, recostó la cabeza contra la pared, respirando penosamente, mientras el dolor le abandonaba a medida que la runa curativa hacía efecto. «Mi sangre en sus venas.»

—Lo siento —se lamentó Simon—. Lo siento mucho.

La runa curativa ya hacía efecto. La cabeza de Jace empezó a despejarse, y el golpeteo del corazón aminoró. Se puso en pie con cuidado, esperando sentir un vahído, pero se sintió únicamente un poco débil y cansado. Simon seguía de rodillas, con la mirada clavada en las manos. Jace le cogió por la parte posterior de la camiseta, izándole.

—Deja de disculparte —dijo, soltando a Simon—. Y ponte en marcha. Valentine tiene a Clary, y no tenemos mucho tiempo.

En cuanto los dedos de Clary se cerraron alrededor de la empuñadura de *Maellartach*, una aguda descarga helada le recorrió el brazo. Valentine la contempló con una expresión levemente interesada mientras ella lanzaba una exclamación ahogada de dolor cuando los dedos se le quedaron ateridos. La muchacha aferró con desesperación el arma, pero ésta se le resbaló de la mano y cayó estrepitosamente al suelo a sus pies.

Apenas vio moverse a Valentine. Al cabo de un instante, él estaba frente a ella empuñando la Espada. Clary sintió un terrible escozor en la mano. Echó una ojeada y vio que le estaba saliendo un rojo y ardiente verdugón en la palma.

—¿De verdad has pensado —comenzó Valentine, con un dejo de indignación en la voz— que te dejaría acercarte a una arma que pensase que podías usar? —Negó con la cabeza—. No has comprendido ni una palabra de lo que te he dicho, ¿cierto? Parece que de mis dos hijos, sólo uno es capaz de comprender la verdad.

Clary cerró la mano herida, agradeciendo casi el dolor.

—Si te refieres a Jace, él también te odia.

Valentine blandió la Espada, alzándola y colocando la punta a la altura de la clavícula de la muchacha.

—Eso es suficiente —dijo—, por tu parte.

La punta de la Espada era afilada; al respirar, le pinchó la garganta, y un hilillo de sangre le empezó a descender por el pecho. El contacto de la Espada pareció derramar frío por sus venas, enviándole crepitantes partículas de hielo a través de los brazos y las piernas, y entumeciéndole las manos.

—Estropeada por tu educación —continuó Valentine—. Tu madre fue siempre una mujer obstinada. Ésa era una de las cosas que amé de ella al principio. Pensé que se mantendría leal a sus ideales.

Resultaba extraño, pensó Clary con una especie de horror distante, que la vez que había visto a su padre en Renwick, éste había exhibido su considerable carisma personal ante Jace. En esos momentos, no se molestaba en hacerlo, y sin la superficial pátina de encanto, parecía... vacío. Igual que una estatua hueca, con los ojos hundidos para mostrar sólo oscuridad en el interior.

—Dime, Clarissa... ¿te habló alguna vez tu madre de mí?

—Me contó que mi padre estaba muerto.

«No digas nada más —se advirtió a sí misma, pero estaba segura

417

de que él podía leer el resto de las palabras en sus ojos—. Y ojalá hubiese sido cierto.»

—¿Y jamás te dijo que eras diferente? ¿Especial?

Clary tragó saliva, y la punta de la hoja le cortó un poco más profundamente. Más sangre le goteó por el pecho.

—Jamás me dijo que yo era una cazadora de sombras.

—¿Sabes por qué —inquirió Valentine, mirándola por encima de la Espada— me dejó tu madre?

Las lágrimas contenidas le abrasaron la garganta y Clary emitió un sonido estrangulado.

—¿Te refieres a que sólo hubo un motivo?

—Ella me dijo —prosiguió él, como si Clary no hubiera hablado— que yo había convertido a su primer hijo en un monstruo. Me abandonó antes de que pudiera hacer lo mismo con el segundo. Tú. Pero lo hizo demasiado tarde.

El frío en la garganta de Clary, y en sus extremidades, era tan intenso que ya no podía ni tiritar. Era como si la Espada la estuviera convirtiendo en hielo.

—Ella jamás diría eso —musitó Clary—. Jace no es un monstruo. Ni tampoco yo.

—Yo no hablaba de…

La trampilla sobre sus cabezas se abrió con un fuerte golpe, y dos figuras imprecisas se dejaron caer por el agujero, aterrizando justo detrás de Valentine. El primero, advirtió Clary con una sacudida de alivio, era Jace. El chico surcó el aire como una flecha disparada desde un arco, dirigiéndose certera a su blanco. Aterrizó en el suelo con suavidad. Aferraba un largo trozo de metal manchado de sangre en una mano, con el extremo partido en una afilada punta.

La segunda figura aterrizó junto a Jace con la misma ligereza, si bien no con la misma elegancia. Clary vio el contorno de un muchacho más delgado, de cabellos oscuros, y pensó: «Alec». No comprendió quién era hasta que el chico se irguió y reconoció el rostro familiar.

Se olvidó de la Espada, del frío, del dolor en la garganta, se olvidó de todo.

—¡Simon!

Simon miró hacia ella. Los ojos de ambos se encontraron durante apenas un instante, y Clary esperó que él pudiese leer en su rostro su total y abrumadora sensación de alivio. Las lágrimas que habían estado amenazando con brotar comenzaron a salir y se le derramaron por el rostro. No hizo nada para secarlas.

Valentine volvió la cabeza para mirar tras él, y la boca se le desencajó en la primera expresión de sincera sorpresa que Clary había visto jamás en su rostro. Se volvió de cara a Jace y a Simon.

En cuanto la punta de la Espada abandonó la garganta de Clary, el helor desapareció, llevándose todas sus energías con él. La muchacha cayó de rodillas, tiritando de un modo incontrolable, y cuando alzó las manos para secarse las lágrimas del rostro, vio que las yemas de los dedos estaban blancas por el inicio de la congelación.

Jace la miró fijamente con horror, luego miró a su padre.

—¿Qué le has hecho?

—Nada —respondió Valentine, recuperando el control de sí mismo—. Aún.

Ante la sorpresa de Clary, Jace palideció, como si las palabras de su padre lo hubieran horrorizado.

—Soy yo quien debería estar preguntando qué has hecho, Jonathan —continuó Valentine, y aunque habló a Jace, tenía los ojos puestos en Simon—. ¿Por qué sigue vivo? Los vampiros pueden regenerarse, pero no si se quedan con tan poca sangre.

—¿Te refieres a mí? —inquirió Simon.

Clary le miró con sorpresa. Simon sonaba diferente. No como un chiquillo que se insolenta con un adulto; más bien como alguien capaz de enfrentarse a Valentine Morgenstern en igualdad de condiciones.

—Bueno, eso es cierto, me dejaste por muerto. Bien, más muerto aún.

—Cállate. —Jace lanzó una mirada iracunda a Simon; tenía los ojos muy sombríos—. Déjame contestar a mí. —Se volvió hacia su padre—. He dejado que Simon bebiera mi sangre —explicó—. Para salvarlo.

El rostro ya severo de Valentine adquirió una expresión aún más dura, como si los huesos se abrieran paso al exterior a través de la piel.

—¿Has dejado voluntariamente que un vampiro bebiera tu sangre?

Jace pareció vacilar por un momento; dirigió una rápida ojeada a Simon, que estaba mirando a Valentine con una expresión de intenso odio. Luego dijo, con cuidado:

—Sí.

—No tienes ni idea de lo que has hecho, Jonathan —exclamó Valentine en un tono de voz terrible—. Ni idea.

—He salvado una vida —respondió él—. Una que tú intentaste eliminar. Eso sí lo sé.

—No era una vida humana —replicó Valentine—. Resucitaste a un monstruo que no hará más que matar para volver a alimentarse. Su especie está siempre hambrienta…

—Estoy hambriento justo ahora —observó Simon, y sonrió para mostrar que los colmillos habían abandonado sus fundas; los dientes le centellearon blancos y afilados sobre el labio inferior—. No me importaría un poco más de sangre. Desde luego tu sangre probablemente se me atragantaría, ponzoñoso pedazo de…

Valentine lanzó una carcajada.

—Me gustaría verte intentarlo, vampiro —le desafió—. Cuando la Espada-Alma te atraviese, arderás mientras mueres.

Clary vio que los ojos de Jace se posaban en la Espada, y luego en ella. Había una pregunta no formulada en ellos. Rápidamente, dijo:

—La Espada no ha sido convertida —explicó rápidamente—. No del todo. No consiguió la sangre de Maia, así que no pudo finalizar la ceremonia…

Valentine se volvió hacia ella empuñando la Espada, y Clary le vio sonreír. La Espada pareció dar una sacudida en su mano, y a continuación algo la golpeó; fue como ser derribada por una ola, ser abatida y luego alzada en contra de su voluntad y arrojada por los aires. La chica rodó por el suelo, incapaz de detenerse, hasta que golpeó contra el mamparo con dolorosa violencia. Cayó a los pies de Valentine jadeando por la falta de aire y el dolor.

Simon empezó a ir hacia ella a la carrera. Valentine blandió la Espada-Alma y se alzó una cortina de puro fuego que envió a Simon hacia atrás dando traspiés.

Clary se incorporó penosamente sobre los codos. Tenía la boca llena de sangre. Todo le daba vueltas y se preguntó con cuánta violencia se habría golpeado la cabeza y si iba a perder el conocimiento. Usó toda su fuerza de voluntad para mantenerse consciente.

El fuego había desaparecido, pero Simon seguía agazapado en el suelo, aturdido. Valentine le dirigió una breve ojeada, y luego miró a Jace.

—Si matas al vampiro ahora —dijo—, todavía puedes deshacer lo que has hecho.

—No —musitó Jace.

—Toma el arma que empuñas y húndesela en el corazón. —La voz de Valentine era queda—. Un simple gesto. Nada que no hayas hecho antes.

Jace respondió con una mirada impávida a la mirada iracunda de su padre.

—Vi a Agramon —dijo—. Tenía tu cara.

—¿Viste a Agramon? —La Espada-Alma centelleó cuando Valentine avanzó hacia su hijo—. ¿Y sigues vivo?

—Lo he matado.

—¿Has matado al Demonio del Miedo pero no quieres matar a un vampiro, ni siquiera si yo te lo ordeno?

Jace se quedó observando a Valentine con el rostro inexpresivo.

—Es un vampiro, es cierto —repuso—. Pero se llama Simon.

Valentine se detuvo frente a Jace con la Espada-Alma en la mano ardiendo con una cruda luz negra. Clary se preguntó por un aterrado instante si Valentine iría a clavársela a Jace allí mismo, y si Jace pensaba permitírselo.

—¿Debo entender, entonces —inquirió Valentine—, que no has cambiado de idea? ¿Lo que me dijiste cuando viniste a verme la otra vez era tu decisión definitiva o te arrepientes de haberme desobedecido?

Jace meneó lentamente la cabeza. Una mano sujetaba aún el puntal roto, pero la otra mano, la derecha, la tenía en la cintura, sacando algo del cinturón. Sus ojos, no obstante, no abandonaron ni por un momento los de Valentine, y Clary no estaba segura de si Valentine veía lo que él estaba haciendo. Esperó que no.

—Sí —respondió Jace—, lamento haberte desobedecido.

«¡No!» pensó Clary, y el corazón se le cayó a los pies. ¿Acaso se daba por vencido, o quizá pensaba que era el único modo de salvarlos a ella y a Simon?

El rostro de Valentine se dulcificó.

—Jonathan...

—Sobre todo —siguió Jace— porque planeo volver a hacerlo. Justo ahora.

La mano se movió, veloz como el rayo, y algo salió disparado por el aire en dirección a Clary. Cayó a pocos centímetros de ésta, golpeando el metal con un tintineo y rodando a continuación. Los ojos de la muchacha se abrieron de par en par.

Era la estela de su madre.

Valentine empezó a reír.

—¿Una estela? Jace, ¿es alguna especie de broma? O es que finalmente...

Clary no oyó el resto de lo que dijo; se alzó pesadamente, jadeando por el dolor que le acuchillaba la cabeza. Los ojos se le llenaron de lágrimas y la visión se le nubló; alargó una mano temblorosa hacia la estela... y cuando sus dedos la tocaron, oyó una voz dentro de su cabeza, tan clara como si su madre estuviese junto a ella. «Toma la estela, Clary. Úsala. Sabes qué hacer.»

Los dedos de Clary se cerraron con fuerza alrededor de la estela. Se sentó en el suelo, haciendo caso omiso de la oleada de dolor que le recorrió la cabeza y le descendió por la espalda. Era una cazadora de sombras, y el dolor era algo con lo que debía vivir. Vagamente, pudo oír a Valentine pronunciar su nombre, sus pisadas acercándose más... y se arrojó contra el mamparo, alargando al frente la estela con tal fuerza que cuando la punta tocó el metal, le pareció oír el chisporroteo de algo que ardía.

Empezó a dibujar. Como sucedía siempre cuando dibujaba, el mundo se desvaneció y sólo quedaron ella, la estela y el metal sobre el que dibujaba. Recordó haber estado fuera de la celda de Jace murmurando para sí, «Abre, abre, abre», y supo que había empleado toda su energía para crear la runa que había roto las cadenas de Jace. Y comprendió que la energía que había puesto en aquella runa no era ni una décima parte, ni un centésima parte de la energía que estaba poniendo en la que estaba dibujando.

Las manos le ardían y gritó mientras arrastraba la estela por el metal, dejando una gruesa línea negra como el carbón tras ella. «Abre.»

Todo su desaliento, toda su decepción, toda su rabia pasó a través de sus dedos y penetró en la estela y en la runa. «Abre.» Todo su amor, todo su alivio al ver vivo a Simon, toda su esperanza de que todavía podían sobrevivir. «¡Abre!»

La mano, sosteniendo todavía la estela, le cayó sobre el regazo. Por un momento reinó un silencio total mientras todos ellos, Jace, Valentine, incluso Simon, contemplaban fijamente la runa que ardía sobre el mamparo del buque.

Fue Simon quien habló, volviendo la cabeza hacia Jace.

—¿Qué pone?

Pero fue Valentine quien respondió, sin apartar los ojos de la pared. Tenía una expresión en el rostro... que no era en absoluto la que

Clary había esperado, una mezcla de triunfo y espanto, de desesperación y deleite.

—Pone —contestó—: «*Mene mene tekel upharsin*».

Clary se levantó penosamente.

—Eso no es lo que pone —musitó—. Pone «abre».

Valentine miró a la muchacha a los ojos.

—Clary...

El chillido del metal ahogó sus palabras. La pared sobre la que Clary había dibujado, una pared compuesta de planchas de sólido acero, se combó y se estremeció. Los remaches saltaron de los encajes y chorros de agua penetraron en la habitación.

Clary pudo oír que Valentine gritaba, pero la voz quedó sofocada por los ruidos ensordecedores del metal al ser arrancado a medida que cada clavo, cada tornillo y cada remache que mantenían unido al enorme barco empezaba a soltarse de sus sujeciones.

Intentó correr hacia Jace y Simon, pero cayó de rodillas cuando otra oleada de agua penetró por el agujero de la pared, cada vez más grande. Esta vez la ola la derribó, y el agua helada la empujó hacia abajo. En algún lugar, Jace gritaba su nombre, la voz tronaba desesperada por encima de los chirridos del barco. Ella gritó su nombre sólo una vez antes de verse arrastrada al río a través del irregular agujero del mamparo.

Se agitó y pateó en las aguas negras. La atenazó el terror a la oscuridad total y a las profundidades del río, a los millones de toneladas de agua que la rodeaban, que presionaban sobre ella, arrebatándole el aire de los pulmones. No sabía dónde estaba la superficie ni en qué dirección nadar. Ya no podía seguir conteniendo la respiración. Tragó una bocanada de agua sucia, con el pecho reventándole de dolor y estrellas estallándole tras los ojos. En sus oídos, el sonido del agua en movimiento fue reemplazado por un agudo, dulce e imposible cántico. «Me estoy muriendo», pensó maravillada. Un par de manos pálidas surgieron de las aguas y la atrajeron hacia sí. Largos cabellos flotaron a su alrededor. «Mamá», pensó Clary, pero antes de que pudiera ver con claridad el rostro de su madre, la oscuridad le cerró los ojos.

Clary recuperó el conocimiento oyendo voces a su alrededor y con luces brillándole en los ojos. Estaba tumbada sobre la espalda encima de la plataforma de la camioneta de Luke. El cielo gris daba vueltas sobre su cabeza. Podía oler el agua del río alrededor, mezclada con el olor a humo y sangre. Rostros blancos flotaban sobre ella igual que globos sujetos a cordeles, pero fueron aclarándose poco a poco cuando pestañeó.

Luke. Y Simon. Ambos la contemplaban con expresiones de ansiosa inquietud. Por un momento pensó que los cabellos de Luke se habían vuelto blancos; luego, pestañeando, comprendió que estaban cubiertos de cenizas. De hecho, también lo estaba el aire, que incluso sabía a cenizas, y su ropa y su piel estaban surcados de mugre negruzca.

Tosió, notando sabor a cenizas en la boca.

—¿Dónde está Jace?

—Está…

Los ojos de Simon se dirigieron hacia Luke, y Clary sintió que se le contraía el corazón.

—Está bien, ¿verdad? —inquirió; intentó incorporarse y un fuerte dolor le recorrió la cabeza—. ¿Dónde está? ¿Dónde está?

—Estoy aquí.

Jace apareció en el borde de su campo visual, con el rostro en sombras. Se arrodilló junto a ella.

—Lo siento. Debería haber estado aquí cuando despertaste. Es sólo que…

La voz se le quebró.

—¿Es sólo qué?

Lo miró fijamente; iluminado por detrás por la luz de las estrellas, sus cabellos eran más plateados que dorados, y los ojos parecían desprovistos de color. Tenía la piel surcada de negro y gris.

—Pensaba que tú también estabas muerta —dijo Luke, y se puso en pie con brusquedad.

Miraba a lo lejos, al río, a algo que Clary no podía ver. El cielo estaba lleno de volutas de humo negro y rojo, como si estuviera en llamas.

—¿Muerta también? ¿Quién más...?

Se interrumpió cuando un dolor nauseabundo se apoderó de ella. Jace vio su expresión y metió la mano en el bolsillo para sacar su estela.

—Quédate quieta, Clary.

Sintió un dolor abrasador en el antebrazo, y a continuación la cabeza se le empezó a despejar. Se incorporó y vio que estaba sentada sobre una tabla húmeda empujada contra la parte posterior de la cabina de la camioneta. La plataforma estaba cubierta de varios centímetros de agua mezclada con volutas de cenizas que caían del cielo como una fina lluvia negra.

Echó una ojeada a la parte interior del brazo donde Jace había dibujado una Marca curativa. La debilidad que sentía empezaba ya a retirarse, como si le hubiesen puesto una inyección de energía en las venas.

Antes de apartarse, el muchacho resiguió con los dedos la línea del *iratze* que le había dibujado en el brazo. La mano tenía un tacto tan frío y húmedo como la piel de Clary. El resto de él también estaba mojado; tenia los cabellos húmedos y las ropas empapadas pegadas al cuerpo.

Clary notaba un sabor acre en la boca, como si hubiese lamido el fondo de un cenicero.

—¿Qué ha sucedido? ¿Ha habido un incendio?

Jace echó una ojeada en dirección a Luke, que tenía la vista fija en el oscilante río negro y gris. El agua estaba salpicada aquí y allí de pequeñas embarcaciones, pero no había ni rastro del barco de Valentine.

—Sí —contestó—, el barco de Valentine se ha quemado hasta la línea de flotación. No queda nada.

—¿Dónde está todo el mundo?

Clary miró a Simon, que era el único de ellos que estaba seco. Había un tenue tinte verdoso en su piel, ya de por sí pálida, como si estuviese enfermo o febril.

—¿Dónde están Isabelle y Alec?

—Están en una de las embarcaciones de los cazadores de sombras. Están perfectamente.

—¿Y Magnus? —Torció el cuerpo para mirar al interior de la cabina de la camioneta, pero estaba vacía.

—Se está ocupando de algunos de los cazadores de sombras; de los más gravemente heridos —respondió Luke.

—Pero ¿todo el mundo está bien? Alec, Isabelle, Maia… Están todos bien, ¿verdad? —A Clary, su voz le resonó débil y apagada en sus propios oídos.

—Isabelle está herida —explicó Luke—. Y también Robert Lightwood. Necesitará bastante tiempo para curar. Muchos de los otros cazadores de sombras, incluidos Malik e Imogen, están muertos. Ha sido una batalla muy dura, Clary, no nos ha ido bien. Valentine ha desaparecido. También la Espada. El Cónclave ha quedado destrozado. No sé…

Se interrumpió. Clary lo miró con fijeza. Había algo en su voz que la asustó.

—Lo siento —se disculpó—. Esto ha sido culpa mía. Si yo no hubiera…

—Si tú no hubieras hecho lo que hiciste, Valentine habría matado a todo el mundo en el barco —replicó Jace con ferocidad—. Eres lo único que ha impedido que esto fuera una masacre.

Clary lo contempló boquiabierta.

—¿Te refieres a lo que hice con la runa?

—Hiciste pedazos el barco —explicó Luke—. Cada perno, cada remache, cualquier cosa que hubiera podido mantenerlo unido, se partió. Todo él se hizo pedazos de golpe. Los tanques de petróleo también reventaron. La mayoría de nosotros apenas tuvo tiempo de saltar al agua antes de que todo empezara a arder. Nadie ha visto nunca nada parecido a lo que has hecho.

—¡Vaya! —exclamó ella con un hilo de voz—. ¿Resultó alguien…? ¿Hice daño a alguien?

—Bastantes de los demonios se ahogaron cuando el barco se hundió —contestó Jace—. Pero ninguno de los cazadores de sombras resultó herido, no.

—¿Salieron a nado?

—Nos rescataron. Las ondinas nos han sacado a todos del agua.

Clary pensó en las manos del agua, en la canción increíblemente dulce que la había rodeado. Así que no había sido su madre después de todo.

—¿Te refieres a las hadas acuáticas?

—La reina de la corte seelie ha cumplido su palabra, a su modo —repuso Jace—. Lo cierto es que nos prometió la ayuda que estuviese en su poder.

—Pero ¿cómo…?

«¿Cómo lo supo?», estuvo a punto de decir Clary, pero pensó en los ojos sabios y astutos de la reina y en Jace arrojando aquel pedazo de papel blanco al agua en la playa de Red Hook y decidió no preguntar.

—Las embarcaciones de los cazadores de sombras empiezan a moverse —avisó Simon, mirando en dirección al río—. Supongo que ya han recogido a todos los que han podido.

—Bien. —Luke irguió los hombros—. Es hora de ponerse en marcha.

Marchó lentamente hacia la cabina del vehículo; cojeaba, aunque parecía estar en su mayor parte ileso.

Se colocó en el asiento del conductor, y un momento después el motor de la camioneta volvía a ponerse en marcha. Partieron, rozando la superficie del agua, con las gotas que las ruedas lanzaban al aire capturando el gris plateado del cielo, que empezaba a iluminarse.

—Esto es fantástico —exclamó Simon—. Sigo esperando que la camioneta empiece a hundirse.

—No puedo creer que después de pasar por lo que hemos pasado pienses que esto es precisamente lo fantástico —replicó Jace, pero no había malicia en el tono y tampoco irritación; sonó sólo muy, muy cansado.

—¿Qué les sucederá a los Lightwood? —preguntó Clary—. Después de todo lo que ha sucedido... la Clave...

Jace se encogió de hombros.

—La Clave actúa en modos misteriosos. No sé qué harán. Pero estarán muy interesados en ti. Y en lo que puedes hacer.

Simon profirió un sonido. Clary pensó que era un ruido de protesta, pero cuando le miró con más atención, vio que estaba más verdoso que nunca.

—¿Qué te pasa, Simon?

—Es el río —respondió éste—. El agua corriente no es buena para los vampiros. Es pura, y... nosotros no.

—El East River no es precisamente puro —comentó Clary, pero alargó la mano y le tocó el brazo con dulzura, y él sonrió—. ¿No te caíste al agua cuando el barco se hizo pedazos?

—No. Había un pedazo de metal flotando en el agua y Jace me arrojó sobre él. He permanecido fuera del río.

Clary miró por encima del hombro a Jace. Podía verlo con algo más de claridad ahora; la oscuridad se desvanecía.

—Gracias —dijo—. ¿Crees que...?

Él enarcó las cejas.

—¿Qué?

—¿... que Valentine podría haberse ahogado?

—Nunca creas que el malo está muerto hasta que veas un cadáver —advirtió Simon—. Eso lleva al infortunio y a emboscadas sorpresa.

—No te equivocas —indicó Jace—. Mi suposición es que no está muerto. De lo contrario habríamos encontrado los Instrumentos Mortales.

—¿Puede seguir adelante la Clave sin ellos tanto si Valentine está vivo como si no? —quiso saber Clary.

—La Clave siempre sigue adelante —repuso Jace—. Eso es todo lo que sabe hacer. —Volvió el rostro hacia el horizonte—. El sol está saliendo.

Simon se quedó rígido. Por un momento, Clary le contempló con sorpresa y luego con espanto. Se volvió para seguir la mirada de Jace. Tenía razón; el horizonte oriental era una mancha de color rojo sangre que se extendía desde un disco dorado. Clary pudo ver el primer reborde del sol tiñendo el agua con sobrenaturales tonalidades de verde, escarlata y dorado.

—¡No! —musitó.

Jace la miró con sorpresa, y luego a Simon, que estaba sentado totalmente inmóvil, contemplando fijamente el sol que se alzaba igual que un ratón atrapado mirando a un gato. Jace se puso en pie a toda prisa y se dirigió a la cabina de la camioneta. Habló en voz baja. Clary vio que Luke volvía la cabeza para mirarla a ella y a Simon, y luego miraba otra vez a Jace. Asintió con la cabeza.

La camioneta dio un bandazo al frente. Luke debía de haber apretado a fondo el acelerador. Clary alargó las manos hacia el costado del vehículo para sujetarse. En la parte delantera, Jace le gritaba a Luke que tenía que existir algún modo de conseguir que aquella condenada cosa fuera más de prisa, pero Clary sabía que jamás conseguirían dejar atrás el amanecer.

—Tiene que haber algo —dijo a Simon.

No podía creer que en menos de cinco minutos hubiese pasado del alivio incrédulo al terror incrédulo.

—Podríamos taparte, tal vez, con nuestras ropas…

Simon seguía con la vista fija en el sol, lívido.

—Un montón de andrajos no servirá —contestó—. Raphael me lo explicó; hacen falta paredes para protegernos de la luz del sol. Penetra a través de la tela.

—Pero tiene que haber algo…

—Clary. —La joven pudo verle con claridad, en la luz gris que precede al amanecer. Simon le tendió las manos—. Ven aquí.

Se dejó caer junto a él, intentando cubrir tanto de su cuerpo como podía con el suyo propio. Sabía que era inútil. Cuando el sol lo tocara, se convertiría en cenizas.

Permanecieron sentados durante un momento en total inmovilidad, abrazados. Clary podía sentir cómo ascendía y descendía el pecho de su amigo; lo hacía debido a la costumbre, se recordó, no por necesidad. Quizá ya no respiraba, pero todavía podía morir.

—No te dejaré morir —afirmó ella.

—No creo que tengas elección. —Clary notó que él sonreía—. No pensaba que pudiera volver a ver el sol otra vez —siguió él—. Supongo que me equivocaba.

—Simon…

Jace gritó algo. Clary alzó la vista. El cielo estaba inundado de luz rosada, igual que tinte vertido en agua transparente. Simon se tensó debajo de ella.

—Te amo —dijo Simon—. Jamás he amado a nadie excepto a ti.

Hilos de oro surcaron el cielo rosado como vetas doradas en un mármol caro. El agua resplandeció luminosa y Simon se quedó rígido, con la cabeza echada hacia atrás, mientras los ojos abiertos se le llenaban de un color dorado, igual que si un líquido fundido se alzara en su interior. Líneas negras empezaron a aparecerle en la piel igual que grietas en una estatua destrozada.

—¡Simon! —chilló Clary.

Alargó los brazos para tomarlo, pero sintió que tiraban de ella hacia atrás; era Jace, que la aferraba por los hombros. Intentó desasirse, pero él la sujetó con fuerza; le decía algo al oído, una y otra vez, y sólo transcurridos unos instantes Clary empezó a comprender lo que decía.

—Clary, mira. Mira.

—¡No!

Se llevó las manos a la cara a toda velocidad y notó el gusto amargo del agua del suelo de la plataforma de la camioneta en las palmas. Era salado, como las lágrimas.

—No quiero mirar. No quiero…

—Clary.

Jace la cogió por las muñecas y le apartó las manos de la cara. La luz del amanecer le hirió los ojos.

—Mira.

Miró. Y oyó cómo su propia respiración le silbaba áspera en los pulmones al lanzar un grito ahogado. Simon estaba sentado muy erguido en la parte trasera de la camioneta, en una zona bañada por la luz del sol, boquiabierto y contemplándose con asombro. El sol bailaba en el agua detrás de él, y los extremos de sus cabellos centelleaban como el oro. No se había consumido ni convertido en cenizas, sino que permanecía sentado bajo la luz solar, y la pálida piel de rostro, de los brazos y de las manos estaba totalmente indemne.

Fuera del Instituto, anochecía. El tenue color rojo de la puesta de sol penetraba por las ventanas del cuarto de Jace mientras éste contemplaba fijamente el montón que formaban sus pertenencias sobre la cama. El montón era mucho más pequeño de lo que había pensado que sería. Siete años enteros de su vida pasados en ese lugar, y eso era todo lo que había acumulado: media bolsa de lona llena de ropa, una pequeña pila de libros y unas cuantas armas.

Había estado pensando en si debería llevarse las pocas cosas que había salvado de la casa solariega de Idris cuando se marchara esa noche. Magnus le había devuelto el anillo de plata de su padre, que él ya no se sentía a gusto llevando, y que le colgaba alrededor del cuello de un pedazo de cadena. Al final había decidido tomarlo todo. No tenía sentido dejar nada suyo en aquel lugar.

Estaba llenando la bolsa de ropa cuando llamaron a la puerta. Fue a abrir, esperando ver a Alec o a Isabelle.

Era Maryse. Vestía un austero vestido negro y llevaba el pelo totalmente recogido detrás de la cabeza. Parecía mayor de lo que la recordaba. Dos profundas líneas le descendían de las comisuras de los labios hasta el mentón. Únicamente los ojos tenían algo de color.

—Jace —dijo—. ¿Puedo entrar?

—Puedes hacer lo que quieras —repuso él, regresando a la cama—. Es tu casa. —Agarró un puñado de camisetas y las metió en la bolsa de lona con una fuerza posiblemente innecesaria.

—En realidad es la casa de la Clave —repuso Maryse—. Nosotros sólo somos sus guardianes.

Jace metió libros en la bolsa.

—Lo que sea.

—¿Qué haces?

Si Jace no hubiese sabido que eso era imposible, hubiera pensado que la voz le temblaba ligeramente.

—Estoy recogiendo mis cosas —respondió—. Es lo que la gente acostumbra a hacer cuando se va.

Maryse palideció.

—No te vayas —dijo—. Si quieres quedarte…

—No quiero quedarme. No pertenezco a este lugar.

—¿Adónde irás?

—A casa de Luke —respondió él, y vio que ella se estremecía—. Durante un tiempo. Después de eso, no lo sé. Quizá a Idris.

—¿Es ahí a donde crees que perteneces? —Había una dolorida tristeza en la voz.

Por un momento Jace interrumpió su tarea y miró fijamente la bolsa.

—No sé a dónde pertenezco.

—Tu lugar está con tu familia. —Maryse dio un vacilante paso al frente—. Con nosotros.

—Me echaste. —Jace oyó la aspereza de su propia voz, e intentó suavizarla—. Lo siento —añadió, volviéndose para mirarla—. Siento todo lo que ha sucedido. Pero no me querías antes, y no puedo ima-

433

ginar que me quieras ahora. Robert estará enfermo durante un tiempo; tendrás que ocuparte de él. Yo no haré más que estorbar.

—¿Estorbar? —Sonó incrédula—. Robert quiere verte, Jace…

—Lo dudo.

—¿Qué hay de Alec? Isabelle, Max… Ellos te necesitan. Si tú no me crees cuando digo que quiero que te quedes… y no me extrañaría si no lo hicieras… debes saber que ellos sí te quieren. Hemos pasado una mala época, Jace. No les hagas más daño del que ya han sufrido.

—Eso no es justo.

—No te culpo si me odias. —La voz de Maryse sí que temblaba, y Jace giró en redondo para mirarla fijamente con sorpresa—. Pero todo lo que hice… incluso echarte… y tratarte como lo hice, fue para protegerte. Y porque tenía miedo.

—¿Me tenías miedo?

Ella asintió.

—Bueno, eso sí que me hace sentir mucho mejor.

Maryse inspiró profundamente.

—Pensaba que me partirías el corazón como hizo Valentine —continuó—. Tú fuiste lo primero que quise, ¿sabes?, después de él, que no tenía mi propia sangre. La primera criatura viva. Y eras simplemente un niño…

—Tú pensabas que yo era otra persona.

—No, siempre he sabido exactamente quién eres. Desde la primera vez que te vi bajando del barco procedente de Idris, cuando tenías diez años; te metiste en mi corazón igual que hicieron mis propios hijos cuando nacieron. —Meneó la cabeza—. No puedes comprenderlo. Nunca has sido padre. Uno jamás ama nada como ama a sus hijos. Y nada puede hacerte enfadar más.

—Sí que noté la parte del enfado —repuso Jace, tras una pausa.

—No espero que me perdones —repuso Maryse—. Pero si quisieras quedarte por Isabelle y Alec y Max te estaría muy agradecida…

Fueron las palabras equivocadas.

—No quiero tu gratitud —replicó Jace, y se volvió de nuevo hacia la bolsa de lona.

Ya no quedaba nada que meter en ella. Cerró el cierre.

—*A la claire fontaine* —entonó Maryse—, *m'en allent promener.*

Jace la miró sorprendido.

—¿Qué?

—*Il y a longtemps que je t'aime. Jamais je ne t'oublierai….* Es la antigua balada francesa que yo les cantaba a Alec y a Isabelle. Aquella sobre la que me preguntaste.

En aquel momento —había muy poca luz en la habitación y en la penumbra— Maryse le miró casi como lo había hecho cuando él tenía diez años, como si ella no hubiese cambiado en absoluto en los últimos siete. Tenía un aspecto severo y preocupado, ansioso… y esperanzado. Tenía el aspecto de la única madre que había conocido jamás.

—Te equivocabas al decir que nunca te la canté —dijo ella—. Es sólo que nunca me oíste.

Jace no dijo nada, pero alargó la mano y abrió de un tirón la cremallera de la bolsa de lona, dejando que sus pertenencias se derramaran sobre la cama.

EPÍLOGO

—¡Clary! —La madre de Simon sonrió radiante al ver a la muchacha en el umbral—. No te he visto desde hace una eternidad. Empezaba a preocuparme que tú y Simon se hubieran peleado.

—No —repuso Clary—, es que no me sentía muy bien, eso es todo.

«Aunque te hayan puesto runas curativas mágicas, aparentemente no eres invulnerable.» A Clary no le había sorprendido despertar a la mañana siguiente de la batalla y descubrir que tenía un dolor de cabeza insoportable y fiebre; había creído que se trataba de un resfriado, ¿quién no lo tendría, tras helarse con las ropas mojadas en mar abierto durante horas en plena noche? Pero Magnus le había dicho que lo más probable era que se hubiera agotado creando la runa que había destruido el barco de Valentine.

La madre de Simon chasqueó la lengua, comprensiva.

—Seguro que era el mismo virus que tuvo Simon hace dos semanas. Apenas podía dejar la cama.

—Está mejor ahora, ¿verdad? —preguntó Clary, que ya sabía que era cierto, pero no le importaba volver a oírlo.

—Está estupendamente. Lo encontrarás afuera, en el patio trasero, creo. Ve por la reja. —Sonrió—. Se alegrará de verte.

Las casas adosadas de ladrillo rojo de la calle de Simon estaban separadas por bonitas vallas de hierro forjado de color blanco, cada una de las cuales tenía una reja que conducía a un pequeño patio trasero. El cielo era de un azul brillante y el aire, fresco, a pesar de que el día era soleado. Clary podía paladear en el aire el sabor a la nieve que no tardaría en caer.

Cerró la reja detrás de ella y fue en busca de Simon. Estaba en el patio, como le había dicho su madre, descansando en una tumbona de plástico con un cómic abierto sobre el regazo. Lo apartó al ver a Clary, se incorporó y sonrió de oreja a oreja.

—Hola, nena.

—¿Nena? —Se sentó junto a él en la silla—. Bromeas, ¿verdad?

—Probaba. ¿No?

—No —repuso ella con firmeza, y se inclinó para besarlo en la boca.

Cuando se apartó, los dedos del muchacho se entretuvieron en sus cabellos, pero los ojos estaban pensativos.

—Me alegro de que hayas pasado por aquí —dijo.

—Yo también. Habría venido antes, pero…

—Estabas enferma, lo sé.

Clary se había pasado la semana enviándole mensajes de texto desde el sofá de Luke, donde había permanecido envuelta en una manta viendo repeticiones de *CSI*. Era reconfortante pasar el rato en un mundo donde cada rompecabezas tenía una respuesta científica detectable.

—Ya estoy mejor. —Paseó la mirada alrededor y tiritó, arrebujándose mejor en el suéter blanco que llevaba—. ¿Qué haces tumbado al aire libre con este tiempo? ¿No estás helado?

Simon negó con la cabeza.

—En realidad ya no siento el frío ni el calor. Además… —La boca se le curvó en una sonrisa—, quiero pasar tanto tiempo al sol como pueda. Todavía me siento adormilado durante el día, pero quiero superarlo.

Ella le acercó el dorso de la mano a la mejilla. El rostro estaba caliente por el sol, pero debajo, la piel era fría.

—Pero ¿todo lo demás sigue siendo… sigue siendo igual?

—¿Te refieres a si todavía soy un vampiro? Sí. Parece que sí. Todavía quiero beber sangre y sigue sin latirme el corazón. Tendré que evitar al médico, pero puesto que los vampiros no enferman… —Se encogió de hombros.

—¿Y has hablado con Raphael? ¿Sigue sin tener ni idea de por qué puedes salir al sol?

—Ninguna. Y parece bastante molesto, además. —Simon la miró pestañeando adormilado, como si fuesen las dos de la madrugada en lugar de las dos de la tarde—. Creo que le desmonta sus ideas sobre cómo deberían ser las cosas. Además, le va a costar mucho más conseguir que salga por la noche cuando estoy decidido a hacerlo de día.

—Debería estar encantado, ¿no?

—A los vampiros no les gustan los cambios. Son muy tradicionales.

Le sonrió, y ella pensó: «Siempre tendrá este aspecto. Cuando yo tenga cincuenta o sesenta años, él todavía parecerá tener dieciséis». No era una idea que le gustaba.

—En cualquier caso, esto será bueno para mi carrera musical. Si nos fiamos de lo que escribe Anne Rice, los vampiros resultan unas estrellas de rock fantásticas.

—No estoy segura de que puedas confiar mucho en eso.

Él volvió a recostarse en la silla.

—¿Y en qué puedo confiar? Aparte de ti, por supuesto.

—¿De confiar? ¿Es así como me consideras? —preguntó con fingida indignación—. Eso no es muy romántico.

Una sombra cruzó el rostro de Simon.

—Clary…

—¿Qué? ¿Qué sucede? —Le cogió la mano—. Ése es tu tono de las malas noticias.

Él apartó la mirada.

—No sé si son malas noticias o no.

—Las noticias, o son buenas o son malas —repuso ella—. Sólo dime que estás bien.

—Estoy bien —afirmó él—. Pero… no creo que debamos volver a vernos.

Clary estuvo a punto de caerse de la tumbona.

—¿No quieres que sigamos siendo amigos?

—Clary…

—¿Es por los demonios? ¿Porque acabaste convertido en un vampiro por mi culpa? —Su voz se alzaba más y más—. Sé que todo ha sido una locura, pero puedo mantenerte alejado de todo eso. Puedo…

Simon hizo un gesto de dolor.

—Empiezas a sonar como un delfín, ¿lo sabes? Para —dijo. Clary calló—. Todavía quiero que seamos amigos —explicó él—. Es de lo otro de lo que no estoy tan seguro.

—¿Lo otro?

Él empezó a ruborizarse. Ella no habría pensado nunca que los vampiros pudieran ruborizarse. Resultaba sorprendente el contraste con su piel pálida.

—Lo de novia-novio.

Clary permaneció en silencio durante un largo rato, buscando las palabras.

—Al menos no dijiste «lo de besarnos» —dijo finalmente—. Temía que fueras a llamarlo así.

Él bajó la mirada hacia las manos de ambos, que descansaban entrelazadas sobre la tumbona de plástico. Los dedos de ella se veían pequeños en comparación con los de él, pero por primera vez la piel de la muchacha tenía un tono más oscuro que la suya. Pasó el pulgar distraídamente sobre los nudillos de Clary.

—Nunca lo hubiera llamado así.

—Pensaba que esto era lo que querías —dijo ella—. Creía que habías dicho que…

Simon alzó los ojos para mirarla a través de las oscuras pestañas.

—¿Que te amaba? Te amo. Pero eso no es todo.

—¿Es por Maia? —Los dientes le habían empezado a castañetear, únicamente en parte debido al frío—. ¿Te gusta?

Simon vaciló.

—No. Quiero decir, sí, me gusta, pero no del modo al que te refieres. Es sólo que cuando estoy con ella... sé lo que es tener a alguien a quien le gusto de ese modo. Y no es como contigo.

—Pero no la amas...

—A lo mejor algún día.

—A lo mejor yo podría amarte algún día.

—Si algún día lo haces —repuso él—, ven y dímelo. Ya sabes dónde encontrarme.

Los dientes de Clary castañeteaban con más fuerza ahora.

—No puedo perderte, Simon. No puedo.

—Jamás lo harás. No te estoy abandonando. Pero prefiero tener lo que tenemos, que es real, y auténtico e importante, que tenerte fingiendo otra cosa. Cuando estoy contigo quiero saber que estoy con la auténtica tú, la auténtica Clary.

Ella apoyó la cabeza contra la de él, cerrando los ojos. Todavía lo sentía como Simon, a pesar de todo; todavía olía como él, como su detergente.

—Igual no sé quién es esa persona.

—Pero yo sí lo sé.

La flamante camioneta nueva de Luke estaba encendida junto al bordillo cuando Clary abandonó la casa de Simon, cerrando la reja tras ella.

—Me has traído. No tenías por qué venir también —dijo ella, subiendo a la cabina junto a él.

Era típico de Luke reemplazar la vieja camioneta destrozada por otra nueva exactamente igual.

—Disculpa mi miedo paternal —respondió Luke, entregándole un vaso de papel lleno de café. Clary tomó un sorbo: sin leche y con toneladas de azúcar, tal y como le gustaba—. Estos días tiendo a ponerme un poco nervioso cuando no estás dentro de mi campo visual—siguió él.

—¿Sí? —Clary sujetó el café con fuerza para evitar que se derramara mientras descendían dando tumbos por la calzada llena de baches—. ¿Cuánto tiempo crees que va a durar eso?

Luke pareció reflexionar al respecto.

—No mucho. Cinco, tal vez seis años.

—¡Luke!

—Planeo permitirte empezar a salir con chicos cuando tengas los treinta, si eso ayuda.

—En realidad, eso no suena tan mal. Puede que no esté lista hasta los treinta.

Luke la miró de soslayo.

—¿Tú y Simon…?

Ella agitó la mano que no sostenía el vaso de café.

—No preguntes.

—Entiendo. —Y probablemente así era—. ¿Quieres que te deje en casa?

—Vas al hospital, ¿verdad? —Lo sabía por la tensión nerviosa implícita en sus bromas—. Iré contigo.

En aquellos momentos estaban sobre el puente, y Clary miró al río, sosteniendo el café entre las manos pensativamente. Nunca se cansaba de aquella vista, la estrecha manga de agua entre las altas paredes de Manhattan y Brooklyn. Centelleaba bajo el sol igual que papel de plata. Se preguntó por qué nunca había intentado dibujarlo. Recordaba haber preguntado a su madre en una ocasión por qué nunca la había usado a ella como modelo, por qué nunca había dibujado a su propia hija. «Dibujar a alguien es intentar capturarlo para siempre —había explicado Jocelyn, sentada en el suelo con un pincel goteando azul cadmio sobre sus vaqueros—. Si realmente amas algo, jamás intentas mantenerlo igual para siempre. Tienes que dejar que sea libre de cambiar.»

«Pero yo odio los cambios.» Pensó mientras inspiraba profundamente.

—Luke —exclamó—, Valentine me dijo algo cuando estaba en el barco, algo sobre…

—Nada bueno empieza nunca con las palabras «Valentine dijo» —masculló Luke.

—Quizá no. Pero era sobre ti y mi madre. Dijo que estabas enamorado de ella.

Silencio. El tráfico los mantenía detenidos en el puente. Pudo oír el sonido del metro de la línea Q pasando.

—¿Crees que es verdad? —preguntó Luke por fin.

—Bueno. —Clary podía percibir la tensión en el aire e intentó elegir las palabras con sumo cuidado—. No lo sé. Quiero decir, lo había dicho antes y yo lo deseché como paranoia y odio. Pero en esta ocasión empecé a pensar, y bueno… Es extraño que siempre hayas estado ahí. Has sido como un padre para mí, prácticamente vivíamos todos en la granja durante el verano y ni tú ni mi madre habéis salido nunca con nadie más. Así que pensé que a lo mejor…

—¿Pensaste que a lo mejor qué?

—Que a lo mejor habíais estado juntos todo este tiempo y simplemente no queríais contármelo. Igual pensasteis que yo era demasiado joven para entenderlo. Quizá temíais que empezara a hacer preguntas sobre mi padre. Pero ya no soy pequeña para entenderlo. Puedes contármelo. Imagino que es como estoy diciendo. Puedes contarme cualquier cosa.

—Quizá no cualquier cosa.

Se produjo otro silencio mientras la camioneta avanzaba poco a poco en el tráfico lento. Luke bizqueó al darle el sol en los ojos y tamborileó los dedos sobre el volante.

—Tienes razón. Estoy enamorado de tu madre —dijo finalmente.

—Eso es fabuloso —respondió Clary, intentando sonar como si le diera todo su apoyo a pesar de lo rara que le resultaba la idea de que personas de la edad de su madre y Luke estuviesen enamoradas.

—Pero —añadió Luke— ella no lo sabe.

—¿Ella no lo sabe? —Clary sacudió el brazo. Por suerte, el vaso de café ya estaba vacío—. ¿Cómo puede no saberlo? ¿No se lo has dicho?

—La verdad —respondió Luke, apretando el acelerador de modo que la camioneta dio un bandazo— es que no.

—¿Por qué no?

Luke suspiró y se frotó la barba de tres días con gesto cansino.

—Porque —contestó— nunca parecía ser el momento adecuado.

—Eso es una excusa muy mala y lo sabes.

Luke se las arregló para emitir un sonido a medio camino entre una risita y un gruñido de irritación.

—Es posible, pero es la verdad. Cuando me di cuenta de lo que sentía por Jocelyn tenía la misma edad que tienes tú. A los dieciséis. Y todos acabábamos de conocer a Valentine. Yo no era rival para él. Incluso me sentí un tanto complacido de que si no me iba a querer a mí, al menos era a alguien que realmente la merecía. —La voz se le endureció—. Cuando vi lo equivocado que estaba ya era demasiado tarde. Cuando huimos juntos de Idris y ella estaba embarazada de ti, me ofrecí a casarme con ella, a ocuparme de ella. Dije que no me importaba quien era el padre del bebé, que lo criaría como si fuera mío. Ella pensó que yo lo hacía por compasión. No pude convencerla de que estaba siendo todo lo egoísta que podía. Me dijo que no quería ser una carga para mí, que era pedirme demasiado. Después de que me dejara en París, regresé a Idris, pero estaba siempre inquieto, siempre infeliz. Faltaba una parte: Jocelyn. Soñaba que necesitaba mi ayuda, que me llamaba y que yo no podía oírla. Finalmente fui en su busca.

—Recuerdo que se puso muy contenta —explicó Clary con un hilo de voz— cuando la encontraste.

—Lo estaba y no lo estaba. Se alegró de verme, pero al mismo tiempo yo simbolizaba para ella todo aquel mundo del que había huido y del que no quería formar parte. Aceptó dejar que me quedara cuando le prometí que renunciaría a todos los vínculos con la manada, con la Clave, con Idris, con todo eso. Me había ofrecido a vivir con las dos, pero Jocelyn pensó que sería demasiado difícil ocultarte mis transformaciones, y tuve que darle la razón. Compré la librería, adopté un nombre nuevo y fingí que Lucian Graymark estaba muerto. Y a efectos prácticos, lo ha estado.

—La verdad es que hiciste mucho por mi madre. Renunciaste a toda tu vida.

—Habría hecho mucho más —repuso Luke con total naturalidad—. Pero era totalmente inflexible respecto a no querer tener nada que ver con la Clave o el Submundo, y por mucho que yo pueda fingir ser otra cosa, sigo siendo un licántropo. Soy un recordatorio viviente de todo eso. Y ella no quería que tú supieras nunca nada. ¿Sabes?, nunca estuve de acuerdo con las visitas a Magnus, con alterar tus recuerdos o tu Visión, pero era lo que ella quería, y la dejé hacerlo porque si hubiera intentado detenerla, me habría corrido. Tampoco existía la menor posibilidad… ninguna posibilidad… de que me hubiera permitido casarme con ella, ser tu padre y no contarte la verdad sobre mí. Y eso habría hecho que se vinieran abajo todos esos frágiles muros entre ella y el Mundo Invisible que tanto le había costado construir. No podía hacerle eso. Así que me callé.

—¿Quieres decir que nunca le contaste lo que sentías?

—Tu madre no es tonta, Clary —repuso Luke; parecía calmado, pero había cierta tensión en la voz—. Debe de haberlo sabido. Ofrecí casarme con ella. Por muy amables que puedan haber sido sus negativas, sí sé una cosa: ella sabe lo que siento y no siente lo mismo.

Clary permaneció en silencio.

—No pasa nada —continuó Luke, intentando quitarle importancia—. Lo acepté hace ya mucho tiempo.

Clary sintió una tensión repentina que no creyó que se debiera a la cafeína. No quiso pensar en su propia vida.

—Te ofreciste a casarte con ella, pero ¿le dijiste que era porque la amabas? No es tan obvio.

Luke permaneció callado.

—Creo que deberías haberle dicho la verdad —añadió—. Creo que te equivocas respecto a lo que siente.

—No me equivoco, Clary. —La voz de Luke era firme: «Es suficiente por ahora».

—Recuerdo que una vez le pregunté por qué no salía con nadie —explicó Clary, haciendo caso omiso del tono de Luke—. Me dijo que era porque ya había entregado su corazón. Pensé que se refería a mi padre, pero ahora… ahora no estoy tan segura.

Luke la miró verdaderamente estupefacto.

—¿Dijo eso? —Se contuvo, y añadió—: Probablemente sí se refería a Valentine, ya sabes.

—No lo creo. —Le lanzó una ojeada fugaz por el rabillo del ojo—. Además, ¿no te molesta? ¿No decir jamás lo que realmente sientes?

En esta ocasión el silencio duró hasta que estuvieron fuera del puente y pasando por la calle Orchard, flanqueada de tiendas y restaurantes, con letreros en hermosos y sinuosos caracteres chinos dorados y rojos.

—Sí, lo odiaba —repuso él—. En aquel momento, pensaba que lo que tenía contigo y con tu madre era mejor que nada. Pero si no le puedes contar la verdad a la gente que más te importa, al final dejas de ser capaz de decirte la verdad a ti mismo.

Clary captó un ruido parecido al del agua corriente. Al bajar la vista, vio que había aplastado el vaso de papel que sostenía.

—Llévame al Instituto —pidió—. Por favor.

Luke le dirigió una mirada sorprendida.

—Creía que querías venir al hospital.

—Me reuniré contigo allí cuando termine —replicó ella—. Hay algo que tengo que hacer primero.

La planta baja del Instituto estaba llena de luz del sol y pálidas motas de polvo. Clary recorrió a la carrera el estrecho pasillo entre los bancos, llegó hasta el elevador y golpeó el botón con el dedo.

—Ya, Ya —masculló—. Ya…

Las puertas doradas se abrieron con un crujido. Jace estaba de pie dentro del elevador. Abrió los ojos de par en par al verla.

—Ya... —finalizó Clary, y dejó caer el brazo—. ¡Ah! Hola.

Él la miró atónito.

—¿Clary?

—Te cortaste el pelo —comentó ella sin pensar.

Era cierto; los largos mechones metálicos ya no le caían sobre el rostro, sino que estaban uniformemente recortados. Le daba un aspecto más civilizado, incluso un poco mayor. También iba vestido pulcramente, con un suéter azul oscuro y vaqueros. Algo plateado le brillaba en la garganta, justo bajo el cuello del suéter.

Él alzó una mano.

—Ah. Bueno. Me lo cortó Maryse. —La puerta del elevador empezó a cerrarse; él la retuvo—. ¿Ibas a subir al Instituto?

Clary negó con la cabeza.

—Sólo quería hablar contigo.

—Ah. —Jace pareció un poco sorprendido, pero salió del ascensor y dejó que la puerta se cerrara detrás de él con un chasquido—. Yo iba a acercarme a Taki's a buscar algo de comida. Lo cierto es que nadie tiene ganas de cocinar…

—Lo comprendo —repuso Clary, luego deseó no haberlo dicho.

Las ganas de cocinar o de no cocinar no tenían nada que ver con ella.

—Podemos hablar allí —indicó Jace. Empezó a ir hacia la puerta, pero se paró y volvió la cabeza hacia ella. De pie entre dos de los candelabros encendidos, con la luz proyectando un pálido baño dorado sobre sus cabellos y su rostro, parecía la pintura de un ángel. A Clary se le contrajo el corazón—. ¿Vienes o no? —le soltó él, sin sonar nada angelical.

447

—De acuerdo. Voy. —Apresuró el paso para alcanzarlo.

Mientras andaban hasta Taki's, Clary intentó mantener la conversación alejada de temas relacionados con ella, Jace, o ella y Jace. En su lugar, le preguntó cómo estaban Isabelle, Max y Alec.

Jace vaciló. Cruzaban la Primera y una brisa fresca ascendía por la avenida. El cielo era de un azul sin nubes, un perfecto día otoñal neoyorquino.

—Lo siento. —Clary hizo una mueca ante su propia estupidez—. Deben de estar bastante mal. Han muerto muchas personas que conocían.

—Es diferente para los cazadores de sombras —replicó Jace—. Somos guerreros. Esperamos la muerte de un modo que ustedes…

Clary no pudo contener un suspiro.

—«En que ustedes, los mundanos, no lo hacen.» Eso es lo que ibas a decir, ¿verdad?

—Sí —admitió él—. En ocasiones hasta a mí me cuesta saber lo que eres.

Se habían detenido frente a Taki's, con su tejado combado y ventanas oscurecidas. El efrit que custodiaba la puerta de entrada los contempló con suspicaces ojos rojos.

—Soy Clary —afirmó ella.

Jace la contempló, con el viento arremolinándole los cabellos sobre el rostro. Alargó la mano y se los apartó, casi distraídamente.

—Lo sé.

Dentro, encontraron un reservado en una esquina y se instalaron en él. El restaurante estaba casi vacío: Kaelie, la camarera duende, con la que Jace había salido algún tiempo, estaba recostada en el mostrador batiendo perezosamente las alas azul-blanco. Un par de hombres lobo ocupaban otro reservado. Comían piernas crudas de cordero y discutían sobre quién ganaría en una pelea: Dumbledore, el mago de los libros de Harry Potter o Magnus Bane.

—Dumbledore vencería sin duda —decía el primero—. Tiene esa cosa de la Maldición Asesina.

—Pero Dumbledore no es real —indicó el segundo licántropo con agudeza.

—No creo que Magnus Bane sea real tampoco —se mofó el primero—. ¿Lo has visto alguna vez?

—Es tan raro —exclamó Clary, escurriéndose hacia abajo en su asiento—. ¿Los estás oyendo?

—No, es de mala educación escuchar las conversaciones ajenas.

Jace estudiaba el menú, lo que proporcionó a Clary la oportunidad de estudiarlo a él disimuladamente. «Nunca te miro», le había dicho ella. Y era cierto, o al menos era cierto que nunca lo miraba del modo en que quería mirarlo, con ojo de artista. Siempre se perdía, distraída por algún detalle: la curva del pómulo, el ángulo de las pestañas, la forma de la boca.

—Me estás mirando fijamente —dijo él sin alzar los ojos del menú—. ¿Por qué me miras fijamente? ¿Pasa algo?

La llegada de Kaelie a la mesa evitó que Clary tuviera que responder. El bolígrafo de la camarera era una plateada ramita de abedul. La recién llegada contempló a Clary curiosamente, con ojos totalmente azules.

—¿Saben que quieren?

Tomada por sorpresa, Clary pidió unos cuantos platos del menú al azar. Jace pidió una bandeja de boniatos fritos y varios platos para meter en cajas y llevárselos a los Lightwood. Kaelie se marchó dejando tras ella un tenue aroma a flores.

—Di a Alec y a Isabelle que lamento todo lo sucedido —dijo Clary cuando Kaelie ya no pudo oírla—. Y di a Max que lo llevaré a Planeta Prohibido cuando quiera.

—Únicamente los mundanos dicen que lo sienten cuando lo que quieren decir es «comparto tu dolor» —comentó Jace—. Tú no tuviste la culpa de nada, Clary. —Sus ojos brillaron repentinamente llenos de odio—. Fue culpa de Valentine.

—Debo de entender que no ha habido…

—¿Ninguna señal de él? No. Yo diría que se ha escondido hasta

que pueda terminar lo que inició con la Espada. Después de eso...
—Jace se encogió de hombros.

—Después de eso, ¿qué?

—No lo sé. Es un lunático. Es difícil adivinar lo que hará un lunático.

Pero el muchacho evitó sus ojos, y Clary supo en qué pensaba: guerra.

Eso era lo que Valentine quería. Una guerra contra los cazadores de sombras. Y la conseguiría. Era sólo una cuestión de dónde atacaría primero.

—En cualquier caso, no creo que sea de eso de lo que has venido a hablarme, ¿verdad?

—No.

Ahora que había llegado el momento, Clary tenía dificultades para encontrar palabras. Captó una visión fugaz de su reflejo en el brillante servilletero. Suéter blanco, rostro blanco, rubor febril en las mejillas. Parecía como si tuviese fiebre. También se sentía un poco como si la tuviese.

—Llevo días queriendo hablar contigo...

—Nunca lo habría dicho. —La voz de Jace era anormalmente aguda—. Siempre que te llamaba, Luke me decía que estabas enferma. Supuse que me estabas evitando. Otra vez.

—No era eso. —Le pareció que había un gran espacio vacío entre ellos, aunque el reservado no era tan grande y no estaban sentados tan separados—. Sí que quería hablar contigo. He estado pensando en ti todo el tiempo.

Él profirió un ruidito sorprendido y puso la mano sobre la mesa. Ella se la tomó, sintiendo que la invadía una oleada de alivio.

—Yo también he estado pensando en ti.

La mano del joven le resultaba cálida y reconfortante; Clary recordó cómo la había abrazado en Renwick, mientras él sostenía desconsolado el ensangrentado fragmento de Portal, que era todo lo que le quedaba de su antigua vida.

450

—Es verdad que estaba enferma —afirmó ella—. Lo juro. Casi me muero en el barco, ya lo sabes.

Él le soltó la mano, pero se le quedó mirando con fijeza, como si quisiera memorizar su rostro.

—Lo sé perfectamente —dijo—. Siempre que tú casi te mueres, yo casi me muero.

Esas palabras provocaron que el corazón de Clary le vibrara dentro del pecho como si se hubiera tragado una cucharada entera de cafeína pura.

—Jace, he venido a decirte que…

—Aguarda. Déjame hablar primero. —Alzó las manos como para contener las palabras de la muchacha—. Antes de que digas nada, quisiera disculparme.

—¿Disculparte? ¿Por qué?

—Por no escucharte. —Jace se echó los cabellos hacia atrás con ambas manos, y ella reparó en una pequeña cicatriz del lado de la garganta, una diminuta línea plateada, que no había estado allí antes—. Tú no hacías más que decirme que no podía tener lo que quería de ti, y yo seguía insistiendo e insistiendo sin escucharte. Te quería a ti y no me importaba lo que dijera nadie. Ni siquiera tú.

A Clary se le quedó la boca seca, pero antes de que pudiera decir nada, Kaelie llegó a la mesa con los boniatos fritos de Jace y varios platos para Clary. Ésta se quedó mirando lo que había pedido. Una malteada de leche verde, lo que parecía una hamburguesa de carne cruda y una bandeja de grillos bañados en chocolate. Tampoco le importaba; tenía un nudo demasiado grande en el estómago para pensar siquiera en comer.

—Jace —comenzó, en cuanto la mesera se marchó—, no hiciste nada malo. Tú…

—No. Déjame terminar. —Jace contemplaba los boniatos fritos como si contuvieran los secretos del universo—. Clary, tengo que decirlo ahora o… o no lo diré. —Las palabras brotaron en tropel—: Pensaba que había perdido a mi familia. Y no me refiero a Valentine.

451

Me refiero a los Lightwood. Pensaba que no querían tener que ver nada conmigo. Pensaba que no me quedaba nada en el mundo aparte de ti. Estaba... enloquecido por la sensación de pérdida y me desquité contigo y lo siento. Tenías razón.

—No. He sido una estúpida. He sido cruel contigo...

—Tenías todo el derecho a serlo.

Alzó los ojos para mirarla, y de repente, Clary recordó una vez, cuando tenía cuatro años, que estaba en la playa llorando porque se había levantado viento y había derribado el castillo que había hecho. Su madre le dijo que podía hacer otro si quería, pero eso no la había hecho parar de llorar porque había descubierto que lo que había pensado que era permanente no lo era, sino que estaba hecho de arena que se deshacía al contacto con el viento o el agua.

—Lo que dijiste era cierto— continuó Jace—. No vivimos ni amamos en un vacío. Hay personas que se preocupan por nosotros y que resultarían heridas, quizá destruidas, si nos permitiéramos sentir lo que pudiéramos querer sentir. Ser tan egoístas significaría... significaría ser como Valentine.

Pronunció el nombre de su padre con tal irrevocabilidad que Clary lo sintió como una puerta cerrándosele en la cara.

—A partir de ahora seré sólo tu hermano —concluyó él, mirándola con la esperanza de que se sentiría complacida. Clary quiso gritar que le estaba haciendo trizas el corazón y que parara—. Es lo que tú querías, ¿verdad?

Le llevó un largo rato responder, y cuando lo hizo, su propia voz le sonó como un eco que le llegaba de muy lejos.

—Sí —repuso, y fue como si las olas le llenaran los oídos, y agua salada le escociera los ojos—. Es lo que quería.

Clary ascendió como atontada los amplios escalones que conducían a las enormes puertas de cristal del Beth Israel. En cierto modo, se sentía contenta de estar allí en lugar de en cualquier otra parte. Lo que quería más que nada era echarse en brazos de su madre y llorar, aunque jamás pudiera explicarle el motivo por el que lloraba. Puesto que no podía hacer eso, sentarse junto a la cama de su madre y llorar parecía la siguiente mejor opción.

Había mantenido la compostura bastante bien en Taki's, incluso le había dado a Jace un abrazo de despedida cuando se fue. No había comenzado a llorar hasta que llegó al metro, y entonces se había encontrado llorando por todo lo que no había llorado aún; Jace, Simon, Luke, su madre e incluso Valentine. Había llorado tan sonoramente que el hombre sentado enfrente le había ofrecido un pañuelo desechable, y ella le había dicho: «¿Qué es lo que estás mirando, imbécil?», porque eso era lo que se hacía en Nueva York. Y tras eso se había sentido un poco mejor.

Al acercarse a lo alto de la escalera, advirtió que había una mujer allí. Llevaba una larga capa oscura sobre un vestido, que no era lo que se veía normalmente en una calle de Manhattan. La capa estaba confeccionada con un oscuro material aterciopelado y tenía una amplia capucha, que llevaba puesta, ocultando el rostro de la mujer. Al echar una ojeada alrededor, Clary se fijó en que nadie más parecía reparar en la aparición. Un glamour, entonces.

Al llegar al último escalón se detuvo y alzó los ojos hacia la mujer. Seguía sin poder verle el rostro.

—Oiga, si está aquí para verme, dígame lo que quiere. No estoy de humor para todo este glamour y secretismo justo ahora.

Advirtió que la gente se detenía para mirar con asombro a la demente muchacha que hablaba sola. Contuvo el impulso de sacarles la lengua.

—De acuerdo —contestó una voz dulce, extrañamente familiar. La mujer alzó las manos y se echó para atrás la capucha. Los cabellos canosos se le derramaron sobre los hombros en una cascada. Era la mujer que Clary había visto mirándola fijamente en el patio del Cementerio Marble, la misma mujer que los había salvado del cuchillo de Malik en el Instituto. De cerca, Clary pudo ver que tenía la clase de rostro que era todo ángulos, demasiado afilado para ser bonito, aunque los ojos eran de un intenso y hermoso color avellana.

—Me llamo Madeleine. Madeleine Bellefleur.

—¿Y...? —preguntó Clary—. ¿Qué quiere de mí?

La mujer —Madeleine— vaciló.

—Conozco a tu madre, a Jocelyn —explicó—. Éramos amigas en Idris.

—No puede verla —replicó Clary—. Ninguna visita excepto la familia hasta que mejore.

—Pero no mejorará.

Clary sintió como si la hubieran abofeteado.

—¿Qué?

—Lo siento —repuso Madeleine—, no era mi intención sorprenderte. Pero sé qué le sucede a Jocelyn, y no hay nada que un hospital mundano pueda hacer por ella. Lo que le sucedió... se lo hizo ella misma, Clarissa.

—No. Usted no entiende. Valentine...

—Lo hizo antes de que Valentine pudiera atraparla. Así no podría sacarle ninguna información. Lo planeó así. Era un secreto, un secreto que compartió sólo con otra persona, a la que explicó cómo se podía invertir el hechizo. Esa persona soy yo.

—Quiere decir...

—Sí —respondió Madeleine—, quiero decir que puedo explicarte cómo despertar a tu madre.

ÍNDICE

Cazadores de sombras está compuesta por los siguientes títulos:

Libro I
Ciudad de hueso

Libro II
Ciudad de ceniza

De próxima aparición:

Libro III
Ciudad de cristal

CAZADORES DE SOMBRAS está protagonizado por un grupo de cinco jóvenes muy dispar. Aquí tienes algunas pistas sobre ellos...

Clary Fray: es una chica pelirroja de 15 años a quien le gusta estar en onda y pasarse el día en las calles o discotecas de Manhattan. Con tendencia a meterse en problemas, no puede creer en el rollo en el que está...

Jace Wayland: tiene la mano rota por luchar, cazar y matar demonios, pero es muy reservado y no le gusta hablar de sí mismo. Cuando conoce a Clary, una mundana con la habilidad de ver a los cazadores de sombras, experimenta un cambio: la conexión que hay entre ellos hará que se enfrente a sus secretos más oscuros y a un pasado del que siempre ha intentado huir...

Simon Lewis: toca la batería en una banda y está enamorado en secreto de Clary, su mejor amiga. Planea declarársele, pero nunca encuentra el momento; aunque parece llegar cuando la madre de Clary desaparece y ambos son arrastrados al ignoto mundo de los cazadores de sombras...

Isabelle Lightwood: hija de una antigua familia de cazadores de sombras, es lista, guapa y mortífera... No le tiene mucha simpatía a Clary, que verá cómo ella tampoco confía en Isabelle cuando ésta empiece a interesarse por Simon...

Alec Lightwood: hermano mayor de Isabelle, no está muy contento con su destino de cazador de sombras; prefiere leer sobre demonios que luchar contra ellos. Su fiera devoción por su hermano adoptivo, Jace, esconde un secreto por el que Alec sería capaz de morir...

CAZADORES DE SOMBRAS

Cassandra Clare

No esperes más y entra en la web
de *Cazadores de sombras*

www.cazadoresdesombras.com.mx

En la web, encontrarás toda la información sobre la serie,
su autora Cassandra Clare y podrás ver imágenes de sus **protagonistas:**
¿son como te los imaginabas? Además, podrás descargarte
fondos de escritorio y acceder a **material inédito.**

También podrás dejar tus opiniones sobre el libro
o participar en nuestro **blog.**

No esperes más y entra en
www.cazadoresdesombras.com.mx